MW01705373

Ce livre a
été entièrement
imaginé, créé
et fabriqué
au Québec

Saint-Jean Éditeur
est une maison d'édition québécoise
fondée en 1981

Guy Saint-Jean Éditeur
4490, rue Garand
Laval (Québec) Canada H7L 5Z6
450 663-1777
info@saint-jeanediteur.com
saint-jeanediteur.com

....

Données de catalogage avant publication disponibles à Bibliothèque et Archives nationales du Québec et à Bibliothèque et Archives Canada.

....

Nous reconnaissons l'aide financière du gouvernement du Canada ainsi que celle de la SODEC pour nos activités d'édition. Nous remercions le Conseil des Arts de l'aide accordée à notre programme de publication.

Financé par le gouvernement du Canada | Canada

SODEC Québec

Conseil des Arts du Canada | Canada Council for the Arts

Gouvernement du Québec – Programme de crédit d'impôt pour l'édition de livres – Gestion SODEC

Révision : Isabelle Pauzé
Correction : Audrey Faille
Illustration de la couverture et à l'intérieur, conception graphique et mise en pages : Olivier Lasser

Dépôt légal – Bibliothèque et Archives nationales du Québec, Bibliothèque et Archives Canada, 2022
ISBN : 978-2-89827-243-1
ISBN EPUB : 978-2-89827-244-8
ISBN PDF : 978-2-89827-245-5

Imprimé et relié au Canada
2e impression, avril 2022

ASSOCIATION NATIONALE DES ÉDITEURS DE LIVRES

Guy Saint-Jean Éditeur est membre de
l'Association nationale des éditeurs de livres (ANEL).

Carmen Belzile

Les chemins de Hauterive

ROMAN

SAINTJEAN

Issu de la première génération des bâtisseurs de cette région,
À toi Denis, tendre et fidèle compagnon
Et parce que la vie y bat très fort,
À mes fils Patrick et Francis.

LES FAMILLES DES TROIS AMIES

Famille de Marie-Berthe (née en 1926)
et **Benoit** (né en 1923) – mariés en 1945,
arrivés en 1954

ENFANTS:

Pierre (1947) Jacques (1949) Alain (1950) Margot (1952)
Chantale (1955) France (1959)

Famille d'Angèle (née en 1927)
et **Adrien** (né en 1923) – mariés en 1948,
arrivés en 1955

ENFANTS:

Anne-Marie (1950) Roger (1951) Daniel (1953)
Lucie (1956) Annie (1957) Suzanne (1962) Mario (1965)

Famille de Marianne (née en 1938
et arrivée en 1957)
et **Sylvain** (né en 1936) – couple marié en 1960

ENFANTS:

Christophe (1963) Nicole (1966) Camille (1969)

AVANT-PROPOS

Cette terre éloignée, celle du Nord, se déployait à grands coups d'ailes et de développements depuis les années trente. D'abord, à Baie-Comeau, l'usine de pâtes et papiers que tout le monde appelait le « moulin », puis l'aluminerie avaient donné naissance à la ville. Les projets gouvernementaux, la construction de lignes électriques et l'érection des barrages avaient permis de voir naître une autre agglomération qui s'élevait tout à côté. Villes jumelles ? Non, pas tout à fait ! Ville industrielle, Baie-Comeau devait ses investissements aux portefeuilles de riches industriels anglophones. Sa voisine, Hauterive, émergea avec les années cinquante, son fondateur, monseigneur Labrie, misant davantage sur le développement de services : bâtir un hôpital digne de ce nom, offrir à la jeunesse une instruction ouvrant la porte aux études supérieures, desservir la population en services gouvernementaux et surtout, implanter le diocèse de la Côte-Nord. Les deux villes seraient complémentaires. Un grand projet pour ces espaces démesurés. C'était aussi le rêve de jeunes qui aspiraient à une vie meilleure, plus dense, ou qui souhaitaient explorer cette terre éloignée et y planter des racines.

Ce coin de pays si éloigné que pendant longtemps on a dit situé « deux pouces en haut de la carte », c'est celui où j'ai grandi. Je rêvais de raconter une histoire avec ces lieux en toile de fond. Peu à peu, des personnages fictifs ont pris naissance, me permettant de faire revivre cette époque.

AVANT LA CÔTE-NORD: DE GRANDES DÉCISIONS

1953-1957

CHAPITRE 1

Marie-Berthe et Benoit

La guerre venait tout juste de prendre fin quand Benoit Fortin avait demandé à Marie-Berthe Gendron de l'épouser. Il savait que cette femme ne deviendrait pas une épouse obéissante et docile qui se glisserait dans la servitude. Elle serait son égale, ils formeraient une équipe. Marie-Berthe ne ressemblait en rien aux filles qu'il connaissait; pour cela, il l'admirait et l'aimait profondément. Si elle avait accepté de bonne grâce de cohabiter avec ses beaux-parents dans l'auberge familiale de Sainte-Angèle et d'y tenir le comptoir de la poste, la jeune femme avait posé des conditions: un séjour dans sa propre famille à Noël ou au jour de l'An et deux semaines par année juste à eux, dont l'une passée dans une grande ville.

— Rimouski, Québec, Montréal... ou même Toronto, un jour, s'enthousiasmait Marie-Berthe. J'aime la vie de village, mais un bain de ville à l'occasion, ça ouvre les horizons, ça permet de tremper dans la nouveauté. Et puis, quelle belle occasion de voir comment ça se passe dans d'autres hôtels, et peut-être de ramener des idées pour les appliquer à l'hôtel de ton père !

— Tu ne le trouves pas correct, le fonctionnement de l'hôtel ? s'enquit Benoit.

— Oui, c'est un très bon établissement. Même toi, tu as fait plusieurs suggestions depuis que ton grand-père l'a ouvert. Les clients reviennent, c'est bon signe. Mais Benoit, tu ne sens pas ce vent de changement depuis que la guerre est finie ? On est situés à la porte de la Gaspésie et on dirait que la modernité prend plus de temps à se rendre par ici, mais elle va finir par arriver. Pour rester dans la course, je pense qu'il faut apporter un petit quelque chose de nouveau à l'occasion. Dis-moi, ça fait combien d'années que le menu n'a pas été changé à la salle à manger ?

— Euh ! Bien, il y a les menus saisonniers, le bouilli l'été, le cipâte l'hiver…

— Une nouvelle recette, Benoit ?

— Tu as raison, ma Beth. J'aime ta pensée visionnaire.

— Et tu m'aimes, moi ?

— C'est sûr, tes idées font partie de toi.

Monsieur Fortin père adorait sa belle-fille remplie de vie, sa présence le rajeunissait. « Deux semaines par année en amoureux, pourquoi pas ? Ils laisseront sans doute tomber cette habitude une fois les enfants arrivés », pensait-il. Deux ans après leur mariage, la naissance de Pierre combla de joie ses parents et grands-parents, le premier de la nouvelle génération. En 1949, Jacques agrandit la famille, un an plus tard, ce fut au tour d'Alain de voir le jour, puis en 1952, naquit une première fille, Margot. La grand-maman Fortin était aux anges ! Elle était également ravie que sa belle-fille poursuive son travail pour tenir le comptoir de la poste situé à l'intérieur de l'auberge. Elle préférait de loin s'occuper de ses petits-enfants. Marie-Berthe avait traversé les grossesses avec aisance et elle accouchait dans une douleur beaucoup moins intense qu'elle ne l'avait appréhendé. Un soir, sur l'oreiller, elle confia à son homme :

— Quatre enfants en moins de six ans, chéri, va falloir réfréner tes ardeurs, même si c'est difficile.

— À moins de défier les règles de l'Église.

— Et empêcher la famille ? Notre famille n'est pas finie, Benoit, je voudrais juste ralentir le rythme un peu.

— Alors, repousser un peu l'arrivée du prochain petit, ce n'est pas vraiment empêcher la famille.

Malgré l'arrivée des enfants, la semaine annuelle en ville demeurait un incontournable, Marie-Berthe y tenait. Comme Benoit, elle possédait un don pour glaner des idées et proposer des innovations pour le commerce de son beau-père. Leur seconde semaine de vacances se déroulait en famille. Chaque année, quelqu'un de la parenté ou parmi leurs connaissances leur louait un chalet. Des vacances à pêcher la truite, près d'un lac ou sur le bord de la plage, à Sainte-Luce-sur-Mer. Marie-Berthe goûtait là un bonheur tout simple. Elle était une femme comblée.

Et pourtant ! Une graine d'insatisfaction germait au fond d'elle. Benoit vivait confortablement la cohabitation à trois générations, il n'avait jamais connu autre chose. Marie-Berthe, de son côté, croyait pouvoir apprivoiser ce type d'existence quand elle lui avait dit oui. Elle pensait sincèrement y arriver. Au retour d'une semaine de vacances, elle prit conscience que l'intimité lui manquait. Elle ne profitait jamais d'un repas en tête à tête, ni de conversations en amoureux, sauf dans leur chambre à coucher. D'un naturel démonstratif, Marie-Berthe se surprenait à freiner ses élans d'affection. Et puis, elle entendait ces conversations chez des clients à propos des développements de la Côte-Nord et elle se mit à rêver d'une autre vie. Quand Benoit demandait des précisions aux voyageurs, c'était par simple intérêt, une seconde nature chez lui.

Benoit avait grandi dans l'hôtel familial. Depuis sa tendre enfance, il s'était occupé de l'établissement avec son père. À huit ans, il débarrassait les tables du petit déjeuner de la salle à manger avant de se rendre à l'école ; à dix ans, il rangeait les provisions quand un commis voyageur livrait les commandes ; à douze ans, il se tenait parfois à l'accueil et faisait signer le registre aux clients. Graduellement, il était devenu le bras droit de son père. Il connaissait tous les rouages de l'hôtellerie, de la cuisine aux chambres, en passant par le bar et le bureau de poste installé dans une petite pièce aménagée juste à côté de l'entrée principale. De nature plutôt introvertie, sa mère préférait la tranquillité de leurs appartements privés situés dans une extrémité de l'hôtel. Ses filles avaient pris la relève dans le rôle de maîtresse de poste ; dès lors, madame Fortin était devenue invisible pour les clients. Le départ de l'aînée pour occuper un emploi d'infirmière à Rimouski, puis celui de la cadette qui répondait à l'appel du Seigneur l'avaient obligée à retrouver sa place auprès du public. Quand Benoit avait épousé Marie-Berthe, sa belle-mère l'avait accueillie avec une grande joie et un immense soulagement au moment où cette dernière avait accepté la charge du comptoir postal. De son côté, Marie-Berthe avait grandi sur une ferme près de Matane. Malgré le fait qu'elle n'avait complété qu'une neuvième année, elle parlait de manière distinguée et pouvait soutenir une conversation intelligente aussi bien avec le médecin du village qu'avec monsieur le maire. Elle se montrait curieuse de tout, affable, et son humeur pétillante ajoutait un rayon de soleil là où elle passait. Elle avait endossé son rôle auprès du public avec enthousiasme et une immense satisfaction. Marie-Berthe adorait ce genre de vie : elle avait un métier, elle rencontrait beaucoup de gens et surtout, elle était libérée de toutes les tâches domestiques, corvées qu'elle détestait.

Benoit était amoureux fou de sa femme. Si les idées de Marie-Berthe faisaient parfois tiquer sa mère, notamment quand cela concernait la place des femmes dans la société, lui, il en souriait intérieurement. Sa Beth avait du cran, elle ne cherchait pas la confrontation, ni à rallier les gens à ses idées ; elle voulait simplement vivre selon ses aspirations. La foudre avait traversé Benoit quand il avait aperçu cette beauté au comptoir du magasin général de Matane, où elle travaillait. Des fossettes apparaissaient dès qu'elle souriait, on aurait dit que des diamants étaient nichés au creux de ses yeux bleus tirant sur le vert tellement ils brillaient. Ses gestes étaient naturels, pleins d'assurance. Elle n'avait rien d'une aguicheuse ni d'une timorée, elle démontrait une attitude charmante et courtoise.

Marie-Berthe était consciente qu'elle ne jouait pas un rôle traditionnel auprès de ses enfants. Elle se montrait une maman rieuse, attentive et espiègle quand elle s'amusait avec eux, pleine d'expressions quand elle leur racontait des histoires et soucieuse qu'ils développent de bonnes manières. Elle se demandait parfois si elle pourrait démontrer autant de légèreté et d'abandon si elle devait assumer seule son rôle d'éducatrice auprès d'eux. Un soir, lovée au creux de l'épaule de Benoit, elle lui confia :

— Je crois que je deviendrais une mère exécrable et trop punitive si je n'avais pas cette vie à moi, en parallèle. Là, j'ai le meilleur de deux mondes et je vois bien que ta mère est plus heureuse avec les enfants que derrière le comptoir de la poste. En plus, on est sur la même longueur d'onde en ce qui concerne la façon de les élever, et elle reste en retrait quand je suis avec eux.

— Tu as raison. Mais Beth, je voudrais te parler de quelque chose, d'un projet.

— Ah oui ! J'aime ça, les projets. De quoi s'agit-il ?

— Pas maintenant. J'ai averti mon père que demain, je t'emmenais souper, répondit Benoit, mystérieux.

— Où ça ? Et en quel honneur ?

— À Matane, en l'honneur de ta fête, une semaine à l'avance.

— Donc, c'est davantage un souper d'affaires qu'un souper d'anniversaire si tu veux discuter d'un projet ? questionna Marie-Berthe, curieuse et contente à l'idée d'une soirée en tête à tête avec son mari.

— Disons que je vais essayer de concilier les deux...

— Je t'aime, mon Benoit, je ne m'ennuie pas avec toi.

Ce soir-là, Marie-Berthe s'endormit dans les bras de son homme, remplie d'un bonheur rassurant, tendre et paisible. Quant à Benoit, le sommeil le fuyait. Mille fois, il retourna dans sa tête la meilleure façon de présenter à sa femme les idées qui mijotaient dans son esprit.

Benoit n'avait finalement pas emprunté la route de Matane ; Marie-Berthe avait suggéré un nouveau restaurant à Sainte-Flavie, Le Coq du sud, un endroit tout simple qui offrait une vue sur le fleuve. Mais ils s'étaient rendu compte que les lieux n'étaient guère propices pour une discussion sérieuse. Le va-et-vient incessant, un fond sonore de conversations assourdissantes et le mobilier aux chaises inconfortables enlevaient tout romantisme à leur tête à tête. Toutefois, ils occupaient une place à côté d'une fenêtre, le service était courtois, les frites, croustillantes et bien graisseuses, comme Marie-Berthe les aimait. Ce lieu la rendait joyeuse, alors autant profiter de la soirée. Benoit l'observait : elle devenait une femme épanouie, pleine d'assurance, et elle menait son existence avec une grande liberté. Les idées qu'elle soumettait et sa façon de gérer le bureau de poste lui valaient l'admiration de son père. Sa mère la soutenait, une belle complicité unissait les deux femmes. Benoit voyait en Marie-Berthe une femme comblée, heureuse, l'organisation de sa vie était parfaite. Son projet bousculerait tout cela. « Est-ce que le laïus que j'ai cent fois récité dans ma tête arrivera à la convaincre ? Je garde confiance, ma Beth va y trouver aussi des avantages », se disait-il.

Benoit n'avait pas abordé son sujet de préoccupation durant le repas. La soirée était douce et le soleil commençait à descendre. Main dans la main, les époux arpentèrent le village jusqu'à ce banc de parc installé face au fleuve, si large à cette hauteur que seul un fil d'horizon séparait l'eau du ciel qui commençait à se teinter. À ce moment, avec cette image invisible de la Côte-Nord devant lui, Benoit partagea son rêve avec Marie-Berthe.

— Ma Beth, tu sais à quel point j'aime travailler dans le commerce. Mais je me sens attiré par une nouvelle ville, de l'autre côté du fleuve, un défi à relever. Ce serait l'occasion de construire quelque chose et de mener ma propre barque. Chérie, je voudrais posséder mon propre restaurant.

Marie-Berthe écouta Benoit attentivement, sans l'interrompre, sans demander de précisions ni poser de questions. Non, rien ! Cela inquiéta son mari, cette attitude silencieuse ne ressemblant pas à sa Beth. Cependant, il ne rompit pas le silence. Marie-Berthe lui prit la main en gardant les yeux fixés sur la boule rougeoyante qui se cachait progressivement dans l'eau. Toujours silencieuse, elle appuya la tête sur son épaule durant de longues minutes. Benoit respirait l'odeur de ses cheveux qui dansaient au vent, lui chatouillant le visage. Le souffle de leurs respirations battait au même rythme, en complicité, de la même manière qu'ils avaient modulé leur existence. Tranquillement, elle se détacha de lui pour se lever. Il suivit son mouvement. Il n'arrivait pas à lire en elle. Elle lui prit les deux mains en lui faisant face, avant de dire :

— Benoit, j'ai besoin d'absorber ce que tu viens de me dire, d'y réfléchir un peu. Donne-moi une journée. Demain soir, quand j'aurai mis les deux plus jeunes au lit, essaie de te libérer. Ma pratique de chorale est annulée, la directrice est à Québec pour des funérailles. On ira marcher jusqu'au cimetière.

— Au cimetière ? Mais pourquoi là ?

— Parce qu'il y a un banc où l'on peut s'asseoir et que c'est un endroit tranquille pour discuter.

Benoit tenta de réfréner son contentement. Quand Marie-Berthe voulait réfléchir, en général, c'était bon signe. Elle avait une propension à trouver les points forts et à transformer en défis les obstacles qui surgissaient. Il y avait de bonnes chances pour que son rêve se réalise. Cette nuit-là, ils s'endormirent en silence, enlacés tendrement dans les bras l'un de l'autre.

La journée du lendemain tint Benoit occupé avec la routine habituelle : un groupe de touristes du Maine à recevoir, aller à Mont-Joli pour rencontrer son frère comptable. Marie-Berthe profita de ce moment pour prendre le thé avec sa cousine Martine.

Depuis six mois, la jeune fille de dix-sept ans travaillait comme bonne chez le médecin du village devenu veuf. Elle n'avait aucune responsabilité envers les deux adolescents de la maisonnée, si ce n'était d'effacer les traces de leur passage pour que la demeure reste impeccable. Elle cuisinait, elle entretenait la maison et dirigeait parfois les patients vers la salle d'attente du cabinet. L'après-midi, elle disposait de deux heures libres. « Ça m'intrigue, cette visite de Marie-Berthe, songea Martine. D'habitude, elle vient sans prévenir. En plus, elle chuchotait presque quand elle a téléphoné. » Sitôt Marie-Berthe arrivée, Martine remplit deux grands verres de limonade, avant d'entraîner sa cousine dans la balançoire, où elles s'assirent. Son intuition ne l'avait pas trompée : Marie-Berthe l'informait de leur projet et lui proposait une porte ouverte sur l'aventure, en l'invitant à la suivre avec sa famille. Martine aimait cette cousine qui la considérait comme une amie, malgré les dix ans qui les séparaient. Certes, le médecin se montrait généreux et courtois, mais son visage semblait incapable de sourire. Il était à cheval sur la bienséance et elle n'osait pas lui avouer qu'elle détestait se faire interpeller « ma fille » quand il s'adressait à elle. La proposition de sa cousine l'enchantait.

— Compte sur moi, dit Martine en reconduisant Marie-Berthe vers l'entrée.

— Attends que je te le confirme avant d'en parler, d'accord ? C'est un projet de couple. Cependant, il y a un petit détail que Benoit ne connaît pas encore.

— Correct, ça va me donner le temps de penser à comment avertir le docteur. J'ai un ou deux noms à lui proposer pour me remplacer. Sais-tu que ça ressemble à une promotion ce que tu me proposes ?

— Je suis contente que tu le prennes comme ça. Je te tiens au courant. Bonne fin de journée.

En arrivant à l'hôtel, Marie-Berthe reprit son travail au bureau de poste pendant que madame Fournier mère entraînait ses petits-enfants vers la cuisine pour poursuivre leurs jeux. Marie-Berthe tamponnait distraitement une série de lettres, avec la date du 20 mai 1953. Cette date se gravait dans son esprit et s'inscrivait dans un tournant majeur de leur vie, celui d'un choix. Cependant, un sentiment de tristesse envahissait la jeune femme en pensant à sa belle-mère : elle rayonnait auprès des petits, elle était née pour materner, prendre soin des autres, et les enfants le lui rendaient bien. Marie-Berthe était comblée par son rôle de mère, mais elle se sentait aussi femme et épouse, les trois éléments lui étant indispensables pour s'accomplir. D'autres femmes éprouvaient-elles ce besoin ? Heureusement que Benoit ne voyait pas d'objection à son besoin de se réaliser également dans un travail autre que d'assumer les besognes domestiques.

La soirée débuta avec un gros orage, la promenade au cimetière dut être oubliée. Pas question de discuter à l'auberge, où le seul endroit vraiment privé était leur chambre à coucher, et encore, les enfants y faisaient irruption à tout moment. Alors, Marie-Berthe avait obtenu l'autorisation d'utiliser la salle paroissiale, devenue libre avec l'annulation de la répétition de chant. Benoit et elle étaient assis à une petite table près de l'estrade. Marie-Berthe prit l'initiative de la conversation, son mari attendant impatiemment sa réponse au sujet de son projet.

— Benoit, commença-t-elle, j'accepterais de traverser sur la Côte-Nord avec toi, même si je ne sais pas ce qui nous attend. Toi, tu l'imagines, ton restaurant, mais mis à part cela et ce que j'en sais, la ville où tu veux qu'on s'installe est à l'état embryonnaire. Où allons-nous habiter ? Les enfants vont grandir, je pense à l'école, à un hôpital. En fait, de l'autre côté, il n'y a que la forêt.

— Pour le moment ! Il y a déjà une ville, et tout à côté, une autre qui prend de l'expansion depuis trois ans. C'est là que je voudrais m'installer, c'est plein d'avenir pour des gens de projets comme nous.

— Pourquoi on n'irait pas à Baie-Comeau, qui est déjà une ville organisée ? Toi, tu es capable de l'imaginer un peu, cette nouvelle ville. Des gens, dont ton cousin, t'en ont parlé. Moi, tout ce que j'arrive à me figurer, c'est ton restaurant au milieu des épinettes. Et d'abord, tu l'achèterais où, ce commerce ?

— Beth chérie, tout est à faire. Je veux le faire construire, j'ai déjà des ébauches de plans. Je veux aussi faire bâtir notre maison, il y a des rues qui se développent.

— Ce restaurant, c'est un rêve pour toi, dit Marie-Berthe avec douceur.

— Oui, je compte devenir mon propre patron. C'est ça, plus que le commerce en lui-même, qui est mon rêve.

La pluie martelait le toit de tôle. Marie-Berthe observait le visage de son mari. Elle prit ses mains dans les siennes. Son cœur débordait de tendresse envers cet homme qui avait toujours si bien écouté ses désirs. Alors pas question de laisser son inquiétude faire entrave à ce projet.

— Chéri, moi aussi, j'ai des rêves, reprit-elle après un moment de silence.

— Beth, les rêves, c'est ce qui nous fait avancer. Ce sera le nôtre.

— Notre rêve, c'est la famille que nous formons, unie, aimante. Notre rêve, c'est faire en sorte qu'ensemble, on aide nos enfants à devenir des adultes responsables. Le restaurant, c'est ton rêve. Moi, j'en ai un autre, et si je traverse, je veux le concrétiser, comme toi tu le feras avec ton commerce.

— Je sais que tu aimes travailler. Je pourrais te faire une place près de moi, on serait ensemble au restaurant, on fonctionnerait comme des partenaires, la rassura Benoit.

— Ce n'est pas à la restauration que je pense. Moi, j'aimerais posséder mon magasin. Un commerce de vêtements pour dames, ou pour enfants, ou les deux.

Benoit était déstabilisé. Sa femme nourrissait des rêves aussi grands que les siens. Elle acceptait de traverser le fleuve, malgré l'inconnu. « Mais comment peut-elle penser acquérir un commerce ? » songea Benoit, inquiet devant les défis que sa Beth aurait à rencontrer, des difficultés auxquelles elle serait confrontée.

— Chérie, tu sais que les femmes ne peuvent pas être propriétaires. À la rigueur, ça reste possible pour une veuve, si elle n'a pas de fils qui font objection à ce qu'elle le devienne.

— Je sais ça, Benoit. Le plan de ton restaurant, c'est bien une ébauche ?

— Oui, ce serait un restaurant avec des banquettes, un coin-bar, et peut-être une estrade pour des musiciens, afin d'offrir des soirées de danse.

— Tu pourrais agrandir les plans et prévoir un magasin, en plus du restaurant. Puisque cette ville en est à ses débuts, tout est à construire, comme tu dis. Il doit y avoir des besoins pour les gens qui viendront s'établir. Je ne tiens pas à devenir propriétaire d'une bâtisse, mais je veux être la patronne de mon commerce, termina Marie-Berthe, soucieuse que son mari l'appuie dans son projet.

— Vu comme ça, je pense que ça peut se faire. Officiellement, je serais propriétaire des deux commerces, des bâtisses, on s'entend. Officieusement, entre nous, tu aurais carte blanche pour le magasin. C'est bien ça ?

— Tu as bien saisi, Benoit, c'est ma condition pour changer de vie aussi drastiquement.

— Bon ! Ça me va ! fit Benoit, plein d'enthousiasme. Tu es aussi visionnaire que moi, on dirait. Avec les familles qui vont s'installer, le genre de commerce que tu entrevois est de la première nécessité. Mais il y a un gros problème.

— Personnellement, je n'en vois pas, trancha Marie-Berthe.

— Ici, tu as ton travail et ma mère s'occupe des enfants.

— Oh, j'ai trouvé une solution ! J'ai déjà quelqu'un pour s'occuper des enfants.

— Je vois que tu as déjà pensé à tout ! On dirait que tu as pris une longueur d'avance, c'est signe que ton propre magasin te tient à cœur.

— Oui, j'y tiens. Martine est prête à venir avec nous. J'ai entièrement confiance en elle pour s'occuper de la maison et de nos enfants.

— Tu lui as parlé ? Elle deviendrait notre bonne ?

— Je ne veux pas de bonne dans ma maison, Benoit. Je la vois plutôt comme une associée pour m'assister dans le volet domestique de notre vie. Je sais, vivre et travailler dans des lieux différents, ça risque de devenir un peu plus compliqué que notre situation actuelle, mais j'ai pensé qu'on pourrait prévoir un espace pour elle dans notre maison. Une chambre avec un coin boudoir pour qu'elle puisse se sentir un peu chez elle.

Sidéré par les propositions que Marie-Berthe énonçait, Benoit se leva en l'entraînant dans son geste. Il la serra dans ses bras, la fierté se lisant sur son visage.

— Tu es incroyable, toi ! Je m'attendais à plus d'objections. Évidemment, il y aura des problèmes à surmonter, mais on dirait que tu trouves des solutions avant même qu'ils surviennent. À ton avis, quel est l'écueil suivant? ajouta-t-il en souriant.

— L'annoncer à ton père.

— Hum ! Tu vois juste. On s'y prépare ensemble ?

— C'est maintenant notre projet, avec chacun notre rêve. Je t'aime, Benoit Fortin ! On fera équipe pour préparer tes parents.

— Je t'aime aussi, Marie-Berthe Gendron !

— Oh là là ! Ça fait déjà quelques années que je ne m'appelle plus Gendron. Tu crois qu'un jour, les femmes pourront garder leur nom de baptême ?

— Tu peux toujours rêver en couleur, ma Beth.

Ils revinrent à l'hôtel, serrés l'un contre l'autre pour rester bien à l'abri sous le parapluie. Et aussi parce qu'ils se sentaient soudés très fort pour avancer vers un avenir où ils auraient l'occasion de recommencer une nouvelle vie, juste à eux. Les gros nuages qui avaient apporté l'orage avaient fait place à un ciel qui déversait de fines gouttelettes, à la façon d'un arrosoir. L'inconnu, l'éloignement et la lourde tâche qui les attendait laissaient filtrer une légère angoisse dans le cœur de Marie-Berthe. Cependant, avec Benoit à ses côtés, tout devenait possible. Avant de s'endormir dans les bras de son homme, ce soir-là, elle lui chuchota à l'oreille :

— Tu te rends compte, Benoit, cette ville vient à peine de naître. On sera parmi les premiers à s'y installer, on fera partie de son histoire. Même si tu aimes travailler avec ton père, je savais que tu brûlais d'envie de devenir ton propre patron.

Benoit était comblé. Il vivait avec une femme qui arrivait à donner un élan à ses idées. Si leurs discussions amenaient parfois un coup de vent déstabilisateur dans le quotidien, jamais ça n'avait tourné en tempête. Parce que tous les deux savaient écouter, ils gardaient une attitude ouverte, essayant de comprendre le point de vue de l'autre, sans chercher à avoir raison à tout prix. Oui, Marie-Berthe était prête à sacrifier leur confort actuel et chambouler la routine. Elle accepterait tous les compromis, à condition de ne pas être reléguée dans un rôle de ménagère. « Dieu que je déteste le discours qui valorise l'épouse qui s'accomplit dans le confort de son foyer ! »

Benoit avait eu besoin de tout le soutien de sa Beth pour présenter son projet à son père dès le lendemain. Un vent de colère gagna monsieur Fortin. Il tenta de décourager son fils, alléguant que ses idées de rêveur tomberaient à l'eau en faisant allusion à ce Jalbert au

Lac-Saint-Jean, qui avait fondé un village devenu fantôme. Ce même Jalbert avait vu grand, lui aussi, dans les scieries, en fondant Saint-Eugène-de-Manicouagan, une petite bourgade sise à l'embouchure de la rivière Amédée, presque là où Benoit voulait s'en aller.

— Tu cours à ta perte, mon gars, lança-t-il amèrement. Je te laisse l'annoncer à ta mère.

Marie-Berthe aida Benoit à voir dans la réaction de son père un profond désarroi. Au fond, monsieur Fortin était loin d'être un homme colérique. Le jour même, ensemble, ils firent part de leur décision à la mère de Benoit. Cette femme réservée mais au cœur immense les encouragea à aller dans la direction de leur cœur. Elle ne réussit pas à dissimuler sa grande tristesse, ni à retenir des larmes silencieuses, ce qui ébranla Marie-Berthe. Benoit prit la main de sa mère dans la sienne pour l'apaiser. Au cours des jours suivants, Marie-Berthe et Benoit apprirent que jamais son père ne laisserait les rênes du commerce à son frère, à cause d'un problème d'alcool dont celui-ci souffrait. Cependant, rien ne ferait reculer le jeune couple, il devait avancer vers ses rêves. Si Benoit voulait faire partie de l'histoire, s'il désirait se trouver parmi les pionniers de cette nouvelle ville, s'il souhaitait devenir son propre patron, c'est que son père l'y avait poussé en lui insufflant le goût de se dépasser.

CHAPITRE 2

Angèle et Adrien

Depuis plusieurs matins, tirée du sommeil par un bambin de trois ans pressé de commencer une nouvelle journée, Angèle se levait péniblement, une immense fatigue la poursuivant jour après jour. Elle déposa un tendre baiser dans les cheveux bouclés de son fils Roger en lui souriant. Puis, elle échappa un soupir, avant de revêtir sa robe de chambre déposée au pied du lit pour filer à la cuisine. Anne-Marie, sa grande fille de quatre ans, arrivait dans la pièce en réclamant du lait. Sitôt son verre vidé, elle attrapa une débarbouillette pour s'essuyer la bouche, et reproduisit le même geste avec son frère pour effacer la moustache laissée par la boisson. « Déjà si responsable à son âge », pensait sa mère. La fillette entraîna ensuite le petit dans un coin de la cuisine où se trouvait un coffre à jouets. Assis sur le plancher, les enfants babillaient en animant une marionnette fabriquée par leur grand-mère.

Angèle approcha la chaise haute près de la table, dressa les couverts et sortit le bain-marie de l'armoire pour préparer du gruau. En s'affairant à la confection du petit déjeuner, elle énumérait mentalement le déroulement de sa journée, les corvées ménagères, suite de gestes répétitifs à recommencer inlassablement, entrecoupés de moments à jouer avec les enfants, d'instants d'évasion. Quand Adrien était là, il la remerciait pour sa cuisine. Les jours de ménage, elle aimait l'entendre dire « Ça sent bon le propre ici dedans ! » avant de l'enlacer et de lui donner un tendre baiser dans le cou. Quand son homme était là, tout lui semblait plus léger. Aujourd'hui, c'était jour de lavage. La nuit d'octobre avait laissé une fine couche de givre sur le sol, mais la présence du soleil faciliterait le séchage sur la corde.

Angèle entendait le bébé babiller en agitant son hochet dans sa couchette. Debout près de la cuisinière, elle le surveillait par la porte ouverte qui donnait sur la cuisine. Toute sa petite famille était réveillée. Elle apporta des bols de gruau et des rôties sur la table, avant d'aller chercher bébé Daniel pour l'asseoir dans la chaise haute. Entre les cuillerées offertes au bambin, elle avalait son petit déjeuner. Jour après jour, les matins se déroulaient ainsi. Les derniers temps étaient plus difficiles à cause du manque de sommeil. Avec le bébé qui perçait des dents et Roger à rassurer quand un cauchemar le réveillait, Angèle connaissait des nuits écourtées. Pourtant, elle assumait avec courage sa besogne de maman. La présence des enfants l'aidait à traverser les semaines marquées par l'absence d'Adrien. Elle n'avait aucune raison de se plaindre : elle aimait leur logement spacieux et éclairé, elle pouvait compter sur le soutien de sa belle-famille, qui habitait le rez-de-chaussée, et ses enfants étaient faciles à vivre.

Cela faisait maintenant cinq longues semaines qu'elle n'avait pas vu son mari. À la fin de la journée, avant de s'endormir, elle relisait ses lettres en l'imaginant à ses côtés. Certains soirs, il lui manquait tellement que des larmes embrouillaient ses yeux. Dans sa dernière missive, Adrien parlait de la fin des travaux : un peu plus d'une semaine et il serait là. Enfin !

Adrien Gagnon travaillait avec son père, un entrepreneur actif dans le domaine de la rénovation d'églises, de couvents et de presbytères. Pour cet homme, refaire des parcelles de ces précieux bâtiments se comparait à la restauration de tableaux de maîtres. Un labeur qui le remplissait de fierté. Avec les années, monsieur Gagnon père avait acquis des compétences de doreur, un atout dans le travail de préservation du patrimoine religieux. Les Gagnon parcouraient le territoire du Bas-Saint-Laurent jusqu'à la Gaspésie et au nord du Nouveau-Brunswick, ce qui les obligeait à s'éloigner de Trois-Pistoles et de leur famille. Dans sa dernière lettre, Adrien précisait que son père et lui terminaient les travaux extérieurs de l'église et de son presbytère et qu'ils s'accordaient une semaine de congé avant de retourner poursuivre les travaux à l'intérieur. Angèle savait qu'Adrien aimait ce travail. Ce dernier parlait souvent avec enthousiasme de son volet artistique, quand il repeignait des colonnes en imitant le marbre ou qu'il recouvrait délicatement de dorure les fresques qui ornaient les plafonds. Il appréciait également la complicité avec ses trois jeunes frères qui vivaient toujours chez les parents et de deux cousins de L'Isle-Verte qui complétaient l'équipe de travailleurs. Cette ambiance familiale l'aidait à contrer l'éloignement qui lui pesait. Les hommes partis, les femmes devenaient les gardiennes de la grande demeure des Gagnon.

Une fois le déjeuner terminé, Angèle fit rouler la machine à laver près de l'évier en essayant d'imaginer leur vie sur cette Côte-Nord dont elle avait entendu parler aux nouvelles à la radio ; le journal l'évoquait aussi toutes les semaines. Il n'y aurait pas d'église à rénover, mais tout était à construire. Là-bas, un moulin à papier engageait régulièrement des ouvriers. Elle comptait en parler à Adrien à son retour. Machinalement, elle brancha le boyau de la laveuse sur le robinet. Pendant le remplissage de la cuve, elle débarrassa la table en surveillant le niveau de l'eau et les enfants. L'avant-midi passa sans qu'elle voie le temps s'écouler. Ce midi-là, son bol de blanc-manger vidé, Anne-Marie décréta qu'elle n'avait plus l'âge de faire la sieste.

— Tu crois, ma puce ?

— Oui, je suis grande !

Angèle le savait, mais elle avait besoin de ce repos des enfants pour s'accorder un peu de temps. Ce moment servait à rattraper les tâches non terminées et à suivre *Le Survenant* à la radio, une émission qu'elle écoutait religieusement en avançant tranquillement son tricot.

— Pourtant, tu fais dodo durant la sieste, finit-elle par répondre à la petite. Ça veut dire que tu en as besoin. Écoute, j'en parle avec papa quand il reviendra.

Satisfaite de cette réponse, la fillette prit sagement la direction de sa chambre.

Un peu plus tard, Angèle venait d'ouvrir la radio quand elle entendit frapper à la porte. Il s'agissait de madame Gagnon, et la jeune femme en éprouva un sentiment d'irritation ; ce moment était précieux pour elle, sa belle-mère le savait. D'habitude, elle respectait cette période de calme après le repas du midi. Angèle s'en voulait de ce mouvement d'impatience, et elle remarqua que ces humeurs se produisaient souvent ces temps-ci… Elle avait les nerfs en boule.

— Chère Angèle, dit madame Gagnon, je ne te dérangerai pas longtemps. Lucette est allée au bureau de poste, il y a une lettre de mon mari. Les hommes devraient arriver à la fin de la semaine. J'ai pensé que tu serais contente de savoir qu'ils reviennent un peu plus tôt que prévu.

— Bonne nouvelle ! Merci de me prévenir, j'ai si hâte de revoir Adrien !

— Je te laisse, j'entends la musique du *Survenant*, bon après-midi.

La tête dans un nuage et le cœur souriant, Angèle esquissa un pas de danse. Dès le réveil des enfants, elle se rendrait au bureau de poste. Sa jeune belle-sœur lui avait proposé de ramener le courrier ; cependant, elle préférait y aller elle-même en faisant une promenade avec les enfants. Aujourd'hui, elle aurait sûrement reçu une lettre d'Adrien. Trop fébrile, elle n'arrivait pas à suivre le fil de son émission.

Trois jours plus tard, en entendant des éclats de voix provenant du rez-de-chaussée, Angèle sentit son cœur s'emballer ; la troupe était de retour. Elle retira rapidement son tablier et passa en vitesse devant la glace de la salle de bain pour ajuster ses boucles brunes. Elle jeta un regard circulaire pour s'assurer que tout était en ordre : Anne-Marie et Roger jouaient par terre dans le salon avec des blocs et le bébé dormait. La cuisine était rangée, un gâteau au chocolat, le préféré d'Adrien, attendait sous la cloche en acier inoxydable. Même si c'était vendredi, la table était dressée avec la nappe du dimanche. La porte au bas de l'escalier s'ouvrit, Angèle reconnut la voix de l'un de ses beaux-frères, qui cria joyeusement :

— Bien l'bonjour, Angèle, y en a un qui a hâte de te voir ! On se parle tantôt.

Lors de chaque retour des travailleurs, sa belle-mère préparait un souper qui réunissait toute la famille. Mais pour ce midi, elle aurait son homme à elle toute seule.

Angèle aperçut le visage souriant d'Adrien au bas de l'escalier. Il escalada les marches deux par deux en retirant son manteau, qu'il balança sur la rampe. Arrivé en haut, il enleva prestement ses chaussures. Anne-Marie accourut vers lui. Resté planté debout près de sa mère, Roger lança :

— Maman, le monsieur, il enlève ses bottes !

Anne-Marie, de son côté, sautait déjà dans les bras de son père. Interdite, Angèle tenta de ne pas réagir aux propos de son fils, désolée pour Adrien qui était reçu comme un étranger. S'approchant de son mari pour respirer son odeur, elle lui prit la main, ce parfum lui avait tant manqué ! Les yeux humides, elle restait sans voix. Depuis leur mariage, cela avait été leur plus longue séparation. Toujours dans les bras de son père, Anne-Marie s'adressa à son frère.

— C'est notre papa, Roger, tu l'as pas reconnu ?

— Allez, viens, mon bonhomme, dit doucement Adrien en faisant signe à son fils.

Attentive à la réaction de Roger, Angèle retenait son souffle. Les absences d'Adrien avaient un impact sur les enfants beaucoup plus important qu'elle ne l'avait présagé. Sans le savoir, son petit garçon venait de lui offrir le meilleur argument pour aborder le sujet dont elle voulait discuter avec Adrien. Ce dernier se montrait un père admirable, mais les enfants avaient besoin de le voir plus souvent.

Le garçon s'avança timidement : Adrien déposa sa fille au sol et empoigna Roger en le faisant voler au-dessus de sa tête comme un avion. L'enfant riait aux éclats, le contact était rétabli. Angèle poussa un soupir de soulagement.

Après un moment de papotage, elle proposa aux enfants de retourner à leurs jeux en attendant le repas. Adrien ouvrit les bras pour inviter sa femme à s'y blottir. Leur baiser était rempli de tendresse, d'un manque à rattraper. Angèle resta ainsi de longues minutes contre lui, jusqu'à ce que le gazouillis de Daniel les ramène à leur rôle de parents.

Le repas fut joyeux et animé. Angèle avait préparé un pâté au saumon, gardant de la purée de pommes de terre mélangée au poisson pour le bébé. Adrien le faisait manger. Plutôt que de lui présenter les aliments à la cuiller, il déposait de petits tas de cette mixture sur la tablette de la chaise haute : l'enfant les saisissait à pleines mains pour ensuite les diriger vers sa bouche.

— Daniel mange tout seul ! lança Anne-Marie.

— Tu crois que c'est la bonne façon de lui apprendre à se nourrir ? demanda Angèle.

— C'est une étape, répondit Adrien en souriant. Tu vois, il comprend qu'il peut lui-même porter la nourriture à sa bouche. Demain, je lui donnerai la cuiller, on verra bien ce qu'il va faire.

— Il va manger avec sa cuiller, comme moi, dit Anne-Marie, toute fière, comme il fait pareil comme moi quand on joue aux blocs.

Angèle respirait de bonheur. Tout devenait plus facile quand Adrien était présent. Après le repas, le père de famille débarbouilla les enfants et les conduisit dans leur lit pour la sieste pendant que la mère rangeait la cuisine et lavait la vaisselle. Elle entendit sa fille s'adresser à son père pour éviter la sieste. « Elle a de la suite dans les idées, celle-là », pensa-t-elle. Puis, elle entendit la réponse d'Adrien. Presque mot pour mot, il fournit la même explication qu'elle avait donnée à l'enfant plus tôt dans la semaine.

Angèle ouvrait le poste de la radio au moment où Adrien revenait dans la cuisine. Cependant, aujourd'hui, elle avait mieux à faire que d'écouter *Le Survenant,* le dialogue radiophonique servirait seulement à créer un bruit de fond. Ils disposaient d'environ deux heures, juste à eux. Elle entraîna son homme vers la chambre, ses caresses lui avaient tellement manqué !

Au milieu de l'après-midi, la jeune sœur d'Adrien était venue chercher ses neveux et sa nièce.

— Je m'en occuperai en aidant maman à préparer le souper, vous avez sûrement des choses à vous raconter, avait-elle ajouté d'un air coquin. On vous attend à cinq heures tapantes. Maman veut servir sa petite liqueur de cerises avant le souper.

Le couple échangea un moment sur le quotidien de chacun pendant les semaines d'absence. Assise en face d'Adrien à la table de la cuisine, Angèle enveloppa ses mains dans les siennes pour aborder le sujet qui lui trottait dans la tête depuis plusieurs jours.

— Chéri, si tu pouvais obtenir un travail où tu rentrerais à la maison tous les jours, où tu serais avec nous, tu l'accepterais ? Tu es un si merveilleux papa, c'est dommage de priver les enfants de ta présence. C'est tellement bon la vie de famille quand tu es là !

— Vous me manquez, Angèle, et j'avoue que la réaction de Roger m'a ébranlé. Tout comme toi, ma famille est ce que j'ai de plus précieux. Malheureusement, je ne suis pas le seul à devoir m'éloigner pour gagner ma vie.

— Tu n'as jamais imaginé faire autre chose ?

— Tu veux dire, traverser de l'autre côté du fleuve, comme deux de mes cousins l'ont fait ?

— Hum ! Tu sais, ça fait un moment que j'y réfléchis. Comment penses-tu qu'on vivrait là-bas ?

— J'aurais une *job* stable, c'est certain. Une paie régulière aussi.

— Et tu ne serais pas parti pendant des semaines ! L'usine de pâte à papier recrute encore et les terrains ne sont pas trop chers, on pourrait construire notre propre maison.

— C'est à bien y penser, tu as raison. Au fond, ce serait une solution pour une plus grande stabilité, pour des rentrées d'argent régulières et pour être plus souvent avec vous autres. Il faudra que je prépare mon père, je ne veux pas lui faire faux bond. On a encore du boulot pour un gros mois au Nouveau-Brunswick, ça nous mène presque aux Fêtes. En janvier, il a obtenu le contrat pour les travaux à la chapelle du monastère des sœurs Marie-Jésus à Rimouski. On devrait en avoir pour trois à quatre mois, mais à ce moment-là, on reviendra les fins de semaine.

— Et après ?

— Après ? Je ne sais pas. Il n'a pas l'air d'avoir d'autres contrats de confirmés pour le printemps 1955.

— Adrien, cette incertitude et ces périodes sans travail entre deux contrats, je sais que ça te gruge. Même si tu n'en parles pas, je suis consciente que ça te cause du souci. Sais-tu ce qui est le plus cher à mon cœur ?

— Moi, j'espère, et nos enfants, répondit-il en souriant.

— Bien sûr, espèce de coquin, rétorqua Angèle en ébouriffant les belles boucles noires de son homme. J'aimerais tellement ça que tu aies un emploi stable !

— C'est certain que ça aiderait pour le budget et pour faire des plans d'avenir.

— Oui ! J'arrive à économiser et ça nous permet de traverser les périodes creuses, mais nos projets n'aboutiront jamais de cette façon. J'aimerais ça que les enfants puissent étudier, et…

— Moi aussi, mon ange, je souhaite que les enfants s'instruisent et j'aimerais bien construire ma propre maison.

— … et ce que j'aimerais par-dessus tout, c'est de voir ma famille réunie tous les soirs autour de la table, conclut Angèle, en espérant que son mari adhère à cette idée.

Adrien savait que sa femme trouvait difficiles les séparations causées par son emploi. Cette conversation ne le surprenait pas, lui-même y avait déjà pensé, mais un tel changement lui paraissait si audacieux ! Angèle avait eu le courage d'aborder le sujet. Maintenant, une occasion se présentait, mais elle aurait un prix. Parce qu'à ses yeux, le travail en usine devenait souvent abrutissant, ardu et répétitif. Avec une septième année d'instruction, il pouvait difficilement aspirer à autre chose qu'un emploi de journalier. Il voulait mieux comme avenir pour ses fils ; du moins, il souhaitait qu'ils puissent choisir leur voie. Angèle avait raison : et s'ils recommençaient leur vie ailleurs ?

CHAPITRE 3

Marianne

Marianne Théberge pleurait à chaudes larmes dans les bras de son amie Lisanne. Elle n'avait pas atteint ses dix-huit ans et sa vie était finie. Par sa faute, la disgrâce entachait la réputation de ses parents, son frère aîné l'avait traitée de… Non, ce mot était trop humiliant, elle n'arrivait pas à le prononcer. Et surtout, jamais elle ne pourrait réutiliser son diplôme de Brevet B, ni enseigner à nouveau, ni « trouver un parti intéressant », comme lui avait lancé son père, rempli de colère, quand elle avait trouvé le courage de lui faire face. Bien sûr, la rage de son père s'était éteinte aussi rapidement qu'un feu de paille. Il était avant tout un homme bon, il aimait sa fille cadette, et elle lui avait brisé le cœur.

Lisanne connaissait une « faiseuse d'anges », mais Marianne avait rejeté la suggestion de la consulter, au grand soulagement de son amie, car cette démarche comportait trop de risques. Plus d'une fois, Lisanne avait eu connaissance des interventions que son père devait effectuer pour réparer les dommages d'un avortement clandestin. Toutefois, Marianne avait accepté que Lisanne parle de « son problème » avec son paternel. La veille, le médecin avait rencontré la jeune fille. Ce praticien rempli de compassion l'avait examinée avec une grande douceur, sans sermon ni jugement, et surtout, il ne lui avait pas interdit de fréquenter sa propre fille. Au contraire, ce bon docteur était conscient que le soutien devenait beaucoup plus utile que le rejet dans de telles circonstances. Il avait informé Marianne d'un séjour possible chez les sœurs du Bon-Pasteur, à leur maison de Québec. Il la recommanderait chaudement à l'un de ses collègues médecins qui y pratiquait, en plus de tenir son cabinet.

— Oh ! Lisanne, c'est épouvantable ! Tu vas me manquer ! Québec, c'est loin, et je n'y connais personne. Mais je pense qu'il est mieux que je m'éloigne.

— C'est seulement pour quelques mois, ma belle amie. Et puis, on s'écrira.

— Mais je vais être obligée de donner mon bébé, ça me brise le cœur !

— Peut-être que tu pourras rencontrer les parents adoptifs.

— Tu penses ?

Non, Lisanne ne le croyait pas ! Elle voulait surtout réconforter son amie, mais elle ne trouvait ni les mots ni les arguments pour l'aider à soulager son chagrin. Ce qu'elle venait de lui dire était quasi impensable. Sa famille recevait régulièrement la visite de médecins, des confrères ou des relations de son père. Elle avait souvent entendu des bribes de conversations sur le sort réservé aux filles-mères. Dans les faits, les bébés étaient rapidement retirés à leur génitrice pour éviter tout attachement. Certaines religieuses se montraient méchantes avec les jeunes filles, car ces dernières devaient expier un péché. Parfois, on les obligeait à travailler pour honorer la dette occasionnée par leur séjour au couvent. Lisanne savait que si l'intervention de son père avait le pouvoir de protéger son amie de certaines malveillances, il ne pourrait lui éviter l'incontournable signature qui allait l'obliger à confier le poupon à l'adoption. L'enfant se retrouverait alors à la crèche, ou comme certains bébés, il serait choisi pour être vendu clandestinement à des couples de riches Américains. Dans ce cas, jamais la mère ne pourrait retrouver son enfant.

— Au moins, reprit Marianne entre les sanglots qui se calmaient peu à peu, tu restes mon amie. Ton père, il n'était pas obligé de m'aider. C'est très généreux de sa part ce qu'il fait pour moi.

— Marianne, malgré ce qui t'arrive, tu demeures la même personne pour moi. On s'est promis qu'on resterait amies pour la vie et je tiens toujours mes promesses. Mais laisse-moi te dire que je brûle d'envie de faire payer sa lâcheté à cette espèce de malotru, ton ex-fiancé. Je le trouve irresponsable, abject, menteur, perfide et indigne de ton amour ! Un jour, sa bassesse va le rattraper.

— Tu ne l'as jamais aimé, n'est-ce pas ?

— Pas tellement, c'est vrai. Ce gars-là accorde beaucoup trop d'importance aux apparences et à sa réputation. J'ai toujours trouvé qu'il avait un air de parvenu. Mais toi, tu l'aimais, alors je me disais qu'il devait posséder quelques qualités que je ne parvenais pas à voir. Sa réaction me confirme que c'est un être superficiel et indigne de confiance. Ma chère Marianne, ce n'est sûrement pas par l'opération du Saint-Esprit que tu te retrouves dans cet état.

Lisanne serrait son amie dans ses bras. Oui, plusieurs mois s'écouleraient avant qu'elles se revoient. Est-ce que cette épreuve changerait quelque chose à leur amitié? Que leur réservait l'avenir? Lisanne doutait de vouloir se marier, elle préférait recevoir des moqueries sur son état civil. La jeune fille considérait que la condition de vieille fille était préférable à celle d'être mal mariée. À quelques reprises, elle avait accueilli des patients au bureau de son père, adjacent à leur domicile. Elle avait vu de près la misère et les épreuves humaines. Elle se demandait quelle souffrance était la plus difficile à supporter: celle du corps ou celle qui touche le cœur.

Deux jours plus tard, Marianne et ses parents furent invités pour un repas autour de la majestueuse table de la salle à manger chez le médecin. Pendant le souper, la bonne humeur de Lisanne et l'amabilité de son père rassurèrent Marianne et ses parents. Celle-ci serait dirigée au bon endroit et dans une attitude de compassion.

La semaine suivante, les deux jeunes filles se faisaient de touchants adieux. Les yeux humides d'émotion, le médecin ouvrit la portière de sa voiture à Marianne, après avoir rangé ses bagages dans le coffre. Il avait refusé que sa fille les accompagne pour le voyage. Si leur séparation était déjà triste et émouvante, au seuil du couvent, elle aurait sans doute été déchirante et troublante. Certes, elles éprouvaient des sentiments sincères, mais leur grande sensibilité exacerbait encore davantage toutes les émotions qu'elles ressentaient.

En arrivant à Québec, le médecin avait invité la jeune fille au restaurant avant de se rendre chez les religieuses. En la présentant à la mère supérieure, il précisa que cette demoiselle était aussi précieuse pour lui que sa propre fille.

— Nous en prendrons bien soin, docteur Beaudoin, n'ayez crainte, répondit l'aimable sœur.

Et elle avait tenu parole. Marianne partageait sa chambre avec une autre jeune fille, une adolescente d'à peine seize ans. Arrivée deux jours plus tôt, elle portait encore les marques de la raclée reçue de la part de son père. Elle savait tout juste lire, mais elle possédait de vrais doigts de fée. Tricot, broderie et pièces de couture qui naissaient de ses mains s'avéraient de réels objets d'art. Même les religieuses s'exclamaient devant son travail.

Marianne fut choquée par la violence subie par sa compagne. C'était inimaginable pour elle qu'un parent traite ainsi son enfant. Au fil des semaines, la relation qui se tissa entre les deux jeunes filles ressemblait aux liens qui existent entre des sœurs, construite par un soutien réciproque, de la bienveillance et une joyeuse complicité. Cela était tellement différent de ce que Marianne avait imaginé. Les religieuses se montraient douces et avenantes. Certes, la prière et le travail ponctuaient leurs journées, mais le quotidien se déroulait dans un climat serein. Contrairement à ce qu'elle avait imaginé, Marianne n'avait jamais subi d'humiliation ni de discours sur son péché à racheter.

Pendant son séjour, elle assistait une religieuse dans sa tâche d'enseignante. Elle n'aurait pu rêver mieux. Elle fut abasourdie de constater à quel point plusieurs des pensionnaires avaient peu fréquenté l'école. Et stupéfaite d'apprendre que la fille d'un juge et une adolescente de quatorze ans, violée par un voisin, figuraient parmi les pensionnaires. Malgré leurs différences, ces jeunes filles avaient toutes en commun le bébé malvenu qu'elles portaient. Marianne réalisait que ce résultat n'était pas toujours le fruit d'un amour défendu.

Imperceptiblement, au fil des semaines, son ventre enflait. Un jour, l'émotion la submergea quand elle perçut un doux mouvement. Pour la première fois, elle sentit la vie en elle. À partir de ce moment, le soir, en silence, pour éviter d'être entendue par sa compagne, elle laissait glisser les larmes sur ses joues. Des larmes d'impuissance parce qu'elle ne pourrait jamais tenir ce bébé dans ses bras, la sœur supérieure s'était montrée très claire là-dessus. Des larmes de révolte à cause de la trahison d'un garçon qu'elle avait aimé. Arriverait-elle à nouveau à faire confiance à un homme ? Des larmes de honte, car ses parents ne méritaient pas une telle ombre dans leur famille, eux, qui lui avaient donné une bonne éducation.

Malgré ses appréhensions face à l'avenir, le temps filait doucement pour Marianne. La correspondance avec ses parents et surtout celle avec Lisanne l'aidaient à traverser son épreuve.

Décembre 1955
Ma très chère Lisanne,

Déjà trois mois que j'habite ce couvent. Tu ne peux savoir à quel point je serai éternellement reconnaissante à ton père de m'avoir permis de m'installer ici. Encore une fois, remercie-le pour moi. Les religieuses m'ont confié un groupe de trois filles à qui j'enseigne. Bien sûr, elles me surveillent de loin, comme le faisait la directrice de l'école où je faisais la classe. Mais jamais elles ne trouvent à redire sur mon travail, au contraire ! Dans mes temps libres, je tricote et j'apprends la broderie avec ma compagne de chambre. Chaque jour, une religieuse nous accompagne pour une promenade. L'air pur est nécessaire pour la future mère, nous dit-on. C'est absurde de nous interpeller ainsi alors que tout le monde sait fort bien qu'on va nous arracher ce bébé sitôt qu'il sera né. Je commence à sentir cette vie en moi. Mon ventre est un peu enflé, mais je n'ai eu aucun malaise, comme certaines des filles. Je mène une existence calme et tranquille. Mais que me réserve l'avenir ? Pourrai-je retrouver un poste d'enseignante dans ma ville ? Si

je reviens chez moi sans bébé, est-ce que ma vie reprendra où je l'avais laissée en partant ?
Ma compagne de chambre est bien décidée à ne pas retourner dans son petit village. On dirait que son séjour ici lui redonne vie. Les religieuses n'arrêtent pas de s'exclamer devant son travail. Elle a pris une belle assurance et elle s'avère une jeune fille très joyeuse, ce qui n'était pas le cas à son arrivée. La religieuse qui s'occupe d'elle lui a même fait rencontrer une dame propriétaire d'un salon de haute couture à Québec. Imagine, elle va travailler comme petite main, et elle doit commencer sous peu, en accomplissant le travail ici même. Un avenir s'ouvre devant elle, alors qu'il se présentait complètement bouché à son entrée. Dans mon cas, c'est plutôt l'inverse.
Chère Lisanne, ne te gêne surtout pas pour me parler de ta vie à l'université. Je trouve si extraordinaire ce que tu vis et je m'en réjouis pour toi. Te lire fait éclater de grands rayons de soleil dans mon quotidien. Je ne pensais pas qu'étudier aux Beaux-Arts pouvait offrir tant de possibilités. Donne-moi plus de détails sur ces nouveaux métiers qui naissent avec l'arrivée de la télévision et auxquels tu t'intéresses. Bonne chance pour tes examens de fin de session, je ne doute pas de tes bons résultats.
Avec mon indéfectible amitié,
Marianne

L'année 1956 commença dans les larmes pour Marianne. Les fêtes de Noël, si joyeuses dans sa famille, lui manquèrent terriblement, et son frère aîné ne s'était pas gêné pour lui en relater tous les détails dans l'une de ses rares lettres. « Il a dû prendre un méchant plaisir à tourner le couteau dans la plaie », pensa Marianne en jetant la lettre. Sa mère lui avait posté un gros colis rempli de douceurs : un gâteau aux fruits, une boîte de chocolats, une petite chaudière de ses réglisses si prisée et trois cadeaux bien emballés. Elle reçut le livre *Rue Deschambault* de Gabrielle Roy et le serra contre son cœur. Elle avait lu tous les précédents romans de cette femme qui avait enseigné avant de plonger dans l'écriture. Dans un autre paquet, elle déballa une jolie paire de gants de chevreau, rouge bordeaux et orné de délicats boutons. Élégants, raffinés et très féminins. En recevant ce cadeau, Marianne comprit que ses parents ne souhaitaient pas qu'elle se fasse bonne sœur, comme l'avait lancé son frère. Le dernier emballage contenait une magnifique jaquette confectionnée par sa mère. En flanelle, d'un rose tendre semé de fleurettes blanches et vert menthe, généreusement plissée pour donner de la place à son ventre. Une jolie dentelle de coton crochetée garnissait les poignets, le col et la parementure du vêtement. Cela ne laissait aucun doute que, dans ce présent, transpirait tout l'amour maternel.

À la mi-avril, l'une des filles du couvent dut être transportée à l'Hôtel-Dieu. Les douleurs de l'enfantement s'éternisaient, une césarienne devenait nécessaire. Marianne se demanda si certains bébés, pressentant l'abandon, tentaient de repousser leur arrivée dans ce monde hostile. Elle luttait pour chasser cette idée et priait pour que des parents aimants choisissent son enfant. Le soir, elle lui chantonnait une berceuse en lui chuchotant que des anges veilleraient sur lui. Si cela ne produisait pas d'effet sur le fœtus, un semblant de réconfort apaisait Marianne.

En mai, trois semaines avant la date prévue, Marianne donna naissance à un minuscule garçon. Tout s'était déroulé rapidement. Elle avait à peine aperçu un petit paquet enveloppé de flanelle bleue dans les bras d'une aide-soignante qui sortait de la chambre d'accouchement. Mi-somnolente, elle avait vaguement entendu les paroles de la religieuse : « On vous ramène à votre chambre et on vous laisse dormir un peu avant la signature des papiers. »

Le bébé s'éteignit quelques heures après avoir reçu l'eau baptismale dans la chapelle du couvent. À peine arrivé dans ce monde, le petit Henri était reparti aussitôt sur la pointe des pieds, avant même que sa mère ait signé des papiers. « Celui-là, il a été adopté par les anges », avait dit Marianne à la religieuse venue lui apprendre la nouvelle.

Deux semaines plus tard, elle quittait le couvent avec le doux souvenir de ses compagnes, quelques apprentissages dans ses bagages et les chaleureuses recommandations des religieuses. « Va où la vie t'appelle, ma fille, et n'oublie pas d'être heureuse, car le bonheur des humains fait sourire les anges », avait dit la sœur qui s'était occupée d'elle durant son séjour.

Quand Marianne revint à Saint-Vincent-de-Paul, si ses parents démontrèrent une grande joie de la revoir au bercail, l'école où elle avait enseigné lui signifia qu'on l'avait remplacée et qu'aucune autre tâche d'enseignement ne serait disponible pour la prochaine rentrée. Le garage de son père avait vu sa clientèle diminuer sensiblement au profit des concurrents. Son frère Guy, qui travaillait également au garage, ne se gêna pas pour lui en faire porter le blâme. Avec tristesse, Marianne voyait sa mère être évitée dans les soirées de bienfaisance où elle avait l'habitude de se montrer active. « Belle charité ! » soupira la jeune femme. Durant l'été, Lisanne resta en ville. Elle avait la chance inouïe de travailler comme assistante dans la conception et la réalisation des décors pour la pièce présentée au Théâtre Saint-Denis à l'automne. Si les contacts entre les deux amies demeuraient riches en échanges et intenses, ils devenaient rares. Marianne se morfondait.

Quand son frère Edmond et sa famille vinrent en visite, lors des vacances estivales annuelles, Marianne passa ces quelques jours à Montréal avec Lisanne. Elle avait vu Edmond le temps d'un dernier souper, avant qu'il reparte vers la Côte-Nord, et le temps de quelques jeux avec ses neveux. Au début du mois de septembre, elle eut une longue discussion avec ses parents, après un appel téléphonique d'Edmond. Il proposait une solution pour l'avenir de sa sœur. Marianne sortit désespérée, mais avait-elle d'autres avenues ? Elle laissa glisser le temps jusqu'au printemps suivant, et devant le cul-de-sac qu'était devenue sa vie, elle se résolut à accepter l'offre de son frère. Pourrait-elle se reconstruire une vie ailleurs ?

PREMIÈRES ANNÉES
SUR LA CÔTE-NORD

CHAPITRE 4

Marie-Berthe et Benoit

Un mois après l'ouverture de son restaurant, Benoit était impatient de retrouver les siens. Il avait talonné les ouvriers pour qu'ils terminent la maison à temps pour l'arrivée de sa famille. À Sainte-Angèle, Marie-Berthe et les enfants s'étaient endimanchés pour leur grand départ de l'auberge familiale. Ses beaux-parents les reconduiraient à l'aéroport de Mont-Joli. Martine arriverait par le traversier une dizaine de jours plus tard. Près de ses petits-enfants, le grand-père observait l'atterrissage d'un avion devant leurs yeux ébahis face à cet objet volant.

— Écris-moi vite, Marie-Berthe, dit sa belle-mère en la serrant dans ses bras.

— Sans faute ! Vous savez, j'ai un peu le trac. Je m'en vais commencer une nouvelle vie, je n'ai encore jamais mis les pieds dans cette ville-là.

— Tu sais que vous pouvez revenir n'importe quand.

— Oui, je le sais. Mais je ne crois pas qu'on retournera en arrière. Même si le fleuve est pas mal large et que d'ici, on ne voit même pas de l'autre côté, avec l'avion, une fois qu'il commence à rouler sur la piste, comme par magie, on se retrouve sur l'autre rive en vingt minutes. Vous viendrez nous visiter, n'est-ce pas? Vous allez me manquer, madame Fortin!

Les deux femmes s'étreignirent. Une voix dans le haut-parleur de l'aéroport annonça le départ imminent du vol en partance pour Baie-Comeau. La gorge serrée, Marie-Berthe embrassa son beau-père; elle vit son regard humide. Monsieur Fortin fit diversion en donnant une poignée de main à ses trois petits-fils, tout excités de partir s'installer dans les gros sièges de l'appareil. Il prit la jeune Margot dans ses bras et accompagna la famille de son fils jusqu'à la porte extérieure. Là, il remit la petite à sa mère. Sa femme vint le rejoindre et passa son bras sous le sien. Tous les deux regardèrent Marie-Berthe avancer sur le tarmac, une maman cane suivie de ses canetons. Au pied de l'escalier, une hôtesse souriante leur souhaita la bienvenue à bord. Dix minutes plus tard, les grands-parents Fortin observaient l'appareil de Québecair amorcer son envol, en emportant avec lui une partie de leur vie.

Dans l'appareil, Marie-Berthe prit le siège indiqué par l'agente de bord, son fils de quatre ans s'assit à côté d'elle, sa fillette bien installée sur ses genoux. Les deux aînés, Pierre et Jacques, occupaient le siège en avant du sien.

— Maman, regarde! fit Alain. Grand-père et grand-mère nous font des saluts.

Le garçonnet balaya son bras devant le hublot.

— Je ne crois pas qu'ils te voient, mon trésor.

— Oh! Maman, regarde, ils rapetissent!

— C'est parce qu'on s'éloigne.

L'avion accéléra, puis s'éleva dans les airs. Alain observait les roues « se cacher » sous les ailes de cet oiseau de fer. Sur le fleuve, il aperçut un traversier qui avançait dans la même direction qu'eux.

— Maman, il va où, le bateau ?

— Je pense qu'il va au même endroit que nous.

— On va gagner la course, hein ?

Marie-Berthe sourit. L'insouciance de son fils l'apaisait. L'enfance est cette faculté d'émerveillement remplie de naïveté, où tout devient un jeu. Elle entendait ses deux grands échanger leurs commentaires.

— Maman, j'ai mal aux oreilles.

— J'ai quelque chose pour toi, dit l'hôtesse qui arrivait à leur hauteur. Tiens, ça devrait t'aider.

Après son mot d'accueil et les consignes de sécurité que Marie-Berthe avait écoutées attentivement, la jeune femme circula en présentant un panier rempli de petits rouleaux de bonbons Life Saver. Du fauteuil avant, Jacques se retourna en tendant quelques friandises à son jeune frère.

— Tiens, Alain, je te donne mes jaunes, tu me donnes tes verts, OK?

Marie-Berthe sourit en observant cette complicité qui régnait entre ses fils. L'inconnu ne semblait pas les effrayer, ce voyage était une aventure pour eux. À l'atterrissage, elle retrouverait enfin Benoit, mais quoi d'autre ? Elle serait fixée sous peu.

Quelques minutes plus tard, l'avion amorçait sa descente. Du haut des airs, Marie-Berthe découvrit sa nouvelle ville. Un plateau de sable avec quelques rues de terre battue et plusieurs maisons en construction. La forêt s'étendait à perte de vue. Pas de grands champs de culture comme dans le Bas-du-Fleuve, juste un pré près d'une rivière sinueuse où broutaient quelques vaches à côté d'une grange. L'avion amorça un virage en passant au-dessus de la ferme. Marie-Berthe aperçut alors la tour de contrôle de l'aéroport. Benoit les attendait sûrement.

Oui, son homme était là. La mère de famille laissa les enfants lui sauter au cou ; ils n'avaient pas vu leur père depuis plus d'un mois. Ils parlaient tous en même temps pour raconter leur voyage. Une vraie cacophonie ! Marie-Berthe l'observait, attentif à leurs propos, ébouriffant une chevelure au passage, donnant un bécot à sa fille, tout en jetant un œil étincelant dans sa direction.

— Maintenant, dit Benoit, on va chercher vos valises et je vous amène dîner à mon restaurant. Après, on se rend à la maison pour s'installer.

Marie-Berthe découvrait le commerce de son mari, son rêve concrétisé. Avec émotion, elle descendit les cinq marches qui menaient au restaurant, situé dans le demi-sous-sol du bâtiment. Benoit lui avait ouvert la porte à la façon d'un groom. Elle balaya les lieux du regard. Tout était neuf et étincelant. Des tables de formica colorées avec des banquettes bien rembourrées jouxtaient un bar, situé près de la caisse de l'entrée. Exactement comme sur le plan qu'il avait dessiné ! Sur les tables adjacentes aux murs trônait un juke-box. Quelques clients attablés saluèrent Benoit et sa famille. Ce dernier présenta les deux serveuses aux siens et fit asseoir les enfants. La banquette était suffisamment large pour accueillir tout le monde. Pierre et Jacques prenaient plaisir à lire le menu aux petits. Marie-Berthe observait la fierté qui se lisait sur le visage de Benoit. En attendant que la soupe à l'orge soit servie, elle dit :

— Tu as l'air d'un poisson dans l'eau ! Tout roule comme tu le souhaites ?

— Et comment ! Surtout que maintenant, vous êtes arrivés. Je m'inquiétais un peu pour l'approvisionnement en nourriture, mais ça va mieux que je l'escomptais. Je suis très content de mon personnel, et déjà, une partie de la clientèle revient régulièrement. J'ai acheté une publicité dans le journal, pour un mois. Mais je pense que le bouche-à-oreille fait plus son bout de chemin.

— J'ai jeté un coup d'œil en haut avant d'entrer ici. L'apparence de mon magasin me plaît, j'adore les grandes vitrines de chaque côté de la porte d'entrée. Tu m'avais montré les plans, mais c'est encore mieux dans la réalité !

Les enfants avalèrent leur soupe avec appétit, puis la serveuse apporta le plat principal, servant d'abord les plus jeunes, comme lui avait demandé Benoit.

— Papa, on va pouvoir revenir manger ici ? demanda Jacques. Chez grand-père, on n'a jamais mangé dans le restaurant, il disait qu'on n'était pas des clients.

— Il avait raison, répondit Benoit. Chez grand-père, c'était aussi notre maison, avec notre salle à manger privée. Il ne faut pas tout mélanger. Ici, on a notre maison juste à nous, ce n'est pas très loin. Oui, on reviendra prendre des repas au restaurant, pour les occasions spéciales.

La nuance n'échappa pas à Marie-Berthe. Pour les enfants, l'auberge familiale appartenait à leurs grands-parents. Sa famille disposait de pièces personnelles, et malgré une liberté d'agir pour se sentir chez eux, au fond, ils habitaient chez les beaux-parents. En concrétisant ce rêve de devenir son propre patron, Benoit leur offrait une vie bien à eux. C'est à cet instant précis que Marie-Berthe prit conscience de la source du malaise qui la suivait depuis quelque temps : elle aspirait à une vie privée, à un cocon pour sa famille. En allant vers son but, Benoit lui ouvrait toute grande la porte des possibilités : son propre commerce et une vie familiale sereine.

Marie-Berthe avalait lentement les bouchées d'un délicieux pâté au poulet en observant les enfants excités de retrouver leur père et remplis d'enthousiasme devant leur nouvelle vie. Y arriverait-elle aussi facilement qu'eux ? La ville arborait certes des allures modernes, avec ses larges rues et ses constructions neuves. Pourtant, elle gardait l'impression d'arriver dans le Far West, avec toute cette poussière et cette effervescence. Elle n'avait vu aucune pelouse ni de fleurs, et les rares arbres qui ornaient les devantures des maisons avaient une allure rachitique. Son assiette vidée, Benoit s'essuya la bouche et proposa :

— Beth, pendant que les jeunes mangent leur dessert sous l'œil bienveillant de la serveuse, je t'amène en haut. Je sais que tu brûles d'envie d'aller voir. Les ouvriers sont avertis de notre visite.

Les tables du restaurant se libéraient. Le cuisinier traversa la porte battante de la cuisine pour rencontrer la famille de son patron. Il déposa un plat de pouding chômeur au centre de leur table en s'adressant aux enfants.

— Paraît que vous aimez ça, les jeunes ! Aujourd'hui, je l'ai cuisiné spécialement pour vous. Avec de la bonne crème, ajouta-t-il en glissant le pot à côté du dessert. Bienvenue à Hauterive !

Benoit entraîna Marie-Berthe à l'étage pendant que la serveuse s'assoyait avec les enfants. Elle leur servit les portions de dessert.

— J'ai terminé mon travail et je passe un moment avec vous autres pour qu'on apprenne à se connaître, leur dit-elle. Votre papa m'a laissé de la monnaie pour la machine à musique.

— On va seulement en haut, dit Benoit. Je fais visiter son futur magasin à votre mère. C'est juste au-dessus, ajouta-t-il en pointant un doigt vers le haut.

— Et nous, on pourra y aller aussi ? demanda Alain.

— Oui, avant l'ouverture, promit Marie-Berthe. Vous serez les premiers visiteurs, quand tout sera terminé.

Le cuisinier retourna à sa cuisine. La serveuse jasait amicalement avec les enfants, en s'informant de leur voyage en avion, tout en proposant un nuage de crème sur leur portion de pouding.

Marie-Berthe resta bouche bée en franchissant le seuil de la porte. Sur sa gauche, un mur aussi beau que celui qu'elle avait vu, puis dessiné, dans une boutique à Québec était garni d'alcôves remplies d'étagères. Dans la partie inférieure, de jolis panneaux fermaient les armoires. Installé parallèlement, un vaste comptoir offrait amplement d'espace pour procéder aux emballages. Sur le côté opposé, d'autres étagères à alcôves couvraient la moitié du mur avec, au fond, un espace dégagé. Marie-Berthe jubilait! Elle avait dessiné cela, elle avait bien expliqué ce qu'elle souhaitait. Tout était là! Si beau, si fonctionnel!

— Attention, c'est pas encore sec, indiqua l'un des peintres. Quand la peinture va être finie, on va installer le banc et les supports à chaussures dans ce coin-là, précisa-t-il en pointant l'endroit. Tout est terminé, reste juste à peinturer. On finit la couche de fond cet après-midi et demain, on sera prêts à donner la couche de finition.

Marie-Berthe voyait les yeux de Benoit s'allumer en observant son plaisir devant les résultats. Il l'entraîna à l'arrière, vers un renfoncement adjacent au coin des chaussures en précisant:

— Là, il y a une petite salle d'eau et un espace fermé où tu pourras te retirer dans le calme pour le travail administratif.

— Un bureau? interrogea Marie-Berthe, surprise. Je n'ai pas vu ça sur le plan que tu m'avais montré.

— Bien, ça rapetisse un peu la surface du magasin, mais avec ce que tu souhaitais, c'est quand même assez grand. En plus, tu seras plus tranquille pour préparer tes commandes ou travailler à la comptabilité. Et il y aura une ligne de téléphone.

Marie-Berthe sentait quelque chose gonfler au fond d'elle : de la fierté et une immense source de satisfaction. Bureau, commande, comptabilité... elle ne ferait pas seulement vendre des vêtements. Comme un chef d'orchestre, elle dirigerait ce commerce. Chaque détail comptait.

— Pourquoi une garde-robe si grande ? demanda-t-elle, en regardant un mur complet de la pièce couvert de portes coulissantes.

— Ouvre !

Benoit souriait de contentement. Marie-Berthe fit glisser l'une des portes et constata qu'il ne s'agissait pas d'une penderie, mais plutôt d'une armoire de rangement.

— Un genre d'entrepôt, si tu veux.

— Tout est plus que parfait ! Je trouve ça vraiment à mon goût.

La jeune mère souriait de plaisir comme une enfant qui découvre un cadeau longtemps souhaité. Se tournant vers les travailleurs, elle demanda :

— De quelle teinte est la couche de finition ?

— C'est blanc, pour pas jurer avec la couleur du linge, répondit l'un d'eux.

— Parfait ! Mais j'aimerais bien ajouter un peu de couleur, ce serait plus gai. Par exemple, au bas du comptoir, sur la corniche des étagères, peut-être sur le petit banc du coin chaussures. Et aussi sur les murs de mon bureau.

— À vot' service, madame Fortin. Y a qu'à choisir.

Benoit était aux anges ! Cette femme, sa femme, savait ce qu'elle voulait. Une maman rayonnante était revenue chercher ses enfants au restaurant après cette visite. Son enthousiasme devant leur nouvelle vie avait monté d'un cran. Benoit avait prévu de consacrer le reste de la journée à sa famille pour l'installation dans leur demeure.

Marie-Berthe s'attarda à peine à l'extérieur de la grande maison sise sur le coin de la rue. Tout comme les enfants, elle était impatiente d'en voir l'intérieur. En y pénétrant, elle fut surprise d'apercevoir une série de matelas empilés sur le sol dans le salon. Les meubles encore dans leur emballage étaient tassés le long des murs.

— Les enfants, allez choisir votre chambre, dit leur père. Jacques et Alain, vous partagerez la même.

Puis, Benoit prit la main de Marie-Berthe pour l'entraîner vers la chambre principale. Le mobilier qu'ils avaient choisi ensemble à Québec y était placé. Il l'enlaça en la serrant longuement dans ses bras, une première étreinte dans leur nouvelle demeure. Marie-Berthe s'y abandonna avec délice pendant que les enfants couraient d'une pièce à l'autre. Ils seraient heureux ici, elle en avait maintenant la certitude, tous ses doutes s'évaporaient.

L'arrivée de deux jeunes hommes interrompit leur moment d'intimité. Benoit les avait engagés pour installer la plus grande partie des meubles. Il leur donna les indications pour que les lits soient montés et les matelas installés dans les chambres choisies par les enfants. Pendant qu'ils s'affairaient, Marie-Berthe faisait le tour de la cuisine, de la salle à manger et de la salle de lavage. Des boîtes s'empilaient un peu partout. Les deux hommes disposèrent ensuite les meubles du salon pendant que Benoit apportait les valises restées dans le coffre de la voiture. L'horloge accrochée dans la cuisine indiquait quatre heures quand les jeunes engagés repartirent. Devant l'ampleur des tâches qu'il restait à accomplir pour arriver à manger et à dormir dans un endroit qui n'aurait pas l'allure d'un capharnaüm, en femme efficace, Marie-Berthe donna joyeusement une suite de consignes.

— Benoit, s'il te plaît, déballe une boîte de jouets. Alain, tu peux t'amuser avec ta petite sœur dans un coin du salon. Pierre, tu prépares deux lits avec ton père, et toi, Jacques, tu vas m'aider pour les autres. Ensuite, les garçons, vous videz vos valises et je n'ai pas besoin de vous dire à quoi servent les tiroirs des commodes ! Après ça, vous déballerez chacun deux boîtes : des livres, des jeux, ce que vous voulez, c'est écrit sur le côté du carton. Pour le reste, on continuera demain. Moi, je m'occupe d'installer la salle de bain puis ce sera l'heure de souper.

— Et moi je ramasse tout ce qui traîne, renchérit Benoit avec bonne humeur. Alors, vous avez intérêt à ne pas laisser vos affaires à travers les boîtes et le papier. Beth, dans le frigo, il y a un pâté chinois et de la salade de chou pour le souper. Faudra juste le faire réchauffer quand on sera prêts à manger.

— Est-ce qu'il reste du pouding chômeur ? demanda Alain.

Ce soir-là, sitôt les enfants au lit, Marie-Berthe enfila sa robe de nuit et se lova dans les bras de Benoit, qui l'attendait sur le divan. Elle lui confia tout son bonheur d'être à nouveau près de lui pour commencer leur nouvelle existence. Peu après, elle sombra dans le sommeil, emportée par la fatigue. Benoit la transporta dans leur lit en la bordant doucement, comme il l'avait fait avec chacun des enfants.

Depuis cette première nuit dans leur maison, Marie-Berthe remerciait le ciel chaque jour d'avoir suivi Benoit. La ville s'organisait, leur vie prenait un rythme qui lui plaisait et surtout, depuis maintenant presque deux ans, elle se sentait vraiment chez elle. Marie-Berthe faisait sa promenade quotidienne en poussant le carrosse où dormait la petite Chantale, cinquième enfant de la famille, la première à avoir vu le jour à Hauterive au milieu de l'été 1955. Sitôt le landau en mouvement, le bébé s'endormait. La jeune mère passa devant la toute nouvelle école que fréquentaient ses fils Pierre, Jacques et Alain. Elle entendait les enfants chahuter dans la cour de récréation, ses garçons jouaient certainement avec les autres. Sa cousine Martine se montrait enchantée de sa vie sur la Côte-Nord. Elle répétait souvent à quel point elle appréciait ses « espaces privés », aménagés dans le sous-sol complètement fini. Martine mettait autant d'application à s'occuper de la maison et des enfants que s'il s'était agi de sa propre famille. Marie-Berthe avait raison : « Quand on soigne ses employés, on est toujours gagnants ! » Le même constat s'appliquait pour les vendeuses de son commerce de vêtements pour enfants, qu'elle avait appelé Le Bambino. Benoit prônait la même approche avec le personnel de son restaurant. Leur clientèle devenait fidèle et ne cessait de croître au même rythme que la ville qui s'étalait. Les employés se montraient fiables, responsables et d'une grande efficacité. Quand Marie-Berthe avait constaté sa dernière grossesse, elle avait engagé une autre vendeuse. Au bout d'un mois, elle lui avait confié davantage de responsabilités.

—Je ne vous décevrai pas, madame Fortin.

—Je n'en doute pas, Marie. Avec ce nouveau bébé qui s'en vient, je ne veux pas m'inquiéter du magasin quand je ne suis pas là. Tu n'as pas besoin qu'on te dise quoi faire, tu vois le travail. Tu as su prendre d'heureuses initiatives. Et si tu es d'accord, je te confie la mise en place de la devanture. Tu possèdes un sixième sens pour mettre certains vêtements en valeur. Je suis tellement contente de la façon dont tu as agencé la vitrine d'été, tu as créé une vraie scène en ajoutant des accessoires. Je ne sais pas où tu as pêché cette idée, mais plusieurs clientes m'ont passé de très bons commentaires.

Au moment de la naissance de Chantale, Marie-Berthe s'était absentée du commerce pendant deux mois complets. Cette époque correspondait à une période creuse pour les ventes. Marie avait refait l'inventaire en suggérant d'installer un coin de vêtements « toutes saisons » complètement au fond du commerce. Layettes pour bébés, sous-vêtements et uniformes scolaires s'étaient retrouvés dans cette section. Elle avait aussi proposé de présenter, sur un pan de mur distinct, les vêtements de fillettes et ceux des garçons. Là encore, la clientèle se montrait satisfaite, car cette façon de faire facilitait tellement la recherche du vêtement désiré pour les mères, souvent débordées. Avec l'afflux constant de jeunes familles qui s'installaient, Marie-Berthe constatait qu'elle avait vu juste relativement au choix de son commerce. Dans la rue juste derrière la leur, les maisons poussaient comme des champignons. Un peu plus loin, le gravier recouvrait le tracé pour la construction de nouvelles rues. Son beau-père s'était royalement trompé: cette ville n'était pas sur le point d'agoniser. Quel chemin parcouru depuis leur décision de traverser sur la Côte-Nord !

La petite dormait dans son carrosse, la journée était splendide, Marie-Berthe aimait ces longues promenades, où elle laissait vagabonder ses pensées. Sa vie familiale avait pris un rythme qui l'enchantait. Elle repensait aux derniers mois passés à Sainte-Angèle. Benoit avait organisé leur vie à distance, avant le grand déménagement. À l'exception d'une brève visite à l'auberge et d'une escapade de deux jours à Québec, où le couple s'était retrouvé en amoureux, tout en finalisant les achats pour les deux commerces, Marie-Berthe avait passé cinq longs mois seule avec ses enfants, avant que toute la famille soit réunie. Le quotidien avait alors été marqué par la morosité de sa belle-mère et une distance qui se creusait avec son beau-père. Jusqu'au départ de Benoit, les parents de ce dernier avaient espéré que le couple changerait d'idée. Au cours de sa visite, alors que les adultes s'attardaient à siroter leur thé, Benoit avait suggéré à son père de continuer leurs échanges sur les stratégies commerciales afin de poursuivre l'expansion de leur établissement respectif. Le vieil homme l'avait brusquement remis à sa place. Marie-Berthe avait serré la main de son homme, l'invitant à ne pas répliquer.

Cette fois-là, monsieur Fortin était promptement sorti de table pour se diriger vers son bureau. Benoit était reparti le cœur lourd, et Marie-Berthe avait préféré ne pas partager avec lui le malaise qu'elle vivait. Heureusement que la présence des enfants allégeait le climat, leur grand-mère s'appliquant à savourer chaque moment qu'elle passait auprès d'eux.

Cela faisait presque dix ans que Marie-Berthe et Benoit s'étaient dit oui. Ils s'apprêtaient alors à plonger dans un projet aussi grand et aussi fou que leurs rêves. « C'est un saut dans le vide que vous faites là ! Avec quatre enfants, vous allez vous casser la gueule », avait prédit le père de Benoit. Marie-Berthe vouait un grand respect à son beau-père, mais cette fois-là, elle avait souhaité très fort qu'il se trompe. Il avait réussi à ébranler sa confiance et, loin de Benoit, elle avait dû lutter très fort pour n'en rien laisser paraître.

En poussant le landau, Marie-Berthe songeait aux mois qui venaient de s'écouler. Ils avaient fait les bons choix. Devenir propriétaire d'un restaurant et tenir un magasin était exigeant, mais les moments en famille étaient exclusifs et remplis de quiétude, contrairement au temps où Benoit gérait l'auberge avec son père. Les employés travaillaient avec cœur, Benoit et Marie-Berthe étaient tous les deux des patrons qui n'aimaient pas traiter les gens de haut, ils favorisaient la prise de responsabilité et la collaboration. Marie-Berthe agissait ainsi également avec Martine, et quand on désignait la jeune fille comme une servante, elle corrigeait aussitôt l'appellation. Martine était sa collaboratrice à la maison, au même titre qu'un gérant jouait le rôle de bras droit du patron dans un commerce.

En arrivant devant le magasin, Marie-Berthe resta plongée un moment dans un univers magique. Encore une fois, Marie avait réussi de superbes vitrines. À l'extrémité de la devanture, elle avait installé un jeune bouleau qu'elle avait trouvé à travers les quelques arbres abattus pour dégager le terrain d'une maison en construction. Accrochés à un cintre, des vêtements de bébé étaient suspendus aux branches. Au centre, deux mannequins vêtus de vêtements d'automne se faisaient face, une corde à danser était fixée dans l'une de leurs mains. L'autre vitrine représentait une scène intérieure. Marie-Berthe reconnut les jouets que Marie avait empruntés aux enfants. «J'en aurais besoin pour trois mois, après, je vous les redonnerai et ce sera presque comme d'en avoir de nouveaux», leur avait-elle expliqué. Les trois petits mannequins, un bébé, une fillette et un garçonnet, étaient vêtus de pyjamas. Ils évoquaient un temps de jeux avant d'aller dormir. Une lune peinte dans la fenêtre et une vieille horloge installée sur le mur de la vitrine indiquant 7 h 30 complétaient le tableau. Marie-Berthe observait ces détails quand une cliente sortit du magasin avec un gros sac.

— C'est vraiment beau, madame Fortin ! Ce ne sont pas juste des mannequins habillés pour montrer ce qui est à la mode, c'est une scène de vie qui est représentée. C'est vivant !

— Merci, madame Dubé, je ferai le message à Marie. C'est elle qui en a eu l'idée et qui a décoré cette vitrine.

Marie-Berthe était d'autant plus flattée que cette dame, épouse d'un architecte, était reconnue pour avoir un sens aigu du « beau ». En entrant dans le magasin avec son poupon encore endormi dans ses bras, elle complimenta son employée.

— J'ai quelques idées pour les vitrines de Noël, renchérit Marie en discutant avec sa patronne. J'ai pensé à...

— Ne me le dis pas ! l'interrompit Marie-Berthe d'un signe de la main. Tu sais comme j'aime être surprise, je te fais entièrement confiance. Je suis consciente que tu as pris pas mal de temps pour réussir ça, et en dehors de tes heures. Je reprends du service bientôt, et tranquillement, on verra comment s'organiser.

— Allez-vous réduire l'horaire de mademoiselle Vallée ? Elle aimerait bien rester dans cette ville, mais si elle ne travaille pas assez, elle devra se résoudre à retourner en Gaspésie chez ses parents et redevenir leur servante.

Marie-Berthe ne savait trop pourquoi ce mot la faisait tant tiquer. Servante, servitude, esclavagisme, tous ces termes se ressemblaient. Pourtant, Benoit et elle exerçaient un métier voué au service du public. Pour eux, cela signifiait s'appliquer à satisfaire le client, à lui faciliter la vie, à lui faire plaisir en demeurant courtois, sans lui lécher les bottes. Marie-Berthe assumait très bien son titre de patronne, elle savait s'affirmer sans écraser les autres, elle se montrait juste, respectueuse et surtout, elle savait retourner à César ce qui lui appartenait.

— Ne t'inquiète pas pour elle, Marie ! Au contraire, il sera possible d'augmenter ses heures et de lui offrir du travail à temps plein.

Le bébé se réveilla en geignant, l'attention des deux femmes se tourna vers la mignonne Chantale. Marie-Berthe se doutait que Marie aurait souhaité des précisions, mais elle voulait d'abord en parler à la principale intéressée.

Ayant atteint la fin de la trentaine, mademoiselle Vallée avait toujours vécu chez ses parents à la santé fragile et elle s'occupait d'eux. Puis, la jeune sœur de sa mère était venue habiter sous leur toit en affirmant qu'elle se trouvait la mieux placée et la plus expérimentée pour veiller sur le couple. Cela avait causé un grand froid entre les deux femmes. Cette tante était une vraie harpie et menait sa nièce au doigt et à l'œil sous prétexte qu'elle savait toujours mieux que quiconque comment agir. Un jour, n'en pouvant plus, courageusement, mademoiselle Vallée avait préparé ses bagages, retiré ses économies de la banque et demandé à un voisin de la reconduire à Matane pour prendre le bateau vers la Côte-Nord, où elle espérait trouver du travail. Elle était arrivée avec ses deux valises, sans références et sans connaître personne dans cette nouvelle région. Elle savait seulement que des sœurs cloîtrées Marie-Réparatrice acceptaient de prendre quelques jeunes filles en pension, mais toutes étaient institutrices. Pendant la traversée, alors qu'elle jasait gentiment avec une dame, un homme s'était joint à elles. Il s'agissait de Benoit Fortin, qui revenait des funérailles d'un oncle. Il s'était présenté comme le propriétaire d'un restaurant, son épouse tenait un commerce de vêtements pour enfants, et justement, elle avait besoin d'une nouvelle employée. Mademoiselle Vallée y avait vu un signe du destin. Elle avait commencé son travail de vendeuse trois jours plus tard, à mi-temps. Cela suffisait pour payer le coût de sa pension, régler ses dépenses personnelles et réaliser de maigres économies.

Marie-Berthe s'était vite rendu compte qu'elle avait recruté une employée fiable, honnête, très affable avec les clientes, une personne sur qui compter… à condition de lui dire précisément quelles tâches exécuter. En effet, mademoiselle Vallée était affligée d'une timidité quasi maladive qui la rendait vulnérable face aux critiques et aux commentaires désobligeants. Elle était aussi dépourvue d'initiative et devenait dépassée devant une situation inhabituelle. Avec une cinquième grossesse qui s'annonçait alors, Marie-Berthe avait eu besoin d'une gérante, d'un bras droit. Marie détenait toutes les qualités requises. Si la proposition de sa patronne avait rosi ses joues de fierté, la jeune fille avait exprimé un malaise devant cette promotion.

— Madame Fortin, ça me fait tout drôle de penser que je serai la patronne d'une personne plus âgée de moi, même si c'est temporaire.

— Marie, ici, ce n'est pas l'âge qui compte, mais les aptitudes. Mademoiselle Vallée a besoin d'être guidée et dirigée. Tu y arrives à merveille. Je te vois aller dans ton travail, jamais impatiente, soucieuse de l'aider. Tu le fais adroitement, en lui suggérant ce qu'elle doit faire, plutôt qu'en le lui dictant. Elle a besoin de ça et moi, j'ai besoin que tu joues ce rôle. Tu sais, des fois, je t'observe avec elle et tu me fais penser à une grande sœur qui guide la plus jeune. Pendant mon absence, elle fera davantage d'heures, mais c'est toi qui tiendras les rênes du magasin.

Marie-Berthe avait repris sa place dans le magasin quelques semaines après son accouchement. Elle estimait que l'effervescence du magasinage précédant le temps des Fêtes rendait la présence de ses deux employées indispensable. Toutefois, en janvier, arriva une période creuse.

En tant que patronne, elle ne pouvait conserver les heures d'une employée par simple charité. Elle avait soumis la question à Benoit. Dans cette jeune ville, l'information de bouche-à-oreille circulait plus vite que celle du journal et s'avérait souvent d'une grande efficacité. Si mademoiselle Vallée acceptait la proposition dont Marie-Berthe voulait lui parler, elle pourrait travailler à plein temps. Un nouveau commerce venait d'ouvrir ses portes, un magasin de matériel de couture où l'on vendait également des machines à coudre en offrant un service d'entretien. Le couple propriétaire cherchait une employée pour quelques heures par semaine.

Marie-Berthe la rencontra dans son bureau afin de lui présenter cette possibilité. D'abord, la commerçante observa peu de réactions, puis elle sentit chez sa vis-à-vis une grande charge d'insécurité. Se voulant rassurante, elle expliqua :

— Écoutez mademoiselle Vallée, je sais que vous auriez deux milieux de travail et deux patronnes, mais vous connaissez déjà parfaitement le fonctionnement de la caisse, c'est la même chose qu'ici. Vous avez le tour d'aborder les clientes et de bien comprendre ce qu'elles veulent. C'est pareil d'un magasin à l'autre. En plus, vous êtes expérimentée en couture. Quand j'ai parlé à madame Tissus, tout le monde l'appelle comme ça, quand je lui ai dit que vous cousiez vous-même toutes vos robes, elle a répondu : « C'est elle qui fabrique ces jolies robes ? Je la veux ! Elle ne sera pas juste une vendeuse, mais aussi une conseillère. » Alors qu'en pensez-vous ?

— Oh ! Madame Fortin !

Le dernier commentaire sortit son employée de sa réserve habituelle, Marie-Berthe eut droit à l'effusion qui suivit, mademoiselle Vallée lui sautant tout simplement au cou, lui disant :

— Merci ! Mille mercis !

— Vous pourriez travailler les avant-midis ici, dans les vêtements pour enfants, et les après-midis dans les tissus. S'il y a des changements, madame Tissus et moi, on s'en parlera.

— Est-ce que je devrai l'appeler « madame Tissus » ? Il me semble que ce n'est pas très respectueux.

— Je sais qu'elle adore ce surnom, répondit Marie-Berthe dans un éclat de rire. Vous pourrez toujours en discuter avec elle. Alors, ça vous va, cette entente ?

Un grand sourire éclaira le visage de l'employée : oui, cette entente la rendait heureuse. Au fil des mois, Marie-Berthe la vit prendre un peu plus d'assurance. À travers les tissus, mademoiselle Vallée nageait dans son élément, ce qui lui donna une nouvelle confiance qui balaya doucement sa timidité, la rendant plus hardie à faire des suggestions. La jeune mère de famille venait de franchir le cap de la trentaine et, depuis l'adolescence, elle avait toujours montré beaucoup de détermination et de volonté pour s'affirmer. Elle observait cette employée, qui, au seuil de la quarantaine, commençait tout juste à démontrer un peu d'assurance. Que serait devenue sa vie si elle avait réduit ses heures de travail sans lui offrir d'options ? Si mademoiselle Vallée avait dû retourner dans sa Gaspésie natale parce qu'aucun autre choix ne s'était offert à elle ? Être parmi les pionniers d'une ville, comme Benoit et elle, lui donnait le sentiment de participer à quelque chose d'important. Au fil des semaines, Marie-Berthe se dit que son attitude envers cette employée contribuait aussi à aider quelqu'un à se construire. Il s'agissait de tendre une perche ; mademoiselle Vallée s'y était accrochée.

CHAPITRE 5

Angèle et Adrien

Au printemps 1955, Adrien s'était d'abord rendu sur la Côte-Nord avec son cousin Omer. Ils avaient emprunté le traversier à Trois-Pistoles, puis ils avaient pris la direction de Baie-Comeau. Cela avait été une très longue journée voilée par la poussière de la route. En descendant du bateau à Tadoussac, Adrien avait demandé à faire un crochet pour voir de près le somptueux hôtel au toit de tôle rouge. Il souhaitait avoir l'occasion d'apprécier l'architecture de ce bâtiment, symbole de vacances luxueuses. Avant de quitter ce village, ils avaient fait halte dans une petite auberge, le temps d'avaler un sandwich avant de poursuivre le voyage sous le crachin. Un épais brouillard s'était levé et réduisait la visibilité. Deux heures plus tard, ils avaient tourné en direction du fleuve sur un chemin qui menait à un débarcadère. Une descente rudimentaire menait à un chaland qui permettait de traverser la rivière Bersimis. D'autres voyageurs les avaient mis en garde d'un risque d'enlisement dans le sable en remontant le chemin de l'autre côté, surtout avec la pluie des jours précédents. Adrien avait observé son cousin, la main tenant fermement le volant ; ce dernier avait retenu son souffle jusqu'à ce que la voiture ait atteint le sommet de la pente. Puis, la brume était devenue si dense qu'on apercevait à peine le fleuve. Le reste de la route s'était effectué en silence. À mesure qu'ils avançaient, Adrien se demandait dans quoi il s'embarquait en acceptant d'aller travailler à Baie-Comeau. Il ne voyait que villages disséminés, forêts d'épinettes et isolement. « Ce n'est pas le temps de changer d'idée, je passerais pour une girouette aux yeux de mon père », se disait-il.

— On est presque arrivés ! avait annoncé Omer en empruntant le premier des deux ponts de bois qui traversaient la rivière Manicouagan.

Le brouillard s'était dissipé, néanmoins avec la tombée de la nuit, il n'y avait que la noirceur autour d'eux. Adrien avait aperçu quelques lumières en passant à la hauteur de Hauterive. Cinq milles plus loin, ils atteignaient leur destination. Les deux cousins avaient loué une chambre à l'Auberge du Roc, puis ils avaient mangé dans une pièce bondée, occupée majoritairement par une population masculine. Un épais voile de la fumée de cigarette les enveloppait.

— J'irais bien marcher un peu, avait proposé Adrien en avalant son thé. Après cette journée en auto, j'ai besoin de m'éclaircir les idées et de me délier les jambes.

— J'suis partant, avait répondu Omer. Même s'il fait noir, on pourrait se faire une idée de la ville.

En examinant les vitrines des magasins, ils avaient marché jusqu'à un rond-point. De là, ils apercevaient le fleuve, le ciel était partiellement dégagé et des étoiles tentaient de percer entre les nuages. Le souffle coupé,

Adrien regardait la lune miroiter dans le fleuve. Le moulin de la Québec North Shore se trouvait juste là, sur leur gauche. C'est l'endroit où ils devaient se présenter le lendemain matin. Ils étaient revenus à l'Auberge du Roc, en traversant de petites rues résidentielles parsemées de coquettes maisons toutes similaires. Ils avaient croisé un groupe de garçons qui jouaient au ballon dans la rue. Par les fenêtres éclairées, Adrien avait aperçu des gens et tenté d'imaginer leur quotidien. Ce quartier ressemblait à celui d'une vie de famille, cette pensée l'avait apaisé, il avait étiré un large sourire. Parce que, tout au long de la journée, en parcourant cette longue route parsemée de forêts, le doute s'était insinué en lui. Omer l'avait tiré de ses pensées en lui demandant :

— Qu'est-ce que tu dirais si demain matin, on allait déjeuner à cette pharmacie où il y a un comptoir-lunch ? On n'aurait que la rue à traverser pour se rendre au moulin.

— Bonne idée ! Et après il faudra trouver un endroit pour habiter.

— Quelqu'un m'a dit qu'au bureau d'emplois, on peut se procurer une liste d'adresses. Mais à ta place, je n'espérerais pas trop trouver un vrai logement. Avec tous ces gens qui s'en viennent par ici, les contracteurs ne fournissent pas à bâtir des maisons. Je pense que ça sera plus facile pour moi. J'suis seul et juste en marchant, j'ai vu au moins cinq maisons avec une pancarte « chambre et pension » accrochée dans une fenêtre.

Le cadran indiquait presque onze heures quand ils avaient regagné leur chambre. La musique rock qui traversait les murs ne les avait nullement empêchés de sombrer dans un lourd sommeil.

Quand Adrien avait raconté son voyage à Angèle, elle avait retenu que son mari avait déniché un emploi stable et bien rémunéré, régulier et à temps plein, qu'il était facile et abordable d'acheter un terrain et de se construire une maison. Toutefois, il n'avait rien dit du sentiment d'isolement que provoquait en lui l'éloignement de cette ville.

L'automne suivant, toute la famille arrivait par le traversier de Matane. Adrien avait déniché deux pièces, de simples chambres à coucher louées dans une maison à deux étages. Deux familles se partageaient le rez-de-chaussée et l'unique salle de bain. Les propriétaires occupaient le deuxième plancher. L'une des pièces recevrait le grand lit, la couchette du bébé et les trois commodes. La machine à laver était coincée derrière la porte. Les trois enfants dormiraient dans cette chambre. La seconde pièce, beaucoup plus vaste, possédait une belle grande fenêtre qui donnait sur la rue. Un peu découragée, Angèle observait leur unique pièce de vie: une cuisine-salon-chambre à coucher. Elle l'aménagea en zones, l'une pour préparer les repas, une seconde pour permettre aux enfants de jouer et, dans un coin, le divan où le couple dormirait. La routine s'installa rapidement.

Le matin, sitôt levé, Adrien pliait le sofa-lit pendant qu'Angèle passait à la salle de bain et qu'elle en revenait avec une bassine d'eau. À son tour, Adrien remplit la grosse jarre de grès. Cela marquait le début de chaque journée. Dans cet espace exigu, du haut de ses cinq ans, Anne-Marie s'assurait que ses jeunes frères n'approchent pas de la cuisinière quand leur maman préparait à manger. La table se transformait en comptoir de travail. Adrien avait fabriqué un petit meuble servant de garde-manger, et le dessus recevait le récipient de la réserve d'eau. Une partie de leurs biens étaient entreposés dans le hangar des parents d'Adrien ; Angèle avait apporté le minimum de vaisselle et de casseroles. Le buffet avait trouvé sa place sous la fenêtre.

Il suffit de deux semaines pour arriver à prendre une routine aussi viable pour les adultes que pour les enfants. Après le souper, Anne-Marie racontait une histoire à ses deux frères, assis sagement à ses côtés sur le sofa, pendant que sa mère lavait la vaisselle et que son père l'essuyait à mesure. Un soir, ce dernier demanda :

— Pas trop décourageant, Angèle, ce genre de vie ?

— Non, pas trop ! Je pense aux premiers temps de la colonisation, où les gens devaient s'arranger en attendant d'être établis. C'est juste pour un temps. De savoir qu'on vivra bientôt dans notre maison m'aide à trouver l'énergie pour donner une allure de vie normale à cette parenthèse.

— Les enfants n'ont pas l'air de trop s'en plaindre.

— Je les trouve tellement sages ! Mais je pense que la routine est importante. Anne-Marie se montre une bonne grande sœur pour les petits, elle voit bien que d'autres familles vivent à l'étroit comme nous.

Le changement le plus important, et le plus heureux pour Angèle et les enfants, c'était de voir Adrien tous les jours. Il travaillait selon des horaires en rotation, les enfants s'étaient habitués à le voir parfois dormir dans le grand lit de leur chambre en plein jour. Anne-Marie, désormais exemptée de la sieste, profitait de ce moment pour aller jouer avec la fillette de son âge dont la famille vivait sur le même palier qu'eux. Pendant ses jours de congé, Adrien amenait Angèle et les enfants explorer les environs. L'automne de leur arrivée, ils allaient souvent au quai. L'abordage du traversier devenait un événement, une petite foule s'attroupait pour surveiller l'accostage du bateau. Certains venaient chercher des connaissances ou de la parenté qui descendaient de la passerelle, une valise à la main. Plusieurs, comme eux, s'y rendaient simplement pour observer ce va-et-vient, comme on regarde un spectacle.

De cette époque, le plus beau souvenir d'Angèle avait été l'événement qui avait alimenté l'imaginaire de Roger et d'Anne-Marie pour le reste de leur enfance. La réaction des enfants l'avait tellement réjouie, car, malgré l'étroitesse de leur chez-eux, ses petits étaient joyeux et heureux. À la mi-décembre, comme presque tous les jeunes de la ville, ils avaient observé la descente du père Noël. Il n'était pas arrivé dans un traîneau avec ses rennes, comme dans leur livre d'images. Non ! Anne-Marie, Roger et le petit Daniel avaient les yeux remplis d'émerveillement en regardant le père Noël descendre du ciel en parachute et atterrir sur la petite côte Laval. Une énorme luge l'attendait, avec la Fée des étoiles et six lutins. Leurs cris de joie se mêlaient à ceux des autres enfants. Comme toutes les familles, ils avaient marché dans la neige pour suivre le cortège jusqu'à la salle communautaire, et de là, vivre leur première distribution de cadeaux, remis personnellement par ce personnage légendaire. Anne-Marie avait conservé le service à vaisselle miniature reçu à l'occasion aussi précieusement qu'une princesse gardait ses bijoux.

Angèle constata rapidement que la plupart des gens se liaient facilement, et que l'échange de services et l'entraide étaient monnaie courante. Quand les enfants s'amusaient dehors, elle savait qu'elle pouvait sans contrainte faire le repassage, cuisiner ou nettoyer les pièces, il y avait toujours une adolescente ou un adulte qui veillait sur eux. Adrien adorait jouer à l'animateur avec les jeunes du voisinage. Après une grosse bordée de neige, il les avait aidés à construire un fort. Puis, avec l'amoncellement de neige sur le bord de la rue, il avait érigé une glissade pour les jeunes. Durant un redoux de mars, ils avaient fabriqué un énorme bonhomme de neige. Parfois, Angèle s'attardait à l'observer par la fenêtre, son mari s'amusant avec autant de plaisir que les enfants. Cette image la faisait sourire de bonheur, elle pressentait qu'ils auraient une vie agréable ici.

La première semaine d'avril, Adrien les emmena faire une promenade en voiture à Hauterive. La neige fondante formait une gadoue boueuse. À la grande joie des enfants, il s'arrêta au dépanneur du coin en les invitant à choisir une friandise.

—Je veux des Craker Jack ! lança Roger.

— Et moi, du chocolat avec la cerise au milieu ! clama joyeusement Anne-Marie.

— Et toi, Angèle, demanda Adrien, qu'est-ce qui te ferait plaisir ?

—Juste une bouteille de *cream soda.*

Assis sur les tabourets pivotants, chacun savourait sa friandise. Angèle sortit un biscuit à l'arrow-root de son sac à main pour Daniel.

— Quand vous aurez fini, on va marcher sur la rue. J'ai quelque chose à vous montrer, annonça Adrien.

Complice avec Angèle, il lui jeta un regard. Ce plaisir anticipé donnait une jolie teinte de rose à ses joues.

—J'aime pas ça, regarder des vitrines ! avait clamé Roger, un peu boudeur, entre deux bouchées de *popcorn* au caramel.

— Oh, on n'ira pas du côté des magasins, mon bonhomme, répondit son père.

Cinq minutes plus tard, ils arpentaient à pied le prolongement de la rue, à l'opposé de la partie commerçante. Les enfants avançaient difficilement dans le sol boueux. Ils passèrent devant quelques bâtisses disséminées, dont la plupart étaient inachevées. Adrien s'arrêta devant un espace vacant et prit un air solennel.

— Les enfants, dans quelques mois, il y aura une maison ici.

— Comment tu le sais ? demanda Roger.

— Eh bien, je vais en construire une, elle est déjà là-dedans, répondit Adrien en pointant sa tête avec un index.

— Comment tu fais ? questionna le petit garçon.

— Ça, Roger, c'est l'imagination, lui expliqua sa sœur.

— Les enfants, avait ajouté Angèle, votre papa a dessiné les plans d'une belle grande maison !

— Papa, c'est ça que tu dessinais sur les grandes feuilles ?

— Oui, ma puce !

Adrien tourna dans la direction opposée au terrain et avait pointé un doigt en ajoutant :

— Vous voyez la maison blanche avec du rouge, là-bas ? Dans deux semaines, on va déménager là, pour être plus près pendant la construction. C'est petit, comme l'endroit qu'on habite maintenant, mais on n'y restera pas très longtemps. En plus, vous pourrez visiter le chantier et jeter un œil aux travaux de votre maison, avec maman, bien sûr.

Ils continuèrent à marcher jusqu'au bout de la rue. Angèle avait les yeux brillants.

— Comme c'est beau ! murmura-t-elle.

Ils se trouvaient au bord du plateau, de là, elle apercevait la rivière Manicouagan, encore figée dans la glace et qui s'avançait vers le fleuve. Les derniers mois avaient été difficiles. Angèle avait fait mille pirouettes pour rendre la vie de son monde confortable. Elle savait qu'Adrien trouvait son bonheur auprès de sa famille. « Avec le temps, il réussira peut-être à oublier l'intérieur de l'usine », espérait-elle. Son mari n'en parlait pas, mais elle apercevait parfois une lueur d'accablement dans son regard.

Le froid avait durci le sol, mais la neige tardait à venir. Tant mieux ! Cela faciliterait les manœuvres du gros camion qui transportait, pour un troisième déménagement en une année, ce qu'ils trimballaient depuis leur départ de Trois-Pistoles. Un an après leur arrivée sur la Côte-Nord, Angèle habitait enfin dans la demeure construite par Adrien, avec l'aide d'Omer et d'ouvriers occasionnels. Ici, les gens s'entraidaient pour arriver à terminer rapidement les constructions. L'érection de la bâtisse s'était amorcée aussitôt que le dégel avait permis de creuser les fondations. Angèle souhaitait y emménager avant l'arrivée de la neige, même si la maison n'était pas complètement terminée. Malgré cela, il était possible d'y vivre confortablement, surtout avec de nouveaux meubles livrés la veille.

— Ce sera un vrai luxe de me coller contre toi dans un vrai lit après une année à dormir sur un divan-lit, murmura-t-elle à l'oreille d'Adrien, une pointe de coquinerie dans la voix.

Si la poupée et le matériel de bricolage d'Anne-Marie les avaient suivis dans leurs déplacements, Angèle fut très émue de voir sa fille retrouver sa petite table de dînette et le berceau de « son bébé ».

— Maman, c'est comme à Noël, quand on a des cadeaux, dit la fillette en couchant sa poupée, tandis que Roger exultait de joie en retrouvant son cheval à bascule.

Les gros jouets avaient dû être remisés, et en aucun moment, les petits ne les avaient réclamés. Ce qu'Angèle leur avait apporté avait suffi à les amuser. À voir leur réaction, elle se demanda, le cœur serré, si ces jouets leur avaient manqué. Parce que de son côté, bien des choses lui avaient parfois fait défaut dans son quotidien.

À mesure qu'Adrien avait dessiné les plans, Angèle avait imaginé l'installation de son intérieur. Maintenant, elle déballait des cartons et plaçait les vêtements dans les garde-robes. Sa tâche finie, elle vint dans sa cuisine toute neuve. Des tréteaux trônaient toujours au centre de la pièce, les armoires étaient fixées au mur et il y en avait à profusion. Adrien maniait l'égoïne pour fabriquer les panneaux.

— Tu termines bientôt, Adrien? Je dois préparer le souper.

— Je finis cette porte et je ramasse.

Angèle adorait cuisiner. Les repas rassemblaient sa famille, elle s'y adonnait avec plaisir, en essayant régulièrement de nouvelles recettes. Avec sa cuisinière toute neuve, l'ensemble de ses « outils de cuisine » retrouvés, les plats mitonnés réintégreraient leur place au menu.

Adrien avait rangé son coffre et passé le balai. Puis, il avait fait un brin de toilette avant de revenir dans la cuisine, où il retrouva Angèle qui chantonnait en roulant de la pâte. L'odeur de la soupe qui mijotait doucement le fit sourire de contentement.

— Ça sent bon, dit-il en enlaçant Angèle par la taille, avant de déposer un baiser dans son cou.

— Quel bonheur d'être dans notre maison ! Tu entends les enfants s'esclaffer? Ça fait du bien de ne pas avoir à leur répéter de ne pas faire de bruit pour éviter de déranger les voisins.

— Tu ne regrettes pas trop nos deux pièces des derniers mois? Le ménage était vite fait!

— Taquin! lança-t-elle en lui glissant un bout de pâte dans la bouche.

Adrien l'embrassa à nouveau avant de descendre retrouver les enfants au sous-sol. Non, les deux petites chambres ne lui manquaient pas. La cuisinière fonctionnant sur le 220 volts, il était fini le temps où elle devait planifier les repas avec un poêle où la cuisson des aliments se faisait soit au four, soit sur un rond, jamais les deux en même temps. Il était terminé le va-et-vient à la salle de bain pour nettoyer la vaisselle. Adjacente à la cuisine, une belle pièce servait de salle de lavage et de coin pour la couture. Angèle pourrait laisser son travail en plan et fermer la porte sans tout devoir ranger chaque fois. Dans le long passage qui conduisait aux chambres, des rouleaux de prélart attendaient d'être posés dans les pièces principales. La mère de famille avait donné la permission aux enfants de dessiner sur le contreplaqué avec leurs crayons de cire en attendant la pose du revêtement. Angèle vivait sereinement ce demi-chantier.

Elle entendait le rire des enfants qui se promenaient avec leur tricycle dans la cave, elle repensait à cette année écoulée et trouvait que les enfants avaient été bien sages. Trop ? Surtout Anne-Marie, qui se montrait si maternelle avec ses frères. Angèle se demandait parfois si cette période n'avait pas fait vieillir son aînée trop prématurément. Sans la présence quotidienne d'Adrien, elle n'aurait jamais traversé ces mois en gardant sa sérénité. Les enfants avaient besoin d'une maman amusante, enjouée, calme et rassurante. Maintenant, ces moments moins faciles étaient derrière elle, son quotidien devenait plus facile. Les enfants avaient retrouvé leur spontanéité, trop longtemps contenue, et elle sentait moins de tension dans les épaules. Ils avaient pris la bonne décision.

Maintenant qu'ils habitaient leur maison, Angèle sentait qu'ils prenaient racine dans cette ville. Néanmoins, elle savait qu'Adrien s'habituait difficilement au travail monotone et répétitif de l'usine, la chaleur accablante l'épuisant souvent. Parfois, il relatait des moments où il riait un coup avec d'autres ouvriers, et cela la rassurait. La complicité avec les autres travailleurs avait toujours eu de l'importance pour lui. L'emploi était bien payé et il retrouvait sa famille chaque jour avec bonne humeur.

Angèle s'accrochait à ces beaux avantages. « Il finira par s'y faire », espérait-elle en évitant de penser à ce qu'aurait été leur vie si Adrien avait continué de travailler avec son père. Avec sa famille, elle le sentait heureux, c'est ce qui comptait.

Un samedi matin, elle attendait qu'il revienne du travail pour déjeuner. Adrien terminait le quart de nuit. À son arrivée, il souriait, mais la fatigue se lisait dans ses yeux.

— Dure nuit ? demanda-t-elle en lui servant un bol de gruau, avec des rôties de pain de ménage.

— Pas plus que d'habitude. C'est juste que la semaine de nuit est celle que je trouve la plus difficile.

— Je sais que de dormir de jour, c'est comme de vivre à l'envers des autres. J'essaie d'organiser les journées pour que les enfants ne dérangent pas trop ton sommeil.

— Ça, ce n'est pas si pire. La maison est plutôt tranquille. C'est de changer d'horaire toutes les semaines qui est difficile. J'ai l'impression que mon corps s'habitue à une cadence et oups ! il faut que je passe à l'autre *shift*.

Adrien avala quelques bouchées de porridge. Du salon leur parvenait le babillage d'Anne-Marie, qui jouait à l'école. L'homme vida son bol avant de poursuivre :

— Le petit radio transistor que tu m'as donné à ma fête vaut bien un somnifère. J'ai trouvé un poste de musique classique. Je me sens comme pendant mon enfance, quand ma mère me chantait une berceuse pour m'endormir. C'est une bonne idée que tu as eue.

Le repas terminé, Adrien ouvrit le journal. Au bout de quelques minutes, Angèle le vit cogner des clous. Elle lui tapota doucement l'épaule pour le guider vers la chambre : à neuf heures trente du matin, il commençait sa nuit.

Puis, elle revint à la cuisine : une fois la vaisselle terminée, elle rassembla les enfants. Le soleil de mai brillait, ils iraient en promenade dans les sentiers du boisé derrière l'évêché, elle adorait l'endroit. Les enfants pourraient courir et s'épivarder à leur aise. Parfois, elle croisait des religieuses faisant leur marche méditative. En surveillant les enfants, Angèle s'assoyait sur l'un des bancs pour écouter le gazouillis des oiseaux ou laisser son regard se perdre dans la Manicouagan.

La région ne cessait de se développer. Plusieurs commerces prenaient naissance, les loisirs et la vie sociale s'organisaient. Angèle et Adrien assistèrent à la bénédiction de l'hôpital et à celle d'une nouvelle école. La ville comptait à peine trois mille habitants, et un hôpital de six étages s'y élevait déjà.

— Décidément, cette ville est appelée à grandir ! dit Adrien à Angèle en ajustant sa cravate devant le miroir.

C'était le jour de la fête de l'inauguration de l'hôpital. Comme plusieurs résidents de la ville, Adrien et Angèle étaient invités au banquet qui suivrait les cérémonies officielles. Les religieuses et la commission scolaire avaient organisé l'événement. Ils avaient décidé de faire garder les enfants et de s'y rendre en couple.

En écoutant la fanfare qui jouait des airs militaires, Adrien tenait la main d'Angèle, en marmonnant « pom, pom, pom » en sourdine. Elle le regarda en lui adressant un clin d'œil.

— Toi qui aimes ce genre de musique, dit Angèle, tu es bien servi.

— Et comment ! On dirait que ça rend tout le monde de bonne humeur. Tiens, il y a des gars de ma gang du moulin, viens, on va aller les voir.

Adrien entraîna sa femme vers un petit groupe. Sur place, Angèle fit la connaissance de quelques épouses des collègues d'Adrien. Elle les entendait discuter du projet de la formation d'une chorale : curieuse et intéressée, elle tendait l'oreille. Elle appréciait beaucoup le chant choral. Si elle aimait chantonner, Angèle n'avait pas la prétention de vouloir intégrer une telle organisation ; cependant, elle prendrait sûrement plaisir à écouter ceux qui en feraient partie. En se rendant au buffet, les Gagnon croisèrent plusieurs couples de leur voisinage. Comme eux, il s'agissait de jeunes familles déracinées venues travailler et vivre dans ce coin de la province. À travers les jeux des enfants, des jasettes informelles et des coups de main donnés à l'un ou à l'autre, des liens se tissaient. Adrien et Angèle partagèrent un bout de table et bien des anecdotes avec Marie-Berthe et Benoit Fortin, des commerçants qui habitaient la rue derrière la leur.

Le couple fit le trajet du retour à pied, en se tenant par la main comme au temps de sa jeunesse. En tournant le coin de leur rue, Adrien dit :

— J'aimerais ça qu'on puisse sortir comme ça de temps en temps.

— Pourquoi pas ? J'ai adoré ma soirée ! Réalises-tu que c'est la première fois que nous sortons juste nous deux depuis que nous sommes parents ? Depuis la naissance d'Anne-Marie, on a même pris l'habitude d'aller à la messe à des heures différentes. Je pense que la jeune gardienne de ce soir ne demande pas mieux que de gagner un peu d'argent de poche. En plus, les enfants l'adorent. Adrien, je sens que notre vie s'organise de mieux en mieux, ça me plaît beaucoup.

— Moi aussi. Et puis, j'espère que tu aimes aller aux vues, la construction du cinéma avance pas mal. Moi, j'ai bien hâte d'y aller !

Ce soir-là, avant d'entrer dans la maison, sous le regard de la lune, Adrien enlaça Angèle pour un long baiser. Ils goûtaient à une nouvelle intimité que tous deux apprivoisaient à nouveau. Angèle pensait que, durant leur vie à Trois-Pistoles, les absences d'Adrien avaient maintenu entre eux un manque de l'autre jamais tout à fait assouvi, préservant ainsi la fraîcheur de leur couple. Ce soir-là, elle se promit de tout faire pour entretenir cette flamme et conserver leur amour intact à jamais.

CHAPITRE 6

Marianne

Au début du printemps 1957, Marianne partit de Saint-Vincent-de-Paul au moment où les crocus pointaient de la terre. Avec l'aide du chauffeur, son père avait hissé sa grosse malle dans l'autobus qui partait à destination de Québec. Son cœur était aussi triste que la pluie d'avril qui était tombée en continu au cours des deux jours précédents. En s'installant dans l'autobus, elle avait eu une pensée pour sa grande amie.

Après les cérémonies du Samedi saint, la jeune femme avait fait des adieux déchirants à Lisanne. En sortant de l'église, les deux amies avaient trouvé refuge dans le parc à proximité de l'école qu'elles fréquentaient durant leurs années de primaire. Malgré le soleil qui était réapparu et qui réchauffait le sol, malgré les hordes d'oiseaux qui piaillaient et les écureuils qui gambadaient d'une branche à l'autre, elles savaient que pour un temps indéterminé, une province entière les séparerait. Rien n'arrivait à réchauffer le cœur accablé de Marianne. Malgré ses efforts, des larmes s'échappaient de ses yeux.

— Lisanne, je me sens tellement perdue ! Ça ne m'enchante pas tellement de rester chez mon frère. Il ne manque aucune occasion pour me faire la morale. En plus, je ne veux pas être condamnée à jouer la servante chez lui, j'ai l'impression que c'est ce qui m'attend. Mais je suis encore mineure et je ne vois pas d'autres moyens d'éviter la honte à mes parents. Au moins, il ne passera pas ses journées à la maison. Ma belle-sœur est une gentille personne, quoiqu'un peu effacée à mon goût, et les enfants sont adorables.

— Il y a des écoles là-bas, l'avait encouragée Lisanne, et comme c'est au bout du monde, ça ne doit pas être facile de recruter des institutrices. Tu auras sûrement la chance d'enseigner à nouveau.

— Si tu savais comme je m'accroche à cette idée ! Je ne suis pas capable de mentir et j'espère qu'on n'aura pas la curiosité de me questionner sur mon passé.

— Avec ton diplôme, tes deux ans d'expérience et la lettre de recommandation de sœur de Lamirande, la gentille religieuse que tu as connue à Québec, tu as de bonnes chances. Tu es une excellente enseignante, Marianne, les enfants t'adorent, et ça, la bonne sœur directrice de ton ancienne école ne peut pas le nier. Je crois qu'elle est sensible au jugement des parents, ce qui t'est arrivé lui bouche la vue et obstrue son ouverture d'esprit pour te permettre d'enseigner à nouveau dans son école.

— J'ai l'impression de partir en mission.

— Pourquoi pas ? Et qu'est-ce qu'elles font, les missionnaires ? Elles construisent, elles innovent, elles sortent des sentiers battus. Ça doit ressembler à ça, ce qui t'attend à Baie-Comeau.

— Si tu pouvais dire vrai ! Je ne suis pas certaine que mon frère voie les choses ainsi.

— Marianne, la fille que je connais est remplie de ressources, ce n'est pas une fille qui obéit aveuglément. Tu veux enseigner à nouveau, alors pose des actions qui vont dans ce sens. Ouvre les yeux, lis les journaux, écoute ce que l'on dit. Je suis certaine que tu trouveras ta place quelque part.

Les cloches de l'angélus du soir avaient carillonné. Depuis qu'elles s'étaient connues au début de leur seconde année scolaire, les deux amies se promettaient une éternelle affection. Avant de se quitter au coin de la rue où chacune prendrait une direction différente, Lisanne avait glissé un objet entre les doigts de Marianne :

— Tiens, tant que tu l'auras avec toi, je serai près de toi.

Marianne avait tenu au creux de sa main une petite chaîne où pendait un médaillon dans lequel on pouvait insérer une minuscule photo. Le couvercle du bijou était ciselé de jolies feuilles. Elle l'avait ouvert pour découvrir une photo de Lisanne.

— Mais, ce n'est pas le bijou que tu as reçu de ta grand-mère ?

— Oui, mais là, je te le confie. Tu me le remettras quand on vivra à nouveau l'une près de l'autre.

— Merci, Lisanne, je le garderai précieusement.

À l'intérieur du boîtier, en plus d'une photo, Marianne avait trouvé une grande dose de courage, de la force morale, de la détermination et un fil invisible qui les relierait, peu importent les distances. Pendant tout le voyage en autobus, elle avait tenu le bijou au creux de sa main. En arrivant au terminus de Québec, elle l'avait rangé dans son sac à main.

Edmond vint cueillir Marianne au terminus d'autobus. La route jusqu'à Baie-Comeau paraissait interminable, poussiéreuse et parsemée de côtes et de courbes. Assise dans la Buick flambant neuve de son frère, Marianne prit l'initiative de la conversation, s'informant de ses neveux, de sa belle-sœur, de la vie à Baie-Comeau. Edmond répondit avec une bonne humeur qui la surprit. La traversée de la rivière Bersimis à bord d'un chaland la remplissait de crainte. Mais une fois l'embarcation en marche, son attention se tourna vers ce pont, suspendu dans les airs et dont la construction était presque terminée. Elle observait les hommes qui y travaillaient. La prochaine fois qu'elle circulerait sur cette route, elle n'aurait pas à craindre la traversée sur ce genre de barque, les voitures passeraient sûrement là-haut. Le reste du trajet, elle fit mine de sommeiller en pensant à son avenir. Elle avait presque dix-neuf ans, le Brevet B qu'elle détenait lui servirait-il à nouveau un jour ?

Si elle était partie de son patelin au cœur d'un beau soleil printanier, à l'intérieur du trajet de presque une dizaine d'heures, elle était replongée en hiver, enfin, presque. Elle n'apercevait aucun bourgeon sur les rares feuillus, elle voyait des amoncellements de neige brunâtre qui s'acharnait à garnir le paysage et des lacs étaient encore couverts de glace. Cet endroit ne s'appelait pas la Côte-Nord pour rien. La nuit était tombée quand ils arrivèrent chez Edmond. L'odeur réconfortante d'un rôti de bœuf et l'accueil enthousiaste de son neveu et de sa nièce dépoussiérèrent son cœur de la tristesse. Les enfants avaient déjà mangé, cependant, ils avaient eu la permission d'attendre leur père et leur tante avant d'aller au lit. Marianne avala son repas en compagnie de son frère et du babillage de sa belle-sœur.

Marianne traversa les semaines de ce printemps qui s'éternisait dans une vie remplie de routine, à assister sa belle-sœur dans la maison, à jouer avec les enfants et dans l'oubli de ses aspirations. Elle tenait un journal, dans lequel elle consignait une existence imaginaire remplie de soleil pour pallier la grisaille de ses journées. Avec l'arrivée du congé scolaire et un semblant d'été qui finit par poindre, elle prit l'habitude de multiplier les pique-niques avec ses neveux, un beau prétexte pour partir en exploration, d'autant plus que les enfants en redemandaient.

Un jeudi de juillet, Émilie, la voisine, proposa une journée à la plage de Pointe-Lebel. Incommodée par un mal de tête persistant, la belle-sœur de Marianne lui suggéra d'y aller sans elle. Avec l'aide des enfants, elle bourra un grand sac d'une couverture, y glissant les maillots, des serviettes de plage et les petites pelles pour jouer dans le sable. Le panier de victuailles était rempli de pain de ménage, d'œufs dans le vinaigre, de fromage, de radis du potager, de boissons gazeuses et de sacs de croustilles.

Dans la voiture d'Émilie, cinq enfants de quatre à huit ans étaient cordés sur le siège arrière. Ils étaient tous très excités et impatients d'arriver au bord de l'eau. Pendant le trajet, Marianne s'amusa à leur faire compter les autos d'une couleur désignée, ou trouver des catégories d'objets à partir d'une lettre de l'alphabet. Quand le véhicule quitta la route 15 pour emprunter la péninsule ceinturée de plages, les enfants firent des paris : qui serait le premier à se saucer dans l'eau salée ?

Marianne et Émilie n'étaient pas les seules à profiter de cette journée où le thermomètre approchait les soixante-dix-huit degrés. Quelques familles étaient déjà installées ici et là, et des attroupements d'enfants travaillaient sérieusement à construire des monticules qu'ils appelaient « châteaux ». Un village lilliputien s'érigeait à coups de pelle. Parsemées d'un réseau de rigoles, certaines constructions de sable étaient reliées par des pontons fabriqués en bois flotté et ornées de coquillages et d'algues. Les enfants accoururent vers ce groupe en emportant chaudières et pelles. Un peu plus loin, trois adolescents revenaient de la fascine qui avançait dans le fleuve. L'un d'eux transportait une épuisette, d'où sortait la queue d'un esturgeon capturé dans l'enclos arrondi que fermait la clôture de branches entrelacées.

Tout en installant leur couverture sur le sable, Marianne observa trois pères de famille qui creusaient une fosse dans le sable, tandis que des enfants étaient partis à la recherche de morceaux de bois pour la remplir. Rapidement, quelqu'un alluma un feu. Le brasier fut généreusement nourri, puis laissé à lui-même. Quand il ne resta qu'une épaisse couche de braise, un homme jeta des pommes de terre sur les côtés. Marianne avait vu que plusieurs chalets s'alignaient en bordure de la plage, un homme était sorti de l'un d'eux en tenant à la main une vieille tôle à biscuits. Le poisson éviscéré et bien nettoyé y fut couché, puis complètement recouvert de larges bandes d'algues encore humides et ramassées sur la grève.

— Attention, les enfants ! reculez un peu, tonna l'homme.

Avec un râteau, il dégagea le centre du brasier et y enfouit la « poêlonne » improvisée et son poisson, puis il recouvrit le tout de cendres. Pendant les vingt minutes de cuisson, les mères rassemblèrent leur marmaille pour le repas. Les imitant, Marianne étala la nappe directement sur le sable de la plage, avant d'y déposer les victuailles. Depuis que les garçons avaient rapporté leur prise, toute cette animation la surprenait et la réjouissait à la fois. En voyant des estivants s'approcher avec des assiettes, elle s'informa :

— Va-t-on en manger ?

— Bien sûr ! répondit Émilie en riant. Ce n'est pas la première fois que cela se produit. Quand il y a du poisson comme ça, le pique-nique prend une allure de repas communautaire. Tu vas voir comme c'est bon, ça ne peut pas être plus frais. Regarde les p'tits gars, comme ils ont l'air fiers d'eux.

— Mais… les algues, la cendre…

— C'est certain que tu n'as pas dû voir ça en ville. Tout le monde qui fréquente cette plage connaît l'homme du chalet. Sa mère est une Montagnaise de la réserve de Bersismis. Elle lui a appris plein de trucs. Je ne serais pas surprise qu'il nous prépare son pain de campeur.

L'odeur de cuisson attira les enfants autour des adultes. Marianne et Émilie vidèrent la glacière et le panier à pique-nique, étalant les plats au centre de la nappe avec l'aide des enfants. Ici et là, de petits attroupements de deux ou trois familles se formèrent. Marianne remarqua que les gens regroupés prenaient une cuillerée de salade en pigeant dans les plats de leurs voisins. Émilie lui proposa de mettre leur lunch en commun.

— Comme ça on peut goûter à plein de choses, dit la fille aînée d'Émilie.

— C'est vrai, répondit sa mère en riant. Et le repas prend l'allure d'une fête populaire !

Marianne goûta à la chair de ce poisson avec ravissement. La pomme de terre à la pelure carbonisée contenait une pulpe floconneuse et très goûteuse.

— Regarde ce que je te disais, annonça Émilie entre deux bouchées et en pointant le petit chalet.

L'homme sortait effectivement du bâtiment avec un grand bol, d'où débordait une grosse boule de pâte. Marianne ne se rendit rendu compte de l'apparition de quelques longues branches près du brasier qui fumait encore. Avec un canif et un grand sourire, l'homme découpait des morceaux de pâte qu'il distribuait aux adultes et aux plus vieux, qui aidaient les plus jeunes à enrouler leur portion.

— Tante Marianne, tu m'en prépares un bâton? demanda sa nièce en lui présentant une longue baguette de bois.

En observant les autres, Marianne prit un morceau de pâte pour la façonner en boudin avec ses doigts avant de l'enrouler sur le bâton. Pour éviter le désordre et surtout, un accident, deux hommes et un adolescent s'occupaient de la cuisson sur la braise. Une fois cuite, la pâte devenait un petit pain et se décollait facilement. En y ajoutant un soupçon de beurre, ça goûtait la nature, la fumée et la liberté. Un pur bonheur de vacances!

Le repas terminé, la nièce de Marianne rattrapa sa chaudière en disant:

— Je vais ramasser des coquillages pour ma collection.

— Et moi je vais faire des sauts en longueur avec la gang d'à côté, avait ajouté son frère.

Marianne les surveillait en observant la marée montante. Les vaguelettes se réchauffaient sous l'effet du soleil et roulaient sur la grève en s'approchant progressivement. Au milieu de l'après-midi, elle barbota un bref moment dans les vagues avec ses neveux, avant d'en ressortir frigorifiée. Assise sur la plage, les pieds dans l'eau, elle observait leurs pirouettes en laissant le soleil et l'air du large lui caresser le visage. Une autre jeune femme la rejoignit à son poste d'observation.

— Tes enfants ont l'air de bien s'entendre avec mes neveux, même s'ils ne sont pas du même âge, dit la nouvelle venue.

— Tu es leur tante? Eh bien, moi aussi, je suis la tante de ces jeunes marmots. C'est vraiment une très belle journée.

— Ça, on peut le dire! On a l'habitude de venir passer nos dimanches ici, mais aujourd'hui, avec ce temps chaud et pas trop venteux, j'ai proposé à ma cousine d'y emmener les enfants. On dirait que plusieurs ont eu cette idée. Il y a longtemps que tu es arrivée à Hauterive ?

— Quelques mois. Je m'occupe des enfants de mon frère, mais il habite à Baie-Comeau.

— Donc, tu fais le même travail que moi. Je prends soin des enfants et de la maison de ma cousine. Elle et son mari ont chacun un commerce.

— Pour le moment, c'est ce que je fais, précisa Marianne, mais j'aimerais bien retourner à l'enseignement.

— Tu enseignes ?

— Oui, et j'adore ce travail.

— Ça alors ! Tu devrais aller voir la sœur directrice à l'école Saint-Cœur-de-Marie. Ma cousine, elle s'appelle Marie-Berthe, me disait que l'école serait peut-être obligée de faire des classes à deux niveaux. Pas parce qu'il manque d'enfants pour former des classes complètes, mais parce qu'on cherche des professeurs et que la communauté ne peut pas envoyer plus de religieuses.

— Cette école, elle est située à Hauterive ?

— Oui, c'est l'école des filles, juste à côté de celle des garçons où vont mes trois neveux. Le plus vieux, c'est l'un de ceux qui ont rapporté le poisson qu'on a mangé tout à l'heure. Je m'appelle Martine.

— Et moi, Marianne.

La conversation des jeunes femmes fut interrompue par les neveux de Marianne, qui sortaient de l'eau en frissonnant, les lèvres bleuies par le froid. Marianne les avait enveloppés d'une serviette avant de les entraîner vers la couverture laissée non loin des braises. Peu après, Martine vint la rejoindre avec la petite Margot grelottant de froid et enserrée dans sa serviette. Les enfants poursuivirent leurs jeux dans le sable pendant que leurs surveillantes continuaient de faire connaissance.

Dès qu'ils se retrouvèrent assis sur le siège arrière de la voiture, les enfants s'assoupirent dans un demi-sommeil et le retour se déroula en silence. Avant de repartir, Marianne avait sorti un petit pot bleu pour appliquer la crème rafraîchissante sur les coups de soleil. L'odeur de Noxzema emplissait l'habitacle de la voiture. Si ses neveux s'étaient bien amusés au cours de cette journée de piquenique, Marianne en était ravie. Comme eux, elle avait apprécié le repas, le soleil, le bruit des vagues, les jeux dans le sable et la douce insouciance, mais elle traînait aussi dans son sac un immense ballon d'espoir. Sur un bout de papier, Martine avait noté le nom de la directrice de l'école des filles. Elle lui avait aussi parlé des sœurs cloîtrées qui hébergeaient de jeunes filles, surtout des enseignantes. Elles avaient également échangé adresse et numéro de téléphone. Marianne voulait établir des contacts avant de parler de ses projets à son frère.

Cette journée à la plage avait gavé son corps de soleil, elle avait rempli son cœur de lumière, d'espérance et de confiance. Oui, dans cette ville, il y avait beaucoup à construire. Depuis son arrivée, elle ne voyait que modernité et ouverture d'esprit. Cette journée d'évasion et, surtout, sa rencontre avec Martine, l'avaient soudain dégagée d'un poids. Elle devait sortir de l'ombre causée par l'inconduite d'un ex-fiancé, sa vie valait mieux que ça. Depuis son arrivée, elle avait écrit une dizaine de lettres à Lisanne, mais toutes avaient pris le chemin de la poubelle. Elle considérait que sa vie était devenue si insipide, alors que sa meilleure amie vivait une existence exaltante à l'université. Ce soir-là, elle s'endormit en pensant à l'avenir. Dans cette région, tout restait à construire, y compris une réputation. Mentalement, elle élabora un plan, elle passerait à l'action. Et il était temps qu'elle poste une lettre à son amie. Toutefois, cette lettre dut attendre encore plusieurs jours avant d'être terminée. Tout se précipita pour Marianne. En une seule journée, son existence prit un nouveau tournant.

C'est par un dimanche pluvieux du début septembre qu'elle trouva le temps de recopier soigneusement le brouillon de la lettre qu'elle avait rédigée d'un seul jet.

8 septembre 1957,
Ma très chère Lisanne,

Pardonne-moi de ne pas t'avoir donné de nouvelles plus tôt. J'étais si découragée par ma vie ici, je ne voulais pas que tu te fasses du souci pour moi. Enfin, le vent, ce vent si présent ici, eh bien, il a tourné en ma faveur. Mais d'abord, je dois te raconter mes premières semaines dans ce coin qui m'est apparu si hostile. Ça te permettra de voir la façon dont on vit sur la Côte-Nord.

J'habite dans un monde si différent de celui qu'on a connu. Tu avais raison, Lisanne. Tu te souviens, quand je suis partie, tu m'avais dit: « Tu trouveras ta place quelque part. » Ça y est, un grand pas est franchi!

Tu ne seras pas surprise d'apprendre que je ne me sentais pas chez moi dans la maison de mon frère. En plus, il s'appliquait à m'expliquer subtilement que je n'avais pas à me plaindre. Je me suis vite rendu compte qu'il gagnait des avantages avec son offre généreuse. Je devais faire la cuisine, m'occuper du lavage, du ménage et des enfants pendant que ma belle-sœur vaquait à ses bonnes œuvres. Je n'étais ni plus ni moins qu'une domestique. Les deux premières semaines ont été horribles, et le mot n'est pas trop fort. Maintenant que je m'en suis sortie, je peux te le dire. Je n'ai pas trouvé drôle la vie de servante dans une maison où je me sentais à l'étroit, sans parler de ce malaise devant le regard de juge de mon frère, et sans oublier les mouches noires qui vous poursuivent comme une armée pour vous dévorer vivant! Il est indispensable de s'enduire généreusement d'huile à mouche chaque fois qu'on va dehors.

Je trouve ça visqueux et ça ne sent pas les roses, mais on n'a pas le choix. Cependant, je prenais plaisir à sortir avec les enfants ; ça les amusait et ça m'a permis de visiter la ville. Ils sont sages et gentils, ils ont mis du soleil dans mes jours gris. Puis, il y a eu cette journée de pique-nique sur la plage, en pleine semaine. Une plage qui ressemble à celle de la carte postale que tu m'avais envoyée quand tu étais allée en vacances avec tes parents dans le Maine. Durant cette escapade au bord du fleuve où ma belle-sœur n'était pas venue, je me suis sentie libre. Et là, grâce à la rencontre fortuite d'une jeune fille, j'ai appris qu'il manquait d'enseignantes dans la ville voisine.
Dès le lendemain, j'ai annoncé fermement à Edmond mon intention de me rendre à Hauterive. Il n'a pas dit un mot et il est parti travailler. Il devait penser que je renoncerais à mon idée s'il ne m'y conduisait pas. Mais il existe un circuit d'autobus qui relie les deux villes. J'avais apporté mon diplôme et ma lettre de recommandation, et je me suis directement rendue à l'école. Sœur Marie-Isabelle-des-Anges, la directrice, s'est montrée chaleureuse et d'une grande gentillesse. Elle m'a posé quelques questions sur mes deux années d'enseignement, elle a lu attentivement ma lettre de recommandation et ne m'a pas demandé pourquoi j'étais venue dans cette région. Elle voulait que je revienne le lendemain, mais quand je lui ai dit que je restais chez mon frère, à Baie-Comeau, et que j'étais venue en autobus, elle m'a priée de repasser dans l'après-midi pour la signature de mon contrat qu'elle préparerait. Quand je lui ai demandé si elle connaissait des pensions pour jeunes filles pas trop loin de l'école, elle m'a écrit un mot pour la sœur économe du couvent des sœurs cloîtrées. Je suis sortie de l'école en dansant tellement l'enthousiasme m'habitait !
Lisanne, je vais enseigner à nouveau, quel bonheur ! Je me suis rendue de ce pas à ce couvent. L'idée de vivre dans un cloître paraît étrange, mais l'endroit est surprenant. Ce long bâtiment à deux étages ressemble à une maison de ville. J'adore la pièce

de la bibliothèque où trône un piano; l'une des religieuses donne des cours privés. Les pensionnaires ont accès à cette pièce quand il n'y a pas de cours. J'ai réservé ma chambre sur-le-champ, une jolie pièce toute simple avec vue sur une rivière qui se trouve de l'autre côté de la rue. Je la partage avec une jeune fille, également une enseignante, originaire de Mont-Joli. Elle s'occupe de la classe de sixième année, elle a passé l'été dans sa famille. J'ai donc été seule un moment. J'avoue que j'étais un peu inquiète de cette cohabitation, mais on s'entend très bien. Elle est calme, posée et très respectueuse.

Dans l'autobus du retour, lors de cette première escapade, je me sentais si bien. Au cours de cette journée, j'avais signé mon contrat pour l'année scolaire, on m'avait assigné une classe de première année, j'avais trouvé un endroit où habiter et j'étais allée saluer Martine pour la remercier. C'est la jeune fille que j'avais rencontrée à la plage et qui m'avait refilé le nom de la directrice.

Imagine-toi que mon frère m'a rappelé que je suis encore mineure et qu'il avait une certaine responsabilité envers moi, parce que plus d'une année encore me sépare de mes vingt et un ans. Je me demande s'il m'aurait laissée partir et voler de mes propres ailes si je n'avais pas habité dans un couvent. Non, rassure-toi, je n'entrerai pas en communauté. Hauterive et Baie-Comeau sont des villes en pleine expansion. Il n'y a rien à louer, à part dans les maisons de chambres. On parle d'une crise du logement, les gens arrivent plus vite que les maisons se construisent.

Quand mon frère a vu à quel point je m'étais débrouillée, son scepticisme a fondu. Il est venu me reconduire au couvent avec mes bagages. Je compte malgré tout passer, à l'occasion, une fin de semaine dans sa famille, surtout pour voir les enfants. J'ai l'intention de m'organiser une vie bien à moi.

L'année scolaire est commencée depuis quelques jours. Il y a trois religieuses qui enseignent au primaire, elles logent au troisième étage de l'école. Mes compagnes enseignantes sont originaires de la Gaspésie, du Bas-du-Fleuve, et l'une d'elles vient de la Basse-Côte-Nord. Comme le Québec est grand! Nous sommes quatre en pension ici. Nous côtoyons toujours les deux mêmes religieuses, la cuisinière et la sœur économe, les seules à maintenir des contacts avec l'extérieur du couvent. Les autres sœurs restent invisibles, on n'entend que leurs voix qui s'élèvent de la chapelle.

Oui, ma chère amie, maintenant, je crois que je vais me plaire ici, et je suis soulagée de pouvoir te rassurer sur mon sort. Je suis maintenant remplie d'espoir.

Toi, tu commences ta troisième année à l'université. Je suis certaine qu'elle sera remplie de succès. Raconte-moi, je veux tout savoir.

Amicalement,

Marianne

Si cette première lettre à son amie avait tardé, elle marquait néanmoins le début d'une longue correspondance entre les deux jeunes femmes. Marianne était arrivée à Baie-Comeau la tête penchée. Depuis, elle avait appris à la relever avec fierté, confiance et affirmation. La Marianne du passé avait refait surface, la joie de vivre et l'enthousiasme avaient repris leur place dans sa vie.

LA VIE S'INSTALLE
1957-1958

CHAPITRE 7

La formation d'une chorale dans la nouvelle ville avait ravi les fidèles, sa présence égayant la liturgie dominicale. Certains membres du groupe n'en étaient pas à leur première expérience. Cependant, pour que le chœur atteigne un nombre plus élevé de voix, au cours de l'homélie, le curé avait invité les âmes chantantes à se joindre à l'ensemble. Adrien écoutait attentivement, son petit doigt lui disait que l'offre intéresserait Angèle.

Angèle avait l'habitude de chantonner; une berceuse pour endormir les enfants ou les airs de *La Bonne Chanson* quand elle accomplissait les tâches domestiques. Parfois, si quelqu'un la suivait de près sur la rue, il pouvait entendre des notes de musique classique fredonnées par sa voix douce. Ce dimanche-là, Angèle se préparait en attendant que son homme revienne de l'église pour partir à son tour. Elle ajustait son chapeau dans le miroir de l'entrée en observant Anne-Marie qui enfilait ses petits gants de dentelle blancs.

— Maman, t'es prête ? Papa et Roger sont presque arrivés. J'aimerais ça allumer des lampions avant la messe.

Angèle n'avait pas eu le temps de répondre. Adrien revenait de la célébration de huit heures, il avait l'air tout excité.

— Angèle, le curé a annoncé quelque chose pendant le sermon. Il s'agit de… non, je ne te le dis pas, il va sûrement en reparler à la grand-messe. Écoute bien.

— Tu m'intrigues, il a parlé de quoi, monsieur le curé ?

— Tu verras !

Rieur, Adrien avait refusé d'ajouter un seul mot. Entraînée par l'impatience de sa fille, Angèle avait pris le chemin de l'église.

Les rumeurs qu'elle avait entendues lors de l'inauguration de l'hôpital s'avéraient fondées : une chorale était née ! Angèle aimait chantonner, mais de là à intégrer la chorale, il y avait un pas ! Finalement, après cette invitation du curé et quelques tergiversations, elle s'était jointe à l'ensemble vocal sous les encouragements de son mari.

— Quand tu travailles de quatre à minuit, avait-elle dit, qui s'occupera des enfants ?

— La petite voisine d'en arrière les connaît bien. Si tu la réserves un mardi sur trois pour les pratiques, je suis certain qu'elle acceptera. Les autres semaines, je serai là.

— Mais je ne connais rien au solfège !

— Angèle, tu possèdes une jolie voix, tu es intuitive dans la musique. Et puis, tu ne seras pas la seule à chanter pour la première fois dans une chorale.

— Allez, maman, avait renchéri Anne-Marie. Papa a raison, tu chantes si bien !

Le mardi suivant, Angèle se présentait à sa première répétition de chant. Cinq autres personnes y faisaient un premier saut. Si elle avait d'abord été intimidée par l'exercice de vocalises, son malaise s'était dissipé une fois que le directeur musical lui eut assigné sa place parmi les altos. Le chant choral avait été une révélation. Sa voix s'élevait avec celle du groupe. Malgré la discipline, Angèle s'était abandonnée à cet univers à la fois rigoureux et amical. Elle y trouvait une évasion de son quotidien, souvent routinier. Si la messe lui procurait une pause dans le recueillement, la chorale la transportait de joie et d'enthousiasme. D'autant plus que les exercices en solo avaient pris l'allure de rencontres agréables quand Marie-Berthe lui avait fait une proposition :

— On devrait faire nos exercices vocaux ensemble entre les pratiques, on possède toutes les deux une voix d'alto.

— Bonne idée ! Ça me faciliterait les choses pour commencer, tu as plus d'expérience que moi en chant choral.

— Ne t'en fais pas, dans quelques semaines, rien n'y paraîtra ! Et surtout qu'on habite tout près l'une de l'autre, tant qu'à chanter chacune dans notre coin pour pratiquer, pourquoi ne pas le faire ensemble ?

En s'exerçant avec Marie-Berthe, Angèle prit de l'assurance, elle maîtrisait mieux la lecture des notes et réussissait à déchiffrer les partitions. Les deux femmes se découvrirent de véritables affinités. Marie-Berthe travaillait à son magasin alors qu'Angèle demeurait au foyer. Pourtant, leur vision de la vie de famille se ressemblait. Leurs enfants jouaient ensemble dans la rue ou dans le boisé. Le type de discipline des deux familles aurait pu être calquée l'une sur l'autre. Leurs valeurs se rejoignaient. Au-delà de ce lien de bon voisinage et de l'esprit de camaraderie de la chorale, telle une jolie broderie, un fil se tissait doucement entre elles. Cela s'appelait l'amitié. Leur quotidien différent aurait pu les éloigner, leur porte-monnaie aussi. Si Marie-Berthe et Benoit tenaient rigoureusement la comptabilité de leurs commerces, les fins de mois ne leur causèrent jamais de soucis, contrairement aux Gagnon, qui avaient dû économiser et se priver de petits plaisirs pour compenser les périodes sans travail d'Adrien. Et même avec le salaire plus régulier de ce dernier, ils n'avaient pas les moyens de baisser la garde dans leur budget.

Un soir de septembre, elles se retrouvèrent toutes les deux dans la grande cuisine de Marie-Berthe, après leurs « vocalises d'alto », comme elles appelaient leurs pratiques. Par la fenêtre, elles apercevaient les enfants qui jouaient au ballon avec Martine. De sa poussette, Chantale applaudissait de plaisir.

— Sans lait, dit Angèle quand Marie-Berthe lui servit sa tasse de thé. Merci !

— Si tu savais comme je suis contente que tu sois restée chanter avec nous. Je t'ai sentie pas mal hésitante au début.

— Avec Adrien sur la rotation des *shifts*, ça me paraissait compliqué. Mais je suis très heureuse d'être là. C'est un peu ma parenthèse personnelle. J'adore ça et ça me fait un grand bien.

— Tu sais, Angèle, j'ai beaucoup d'admiration pour toi.

— Ah oui ? Je ne vois pas pourquoi. Je mène une vie toute simple, ordinaire.

— Justement, tu possèdes le don de donner de la couleur à l'ordinaire, à donner de la grandeur à ce qui est simple.

— Probablement parce que j'ai plus de temps pour penser aux détails. Ma mère disait souvent que la nécessité nous pousse à développer notre imagination.

— Sans doute que ça joue, mais il y a aussi une question d'attitude. Tu cherches à en faire plus. Pas pour en mettre plein la vue aux autres, mais pour faire plaisir, pour installer une ambiance, ça se sent.

— Ça doit venir de mon éducation. J'ai toujours pensé, poursuivit Angèle, qu'une bonne éducation est la grande richesse d'une personne. Mais ça ne rend pas nécessairement riche…, lança-t-elle en buvant une gorgée de thé.

— Angèle, la richesse, ce n'est pas juste un compte de banque. Quand je me sens privilégiée dans ma vie, je me sens riche. L'amour de mon mari, les enfants en santé, le soutien de Martine, en qui j'ai pleine confiance, mon commerce qui va bien… Chaque soir dans ma prière, je remercie Dieu pour les bonnes choses que j'ai vécues. Et il y en a toujours, même si la journée a semblé plus grise.

— Je n'avais jamais vu la richesse sous cet angle. J'aime cette vision que tu as, Marie-Berthe. Oui, j'aime beaucoup.

Un moment de silence suivit les propos de Marie-Berthe. Pour Angèle, cette femme avait les valeurs à la bonne place. Elle ne travaillait pas seulement pour faire de l'argent, contrairement à ce qu'Angèle avait entendu venant d'une voisine. À bien y penser, elle y voyait là des propos dictés par l'envie, cette femme ne semblait pas s'accomplir dans son rôle de maîtresse de maison. Marie-Berthe n'était pas la seule à subir ces ragots remplis de fiel. Angèle constatait avec tristesse que le commérage semblait souvent le reflet d'une vie insatisfaite, teintée de jalousie.

Marie-Berthe se leva pour remplir la théière d'eau chaude. Elle versa à nouveau le liquide bouillant les tasses.

— Merci ! Encore dix minutes et j'y vais. Le temps file trop vite quand je suis en bonne compagnie.

— Ça me fait plaisir que tu dises ça, Angèle, parce que moi aussi, je prends plaisir à ta compagnie. Une autre chose que j'apprécie chez toi, c'est que je n'ai jamais senti que tu me jugeais. Tu es une mère traditionnelle, à la maison, alors que je suis une femme d'affaires. Je n'ai jamais senti de fossé entre nous, malgré cette différence. Même si les enfants occupent une place centrale dans ta vie, même si tu demeures au foyer, tout ne tourne pas autour d'eux. On est des mères de famille, mais on reste avant tout des femmes, tu ne penses pas ?

— Tu dis vrai, malgré que la femme demeure presque toujours au second plan, mais n'est-ce pas...

L'ouverture fracassante de la porte arrière ramena les deux amies à leur rôle de mère. Tout essoufflés, les enfants entraient, les yeux brillants de plaisir.

— Mademoiselle Théberge a joué un peu au ballon avec nous, annonça Margot.

— Vraiment ? répondit sa mère. On dirait que tu viens de recevoir tout un honneur.

— C'est presque ça pour notre Margot, précisa Martine. Elle faisait sa marche et s'est arrêtée pour jaser. Chaque fois qu'on se croise, elle dit que je suis sa bonne étoile.

— C'est la nouvelle enseignante de première année, je crois, ajouta Angèle. Anne-Marie m'en a parlé, elle n'arrête pas de l'encenser.

Martine entraîna les plus jeunes dans leur chambre, l'heure de la toilette et du pyjama sonnait. Marie-Berthe raccompagna Angèle à la porte.

— Tu sais que Marianne, ou mademoiselle Théberge, va intégrer la chorale ? Elle a rencontré le directeur musical et devrait se présenter à notre prochaine pratique. Je crois qu'elle aussi est alto. D'après les enfants, elle chante comme un rossignol.

— J'ai hâte de la connaître, je n'ai entendu que d'élogieux commentaires sur cette jeune fille. Bon, je te laisse ! À bientôt.

Marie-Berthe prit la direction des chambres. Les trois garçons achevaient de se préparer pour la nuit. Elle ramassa les pyjamas de ses deux fillettes pour amorcer la routine du dodo.

Angèle retourna à la maison en chantonnant. Là aussi, les rituels de fin de journée l'attendaient. Elle trouva

Anne-Marie et Roger le nez plongé dans un livre d'histoires, Benoit berçait les deux plus jeunes presque endormis, la tête appuyée sur la poitrine de leur père. Angèle attrapa Lucie, sa cadette, pour aller la déposer dans sa couchette. Peu après, assise devant la coiffeuse de sa chambre, la mère de famille brossait lentement sa chevelure ondulée en regardant cette femme dans le miroir. Alors, elle murmura pour elle-même: « Oui, tu es plus riche que tu ne l'aurais cru. » Marie-Berthe avait raison, et l'amitié avec cette femme lui parut encore plus précieuse.

Marianne s'était installée avec ravissement dans sa vie d'institutrice. Pour la jeune femme, son rôle d'enseignante se situait au-delà de l'apprentissage scolaire. Du temps qu'elle vivait à Saint-Vincent-de-Paul, elle profitait de ses escapades à Montréal avec Lisanne pour prendre contact avec la culture: visites de musées, spectacles de musique, concerts classiques, théâtre, cinéma. « La vie artistique sublime le quotidien », affirmait son amie. Lisanne était maintenant plongée dans les arts pour en faire sa profession.

De son côté, Marianne cherchait à l'intégrer au fil de son quotidien et tentait d'en transmettre des parcelles aux enfants. Le vendredi après-midi, elle leur lisait une histoire. Quand elle levait les yeux de son livre et qu'elle apercevait tous ces minois attentifs, elle avait là la confirmation que cette période de la semaine était aussi valable que toutes les autres matières enseignées. À défaut de pouvoir compter sur une bibliothèque dans l'école ou en ville, elle leur prêtait des livres de sa collection personnelle. Certains élèves en redemandaient, elle s'en réjouissait. Dans sa classe, la moitié de l'un des deux grands tableaux noirs servait à afficher les œuvres de ses petits artistes.

Pas nécessairement les plus belles ou les mieux réussies. Choix des couleurs, originalité et audace la guidaient. Elle souhaitait que chaque enfant retrouve l'un de ses projets sur le « tableau des artistes » au moins une fois dans le mois. Et puis, il y avait le chant. À la mi-novembre, elle avait réservé une période pour apprendre de nouveaux airs de Noël aux enfants.

— On va donner un petit concert à sœur supérieure quand elle viendra remettre les bulletins, juste avant le congé des Fêtes. Ce sera son cadeau, offert par la classe de première année A, leur expliqua-t-elle.

Une autre enseignante émit l'idée de monter des sketchs avec un groupe d'élèves issus de différentes classes, un loisir parascolaire. Cette activité s'apparentait au théâtre, et Marianne s'y plongea avec enthousiasme. Deux fois par semaine, la grande salle commune de l'école bourdonnait d'action après les heures d'enseignement. Les cours de diction, la danse folklorique et la troupe de sketchs étaient, pour le moment, les seules formes de culture accessibles, du moins aux enfants. Bientôt, il y aurait le cinéma, car la structure extérieure de la bâtisse était terminée. « Avec le temps, cette ville deviendra très intéressante », écrivit Marianne dans une lettre à Lisanne.

La jeune enseignante avait toujours chanté avec ses élèves. Dès son arrivée à l'école, sa jolie voix n'était pas passée inaperçue. Une fin de journée, la supérieure lui rendit visite dans sa classe.

— Mademoiselle Théberge, ce serait un bel ajout à la nouvelle chorale de la paroisse de pouvoir compter sur une voix comme la vôtre.

— J'ignorais qu'il y avait une chorale ici. Comme je passe les dimanches chez mon frère, je vais à la messe à Baie-Comeau.

— Si vous le souhaitez, je peux vous dire qui contacter. La chorale chante à la grand-messe du dimanche et doit préparer un concert grand public pour Noël, et probablement un autre pour la fin de l'année.

— Oh oui, ça m'intéresse ! Donnez-moi le nom de la personne à contacter. Merci, ma sœur.

Marianne adorait chanter. Cette chorale deviendrait un bon prétexte pour écourter ses dimanches chez Edmond. Ce dernier continuait à jouer son rôle d'aîné en se montrant critique et moralisateur à son endroit. Toutefois, la joie de passer un moment avec ses neveux et la courtoisie de sa belle-sœur amortissaient l'effet désagréable de son frère.

Marianne intégra le groupe et se lia rapidement d'amitié avec Angèle et Marie-Berthe. Étant du même registre vocal, elle accepta avec ravissement d'ajouter sa voix à celle des deux autres pour leur entraînement personnel, ces rendez-vous se déroulant dans le sous-sol de Marie-Berthe.

— Quel heureux hasard ! s'écria Marie-Berthe devant l'air ahuri de Marianne, même si elle connaissait les détails de cette rencontre à la plage.

Si les trois femmes avaient en commun leur jolie voix, la satisfaction de chanter se confondait avec l'immense plaisir qu'elles retiraient de leurs pratiques hebdomadaires. De dix ans plus jeune que ses compagnes, Marianne eut un coup de foudre amical pour ces deux femmes : leur personnalité enthousiaste, leur joie de vivre et leur tête pleine d'idées l'avaient séduite.

Au fil des semaines, elles chantaient en sortant souvent du répertoire de la chorale, et leurs liens amicaux débordaient du chant. Après ces exercices vocaux, elles prenaient le thé en jasant. Elles apprenaient à se connaître dans d'autres volets de leur vie. Un jour, Marie-Berthe proposa des chants populaires. Alors, les trois amies tentèrent d'imiter les turlutes de La Bolduc. Cette fois-là, la séance fut ponctuée de plusieurs éclats de rire.

— Peu importe ce que l'on chante, dit Marie-Berthe, l'important, c'est de poser et de moduler notre voix. Je me rends compte que vous êtes de sacrées complices pour nous permettre une petite parenthèse. Ça me plaît !

— C'est vrai, rétorqua Angèle. Moi aussi, j'apprécie beaucoup ces moments qu'on passe ensemble. C'est une vraie récréation pour moi.

— Et moi, ça me sort de ma petite chambre du couvent, ajouta Marianne. Même si j'aime bien le silence et la tranquillité, un peu de fantaisie me fait du bien.

— Tu ne trouves pas ça trop difficile de rester là? demanda Marie-Berthe. Ça doit être ennuyeux.

— Non, pas trop. Au début, l'exiguïté de ma chambre m'ennuyait, surtout quand j'avais à préparer du matériel pour l'art plastique. En ville, j'habitais chez mes parents, et je m'installais dans la salle à manger, où il y avait amplement de place. Maintenant, je le fais dans ma classe et j'apporte des corrections pour le soir.

— C'est tout un saut de passer de la grande ville à ici, commenta Marie-Berthe. C'est ton frère qui t'avait parlé de la Côte-Nord ?

Cette observation laissa Marianne songeuse. Elle aimait sa petite ville natale, avec sa végétation luxuriante, la proximité de Montréal, une ville stimulante et pleine de vie, et surtout, il y avait l'amitié de Lisanne.

— Oui, mon frère m'en avait parlé, finit-elle par répondre. Il vit à Baie-Comeau depuis 1952. Pour lui, venir s'installer par ici, c'était partir à l'aventure.

— Tu es arrivée un peu après nous, renchérit Marie-Berthe. Même si on le souhaite, c'est quand même tout un choc d'arriver par ici. Maintenant, c'est moins pire, mais la première fois, quand je suis débarquée de l'avion avec les enfants, j'ai eu l'impression d'arriver dans un pays de colonisation. C'était un peu ça. Heureusement que notre maison était déjà construite. Je ne suis pas certaine que je serais arrivée à vivre dans les mêmes conditions que toi, Angèle, et avec autant de sérénité.

Marianne connaissait les difficultés qu'Angèle et sa famille avaient dû affronter durant les premiers mois suivant leur arrivée. Elle saisit l'occasion pour faire dévier la conversation sur un autre sujet que sa propre arrivée à Hauterive.

— Ta situation, Angèle, était sans doute plus difficile que la mienne dans ma petite chambre.

— Savoir que c'est temporaire, ça aide à passer au travers, poursuivit cette dernière. J'ai mis toute mon énergie pour qu'on soit bien organisés, et rendre le quotidien joyeux, c'était important pour moi. Et puis, Adrien était là tous les jours. Ça, ça valait tous les sacrifices.

L'irruption des aînés de Marie-Berthe dans le sous-sol mit fin à leur rencontre. Marianne repartit avec un sentiment de soulagement. Contrairement à ses deux compagnes, s'établir à Hauterive n'était pas un choix. Cependant, trois semaines plus tard, Angèle souleva une question qui la taraudait.

— Marianne, quand tu nous parles de tes sorties avec ton amie Lisanne, je sens de la passion. Il est évident que toutes ces activités culturelles sont importantes pour toi. Ça ne te manque pas ? Il n'y a rien de tout cela par ici.

— Parfois, l'appel de l'aventure parle fort, répondit Marie-Berthe. C'est ce qui animait Benoit, et sans doute ton frère, Marianne.

Marianne ne répondit pas. Un malaise indescriptible s'empara d'elle. Personne, à l'exception de la famille d'Edmond, ne connaissait la vraie raison de son arrivée dans la région. Edmond en avait tellement honte qu'il n'en parlerait jamais hors du cercle de ses proches. Marianne refusait de mentir. Angèle lui paraissait très traditionnelle, mais elle était remplie de bonté, jamais la jeune enseignante ne l'avait entendue exprimer de jugements sur les autres. Marie-Berthe avait plus d'expérience de la vie, c'est-à-dire de cette vie qui sort du cadre de la famille et de ses valeurs. Elle cherchait davantage à comprendre qu'à blâmer. Marianne aimait ces deux femmes, leur présence et leur amitié étaient l'une des belles choses qui étaient arrivées dans sa vie au cours des derniers mois, après l'enseignement. Elle commençait tout juste à prendre goût à sa nouvelle existence, l'amitié d'Angèle et de Marie-Berthe y avait assurément joué un rôle. Comment réagiraient-elles si elle leur apprenait la vérité ? Elle reconstruisait sa vie, elle se sentait libérée et maintenant, mille petites joies traversaient ses journées. Si on lui tournait le dos, tout s'écroulerait à nouveau, elle n'y survivrait pas. Pas sans brèches, en tout cas. Elle n'oubliait pas son bébé. Le savoir avec les anges avait ramené un certain calme dans son cœur. Elle priait pour lui. Dans sa condition, que Dieu ait repris son enfant semblait moins douloureux que de l'avoir confié à l'adoption. Cette période de sa vie défila dans son esprit, elle ne se rendit pas compte que des larmes coulaient doucement sur ses joues. Marie-Berthe et Angèle échangèrent un regard, puis Angèle rompit le silence.

— Marianne, dit-elle doucement en déposant sa main sur l'avant-bras de l'institutrice, peu importe la raison qui t'a amenée ici, nos routes se sont croisées et je suis très contente de te compter parmi mes amies. J'aime ce que je connais de la femme que tu es. Rien ne pourra changer ça.

Marie-Berthe lui tendit un mouchoir et ajouta :

— J'ai l'impression que quelque chose t'étouffe. J'aimerais tellement qu'Angèle et moi, on puisse te soulager. Les vraies amies ne sont pas ensemble seulement pour s'amuser, mais aussi, et surtout, pour s'épauler. Tu ne penses pas ?

Marianne essuya ses joues et fit un signe d'assentiment, signifiant qu'elle souhaitait leur parler de ce qui causait sa peine.

— Je monte à la cuisine préparer du thé et prévenir Martine que cette semaine, notre petite rencontre se prolongera. On ne sera pas dérangées.

— Et moi j'appelle Adrien pour l'avertir que j'arriverai un peu plus tard que d'habitude.

Avec des trémolos dans la voix, Marianne leur raconta finalement toute son histoire : le fiancé qui l'avait éconduite, la grossesse malvenue, son séjour chez les sœurs du Bon-Pasteur, à Québec, la mort de son bébé, la honte vécue par sa famille, et finalement, la porte de sortie, ni plus ni moins une fuite, proposée par son frère. Avec ces femmes, Marianne mit son cœur à nu. Elle reçut une écoute attentive, de la compassion et de la tendresse. À mesure qu'elle parlait, libérée, sa respiration se calmait. Elle enchaîna en évoquant un besoin de renaissance, celui de reconstruire sa vie et… sa réputation. Elle termina en avouant :

— Depuis que j'ai quitté la maison de mon frère pour m'installer à Hauterive, je me sens à nouveau maîtresse de ma vie.

— Chère Marianne, dit Marie-Berthe après un bref silence, quelle jeune femme tu es ! Tu es tombée… Non, je dirais plutôt que quelqu'un t'a donné une bonne jambette, mais tu t'es relevée et tu avances la tête haute. Tu as toute mon estime !

— J'avais tellement peur, admit Marianne.

— Peur de quoi ? demanda Angèle. Du moins avec nous. Tu es devenue notre amie et ce n'est pas ce que tu nous as raconté qui va changer quoi que ce soit.

— Je me sens tellement, tellement libérée ! Je tiens très fort à votre amitié, vous savez.

— Moi aussi, dirent en même temps Marie-Berthe et Angèle.

Alors, un grand éclat de rire retentit dans la salle de jeux du sous-sol de Marie-Berthe. Un rire libérateur, teinté de connivence, de compréhension et d'une immense tendresse, tout ce qui enserre les liens d'amitié.

Juin tirait à sa fin. Marianne dut se désister des deux dernières rencontres de vocalises avec ses amies. La correction des examens de fin d'année, le dernier bulletin à préparer, les piles de présents à rassembler pour la distribution des prix, le grand ménage de sa classe… toute cette effervescence l'enthousiasmait. La sœur supérieure lui confirma son poste pour la prochaine rentrée, l'année scolaire 1958-1959.

— Je vous assigne à nouveau une classe de première année, mademoiselle Théberge. Vous êtes vraiment douée pour enseigner aux tout-petits. Vous savez, la première année en est une très déterminante pour les enfants. Aimer l'école me semble primordial pour bien progresser tout au long du parcours scolaire.

— Merci, ma sœur, répondit une Marianne radieuse. J'ai peu de mérite, j'adore enseigner.

— Votre enthousiasme et vos talents de pédagogue donnent de bons résultats. L'une de vos petites élèves monte de justesse en deuxième année, mais aucune ne double. Bravo ! Des projets pour les vacances ?

— Oui, ma sœur. D'abord, je m'installe dans un petit logement, presque en face de l'école. Puis, j'irai passer quelque temps chez mes parents, à Saint-Vincent-de-Paul.

— Alors bon été !

Edmond proposa à Marianne de faire le voyage avec lui et sa famille. Il disait que les enfants en seraient ravis, et de plus, il partait le lendemain de la fête de la Saint-Jean-Baptiste.

— Merci de l'offre Edmond, mais je préfère m'installer avant. Je dois libérer ma chambre au couvent. J'irai plus tard, en juillet.

Ce prétexte la soulageait. Au fond, elle préférait séjourner dans sa famille à un autre moment que son frère. Elle avait des plans : cinéma et magasinage avec sa mère ; journées avec ses parents à la ferme de sa sœur pour cuisiner des marinades et des confitures, tout en passant du bon temps ensemble ; virées à Montréal avec Lisanne. Quand Edmond se trouvait dans la maison familiale, il se reposait. Pour lui, le repos se résumait à se bercer sur la galerie ou à rester au garage à jaser avec les clients. Sur l'insistance de sa femme ou de sa mère, il consentait parfois à les accompagner en pique-nique, il fallait bien que les enfants profitent de l'air de la campagne. Mais un long soupir d'exaspération laissait entendre que ce genre de sortie le contrariait. Pour sa part, Marianne effectuerait le trajet en autobus et séjournerait chez ses parents de la mi-juillet à la mi-août.

Un soir de la dernière semaine de classe, Angèle, Marie-Berthe et Marianne soupaient ensemble au restaurant de Benoit. Marie-Berthe descendit directement de son magasin quand elle aperçut ses amies. Une fois assise dans un coin tranquille, Angèle leur confia :

— Quand on a parlé de ce souper, j'avais pensé vous inviter chez nous. Mais je pense que c'est mieux qu'on soit ici, les enfants sentent une tempête. Ma voisine garde le bébé, j'ai préparé un lunch et Adrien amène les plus vieux manger dans le bois pour les laisser s'épivarder un peu. J'avoue que de me trouver ici m'offre une belle parenthèse de tranquillité. Et vous deux, comment ça se passe ?

— Je suis prête pour la fin des classes, répondit Marianne. Je suis très excitée à l'idée de m'installer dans un vrai chez-moi. Pour la première fois. Quelle chance j'ai eue ! J'en ai tout de suite réservé un quand la mère d'une élève m'a mentionné qu'ils transformaient les chambres de leur deuxième étage en deux logements. C'est juste en face de l'hôpital.

— Donc, tu seras encore plus près de l'école, fit Angèle. Je t'envie presque, tant de liberté ! Moi, je n'ai jamais habité toute seule.

— Ni moi, ajouta Marie-Berthe. Je n'ai même jamais imaginé vivre seule.

— Moi non plus, renchérit Angèle. En passant, Marianne, je te rappelle que tu peux utiliser mon moulin à coudre quand tu voudras fabriquer tes rideaux. Tu as juste à m'avertir la veille pour que je libère la place.

— Pierre et Jacques ont hâte de te livrer ce qui est entreposé dans notre sous-sol. Je les ai entendus raconter qu'ils vont aider mademoiselle Théberge à déménager. Ils étaient tellement fiers quand tu leur as demandé leur aide !

Au fil des semaines, Marianne avait acheté de la literie, des accessoires de cuisine et une lampe pour laquelle elle avait eu un coup de cœur. Les sacs s'empilaient chez Marie-Berthe. Les électroménagers étaient inclus dans la location. De son père, Marianne avait reçu une petite somme, qui, ajoutée à ses économies, avait payé un mobilier de chambre et un sofa. Pour le reste, elle compléterait ses possessions graduellement.

— J'ai une nouvelle à vous apprendre, lança Marie-Berthe une fois les assiettes servies.

Le regard de ses amies convergea dans sa direction. Curieuses, Angèle et Marianne attendaient la suite.

— J'espère que tu n'as pas l'intention de nous laisser languir jusqu'à la fin du repas, finit par dire Angèle.

— Pas du tout ! répondit Marie-Berthe avec un grand sourire. Ma famille va s'agrandir, je suis enceinte.

— Félicitations ! clamèrent deux voix en écho.

— Benoit est bien content. Pour lui, les enfants, c'est la vie, une richesse. Je me sens privilégiée, j'ai le meilleur de deux mondes. Même Martine s'en réjouit. Margot commence l'école en septembre prochain et il n'y aura que Chantale à la maison.

La conversation s'enchaîna sur la vie de famille et l'arrivée des vacances. Angèle et les siens iraient visiter les grands-parents. Marie-Berthe et Benoit profiteraient de leur virée en couple à Québec pour compléter des achats pour leurs commerces respectifs. C'était aussi leur moment en amoureux avant de revenir par la rive sud du fleuve jusqu'à Matane, où Martine traverserait avec les enfants avant d'aller passer des vacances dans sa propre famille.

Au dessert, leurs propos glissèrent sur les activités de la ville. Tout bouillonnait. La population de la municipalité avait plus que doublé depuis l'arrivée de Marie-Berthe, quatre ans auparavant. La petite église avait brûlé en septembre de l'année précédente, et voilà qu'une immense cathédrale s'érigeait.

— C'est tout un monument ! lança Marie-Berthe. L'emplacement me déçoit un peu, parce que je ne verrai plus la forêt de chez moi. Saviez-vous qu'un nouvel aéroport va être construit à Pointe-Lebel pour remplacer l'actuel ?

— Est-il devenu trop désuet ? s'informa Marianne.

— C'est plutôt que la ville s'en approche trop en se développant, précisa Angèle. Moi qui aimais aller ramasser des bleuets sur le terrain autour ! Ils sont bien plus gros que ceux derrière l'évêché.

— Ce qui me réjouit, dit Marie-Berthe en terminant sa tasse de thé, c'est l'ouverture du Séminaire. Imaginez !

Le cours classique qui se donne ici. Les enfants ne seront pas obligés d'être pensionnaires à Rimouski. Ce n'est pas drôle de vivre loin de sa famille, dans un pensionnat. Pierre a sauté une année, il lui en reste une dernière au primaire. Même si les notes le justifient, j'avoue que je n'aime pas tellement cette idée de faire sauter une année aux enfants. Ils se retrouvent alors avec des plus vieux, et ce n'est pas nécessairement une bonne chose.

— Je suis d'accord avec toi, poursuivit Marianne. Même chose pour faire doubler. En plus de vivre un sentiment d'échec, l'élève se retrouve avec des plus jeunes. Imaginez-vous que j'ai déjà vu des enfants doubler deux et même trois années ? Ça fait tout un écart d'âge avec les autres jeunes de la classe.

Angèle jeta un regard à sa montre, il était presque huit heures.

— Comme le temps file ! J'espère que vous souhaitez qu'on reprenne nos vocalises après les vacances.

— Certainement ! répondit Marie-Berthe. Mon sous-sol restera toujours disponible. Je le réserve pour notre soirée, ajouta-t-elle en riant. Les enfants sont avertis. Mon petit doigt me dit qu'il y aura aussi de nouvelles recrues à la chorale. Les pratiques doivent recommencer en septembre, mais on pourrait se voir avant si vous voulez.

— Dès mon retour ? proposa Marianne.

Cela fit consensus. Chacune repartit la tête pleine de ce qui l'attendait pour le reste de la semaine. Les vacances seraient les bienvenues.

CHAPITRE 8

La semaine suivante, Marianne bouclait ses valises pour quitter le cloître où elle avait vécu pendant presque un an et partit s'installer sur la rue Joliet. Elle avait introduit sa clé dans la porte depuis à peine quinze minutes qu'elle vit arriver Pierre et Jacques, les fils de Marie-Berthe. Âgés maintenant de onze et neuf ans, les garçons s'étaient empressés d'offrir leur aide quand elle avait précisé le jour où elle voulait récupérer ses achats accumulés dans leur sous-sol. Chacun portait un gros sac du magasin La Baie.

— Où est-ce qu'on met ça ? demanda une voix inconnue.

Dans l'encadrement de la porte, un parfait étranger apparut, tenant lui aussi deux de ses sacs. Devant l'air ahuri de Marianne, Pierre fit des présentations sommaires.

— C'est monsieur Martel. Papa est occupé au restaurant avec une commande livrée en retard. Monsieur Martel était là, et il a proposé de nous accompagner quand on est venus pour chercher mon père.

— Oh ! Ravie de vous rencontrer, dit Marianne, c'est gentil de votre part.

— C'est la moindre des choses. Où voulez-vous qu'on dépose ces sacs ? Il reste aussi des boîtes dans le coffre de ma voiture.

— Mettez tout ça dans le salon.

Sylvain Martel fit deux autres fois l'aller-retour dans les escaliers en prenant les paquets les plus lourds, laissant aux garçons la charge des sacs plus à la mesure de leurs forces physiques.

— Cette dernière boîte est pas mal lourde, dit Sylvain, un peu essoufflé. Si je la dépose par terre, vous aurez de la difficulté à la soulever.

— Il y a des chaudrons en fonte là-dedans. Mettez-la sur la table.

Le petit appartement était encombré, mais on y circulait aisément. Marianne servit un verre du jus à ses déménageurs.

— Benoit m'a dit que vous étiez institutrice, fit Sylvain après avoir avalé la moitié de son verre. Avec l'école presque en face, vous êtes bien située.

— À vrai dire, le choix des logements est plutôt limité. Vous êtes de passage dans le coin ?

— Non, je ne suis pas ici seulement pour un court contrat. Je viens de terminer mes études d'ingénieur et je suis arrivé depuis un mois. Je loue une chambre sur la rue de Puyjalon. J'ai pris l'habitude d'aller manger Chez Ben pour mon repas du soir. C'est comme ça que j'ai connu Benoit. J'imagine qu'il va me falloir me trouver quelque chose de permanent à un moment donné. Je travaille pour l'Hydro et j'en ai pour un bon bout de temps dans la région.

— Il va y avoir des gros barrages par ici ! s'exclama Pierre, qui avait suivi la conversation. Monsieur Martel travaille aux chantiers, il a dit qu'un jour on pourra aller les visiter avec lui.

— Intéressant ça, répondit Marianne en s'adressant au garçon.

Elle ne savait trop pourquoi la présence de cet homme l'intimidait.

— Tu sais, jeune homme, poursuivit Sylvain en s'adressant lui aussi à Pierre, le projet auquel je travaille est encore seulement sur papier, même si quelques travaux sont commencés. On aura sûrement l'occasion d'en reparler. Pour le moment, on doit partir. Quelqu'un d'autre m'attend pour un coup de main.

— Merci infiniment pour votre aide, monsieur Martel, et à vous aussi, les garçons. Maintenant, je pourrai finir de m'installer.

— Ce fut un plaisir, mademoiselle Théberge, répondit Sylvain en prenant la direction de la sortie. Nous aurons sans doute l'occasion de nous revoir. C'est une petite ville ici. À bientôt, j'espère.

Jacques et Pierre dévalèrent l'escalier après avoir brièvement salué Marianne. Sylvain s'attarda quelques secondes sur le seuil avant de rejoindre les deux garçons. Marianne trouvait son sourire charmant. « Simple courtoisie », pensa-t-elle en vidant les paquets qu'on lui avait apportés. Elle souriait de plaisir, elle s'installait chez elle. Que de choses elle aurait à raconter à Lisanne quand elles se verraient !

Marianne croisa Sylvain Martel à deux autres reprises au début de l'été. La première fois, il sortait de Chez Ben au moment où elle gravissait les marches du Bambino, alors qu'elle allait saluer Marie-Berthe qui partait le lendemain pour Québec. Deux autres hommes l'accompagnaient. Il lui dit simplement avec un radieux sourire :

— Bonjour, mademoiselle Théberge. Passez une bonne fin de journée.

Elle lui répondit, puis il suivit ses compagnons, attardant néanmoins son regard sur Marianne. Décidément, elle aimait le sourire de cet homme.

La seconde fois, c'était la veille de son départ pour Saint-Vincent-de-Paul. Marianne était allée en promenade dans les sentiers du boisé derrière l'évêché. Les plants de bleuets étaient couverts d'une abondance de minuscules fleurs en forme de clochettes blanches. À son retour en août, elle viendrait cueillir de ces petits fruits sauvages pour en faire de la confiture. Derrière le futur Séminaire, presque achevé, elle s'était assise sur un amas de tuiles en terre cuite, sans doute des résidus de la construction. De là, le terrain avait une légère pente, elle apercevait le fleuve au-dessus de la cime des bouleaux blancs et des maigres épinettes. Ici, sur cette terre du nord, pas de chênes ni d'érables gigantesques comme ceux qui ornaient la rue de son enfance, pas de massifs fleuris devant les maisons non plus. Pourtant, Marianne apprenait à aimer ce boisé, où elle adorait se promener. Elle observait les traces de lichen gris argenté qui courait sur les rochers. En mai, quand elle était venue avec sa classe, elle avait vu les merisiers en pleine floraison, une variété de bouleau qui donnait un minuscule fruit rouge au goût suret lui avait dit une fillette. Elle goûtait cette agréable tranquillité. Au retour, elle avait marché hors du sentier, sautant sur les grandes roches plates en prenant garde de ne pas écraser les fleurs de bleuets ou les plants de quatre-temps.

En quittant le boisé, elle avait fait un crochet pour longer la rue commerciale avant de regagner son logis. Le temps était beau et chaud, elle avait envie d'une glace et était entrée dans la tabagie du coin. En attendant son cornet, elle observait la vitrine des bonbons. Sylvain Martel était arrivé à ce moment.

— Bonjour, mademoiselle Théberge. Je sortais de chez le barbier et je vous ai vue entrer.

Il l'avait observée prendre son cornet et avait poursuivi :

— C'est vrai, la journée est parfaite pour une glace, laissez-moi vous l'offrir. Au chocolat pour moi, avait-il demandé au commis, en déposant la monnaie près de la caisse.

— Merci, c'est gentil, avait dit Marianne.

En tenant son cornet à la fraise, elle avait pris place sur l'un des tabourets du comptoir.

Sylvain s'était assis sur celui d'à côté avec sa crème glacée.

— Comment occupez-vous vos vacances d'été, maintenant que vous devez être installée ?

— Je prends l'autobus demain matin pour me rendre chez mes parents.

La conversation s'était amorcée entre les bouchées de glace. Sylvain avait appris que la jeune femme venait de la région de Montréal, qu'elle chantait dans la chorale, que l'un de ses frères habitait à Baie-Comeau. Quant à Marianne, elle avait été informée que son interlocuteur montait régulièrement sur les chantiers pour son travail d'ingénieur, qu'il aimait taquiner la truite durant ses jours de congé, que sa canne à pêche restait en permanence dans le coffre de sa voiture et qu'il n'avait aucune famille sur la Côte-Nord. La glace terminée, ils avaient marché jusqu'à la voiture de Sylvain, garée trois commerces plus loin.

— Je peux vous reconduire ?

— Merci, mais j'habite tout à côté.

— J'aimerais vous inviter à souper un soir, alors ?

— Peut-être à mon retour de vacances, ça me ferait plaisir.

— Je peux vous reconduire à l'autobus demain matin ?

— C'est très gentil de votre part, avait répondu Marianne en riant. Le mari d'une amie doit me laisser au terminus en se rendant à son travail.

Sylvain ne s'était pas départi de son sourire, malgré les refus de Marianne. Au moins, son invitation à souper était seulement partie remise.

— Eh bien, je n'ai plus qu'à vous souhaiter un agréable séjour chez vos parents en attendant votre retour pour renouveler mon invitation.

Marianne avait fait le reste du trajet en souriant. « Quel charmant jeune homme ! Mais je pars un mois. Il peut s'en passer des choses durant ce temps ! S'il rencontrait une autre jeune fille ? Ou est-ce moi qui crains de m'engager à nouveau ? Chat échaudé... », songeait Marianne en montant l'escalier qui la menait chez elle. Sitôt entrée, elle avait décidé de faire confiance. Il était sincère, Sylvain n'avait rien d'un beau parleur ou d'un enjôleur.

PRENDRE RACINE

Été 1958

CHAPITRE 9

Marie-Berthe arriva avec Benoit sur la ferme de ses parents à la toute fin de l'après-midi. À l'exception de sa mère, installée sur la galerie en train d'écosser des petits pois, la maison était vide, Marie-Berthe ne voyait personne aux alentours. Une déception se glissa dans son cœur. Elle n'avait pas vu les enfants depuis six jours, elle aurait souhaité un comité d'accueil, elle aurait aimé les embrasser, entendre leur babillage pour raconter le début de leurs vacances. Benoit monta les valises sur le balcon.

— Bien le bonjour, vaillante dame. On prend la chambre habituelle, belle-maman ? demanda-t-il en se penchant pour lui faire la bise sur les joues.

Il n'attendit pas la réponse, sa question était pure formalité. Marie-Berthe embrassa sa mère et s'assit sur la berçante à côté d'elle.

— Où est passé tout le monde ?

— C'est bientôt l'heure du train. Tes garçons sont allés avec ton frère au pré du Ruisseau pour ramener les vaches. Les filles sont à l'étable avec ton père pour s'occuper des veaux.

— Même Chantale? questionna Marie-Berthe en commençant à écosser des pois avec sa mère.

— Tu devrais la voir tenir le biberon du p'tit veau né il y a deux jours. Je pense qu'elle a appris ça en jouant avec ses poupées. Pas trop de malaises, ma fille, avec ta grossesse?

— Non, ça va très bien. Je ne connais pas ça, les nausées et la fatigue, et je n'ai jamais senti le besoin de manger pour deux.

— T'es comme moi, Marie-Berthe! J'ai toujours eu une santé de fer. Tiens! V'là nos p'tits fermiers qui s'en viennent.

Marie-Berthe regarda au bout de la route, celle qui croisait le 3e Rang. Un homme et trois garçonnets accompagnaient le troupeau d'une vingtaine de vaches.

— Salut! les voyageurs, cria le frère de Marie-Berthe. On se voit au souper.

Puis, il prit la direction de l'étable. Les trois fils de Marie-Berthe coururent vers la galerie. Elle reçut un rapide câlin de Jacques et de Pierre, qui repartirent aussitôt vers l'étable retrouver leur oncle. Alain s'attarda. Le soleil de l'été avait blondi ses cheveux et hâlé son visage. Les taches de rousseur ressortaient sur son petit nez au bout arrondi. Marie-Berthe le prit sur ses genoux et le serra dans ses bras. Il était tout chaud et sentait bon le foin. L'enfant lui raconta qu'il avait conduit le tracteur, assis sur les genoux de son oncle.

Les enfants adoraient leurs séjours annuels sur la ferme. Leur grand-père et leur oncle les incluaient dans les tâches du quotidien, et les petits en redemandaient. Pour Marie-Berthe, ces vacances n'étaient qu'un rappel de son enfance. Elle n'avait jamais aimé vivre sur une ferme. Son père l'avait compris et n'avait pas hésité une seconde à accéder à sa demande de devenir pensionnaire.

À dix-sept ans, il l'avait présentée au propriétaire du magasin général pour qu'elle puisse décrocher un emploi. Monsieur Gendron connaissait les aspirations de Marie-Berthe, il s'informait de son commerce, alors que sa mère continuait de tenir un discours sur la place d'une mère à la maison avec ses enfants. Celle-ci en voulait secrètement à la cadette de ses trois filles de mener une existence à l'encontre de cette valeur. Elle n'en parlait pas, elle ne faisait aucun reproche, non jamais. Mais dans son attitude, par ses silences, parfois dans une remarque acerbe, Marie-Berthe comprenait que sa mère désapprouvait son choix de vie. Une journée passée tout à fait seule avec sa mère la déprimait. De son père, elle tenait son enthousiasme, sa joie de vivre, une certaine exubérance et ce besoin de dépassement, de toujours faire mieux, alors que sa mère remplissait ses journées de routine, de prières et de longs soupirs devant les propos qui sortaient de sa logique personnelle. Marie-Berthe voyait en elle une femme à l'attitude soumise, même si elle avait un mari des plus conciliants. Elle était loin d'inspirer la femme d'affaires qu'elle devenait. À l'opposé du modèle maternel, Marie-Berthe était animée par la détermination, la liberté et la volonté de sortir des sentiers battus.

Comme ses enfants, Benoit, de son côté, prenait aussi un grand plaisir à ces moments vécus sur la ferme. Il s'amusait, ni plus ni moins, à conduire le tracteur, à nettoyer les dalots de l'étable, à aider pour réparer une clôture ou à transporter des balles de foin. Les repas, remplis du babillage des petits, étaient joyeux et savoureux, parce que les enfants avaient élu leur grand-mère comme étant la meilleure cuisinière au monde. Marie-Berthe ne s'en formalisait pas, car elle cuisinait rarement, laissant carte blanche à Martine pour l'organisation des repas.

Au cours de la semaine, toute la famille visita les grands-parents Fortin pour une parenthèse de deux jours à l'auberge. Un soir que les enfants avaient accompagné leur père et leur grand-père sur le terrain de baseball de la municipalité, Marie-Berthe préféra rester avec sa belle-mère.

— Tu n'as jamais pensé revenir ? demanda cette dernière.

— Non jamais, répondit Marie-Berthe, pleine de compassion, même si j'ai beaucoup aimé ma vie à l'auberge, mon travail ici et votre compagnie. Vous êtes une personne facile à vivre et je me suis toujours bien entendue avec vous. Mais la vie nous a amenés ailleurs, Benoit et moi. Nos commerces vont bien, notre vie est bien organisée et… le fait de posséder notre propre maison nous offre une intimité qui n'a pas de prix. Ça ne vous manque pas, ces moments d'intimité en couple ou en famille ?

— Pas vraiment, à vrai dire, je n'ai jamais connu autre chose. J'ai grandi dans une maison où deux générations se partageaient les lieux. En plus des grands-parents qui ont toujours vécu avec nous, un frère de ma mère a habité un an à la maison avec sa famille quand sa maison a passé au feu. J'avais autour de neuf ans et je trouvais amusant le quotidien avec mes trois cousines. Et puis ici, on a toujours eu notre coin privé. Ça me convient. C'est la vie publique que j'aime moins, je ne suis pas faite pour ça.

— Je comprends, l'important, c'est qu'on se sente bien dans l'endroit où l'on vit. Mais, madame Fortin, même si votre mari ne peut laisser l'auberge plus de deux ou trois jours en été parce que c'est la grosse saison, vous pourriez traverser pour passer un peu de temps avec nous. Margot se ferait un plaisir de vous laisser sa chambre. Ça me rendrait si heureuse de vous faire visiter mon commerce, et je suis certaine que Benoit serait très fier de vous inviter à son restaurant !

— Partir sans mon mari, je ne sais pas…

— Pourquoi pas ? C'est pour venir en visite chez votre fils. En plus, les enfants seraient très contents, et ça vous permettrait de passer du temps avec eux. Pensez-y.

À la fin de leur séjour, Marie-Berthe prit l'avion avec sa belle-mère pour revenir à Hauterive, tandis que Benoit traversait en bateau avec les enfants et Martine. Monsieur Fortin était ravi de la décision de sa femme. Lors du départ de celle-ci, il lui avait dit : « Tu pourras me dire si ça va si bien que ça, le restaurant de Benoit. » De cela, il ne doutait pas, il voulait surtout l'inciter à changer d'air, et la compagnie de Marie-Berthe s'avérait le meilleur remontant pour éloigner la morosité qui l'affligeait souvent depuis que son fils et sa famille vivaient de l'autre côté du fleuve.

Dans la grande maison de Trois-Pistoles, une chaleur accablante tenait Angèle éveillée. Malgré l'ombre du grand érable qui bloquait les rayons du soleil et faisait de cette pièce la plus fraîche de la maison, malgré la fenêtre ouverte, le thermomètre maintenait sa barre autour de quatre-vingts degrés. L'insomnie en profitait pour glisser dans sa tête les images qui s'étaient accumulées au cours des journées écoulées depuis leur arrivée, à sa famille et elle, une semaine plus tôt.

L'accueil chaleureux des parents d'Adrien, le souper autour de la grande table familiale réunissant tout le monde, le pique-nique près du quai, où les enfants avaient joué avec leurs cousins, et toutes ces conversations animées, joyeuses et remplies d'humour entre les adultes avaient ponctué de belles journées. À l'époque où ils avaient traversé sur la Côte-Nord, un frère d'Adrien avait pris possession du logement du deuxième de la demeure des Gagnon et tous les autres avaient quitté le nid familial.

Angèle et sa famille avaient passé quelques jours sur le 2e Rang de L'Isle-Verte, sur la ferme des grands-parents maternels d'Adrien. Elle avait vu le regard de son homme s'allumer en retrouvant ses deux cousins complices de leurs jeux d'enfance, puis devenus des compagnons de travail à parcourir l'est de la province, où ils partageaient leur quotidien, un outil à la main durant le jour et passant leurs soirées à lire en silence jusqu'à ce que l'un d'eux se mettent à blaguer. Parfois, ils se mêlaient aux habitants du patelin qui les accueillaient, le temps d'un contrat.

Durant ces vacances, Adrien avait entraîné ses enfants dans son sillage, leur emplissant la mémoire de ses propres souvenirs de gamin sur cette ferme.

— Dans cette maison, racontait-il, ma mère est née, et mes quatorze oncles et tantes. Quand j'étais petit, on venait régulièrement toute la famille passer un dimanche. C'était toujours grouillant et joyeux.

— Ça faisait beaucoup de monde, avait souligné Anne-Marie. Ta grand-mère, elle devait avoir des gros chaudrons pour faire à manger à tout ce monde-là.

— Sûrement, avait répondu Adrien en riant, et tout le monde l'aidait. En plus, ça sentait toujours bon ! Ce que j'aimais le plus, c'était le pain que faisait ma grand-mère, elle nous en coupait une large tranche pour nous faire une *toast* sur le vieux poêle à bois.

Angèle l'écoutait raconter, un brin de nostalgie dans la voix. Il parlait d'une maison où le soleil brillait constamment, même les jours de pluie, où l'on aurait dit qu'il s'était réfugié. Quand Anne-Marie l'avait interrogé sur la quantité de tâches et de corvées obligatoires dans une grosse famille qui habitait sur une ferme, Adrien avait réfléchi un moment avant de répondre.

— Même en visite, on mettait la main à la pâte. Je ne me souviens pas d'avoir accompli quoi que ce soit par devoir ou par obligation. Bien sûr, on ne pouvait pas passer à côté du travail, mais l'entraide et l'enthousiasme de chacun faisaient qu'on l'accomplissait dans la joie. On avait l'impression de s'amuser ! Oui, les adultes devaient travailler fort, les journées étaient longues. Et en plus de l'école, mes cousins et cousines avaient des responsabilités pour soigner les animaux.

— Même les enfants travaillaient ? avait demandé Roger, surpris.

— Je dirais plutôt qu'ils participaient à la vie de leur famille. Pour mes grands-parents, accomplir les tâches contribuait au bien-être de chacun. De cette façon, ça les rendait plus légères.

Dans cette demeure, jamais Angèle n'avait entendu de paroles telles que « Il faut que… » ou « Il faut faire des sacrifices ». Dans cette famille, les enfants n'avaient pas appris à travailler à la sueur de leur front et les mauvais coups du sort, ils les ramassaient ensemble. C'est ce genre d'attitude qu'elle tentait d'adopter avec les siens. Pour Angèle, le rôle de mère consistait avant tout à élever les enfants pour en faire des adultes épanouis et responsables. Elle visait à maintenir une ambiance chaleureuse et aimante. Une maison bien tenue, de bons repas et des vêtements propres et impeccables restaient secondaires. Théoriquement. Parce que dans les faits, Angèle s'y appliquait, car cela contribuait au bien-être des siens. Même si certaines journées étaient plus laborieuses ou que l'un des enfants se montrait boudeur, agité ou récalcitrant, elle restait calme et patiente. Cela faisait partie de l'enfance et finirait par passer. Angèle agissait par amour et loyauté. En ce sens, la grand-mère d'Adrien lui avait appris cela, et les séjours sur cette ferme devenaient une occasion de nourrir son cœur de mère.

Angèle savait que son mari avait grandi dans ce climat et qu'il y trouvait également un grand bonheur. Même en vacances, il prenait plaisir à aider aux tâches avec ses cousins. Depuis trois jours, il se retirait de longs moments dans le hangar. En revenant de cueillir des légumes dans le potager, Angèle l'avait entendu siffler pendant qu'il travaillait. Elle avait souri de plaisir et était entrée pour observer son travail. Adrien était si concentré qu'il ne l'avait pas entendue arriver. Posant doucement une main sur son épaule pour éviter de le faire sursauter, elle avait demandé, tout en regardant la feuille accrochée sur une poutre à l'aide d'un clou:

— C'est ça que tu fais? Comme c'est beau!

— Oui, un coffre pour le trousseau de ma cousine.

Angèle avait glissé ses doigts sur les rainures du panneau. Avec les ciseaux à bois, Adrien gravait les initiales à travers des tiges de lierre. Il avait déposé son outil sur l'établi. Angèle avait vu la sciure qui s'agglutinait à travers les poils de ses avant-bras. Une bouffée de tendresse l'avait enveloppée. Elle lui avait pris la main et l'avait regardé en murmurant:

— Chéri, c'est un travail admirable!

Puis, elle l'avait embrassé, avant de reprendre le panier de légumes et de retourner dans la maison. Les sifflotements avaient repris dans le hangar.

Cette chaude nuit accablait Angèle. En tournant mille fois dans son lit, elle arrivait à la conclusion que son homme n'affichait pas dans son quotidien un enthousiasme aussi marqué que lors de leurs vacances à Trois-Pistoles. Elle voyait son regard s'illuminer, la sève de vie circulait à nouveau en lui. Ici, Adrien se trouvait dans son élément. Certes, elle savait que sa famille le rendait heureux, il lui disait son bonheur qu'elle soit dans sa vie. Il savait exprimer sa reconnaissance et son affection se manifestait par toutes les petites attentions qu'il distribuait aux siens.

Incapable de s'endormir, Angèle se leva pour s'asseoir sur le banc près de la fenêtre. L'éclairage du réverbère filtrait à travers les branches, il n'y avait même pas une petite brise. Des gouttes de sueur perlaient dans son dos et entre ses seins. Elle essayait de chasser la tristesse qui se cherchait une place dans son cœur. Le souffle d'Adrien lui parvenait, paisible, régulier. Il dormait profondément, calmement. Jamais il ne se plaignait de son travail à l'usine, jamais il n'avait exprimé de regrets d'avoir acquiescé à son désir de traverser sur la Côte-Nord. Sa présence quotidienne, le travail régulier qui avait permis de construire la maison, les économies engrangées régulièrement, les amis qu'ils fréquentaient, tout cela, était-ce suffisant pour son bonheur ? Adrien n'avait rien d'un homme extraverti comme son ami Benoit, homme de public. Non, Adrien possédait une réserve naturelle, un côté secret qui faisait son charme. Son sourire sincère et chaleureux, ses manières courtoises et sa générosité de cœur, c'est cela qui l'avait conquise. Cependant, elle voyait en lui un homme de clan. Cette famille élargie parmi laquelle il avait grandi avait façonné l'homme qu'il était. Une famille saine qui, malgré une vie parsemée de dur labeur et son lot de mauvais jours, avait pétri les siens d'amour, de respect et d'une joie de vivre contagieuse. Adrien possédait une bonne réserve de cette énergie puisée dans sa famille d'origine, et particulièrement chez ses grands-parents maternels. Mais le fleuve l'éloignant d'eux, finirait-il par s'éteindre davantage ? Parce que c'est cela qu'Angèle réalisait maintenant. Adrien trouvait difficile le travail à l'usine, elle le savait déjà. Mais à quel point était-il affecté par l'éloignement de sa tribu ? Voilà ce qui la tourmentait.

Ressasser tout ça contribuait à accentuer ses doutes. Elle aspirait au sommeil pour chasser toutes ces pensées qui ne menaient nulle part. Elle retourna dans le lit et se lova contre le dos d'Adrien. La chaleur qu'il dégageait n'avait rien pour la rafraîchir, mais son odeur calma ses pensées. Sa respiration adopta spontanément le même rythme que celle d'Adrien et doucement, elle glissa dans le sommeil.

Deux jours plus tard, Angèle et Adrien se rendaient à la messe du dimanche en marchant main dans la main. Les enfants voulaient rester avec leurs tantes, en visite pour la journée. À la fin de la célébration, plutôt que de se diriger vers la sortie, Adrien chuchota à Angèle de l'attendre un moment et il avança vers la nef, où elle le vit allumer des lampions. Ce geste la surprenait, car d'habitude, c'est elle qui achetait des lampes d'intentions.

— Ça te dirait qu'on fasse un détour pour rentrer? proposa Adrien quand ils furent dans la rue. Il fait beau et j'aimerais étirer un peu le temps tout seul avec toi.

— Je ne peux pas résister à une telle invitation!

Angèle prit le bras de son époux, et ils marchèrent en silence sur la rue Jean-Rioux en prenant la direction du quai. Une fois passée la voie ferrée, Angèle posa la question qui lui chatouillait le bout de la langue.

— Chéri, les lampions, il y avait une raison? Tu as un souhait à formuler ou... un péché à racheter? demanda-t-elle en riant.

— Ni l'un ni l'autre, répondit Adrien. Je voulais remercier.

— Oh! Pour quelque chose en particulier? Une prière exaucée?

— Pour tout. Pour ma vie en général. Toi, les enfants, la santé, la possibilité de revenir ici en vacances. Toi, tu préférerais qu'on se rende dans ta famille?

— Non, ma mère n'a pas la douceur ni la patience de la tienne, et je crois que toi, tu serais moins à l'aise. Chéri, je le vois bien à quel point ça te fait du bien de te retrouver avec les tiens. Passer plusieurs jours dans ma famille, ce serait plus par devoir que par plaisir, ça ne serait pas vraiment des vacances. Et puis, mes parents savent qu'on passe du temps ici tous les étés, ils n'ont jamais lancé d'invitation pour qu'on y aille. Non, sincèrement, je préfère qu'on vienne ici.

— Je suis content de t'entendre dire ça.

Ils descendirent la légère pente. Un chapelet de petits chalets colorés s'élevait sur les rochers, à la façon d'une guirlande. Angèle apercevait des gens lire sur leur galerie. Un peu plus loin, des enfants s'amusaient à lancer un bâton à leur chien pour le faire courir. Adrien entraîna Angèle sur un banc, face au fleuve.

— Quand j'étais enfant, ce coin de la ville était mon terrain de jeux. J'ai toujours un pincement au cœur lorsque j'y reviens. Un pincement de plaisir, il y a tellement de souvenirs ici ! J'aime bien m'y retrouver.

— Adrien, tu voudrais avoir un chalet ici, si nous en avions les moyens ?

— Toi, tu aimerais ça ? répondit-il, plein d'espoir.

— On peut en rêver ! Oui, ça me plairait. Mais ce n'est pas vraiment accessible. Et, toi Adrien, qu'en penses-tu ?

— J'ai deux semaines de vacances par année. J'en aurai une de plus quand ça fera cinq ans que je serai à l'usine. Ça ne laisse pas beaucoup de temps pour venir dans un chalet. J'essaie de trouver un autre moyen pour passer du temps ici. Tu sais, ma mère ne rajeunit pas, je pense que ça lui en fait beaucoup quand on arrive avec nos cinq marmots, même si tu l'aides beaucoup.

— Es-tu en train de me dire qu'il faudra penser à autre chose pour nos vacances ? s'inquiéta Angèle.

— Disons que j'essaie de réfléchir tout haut avec toi. Quand on est arrivés, la semaine passée, j'ai vu tout le travail que ma mère avait fait en vue de notre séjour.

Elle a presque fait le grand ménage de la maison, elle a cuisiné des provisions. J'ai l'impression qu'elle veut nous recevoir comme si on logeait à l'hôtel. Ça lui fait plaisir d'agir ainsi, mais mes sœurs ne sont plus là pour lui prêter main-forte. Ça me trottait dans la tête, puis cette semaine, quand on est allés chez grand-père, mon cousin a lancé quelque chose à la blague. Tu sais, quand j'ai allumé mon lampion, je voulais remercier pour ce que j'ai, mais aussi pour avoir un éclairage sur tout ça.

— Et qu'est-ce que c'était, la blague de ton cousin ?

— Au fond, il lançait une perche. Il a avancé l'idée de convertir la cuisine d'été de la ferme en chalet estival. Depuis qu'il y a un poêle électrique dans la maison, ce petit bâtiment à côté du poulailler ne sert plus. Sur le coup, j'ai trouvé son idée farfelue, c'était vraiment une blague, que je me suis dit. Mais plus j'y pense, plus je trouve que ce n'est pas fou. Il y aurait quelque chose à faire, conclut-il, espiègle.

Certes, la cuisine d'été restait un joli bâtiment, mais elle était dépourvue d'eau et d'électricité. Telle quelle, elle obligerait les estivants à vivre à l'ancienne. Le bâtiment présentait une bonne dimension, une exigence de la grand-mère, qui y cuisinait marinades et confitures en grande quantité. Un étroit escalier donnait accès au deuxième étage, qui servait à entreposer les poches de grains pour nourrir le bétail. Les premiers mois qu'elle avait passés sur la Côte-Nord défilèrent rapidement dans la tête d'Angèle : une cuisine sans eau, l'étroitesse des lieux, le manque de commodité, tout cela lui rappelait de bien mauvais souvenirs. Par contre, l'idée semblait plaire à Adrien : la vie à la campagne, la proximité avec sa famille, un petit cocon à eux pour la durée des vacances. Jusqu'à quel point ce projet était-il réaliste ? « Si l'électricité pouvait y être installée, et l'eau, au moins une pompe, ça pourrait être agréable, mais qui en assumerait les coûts ? » se questionnait Angèle.

— Adrien, finit-elle par ajouter, à première vue, ça paraît intéressant, mais l'idée demande une bonne réflexion.

— Alors, on se met en mode réflexion ? Le bâtiment serait utilisé par tout le monde de la famille et, l'été prochain, je contribuerais aux travaux pour l'aménager.

Pour toute réponse, Angèle offrit un beau sourire à son mari. La question demeurait très sérieuse pour lui. Quand ils retournèrent sur la Côte-Nord, à la fin de la semaine, le sujet ne fut pas remis sur le tapis. Une fois dans le quotidien, cette lubie se dissiperait sans doute, selon la mère de famille, car de son point de vue, il s'agissait d'une simple fantaisie de vacances. Même si cet endroit contribuait à alimenter leur bonheur à tous les deux.

Marianne arpentait la rue Sainte-Catherine, le bras accroché à celui de son amie. Elles avaient visité l'atelier où travaillait Lisanne avec d'autres artistes, pour la plupart des étudiants. En fait, c'était un garage inutilisé, adjacent à une caisse populaire. Les jeunes avaient construit des paravents et chacun disposait de son espace. Un sculpteur et trois peintres, dont Lisanne, étudiaient aux Beaux-Arts. Le coin près de la porte était occupé par une mère de famille qui exécutait de magnifiques vitraux.

— Il faudrait que tu rencontres cette femme, dit Lisanne, en montrant à Marianne l'agencement des morceaux de verre étalés sur la table de travail. Elle estime que de venir ici trois après-midis par semaine lui a évité l'asile. Elle a donné un ultimatum à son mari. « Tu me laisses suivre des cours de vitrail ou c'est chez un psychiatre que tu devras m'envoyer. Je n'en peux plus ! »

— Le mari a accepté ?

— Il n'avait pas le choix. Il faut dire que cette femme a du caractère, pas mauvais caractère, seulement, elle sait ce qu'elle veut et elle le revendique. J'admire ça ! Comme elle a trois filles, je trouve qu'elle leur offre un beau modèle féminin, tu ne penses pas ?

— Bien d'accord avec toi ! Les modèles autres que celui de mère de famille sont trop rares pour plusieurs fillettes, constata Marianne. Beaucoup de jeunes filles renoncent à travailler quand elles se marient. Je trouve ça dommage.

— Malheureusement, tu dis vrai ! Dis donc, je commence à avoir faim, on va manger ?

Les deux jeunes femmes marchèrent bras dessus, bras dessous en souriant à la ville, à la vie et au soleil qui brillait de mille rayons en ce début du mois d'août. Malgré leurs craintes, leur amitié n'avait pas pris un pli depuis que Marianne vivait au loin. Sans les avoir rencontrés, Marianne avait l'impression de connaître les amis de Lisanne, ses professeurs, ses compagnons d'études. Lisanne s'était montrée surprise d'apprendre que les nouvelles amies de Marianne étaient des femmes de dix ans plus âgées qu'elle et parvenues à une autre étape de leur vie. « Pourquoi pas ? En amitié, les calculs demeurent superflus », avait rétorqué Marianne. Leur lien n'était pas exclusif, il évoluait à la cadence des pas que chacune parcourait dans sa vie personnelle. Une amitié exempte de mesquinerie, de jalousie ou de secrets malsains, comme Lisanne en découvrait dans les corridors de l'université. Franchise, respect et loyauté cimentaient leur attachement.

Lisanne choisit un petit restaurant animé, mais charmant. « Les bistrots français doivent ressembler à cet endroit », s'imaginait-elle. Un jour, elle traverserait l'Atlantique pour découvrir les vieux pays. Elle en rêvait ! En consultant le menu, Lisanne observait sa vis-à-vis à la dérobée. Quelque chose lui échappait. Marianne se montrait toujours optimiste dans ses lettres, c'était dans sa nature. Elle citait très brièvement les côtés sombres de ce que Lisanne appelait son « exil ». Depuis que Marianne vivait sur la Côte-Nord, elles s'étaient revues dans le temps des Fêtes, trop brièvement. L'effervescence de cette période de l'année n'avait pas permis à la jeune artiste d'obtenir l'heure juste sur les sentiments de sa grande amie. Rien de mieux qu'un contact direct pour savoir à quoi s'en tenir. Une fois la commande passée, elle se jeta à l'eau.

— Marianne, est-ce que tu comptes revenir dans le coin ? As-tu l'impression que tu es condamnée à rester là-bas ? Tu n'en parles jamais dans tes lettres.

— Lisanne, ce que je vais te dire me surprend moi-même. Je prends goût à ma vie dans ce coin où je m'en allais à reculons, avec l'impression qu'on m'envoyait en punition. J'aime l'école où j'enseigne, on me donne pas mal de latitude. Comme il n'existe pas encore grand-chose en ce qui a trait à la vie culturelle, on encourage les activités après les classes. J'ai de bonnes compagnes, même les religieuses.

— Ah, oui ?

— Sincèrement, je n'ai jamais vécu d'expériences malencontreuses avec les religieuses, même durant mon séjour à Québec. À mon école, les enseignantes religieuses sont sur le même pied que les laïques, et la supérieure est une femme remplie de bienveillance.

— Et au couvent où tu es restée en pension presque un an ? Jamais je n'aurais pu habiter un tel endroit ! s'exclama Lisanne.

— On ne voyait que deux religieuses, et elles étaient très gentilles. Bien sûr, il fallait respecter leurs règles et leur silence. Mais ça ne m'a jamais posé problème. Je t'avoue que cette période de ma vie m'a permis de retrouver le calme en moi, ça m'a fait du bien. En toute franchise, la proximité de mon frère et son attitude paternaliste sont les seuls points ombrageux de mon existence à Hauterive.

— Et maintenant, tu viens de t'installer en appartement. Tu es donc là pour un bon moment, non ?

— Je te le répète, ma nouvelle vie me plaît. Je sais, c'est loin pour des amies comme nous. Toi, tu rêves de voyages, et je sais qu'à un moment donné, tu vas partir. On ne peut pas toujours rester l'une près de l'autre comme durant notre enfance, la vie adulte nous entraîne ailleurs.

— Tu as raison. Je veux juste m'assurer que tu es heureuse dans ton existence là-bas. Il y a l'enseignement, la chorale, tes amies Angèle et Marie-Berthe, dont tu parles en termes élogieux, ton nouvel appartement. Il y a la proximité du fleuve que tu mentionnes souvent, les promenades dans le bois que tu adores, mais... Qui est ce Sylvain dont tu as fait mention dans ta dernière lettre ?

— Un jeune homme qui a donné un coup de main aux fils de Marie-Berthe quand ils m'ont apporté les achats que j'avais accumulés chez eux.

— Mais encore... ?

L'arrivée de leur assiette empêcha Marianne de répliquer. « Que répondre à cela ? » Elle-même ne le savait pas trop. Elle appréciait la compagnie de Sylvain, elle avait eu un fiancé qui s'était lui aussi montré charmant. Pourtant, elle ne ressentait pas la même chose. L'expérience pénible qu'elle avait traversée, la maturité qui s'installait et l'indépendance qui marquait son existence actuelle lui donnaient une assurance qu'elle ne possédait pas à dix-sept ans. Dieu du ciel ! Pourquoi son père avait-il accepté de signer les papiers d'autorisation pour qu'elle se marie à cet âge ? Certes, un homme avec une bonne situation, de six ans son aîné, donnait un air réfléchi et une apparente sécurité à leur engagement. Marianne avait appris qu'une profession avec un grand P ne rime pas toujours avec *bon parti*. Un diplôme universitaire n'est pas une garantie d'engagement réel et sérieux. Mais la jeune femme refusait de mettre tous les hommes dans le même panier, elle n'était pas de nature méfiante. « Comment savoir ? Comment avancer prudemment avec cet homme et accorder mes pas aux siens ? »

Marianne mâchait lentement sa première bouchée, les yeux tournés vers la rue. Elle sentait le regard scrutateur de Lisanne, qui suivait presque le cours de ses pensées. Cette dernière remit la conversation sur la table.

— Marianne, commença doucement Lisanne. Ce Sylvain, il s'installe dans tes pensées, mais toi, tu gardes les pieds sur les freins. Je me trompe ?

— Non, tu vois juste ! répondit Marianne en soutenant de regard de son amie. Et j'ai peur ! Je ne veux rien cacher à quelqu'un qui prendrait de l'importance. Et si l'histoire se répétait ? ajouta-t-elle d'une voix crispée.

Lisanne lui saisit la main.

— Tu te souviens quand on était plus jeunes et que quelque chose nous préoccupait ? Un problème, une décision à prendre, une frustration qui brouille les cartes... Qu'est-ce qu'on faisait ?

Marianne sourit à son amie, se rappelant leurs longues confidences quand elles conversaient longuement en chuchotant pour ne pas être surprises par les adultes.

— Eh bien, on se racontait ce qui nous arrivait, répondit Marianne. Ça me revient, nos longues discussions, où nous arrivions finalement à la conclusion que tout est possible.

Marianne avait oublié que, souvent, juste à exprimer à voix haute l'objet d'une préoccupation permettait à une éclaircie de surgir du brouillard des émotions. Ce qui paraissait énorme s'estompait, un chemin apparaissait devant le mur qui semblait infranchissable, la lumière évacuait les ombres. La confiance était nécessaire pour livrer le fond de sa pensée et lever le voile de sa vulnérabilité, sans craindre la réaction de l'autre. À Hauterive, elle avait confié son secret à Marie-Berthe et à Angèle, mais ses amies étaient des mères de famille, leurs préoccupations se trouvaient à des lunes des siennes. Du moins, c'est ce qu'imaginait Marianne. « Comment réagirait Sylvain s'il connaissait la vraie raison de mon arrivée à Hauterive ? » Cette question la préoccupait.

— Alors, si on reprenait ce genre de discussion ? suggéra Lisanne. Ma boule de cristal me dit que tu en aurais besoin.

— Oh là là, ça fait longtemps que je ne t'ai pas entendue dire cette expression, répondit Marianne en riant.

Reprenant un air sérieux, elle ajouta :

— Je ne sais pas par où commencer. Sylvain est peut-être simplement un gentil garçon qui croise mon chemin. Si on finissait de manger, on pourrait marcher vers la place Jacques-Cartier ? Bouger m'aide à mettre mes idées en place.

Le repas s'était terminé sur une note plus légère : la mode vestimentaire, Elvis, nouvelle vedette de la chanson, la télévision qui entrait de plus en plus dans les maisons. Tous les sujets, ou presque, servaient à alimenter leur conversation. Issues de milieux sociaux différents, l'une étant fille d'un mécanicien, l'autre, d'un médecin, les deux jeunes femmes n'avaient pourtant jamais senti cette différence s'immiscer entre elles, contrairement à ce qu'avait prédit la mère de Lisanne, qui n'avait vu dans leur lien qu'une camaraderie passagère de l'enfance. Leur amitié ne connaissait aucune faille, et la distance géographique imposée n'y changeait rien.

Maintenant qu'elles étaient sorties du restaurant, Lisanne guidait Marianne dans les vieilles rues de la ville. Parfois, elles s'attardaient pour examiner une vitrine, laissaient passer une calèche avant de traverser la rue ou esquivaient un livreur à bicyclette qui louvoyait à travers les gens.

— On est jeunes, en vacances, et l'avenir se trouve devant nous ! s'exclama Lisanne en entraînant son amie vers un banc, après leur longue marche. Alors, dis-moi, de quoi sera fait ton avenir, ma chère ?

— Je sais, je suis davantage fleur bleue et romantique que toi, et…

— Si tu ne sais pas quoi ajouter, répliqua Lisanne devant l'hésitation de Marianne, alors parle-moi de Sylvain. Je le vois bien qu'il est dans ta tête. Quel est le premier élément chez lui qui a capté ton attention ?

— Son sourire. C'est aussi ce sourire qui m'a charmée lors de chacune de nos rencontres. Il a quelque chose de… désarmant.

— Qui te fait perdre tes moyens ?

— Non, pas dans ce sens-là. Plutôt parce qu'il dégage de la confiance et de la gaieté. À la fois du sérieux et de la légèreté.

— Qui te fait perdre tes moyens ? répéta Lisanne.

— Absolument pas ! Au contraire, il dégage une tranquillité rassurante.

— Marianne, je ne veux pas revenir en arrière, mais dis-moi vraiment, te souviens-tu du sourire de ce fiancé furtif qui a traversé ta vie ? Te souviens-tu des sentiments que son sourire avait allumés en toi ?

Marianne resta silencieuse. Elle ne se fermait pas à la question de Lisanne, elle voyait où son amie voulait en venir. Elle fouillait dans ses souvenirs de cette époque, même si elle s'était juré de tirer un trait définitif sur eux. Y revenir l'obligeait à réfléchir pour éviter de répéter une erreur. Elle comprenait pour quelle raison son amie l'entraînait dans cette direction. Ce fiancé furtif, comme disait Lisanne, les belles paroles qui l'avaient séduite, les rêves dorés qu'il laissait miroiter. Avec le recul, Marianne réalisait à quel point les apparences comptaient pour cet homme. Marianne était une ravissante jeune fille, son sourire irradiait, il aimait se pavaner en sa compagnie. Pourquoi ce mot lui venait-il à l'esprit? Pavaner, il aimait se pavaner comme un paon. Voilà ce qui lui venait à l'esprit maintenant, même si elle n'avait rien vu de ça à ce moment-là. Marianne leva les yeux et soutint le regard de son amie, qui semblait lire dans ses pensées. Dans ce regard de Lisanne, Marianne discernait de l'affection et de la compréhension. Elle ne cherchait pas à tourner le couteau dans la plaie en la laissant mariner dans le passé, elle tentait d'éveiller ce que Marianne essayait d'enterrer, la douleur et la déception après le brutal rejet d'un homme.

— Marianne, reprit Lisanne doucement, quels sont tes souvenirs du sourire de cet homme ?

— Impénétrable, voilà ce qui me vient à l'esprit. Il m'est même arrivé de me sentir mal à l'aise devant son sourire parce que je n'arrivais pas à le déchiffrer. Il affichait un sourire parfois mielleux quand il voulait quelque chose, et à d'autres moments, arrogant. Oui, arrogant, quand je lui parlais de mes petits élèves. Évidemment, enseigner au primaire n'a pas autant de panache que la profession d'avocat, chuchota tristement Marianne.

— Est-ce que tu t'entends parler, Marianne Théberge ? *Primo*, avant de devenir avocat, il faut faire son primaire. Donc, pour moi, les enseignants du primaire et du secondaire sont d'une grande importance, car ils contribuent à former les citoyens de demain. *Secundo*, tu parles d'un sentiment de malaise que tu éprouvais devant cet homme que tu t'apprêtais à marier. Tu l'as échappé belle !

Marianne sentit des larmes lui monter aux yeux. Lisanne avait raison. Avec le recul, elle se rendait compte que la période difficile qu'elle avait subie devenait presque une bénédiction. Elle serra les mains de son amie dans les siennes. Elle ne lui en voulait pas pour ce retour en arrière, au contraire ! À cette époque, Marianne parlait très peu de sa vie amoureuse avec Lisanne, car elle connaissait son antipathie pour l'homme. De plus, elle se raisonnait, se disant que c'était dans la normalité des choses, parce que la vie adulte entraînait plus de réserve que les échanges typiques de l'adolescence, davantage teintés d'émotion.

— Tu sais, Marianne, reprit Lisanne après un long moment, en général, quand le courant ne passe pas avec quelqu'un, c'est que quelque chose chez cette personne dérange mes valeurs. Alors, je prends mes distances. Cet homme-là m'avait produit cet effet.

— Quelle sotte j'ai été !

— Non ! Tu n'as rien d'une sotte. Tu as été juste un peu naïve peut-être ? Maintenant, assez trempé dans le passé ! Ce Sylvain, il suscite de l'émotion, des sentiments, n'est-ce pas un indice que le courant passe entre vous deux ? Tu es peut-être un peu crédule, et ce n'est pas un défaut, ça fait partie de ton charme, mais tu n'as rien d'une impulsive. Écoute ce que ton cœur te dit.

— Tu n'as pas pensé étudier en psycho, toi ? s'exclama Marianne.

— Oh, non ! Passer mes journées dans un bureau à écouter les doléances des gens, non merci ! Comme mon père, je pense que j'ai hérité d'un sixième sens, comme il dit, celui de pouvoir lire dans les gens. Mais je préfère l'utiliser en exclusivité avec les personnes importantes pour moi. En plus, je crois que ça me sert quand je peins.

— C'est sans doute la raison pour laquelle ton père est un médecin avec tant d'humanité. Je n'oublierai jamais ce qu'il a fait pour moi.

— Dans son cœur, tu es sa deuxième fille. Mon père a toujours dit qu'il aurait aimé une famille nombreuse, mais il a dû se contenter d'un seul enfant. Viens, j'ai l'impression qu'il va falloir rentrer ! Le ciel s'est assombri et j'ai bien peur qu'une averse nous tombe dessus.

L'orage s'était déversé sur la Rive-Sud ; elles y avaient échappé de justesse. Ce soir-là, Marianne revint à Saint-Vincent-de-Paul, et Lisanne passa une dernière nuit à Montréal, avant de prendre quelques jours de vacances supplémentaires dans la maison de ses parents, partis à la mer. Là, les deux jeunes filles se retrouvèrent pour savourer trois journées complètes de repas partagés et de longues promenades, entrecoupées de barbotage dans les eaux du lac des Deux-Montagnes, ou à s'essouffler en se lançant des balles sur un court de tennis.

Puis, Marianne reprit l'autobus pour retourner chez elle. Elle ramenait dans ses bagages quelques bouquins que lui avait prêtés Lisanne et une première œuvre à suspendre à l'un de ses murs, bien enroulée dans un tube de carton. Elle n'aurait qu'à la faire encadrer. Un tableau peint spécialement pour elle. Lisanne le lui avait remis juste avant de repartir pour Montréal. Une scène mi-figurative, mi-abstraite, dont Marianne tentait de décrypter le sens. Elle croyait reconnaître des bâtiments, de gros arbres, des silhouettes floues, mais elle n'arrivait pas à identifier ce que représentaient tous ces petits coups de pinceau disséminés en groupes dans le ciel.

— Tu peux y voir plusieurs choses, avait expliqué Lisanne. Une pluie d'étoiles si brillantes qu'elles déclassent le soleil. Des traces de poussières qui s'éloignent de la cité. Ou encore, de minuscules plumes qui volettent dans le vent.

— Et toi, quand tu appliquais ton coup de pinceau, lequel de ces éléments voulais-tu représenter ?

— Aucun ! Tu sais, une même toile peut être vue différemment par les gens, ça dépend de l'émotion qui les anime en observant la scène. Dans ce tableau, j'ai peint un vol d'étourneaux, ces petits oiseaux qui survolent la ville. Ils se déplacent en bandes, et leur vol ressemble parfois à un mouvement de valse. Une image de l'amitié, qui laisse toute la liberté à l'autre. C'est le symbole de notre lien précieux que j'ai voulu t'offrir, Marianne.

À demi endormie dans le ronron du moteur de l'autobus, Marianne voyait les arbres défiler à travers ses paupières mi-closes. Elle se sentait calme, heureuse, et une grande confiance émanait de son cœur. Malgré la distance et leur vie qui prenait des directions différentes, l'amitié entre Lisanne et elle ne pourrait s'évaporer. Leur attachement se modelait avec le choix de leur parcours, leurs liens prenant de l'intensité et de la profondeur.

CHAPITRE 10

Cela faisait maintenant trois semaines que Marianne était de retour de vacances, et elle n'avait pas revu Sylvain. Elle avait déballé les cartons ramenés de Saint-Vincent-de-Paul, une contribution de ses parents et de sa sœur : des casseroles, une couverture tissée, des conserves de marinades et de confitures. Elle rapportait du tissu pour confectionner des rideaux et passa deux après-midis chez Angèle à les coudre. Elle habillait murs et fenêtres, ajoutait un bibelot ici, ou une carpette là en pensant au chemin qu'elle avait parcouru depuis un an ! À pareille date l'année précédente, elle quittait la maison d'Edmond. Depuis, elle s'était taillé une place au sein du personnel enseignant, elle habitait dans son propre logement, et une belle amitié se développait avec Angèle et Marie-Berthe. Et... il y avait Sylvain. Marianne revoyait son sourire dans sa tête, elle savait si peu de choses sur lui. Travaillait-il sur les chantiers ?

Les préparatifs de la rentrée scolaire, la rencontre avec ses nouveaux élèves et la reprise des activités remplissaient ses journées et une partie de ses soirées, et presque toutes ses pensées. Quand elle se glissait dans son lit, elle lisait un peu, avant de sombrer dans le sommeil. À la mi-septembre, elle trouva une lettre dans son casier au bureau de poste. Une écriture inconnue. Elle pensa tout de suite à Sylvain. Qui d'autre aurait pu lui envoyer une missive personnelle ? Elle retourna l'enveloppe et vit les initiales S. M., suivies d'une adresse sur le rabat de l'enveloppe.

« Pourquoi une lettre, à ce moment-ci, alors qu'il ne m'a pas écrit de l'été ? » se demanda Marianne. Pendant son absence, Angèle s'était occupée de son courrier et le faisait suivre à Saint-Vincent-de-Paul. Au début, sans nouvelles de Sylvain, Marianne s'était demandé s'il n'avait pas quitté la région. « Veut-il mettre une distance entre nous ? » Par Benoit, elle avait finalement appris qu'il maintenait sa chambre à la même pension, et que son travail l'obligeait à de nombreux déplacements à Québec, à Montréal ou sur les chantiers. Sylvain gardait l'habitude de prendre plusieurs de ses repas du soir au restaurant de Benoit quand il était en ville.

La lettre dans sa poche, Marianne retourna rapidement chez elle, ne pensant qu'à la lire en toute tranquillité. Pas en plein bureau de poste, encore moins sur la rue ! Malgré la fraîcheur de l'air ambiant, une chaleur inondait son visage. Pendant les dix minutes de marche, son registre d'émotions se promena entre la joie de recevoir des nouvelles de Sylvain, la déception qu'il ne se soit pas manifesté plus tôt, la crainte de ne plus le revoir et la colère qui grondait, à cause d'une simple lettre qui la bouleversait. Elle grimpa l'escalier à toute vitesse et se jeta sur une chaise de la cuisine. Le souffle court, le cœur bondissant dans sa poitrine, elle prit une profonde respiration, empoigna la paire de ciseaux et découpa la tranche de l'enveloppe.

Il y avait une seule page, remplie d'une écriture filiforme ; seule la lettre S de la signature était lisible. La jeune femme lut rapidement la missive, plutôt impersonnelle. Sylvain s'informait vaguement de son été et lui souhaitait une agréable rentrée. Il terminait en disant : *Ma période de girouette achève et j'anticipe avec grand plaisir le moment de vous revoir.* Son prénom était précédé d'une simple formule de politesse.

« Presque deux mois qu'on ne s'est pas vus et il me laisse sur ma faim ! À quoi a-t-il occupé son été ? Est-il allé à la pêche, a-t-il fréquenté des amis ? Que faisait-il de ses temps libres : est-ce qu'il lisait ou est-il allé au cinéma ? » Finalement, elle connaissait très peu cet homme. Lui non plus ne savait pas grand-chose d'elle. À cette pensée, un nœud se forma dans l'estomac de Marianne. Une tache sombre marquait son histoire. « Il semble y avoir une attirance entre nous. Que voit-il en moi, dans ma personnalité ? Si jamais les choses vont plus loin, je suis bien déterminée à ne rien cacher, ni avec lui, ni avec quiconque prendra de l'importance dans ma vie. Je serais incapable de vivre avec le mensonge. Si j'apprenais qu'une personne très proche m'a menti, je perdrais confiance en elle. »

Avec ces pensées en tête, Marianne prépara un rapide repas, avant de plonger dans les premières corrections de l'année, une série de calculs. Elle avait besoin de se concentrer sur une tâche professionnelle pour oublier ses tourments.

Deux jours plus tard, elle marchait d'un pas rapide, la tête penchée sous son parapluie. À tout moment, le vent risquait de lui ravir sa protection. Elle ne remarqua pas la voiture stationnée dans la rue, juste en face de la maison où elle habitait, et elle s'engouffra prestement dans le vestibule en refermant son parapluie. Puis, elle sortit ses clés avant d'escalader les marches quand une silhouette apparut à la fenêtre givrée de la porte extérieure. Elle l'ouvrit aussitôt, songeant que ce n'était pas un temps à laisser quelqu'un poireauter dehors. Elle figea devant la haute stature de Sylvain qui souriait, tenant un parapluie d'une main et un bouquet de l'autre. Marianne resta silencieuse. Le son de la pluie martelait le sol, l'imperméable de Sylvain était à moitié trempé, malgré l'accessoire qui le protégeait. Les secondes glissaient sur elle et la paralysaient. Un frisson la secoua ; à ce moment, elle le pria d'entrer.

— Je sais, commença Sylvain, j'aurais dû vous prévenir avant de venir comme ça. J'ai appelé, mais comme il n'y avait pas de réponse, j'ai pensé que vous étiez encore à l'école. Je n'ai pas osé m'y présenter, avec les sœurs… vous comprenez.

— Allez, venez. Elles ne mangent personne, les sœurs, répondit Marianne en riant. Au fait, on pourrait peut-être se tutoyer ?

— Je ne demanderais pas mieux, j'allais le proposer.

Sitôt la porte de l'appartement refermée sur eux, Marianne enleva son manteau. Au fond, elle aurait préféré que Sylvain se présente à l'école, ils ne se seraient pas retrouvés tous les deux en tête à tête. Ici, dans son appartement, c'était mal vu d'être seule avec un homme, Marianne craignait les commentaires désobligeants de sa voisine de palier, une vieille fille acerbe qui travaillait à la cuisine de l'hôpital. Sylvain sembla lire dans ses pensées.

— Je ne m'attarderai pas. Je voulais juste te remettre ceci, dit-il en lui tendant le bouquet de dahlias. La femme d'un collègue m'a permis de les couper dans sa platebande juste avant cette averse. Je voulais aussi t'inviter à passer un moment avec moi. Disons un souper au restaurant. Ou quelque chose d'autre qui te tenterait. Je dois rencontrer quelqu'un dans un peu plus d'une heure, mais demain, c'est samedi, et je suis disponible toute la fin de semaine. Qu'en penses-tu ?

— Ça me ferait plaisir, sincèrement.

— Je ne sais pas si tu aimes jouer aux quilles. On pourrait aller faire quelques parties au Community, puis manger au restaurant. La météo reste incertaine.

— Je n'ai jamais joué aux quilles, mais il y a une première à tout !

— Je peux t'appeler demain matin ? S'il fait beau, on pourra envisager autre chose.

— Sans problème.

Après un bref silence, Marianne ajouta :

— Sylvain, ça me fait très plaisir de te revoir.

— Tant mieux ! Parce que c'est réciproque. Il faut que je me sauve. À demain alors !

Mais il resta immobile, comme s'il avait quelque chose à ajouter. Puis, il prit Marianne par les épaules et déposa un chaste baiser sur chacune de ses joues, avant de répéter : « À demain ! ». Quand il ouvrit la porte pour sortir, comme par hasard, la voisine refermait doucement la sienne. Marianne était convaincue qu'elle avait essayé d'écouter leur brève conversation. Sylvain s'était attardé à peine cinq minutes.

Comme elle n'avait pas de vase à fleurs, elle sortit la vieille théière de sa mère pour la remplir d'eau, avant d'y plonger les dahlias. Leur couleur rose vif s'harmonisait parfaitement avec le dessin des asters qui décoraient la pièce de porcelaine.

Le lendemain, le vent avait chassé les nuages, puis il avait fini par s'essouffler. Le soleil avait repris sa place dans le ciel d'un bleu pur, parsemé ici et là de quelques nuages cotonneux. Avec cette météo, Marianne n'avait nullement envie de s'enfermer dans une salle de quilles sombre et bruyante. Elle préférait une promenade dans la nature. Sylvain accueillit son idée avec enthousiasme. Avant même de recevoir son appel, Marianne avait préparé un pique-nique, songeant qu'ils pourraient se rendre à la plage de Pointe-Lebel : même en septembre, c'était agréable de simplement y marcher. Sylvain hésita, puis il suggéra plutôt une excursion sur le quai, à Baie-Comeau. La jeune femme trouvait l'endroit moins romantique, mais elle accepta la proposition. Néanmoins, elle adora manger sur le quai. Les deux amis n'étaient pas les seuls, une ambiance de vacances y régnait. Assis sur le rebord du quai, ils observaient les pêcheurs s'activer sur leur bateau, alors que Marianne découvrait cet univers. De son côté, Sylvain dévora avec appétit les petits pains farcis et la salade de macaroni. Avant de piger dans la boîte de biscuits, il proposa :

— Ça te dirait de manger des crevettes ?

Devant le silence et l'air perplexe de sa vis-à-vis, il ajouta en riant :

— Je crois que la fille de la ville n'a pas encore découvert l'une des habitudes d'ici. Allez, viens avec moi, ajouta-t-il en la prenant par la main et en l'aidant à se relever pour l'entraîner vers les bateaux amarrés, là où une fourgonnette similaire à celles des laitiers et des boulangers était garée.

Sylvain semblait un habitué du coin. L'homme du camion lui remit un sac de papier rempli de crevettes de la pêche du matin et fraîchement cuites. Pendant que son compagnon payait, Marianne aperçut une marmite fumante à l'intérieur du véhicule. Puis, les deux complices retournèrent à leur place pour les manger. La jeune femme n'aimait pas particulièrement les petits yeux noirs de ces bestioles. Elle connaissait les crevettes en conserve, minuscules et bien nettoyées. Ce jour-là, elle dégusta pour la première fois la vraie saveur de ces petits crustacés. Leur délicatesse et leur goût ne tenaient aucune comparaison avec ce qu'elle avait déjà mangé. Sylvain lui montra comment les décortiquer en rejetant les écales à l'eau pour nourrir les goélands. Le tout goûtait la mer, c'était légèrement iodé.

Marianne garda un souvenir savoureux de ce premier pique-nique sur le quai. Son ami et elle passèrent le reste de l'après-midi à marcher aux alentours, se racontant leur été. Non, Sylvain ne connaissait pas la plage de Pointe-Lebel, et quand Marianne proposa qu'ils s'y rendent une autre fin de semaine, elle sentit de la résistance. Était-il de ces garçons qui gardent l'initiative des décisions quand ils fréquentent une fille ? Cette idée l'agaçait, mais elle accepta tout de même son invitation à souper au restaurant le lendemain.

Marianne passa une partie de la journée du dimanche à lire, sans arriver à se concentrer. En début d'après-midi, elle délaissa son bouquin pour préparer un bricolage pour sa classe. Elle avait amplement le temps, mais cette tâche l'aidait à chasser ses pensées moroses. Quand Sylvain vint la chercher, il remarqua qu'une allure posée, très calme remplaçait chez la jeune femme l'enthousiasme de la veille. Évidemment, une sortie au restaurant faisait plus sérieux que le pique-nique du jour précédent. Marianne souriait et alimentait la conversation ; pourtant, ses yeux ne possédaient pas la luminosité qu'il avait déjà observée. Son assiette principale terminée, elle déposa ses ustensiles et demanda :

— Sylvain, pour être franche, je suis déçue que tu sembles récalcitrant envers ma proposition d'aller à la plage. Est-ce que pour toi, il n'y a que le gars qui peut proposer un lieu de sortie à une fille ? Ça me donne l'impression que mes idées ne comptent pas. Moi aussi, je souhaiterais te faire découvrir ce que j'aime dans cette région.

Sylvain n'avait pas fini de manger. Il déposa tout de même ses ustensiles et soutint le regard de Marianne. Il aimait ses beaux yeux bleus, il aimait son enthousiasme, son naturel et sa spontanéité. La veille, il lui avait trouvé un air de gamine quand elle avait apprivoisé l'art de déshabiller les crevettes de leurs carapaces, avant de les avaler. Elle était femme jusqu'au bout des doigts. Il voulait la connaître davantage, des sentiments pour cette femme s'infiltraient en lui. De la tendresse, de l'amitié, de l'admiration et, il n'osait encore se l'avouer, un autre qui ressemblait à de l'amour. Une émotion qu'il évitait de brusquer. La jeune femme devant lui savait s'affirmer, cela lui plaisait. Et elle semblait aimer les plages…

— Marianne, tu n'y es pas. Loin de moi l'idée de vouloir tout décider. Mais… il faut que tu saches que j'ai vécu une histoire d'horreur sur une rive du fleuve. Depuis mes neuf ans, je ne suis jamais retourné sur une plage, expliqua l'homme, ému.

— Tu accepterais de me raconter cette histoire ? De m'expliquer pourquoi tu éprouves cette aversion pour les plages ?

— Oui, mais pas ici, c'est bondé et bruyant. Si on allait prendre un café Chez Ben ? De ce temps-ci, c'est un peu ma deuxième maison. Il y a une table un peu à l'écart, on y sera plus tranquilles.

Une demi-heure plus tard, ils s'attablaient au restaurant de Benoit devant une tarte aux pommes et un thé. Marianne ne posa aucune question, Sylvain se mit à se raconter.

Cadet de la famille, Sylvain avait à peine six ans quand il avait été témoin de l'effondrement de sa mère. Deux militaires s'étaient présentés dans la grande maison de Sainte-Anne-des-Monts pour lui remettre un télégramme. En temps de guerre, une telle missive, officielle et livrée personnellement, n'amenait jamais une bonne nouvelle. Il était seul avec elle. Son grand frère Marius passait l'année scolaire au Séminaire de Rimouski et Alice, dans un pensionnat à Matane, alors que Richard se trouvait à l'école primaire du village.

Marianne écoutait attentivement le récit de Sylvain, qui était alors un tout petit garçon qui avait vu sa mère prendre stoïquement le papier en disant merci. Aussitôt la porte refermée et la voiture des militaires repartie, elle avait lancé un cri de bête agonisante, puis elle s'était mise à courir partout dans la maison en criant « Non ! non ! non ! non ! » et en faisant tomber au passage des bibelots, la partition sur le piano et une chaise, avant de s'affaler en sanglots sur le divan. Il s'était approché d'elle en glissant sa menotte dans les cheveux de sa mère, comme elle savait si bien le faire pour consoler ses enfants quand le chagrin leur tombait dessus. Sa petite main n'avait eu aucun effet. Après de longues minutes d'angoisse, parce qu'il ne comprenait pas ce qui lui causait tant de peine, il avait couru chez les voisins, où vivait le médecin de la ville. Dégoulinant de pluie, indifférent aux patients qui se trouvaient dans la salle d'attente, Sylvain avait répété en sanglotant : « Maman pleure, maman pleure. » Il se souvient d'avoir vu le docteur partir en courant avec sa mallette pendant que la domestique l'entraînait, lui, dans la cuisine, pour lui servir un verre de lait avec des biscuits. En bonne enseignante, Marianne connaissait le truc : donnez quelque chose à boire à un enfant qui sanglote et les pleurs cessent immédiatement. En effet, c'est impossible de pleurer et de boire en même temps. L'enfant se calmait et on pouvait l'aider à passer à autre chose. « Mais est-il possible pour un enfant de six ans de passer à autre chose quand son monde vient de s'écrouler ? » songea la jeune femme avec empathie.

— Ma mère ne s'est jamais remise de la mort tragique de mon père, un officier de la marine mort à la guerre. Celle que nous appelions tantine, une tante de ma mère, est venue s'installer dans la maison, le temps que les choses reprennent un cours normal, du moins en apparence. Or, elle n'est jamais repartie. Trois ans plus tard, à l'exception de Marius qui travaillait, toute la famille se trouvait à Sainte-Luce-sur-Mer pour les vacances. Ma mère adorait se retrouver sur la plage avec un livre ou s'attarder à observer le vol des mouettes, mais elle ne mettait jamais les pieds à l'eau. Mais cette journée-là, le soleil réchauffait la grève et probablement un peu l'eau. Elle est partie en direction du fleuve sans dire un mot. J'ai vu ma grand-tante déposer son tricot et je l'ai entendue murmurer : « La mer lui fait du bien, j'espère qu'elle arrivera à sortir de sa léthargie. » J'étais assis dans le sable près d'elle et elle m'avait souri en reprenant ses aiguilles. Je lui avais rendu son sourire. Je regardais ma mère se saucer en battant joyeusement les bras vers l'avant. Puis, j'ai continué à décorer mon château de sable avec des coquillages. Cette image est tellement ancrée dans mon esprit !

Marianne lui serrait la main. Elle se revoyait sur la plage à Pointe-Lebel. Le petit garçon de cette époque, maintenant un homme, avait retenu les images de cette scène. Depuis son arrivée sur la Côte-Nord, elle découvrait à quel point la proximité du fleuve contribue à chatouiller les sens. L'odeur saline et celle du varech, le cri des oiseaux et le murmure des vagues, la douce chaleur du sable par une journée ensoleillée. Marianne laissait glisser le silence entre eux en resserrant son étreinte sur la main de son ami. Avec un trémolo dans la voix, Sylvain continua.

— Ensuite, il y a eu des cris, des gens couraient dans l'eau. Je ne comprenais pas ce qui se passait et, par la réaction de tantine, j'ai compris que c'était grave. Deux hommes tenaient une forme inerte. Les efforts pour la ranimer n'ont rien donné.

Sylvain avait prononcé cette dernière phrase avec une voix d'outre-tombe. Marianne vit des larmes couler sur ses joues. Elle lui tendit son mouchoir, qu'il respira avant de s'essuyer le visage. Il lui adressa un sourire habillé de tristesse.

— Ça fait presque quinze ans que cela est arrivé. Je n'avais jamais raconté la noyade de ma mère comme je viens de le faire. Le suicide est un péché impardonnable. À l'époque, ça a été considéré comme un malencontreux accident. J'étais adolescent quand j'ai réalisé que ma mère avait volontairement décidé d'aller rejoindre mon père. Je conserve une photo d'elle, souriant à la caméra que tenait mon père. Quand je la regarde, j'essaie d'évoquer les beaux moments dont elle a parsemé notre vie. J'en ai peu, mais je m'en suis approprié plusieurs racontés par mon frère aîné.

— La tantine, elle est restée avec vous? demanda Marianne presque en chuchotant.

— Seulement quelques semaines. À la rentrée scolaire, nous, les enfants, on a tous pris des directions différentes.

La tantine n'avait plus l'âge d'élever une famille. À neuf ans, Sylvain s'était retrouvé orphelin. La famille s'était disloquée. Âgé de dix-neuf ans, Marius s'était installé à Montréal pour commencer ses études universitaires. Alice devint la protégée de son parrain, qui habitait à Rivière-du-Loup. Les deux plus jeunes furent pris sous l'aile de la sœur cadette de leur mère, leur vie s'était poursuivie à Chambly. Pendant plusieurs années, leurs contacts s'étaient limités à des échanges de cartes de vœux à leur anniversaire et au temps des Fêtes. Durant l'été, Marius passait un long week-end à Chambly. En 1952, quand il s'était marié, pour la première fois depuis la mort de leur mère, la fratrie s'était à nouveau rassemblée.

— Contrairement à mon frère Marius, de qui je suis très proche, je garde peu de souvenirs de mes parents ensemble, dit Sylvain à la fin de son récit. Ce que j'en sais m'a été raconté par lui. Nos parents ont formé un couple très lié, soudé par une profonde tendresse. On a été séparés, mais on a tous eu la chance de connaître un accueil chaleureux et rempli de bienveillance chez la parenté qui nous a accueillis. Le mariage de Marius a réveillé certains liens et nous a rapprochés, même si nos contacts restent occasionnels.

Sylvain fit signe à la serveuse de remplir leurs tasses. Marianne le regardait, émue et touchée par cette tragique histoire. Elle rendit son sourire à la jeune employée, la remerciant intérieurement de sa grande délicatesse à préserver leur intimité. Sylvain avala une gorgée de café avant de poursuivre son récit.

— L'année de ce mariage, je suis devenu pensionnaire à Montréal pour finir mon cours classique sous la tutelle de Marius. Alice venait de se fiancer à un jeune homme qui travaillait sur la ferme familiale avec son père, tout en étant le laitier du village. Depuis, elle vit à Oka. Quant à mon frère Richard, il a choisi de marcher sur les traces de notre père. À seize ans, il est entré dans l'armée, il fait carrière dans la marine.

Oui, Marianne constatait que la famille de Sylvain semblait plus soudée que la sienne, malgré la distance qui avait tenu ses membres loin les uns des autres à la suite d'une tragédie. Elle tenait toujours les mains de Sylvain dans les siennes, espérant que cela lui réchauffe le cœur. Il finit par ajouter :

— Je me dis que maintenant, mes parents sont ensemble, et ça me fait du bien. Ils nous ont laissé un bel héritage. Malgré une apparence de dissolution, on forme une famille unie. Tu sais, Marianne, l'île Bizard, ce n'est pas très loin de Saint-Vincent-de-Paul. J'aimerais beaucoup que tu connaisses mon frère aîné.

— J'en serais ravie.

Après une brève pause, elle ajouta :

— Sylvain, je comprends maintenant ta réticence pour aller à la plage. Peut-être qu'un jour, on pourrait quand même s'y rendre tous les deux ?

— Je ne sais pas, Marianne, je ne sais vraiment pas, admit Sylvain.

— Quinze minutes ! leur cria une voix.

C'était le barman, le restaurant allait bientôt fermer. Les deux amis quittèrent l'endroit et firent à pied le court trajet pour retourner chez Marianne. Face à la maison, Sylvain prit la jeune femme par les épaules, la faisant pivoter pour qu'ils se retrouvent face à face, et il lui dit, d'une voix émouvante :

— Marianne, on ne s'est pas vus très souvent, mais depuis ce jour où j'ai aidé les jeunes Fortin à transporter tes sacs, tu occupes de plus en plus de place dans mes pensées. Et loin de moi la volonté de tout décider pour deux ! Je conçois la vie de couple comme une relation égalitaire. C'est ce que je souhaite. Marianne, j'aimerais… j'aimerais pouvoir dire qu'on se fréquente sérieusement. Si tu le veux bien.

L'attention de Marianne fut attirée par le claquement d'une fenêtre qu'on ferme. Elle leva les yeux et vit la silhouette de sa voisine se dissimuler sans discrétion près du rideau. « La moralité, surtout quand on enseigne à de jeunes âmes, doit demeurer irréprochable », songea-t-elle. Chaque fois qu'elle se sentait surveillée par cette voisine, Marianne repensait à cette phrase de la mère supérieure de l'École normale qu'elle avait fréquentée. Laissant la voisine à ses idées de potinage, elle regarda Sylvain bien en face. Son visage rayonnait sur un fond de ciel plein d'étoiles, dont certaines avaient dû s'échapper pour se glisser dans ses yeux. Alors, elle se leva sur le bout des pieds pour se trouver davantage à sa hauteur et lui donna un timide baiser sur les lèvres. C'était sa réponse. Oui, elle voulait bien qu'ils se fréquentent. Sylvain comprit son intention et il la serra dans ses bras. Il respira le doux parfum qui s'exhalait de ses cheveux avant de la regarder à nouveau.

— Merci, Marianne, je suis un homme heureux !

Puis, il resta sur le trottoir jusqu'à ce qu'il voie la lumière apparaître à la fenêtre de l'appartement de son amie. Presque en même temps, celle du logement d'à côté s'éteignit.

Au cours des premiers mois de ses fréquentations avec Sylvain, la vie de Marianne s'enrichissait de doux moments partagés avec lui. Marie-Berthe et Angèle voyaient les yeux de leur amie s'allumer quand elle leur parlait de ce jeune homme. Marianne n'invitait jamais Sylvain chez elle, pas plus qu'elle n'allait le retrouver à sa pension. Chaque fois qu'il venait la chercher, Sylvain attendait sur le palier, laissant la porte ouverte. Ils allaient au cinéma, parfois prendre un repas chez un collègue du jeune homme ou au restaurant. Ou bien ils filaient à la patinoire, ou ils allaient juste faire une promenade. Quand Adrien ne travaillait pas, ils se retrouvaient souvent à trois couples pour jouer aux cartes, en suivant la partie de hockey à la radio.

Un dimanche après-midi de novembre, Sylvain se présenta chez elle avec ses patins sur les épaules. Marianne proposa qu'ils aillent boire un chocolat chaud avec un dessert Chez Ben. Quand ils se retrouvaient ainsi à leur place, dans un coin tranquille du restaurant, c'est qu'ils souhaitaient un moment en tête à tête.

Depuis que Sylvain lui avait demandé de la fréquenter, Marianne sentait parfois une ombre se glisser entre eux. Or, s'ils voulaient que leur relation soit empreinte d'honnêteté, ils ne pouvaient laisser planer de lourds secrets. Comme avec Marie-Berthe et Angèle, Marianne devait apprendre à son ami de cœur pourquoi elle était venue s'établir sur la Côte-Nord ; il était temps qu'elle passe aux aveux. Une fois qu'ils furent attablés avec leur boisson et une pointe de tarte, avec humilité et franchise, elle lui confia les vraies raisons de son arrivée à Baie-Comeau. L'amour vrai, tout comme la réelle amitié, résiste aux noirs secrets. Quand son récit prit fin, Sylvain lui demanda simplement, en lui prenant les mains, signe qu'il ne la repoussait pas :

— Tu aurais préféré retourner à Saint-Vincent-de-Paul ?

— J'ai trouvé très difficile mon arrivée dans cette région. Le climat froid, les moustiques, l'éloignement. Je m'ennuyais de ma mère, de mon frère Bruno, de mon amie Lisanne. Chez Edmond, je me sentais comme une servante. C'était sa manière de me faire payer le prix de la charité et de la pension. J'y voyais le signe d'un rejet de ma famille. Je pense que mes parents auraient fini par oublier ce qui s'est passé et que la vie aurait repris son cours. Mais dans la paroisse, il y a des gens qui ont la mémoire longue. Certains ne se gênaient pas pour glisser des sous-entendus devant mes parents. C'était dur pour eux.

— Pourtant, tu sembles bien adaptée à ta nouvelle vie, lança Sylvain avec douceur.

— Au fil des semaines, j'ai appris qu'ici, tout reste à construire, y compris sa réputation. J'apprécie la modernité des idées qui circulent. Ce constat fait en sorte que j'ai commencé à aimer mon existence ici. J'adore mon travail. Les religieuses se montrent ouvertes et amicales. Marie-Berthe et Angèle mentionnent que même le curé et les vicaires sont moins sur les principes que ceux de leurs paroisses d'origine. Non, maintenant, je me sens bien ici, à ma place. Et toi, comment trouves-tu ça par ici ?

— Au début, la ville me manquait. Mais comme toi, je trouve ça exaltant de voir tout ce qui s'en vient et de contribuer au développement. Puisque tout est à bâtir ! Pas besoin de défaire les vieilles idées et de briser les habitudes pour faire avancer les choses. J'aime ça !

— Sylvain, ça te contrarie ce qui m'est arrivé ? À moins que tu ne sois déçu ?

— Non, Marianne, pas du tout ! Je te trouve courageuse et tu as rebondi. Ça m'aurait ennuyé si tu ne m'avais rien dit. J'aurais sans doute fini par apprendre la vérité, et là, je ne sais pas ce qui serait arrivé pour nous.

Sylvain fixait le regard rempli d'étoiles de la jeune femme, il sentait la délicatesse de ses doigts entre ses larges mains. Après un court silence, il ajouta :

— La confiance, c'est très important pour moi.

— Ça me rassure, merci de comprendre. Tu sais, notre amie Marie-Berthe, je la trouve très moderne dans ses idées et je l'admire pour ça. Par contre, à l'école, l'une des enseignantes a déjà dit qu'elle ne mettrait plus les pieds dans son magasin à cause de ses positions, qu'elle juge anticatholiques. Tu imagines l'étroitesse d'esprit ! Marie-Berthe prétend que même l'Église va finir par se moderniser. L'ouverture d'esprit est une marque de modernité et tu possèdes cette qualité.

— Je pense que c'est essentiel pour faire partie d'un projet de développement, d'un projet d'envergure comme la construction des barrages. C'est tout un tournant pour la province ! Comme tu l'as si bien dit, tout reste à construire ici.

Marianne avait raison, tout restait encore à construire. Pour la première fois, Sylvain songeait à bâtir quelque chose de plus personnel, et comme tout projet d'envergure, il nécessitait qu'on le prépare.

Si Margot était entrée à l'école avec fébrilité et enthousiasme devant le plaisir d'apprendre, sa joie avait pris des proportions démesurées quand la sœur supérieure avait affecté les élèves à leur titulaire. Margot avait pris la direction de la classe de première année A. Mademoiselle Théberge serait son enseignante, ses prières étaient exaucées. Elle se montrerait une écolière modèle. Elle s'appliquerait à bien comprendre les explications, à tracer les plus belles lettres, à exécuter les plus beaux dessins. Dès sa première heure de fréquentation scolaire, Margot aima l'école.

Marie-Berthe s'en réjouissait, mais elle avait d'autres chats à fouetter que de prêter attention à l'excitation de sa fille. Alain entrait en troisième année et depuis la rentrée, presque tous les matins, la maison se transformait en zone de conflit. L'enfant renversait son bol de céréales sur lui, il devait donc se changer, retardant ainsi l'heure du départ. Un matin, il avait volontairement versé le pot de sirop sur sa tête. Marie-Berthe avait surpris son geste en se tournant pour déposer l'assiette de crêpes empilées sur la table.

— Eh bien là, mon garçon, tu vas trop loin ! Ouste, dans la salle de bain, que je te lave les cheveux ! s'emporta Marie-Berthe, dont la patience avait atteint sa limite.

— Je vais manger avant, répondit Alain, en glissant une crêpe dans son assiette.

— Dans la salle de bain, j'ai dit ! répéta la mère fâchée en pointant fermement la direction à prendre.

Pour appuyer son injonction, elle tira la chaise du garçon. Cet enfant devenait exaspérant, il usait sa patience. Elle fit signe à Martine de distribuer les crêpes, et d'un geste de la main, lui indiqua qu'Alain en serait privé. Martine avait préparé des *pancakes* expressément pour lui, pensant que son petit déjeuner préféré l'aiderait à surmonter son aversion d'aller en classe.

Si l'enfant comprit que ces manigances n'arriveraient pas à lui éviter l'école et que l'atmosphère des matins devint plus détendue, rien n'était résolu pour autant. Alain n'aimait pas aller en classe, alléguant que son enseignant était toujours sur son dos. Ses premières notes affichaient des résultats désastreux, son comportement était des plus nonchalants et il bâclait ses travaux. Dès que le titulaire avait le dos tourné, il s'amusait à faire le clown. Copies, retenues, excuses : rien n'y faisait. Marie-Berthe en mesura toute l'ampleur quand, quelques jours plus tard, elle reçut un premier appel du directeur, alors qu'elle se trouvait seule au magasin et occupée avec une cliente. Elle ressentit une bouffée de déception, mêlée d'exaspération, et une colère bouillonnante la submergea. Les parents d'Alain étaient conviés au bureau du directeur à la fin de l'après-midi, elle serait présente avec Benoit.

Tout au long de la journée, elle se demanda quelle attitude adopter face au comportement d'opposition d'Alain envers l'école. Pourtant, son fils était un garçon intelligent, curieux de connaître le fond des choses. Il était aussi sociable, enjoué, et il démontrait un certain leadership dans ses jeux avec les autres enfants. Il n'aimait pas son enseignant et ce dernier semblait l'avoir pris en grippe. L'attitude d'Alain et la fermeté autoritaire de l'enseignant entraînaient une escalade dans les agissements du garçon. Marie-Berthe décida d'en discuter avec le directeur. Changer l'enfant de classe n'était pas la solution, cela lui aurait donné raison, et pour sa mère, une telle décision aurait ressemblé à une fuite devant les difficultés.

Si le directeur montra une certaine ouverture et comprenait le point de vue des parents Fortin, l'enseignant, pour sa part, resta sur son quant-à-soi quand il fut convié à se joindre à la rencontre. Sur l'insistance de Marie-Berthe, il accepta du bout des lèvres de confier une petite responsabilité à Alain, car après tout, l'école devait apporter plus que des notions didactiques aux enfants. Alain accepta avec plaisir la tâche d'installer les chaises sur les pupitres après la classe pour faciliter le balayage du plancher. Il démontra une plus grande application à travailler et présenta des devoirs convenables. Ses notes connurent une hausse légère au bulletin suivant, pour redescendre le mois d'après. Comme les résultats scolaires et l'attitude de leur fils, les émotions de Marie-Berthe et de Benoit évoluaient en dents de scie. Heureusement, cela se passait mieux à la maison, tant qu'on ne parlait pas de l'école.

En novembre, ne sachant plus à quel saint se vouer, Marie-Berthe s'ouvrit à ses amies au sujet de son sentiment d'impuissance. Elles se trouvaient dans son sous-sol et avalaient l'habituelle tasse de thé qui suivait leur période de vocalises.

— Angèle, demanda Marie-Berthe, tu en as trois à l'école, tu as déjà connu ça ? C'est presque quotidien, les crises, et quand ça va mieux, je me surprends à me demander combien de temps ça va durer. J'en suis venue à anticiper et à appréhender les mauvais jours.

— Oh ! Je pense que ça arrive dans toutes les familles qu'à un moment ou à un autre, l'un des enfants rechigne pour aller à l'école. Mais avec ton Alain, ça semble vraiment difficile et constant. Roger a passé un commentaire au début de l'année en disant qu'il n'aimerait pas se retrouver dans la classe de ce professeur. En troisième année, les enfants sont encore jeunes, et cet enseignant me semble très sévère. Cela amène certains enfants à marcher les fesses serrées et à rester tranquilles, alors que d'autres se rebiffent.

— Tu as raison, Angèle, approuva Marianne. Certains enseignants confondent sévérité et discipline. La discipline agit comme une balise, alors qu'une trop grande sévérité de l'adulte, tant de la part des parents que des enseignants, nuit à la spontanéité de l'enfant. Certains en viennent à développer de la peur face aux figures d'autorité.

— Dieu merci, ça ne va pas jusque-là pour Alain ! Si cela se produisait, je pense que je pourrai devenir méchante. Ça ne va pas bien à l'école pour mon jeune, alors que Benoit, lui, imagine ses fils étudier à l'université pour qu'ils aient un bel avenir. Ça me décourage !

— Je ne t'ai jamais vue si abattue, constata Angèle.

— Et Margot qui aime tant aller en classe ! Elle tente de lui démontrer les bons côtés de l'école. Une chance que les deux plus vieux sont à leur affaire.

— Si je n'ai qu'un mot à dire, poursuivit Marianne, c'est de laisser les problèmes de l'école à l'école. Il y a des parents qui punissent l'enfant à la maison quand il s'est passé quelque chose en classe. Or, l'école sévit devant les récalcitrants. Il est inutile de répéter la punition à la maison. Comme enseignante, j'essaie d'inculquer aux enfants l'envie de donner le meilleur d'eux. On ne peut pas être bons dans tout, je leur dis cela aussi.

— Si Alain pouvait suivre l'exemple de ses frères ! soupira Marie-Berthe.

— Évidemment, ça serait souhaitable, répliqua Angèle. Vous savez, je suis une aînée de famille et je devais donner l'exemple, être responsable des plus jeunes. J'ai trouvé ça lourd ! C'était comme si je n'avais pas la permission de rester une enfant. Pour ça, j'évite d'ajouter de la pression sur les miens en évitant de les comparer, et ce, à l'école comme à la maison.

Marie-Berthe réfléchissait aux dernières paroles prononcées par Angèle. Elle disait vrai, ses enfants étaient tous différents, même si le même sang coulait dans leurs veines. Elle sentait la pression des instances scolaires pour que son fils se conforme aux normes du milieu de l'enseignement. Cependant, elle devait prendre garde de ne pas transférer son malaise sur Alain en le houspillant comme elle le faisait trop souvent. Elle avait commencé à prendre cette tangente et cette attitude ne lui ressemblait pas.

— J'hésitais à vous en parler, reprit Marie-Berthe après un court silence. Si j'aime tant nos rencontres, c'est en partie parce que j'en sors remplie d'enthousiasme. On parle de nos projets, de ce qui nous anime, de ce qui se transforme autour de nous. Avez-vous remarqué qu'aucune de nous n'aime commérer ou se plaindre ?

— Je l'ai rapidement constaté, répondit Marianne. C'est ce qui m'a attirée vers vous deux. Il y a du respect dans votre attitude, de la bienveillance aussi. Vous tentez de comprendre plutôt que de juger. Vous savez, le commérage, la médisance, les ragots, ces mots veulent tous dire la même chose. Même s'il y a un peu de vrai dans les propos qui sont alors rapportés, ce n'est pas vraiment constructif.

Martine descendit prévenir Marie-Berthe que Chantale avait mis son pyjama et qu'elle attendait son histoire racontée par sa maman.

— Je monte dans cinq minutes.

Martine remontée, Marie-Berthe se tourna vers ses amies.

— Merci d'avoir écouté mes doléances de mère de famille. Je crois que les problèmes avec Alain sont loin d'être réglés, mais j'y vois plus clair. Même si on est loin de ressembler à des « mémères » toutes les trois et qu'on n'a pas l'habitude de s'épancher sur nos problèmes, j'apprécie qu'à l'occasion, on fasse une petite place à nos préoccupations.

Aucune des femmes présentes n'avait ajouté quoi que ce soit. Elles avaient l'habitude d'une accolade en se disant au revoir. Ce soir-là, leur étreinte amicale diffusait une profondeur protectrice que chacune avait ressentie. Leur amitié contribuait à faire d'elles de meilleures personnes.

CHAPITRE 11

Été 1959

Une autre année scolaire s'était écoulée. Les vacances estivales commencèrent, pour le plus grand bonheur des petits écoliers. Cette année, Angèle ne traverserait pas à Trois-Pistoles, de nouvelles obligations la maintenaient à Hauterive. Après une longue discussion avec son homme, tous deux avaient décidé de réserver trois de leurs chambres pour héberger des pensionnaires. Ils devenaient la cinquième famille de leur bout de rue à ouvrir leur porte pour accueillir des travailleurs temporaires, la plupart pour des contrats à Hydro-Québec. Benoit avait accéléré la finition du sous-sol de sa maison pour ajouter des chambres et une seconde salle de bain. Ses garçons traverseraient le fleuve quelques jours avec leur père pour travailler au projet de conversion de la cuisine d'été. Marianne se rendrait à Saint-Vincent-de-Paul, où elle présenterait Sylvain à ses parents. Elle rayonnait, la belle

Marianne ! De son côté, Marie-Berthe n'avait pas parlé de leurs projets d'été à ses amies. Sans doute qu'avec la naissance de la petite France, arrivée en avril dernier, ils s'absenteraient moins longtemps que les étés précédents.

À la fin d'une soirée de juillet, à l'exception d'Angèle, toute la maisonnée dormait. La mère de famille préparait le lunch des cinq nouveaux pensionnaires qui logeaient chez eux. Une lourde et difficile journée se terminait, non pas en raison de son travail, elle y était habituée. Tout en étalant la garniture aux œufs entre les tranches de pain, la tristesse gonflait son cœur tandis qu'elle songeait à Marie-Berthe. Au début de l'après-midi, son amie était arrivée, sans prévenir. Elle n'avait même pas pris le temps de lui donner un coup de fil, signe que sa visite présentait un motif sérieux. Quand Angèle vit les yeux rougis de sa complice, l'inquiétude la gagna. Elle voyait bien que cette dernière faisait des efforts inouïs pour éviter de pleurer.

— Toi, ça n'a pas l'air d'aller, avait dit Angèle en l'entraînant dans la cuisine. Une mauvaise nouvelle ?

— Je ne sais pas si on peut appeler ça une mauvaise nouvelle, mais depuis trois jours, tout s'enchaîne en catastrophe.

— Assis-toi, je prépare du thé.

Marie-Berthe s'était installée à la table. La maison était calme et apaisante. Cinq tartes encore fumantes refroidissaient sur des clayettes près de l'évier et embaumaient la pièce. Elle observait Angèle s'affairer dans sa cuisine. « Ai-je fait le mauvais choix en voulant travailler à l'extérieur, plutôt que simplement être une mère à temps plein comme Angèle ? se demandait-elle. J'aurais pu voir venir les frasques d'Alain, qui nous tombent dessus comme un volcan qui crache sa larve. » Angèle avait déposé les tasses sur la table.

— Tu prendrais une pointe de tarte ? avait-elle ensuite offert doucement.

— Oh non ! Merci, mais il n'y a pas grand-chose qui passe depuis hier soir.

— Tu m'inquiètes, je peux faire quelque chose ?

— Si j'arrivais seulement à retrouver des idées claires, ça serait déjà pas mal.

— Alors, il faudrait que j'aie une petite idée de ce qui te met dans cet état, avait répliqué Angèle à son amie, en s'installant à table avec elle, tout en lui servant son thé.

Angèle avait toujours perçu Marie-Berthe comme une femme forte, inébranlable. Toujours débordante d'énergie et d'idées, sa présence ajoutait souvent du soleil dans ses journées plutôt routinières, elle animait leurs rencontres. Elle menait sa maisonnée et son commerce dans une douce fermeté, tout lui réussissait. Joviale et enthousiaste, elle aimait la vie, qui l'avait gâtée. Elle n'osait lui demander directement ce qui la chavirait. «Y a-t-il quelqu'un de gravement malade? Ou des ennuis financiers? se questionnait Angèle. En tout cas, sûrement un problème qui semblait sans issue, parce que les problèmes, Marie-Berthe savait les éloigner en les court-circuitant.» Son amie avait avalé une gorgée du liquide brûlant, puis une deuxième. Enfin, elle avait déposé sa tasse avant de raconter ce qui la bouleversait.

— Il y a trois jours, Benoit et moi, on a été conviés au bureau du directeur. Ça nous a surpris, ça fait presque trois semaines que l'école est finie et pas moyen de savoir au téléphone pourquoi il voulait nous voir. Tu sais, on était presque contents qu'Alain ne redouble pas. Tout au long de l'année, il a eu tellement de mauvaises notes, mais il n'avait pas d'échec. Eh bien, le directeur ne l'a pas fait redoubler parce qu'il ne le reprend pas à son école. Et là, il nous a déballé une liste des mauvais coups perpétrés par Alain. Il a déchiré des devoirs d'autres enfants en les menaçant de les battre s'ils parlaient, il a commis quelques vols en soutirant les sous que des enfants apportaient pour la Caisse de la Sainte-Enfance, il chipait des tuques et des mitaines pour faire son fin finaud. Chaque fois, il faisait des menaces. C'est pour ça qu'on n'a rien su plus tôt. Je sais qu'Alain n'a jamais aimé l'école, ses bulletins sont désastreux, ses comportements tout juste acceptables. Mais jamais je n'aurais pensé qu'il pouvait faire preuve de méchanceté. La fin de l'année arrivée, des enfants se sont confiés à leurs parents, qui sont venus voir le directeur. Pour lui, Alain n'a plus sa place à son école. Il nous a même prédit que si on n'y voit pas, c'est l'école de réforme qui l'attend.

Marie-Berthe avait éclaté en sanglots en énonçant cette calamité qui planait sur l'avenir de son fils. Elle avait sorti un mouchoir de sa poche pour s'essuyer les yeux en s'excusant.

— Ma chère Marie-Berthe, tu n'as pas à t'excuser d'avoir de la peine.

— Je sais que toi, tu ne me jugeras pas. J'avais d'abord pensé aller en parler avec Marianne, elle connaît les rouages du milieu scolaire, mais je me suis ravisée. C'est avec une mère, finalement, que je sentais le besoin de m'épancher. Je sais que Marianne pourrait s'avérer de bon conseil, mais je ne veux pas la déranger avec ça.

— Et Benoit, comment il a réagi à la décision du directeur ?

— Il est resté calme, on avait besoin d'en parler ensemble avant d'aborder le problème avec Alain. On voulait réfléchir à des choix, trouver une option à lui proposer. Parce qu'il n'est pas question qu'il arrête l'école ! On a envisagé de l'inscrire à celle des garçons, à Baie-Comeau, on se serait organisés pour le transport. On a pensé l'envoyer pensionnaire, pas pour le punir, mais pour qu'il comprenne qu'il n'a pas le choix et qu'il s'est fermé lui-même la porte de l'école d'ici par ses comportements. Et puis, on a aussi discuté de la manière d'aborder ça avec Alain. Pourquoi s'est-il conduit de cette façon ? Ce bout-là, ça ne s'est pas trop mal passé. Il avait l'air piteux. On lui a présenté les options sans mentionner les prédictions du directeur, l'école de réforme, tu imagines ! Dans sa tête d'enfant, son but était de ne plus aller en classe. Les menaces, semer la peur, il a dit naïvement avoir imité des grands. Quand il nous a avoué ça, je me suis demandé jusqu'à quel point il pouvait se laisser entraîner sur une mauvaise pente. Et j'ai eu peur. Peur que les prédictions du directeur se réalisent. Cet homme m'apparaît voir les choses avec justesse. Benoit et moi, on s'est donné jusqu'au début d'août avant de décider quoi que ce soit.

— Tu n'as pas l'habitude de te laisser ronger par l'inquiétude.

— C'est vrai ! D'habitude. Mais le lendemain, une autre tuile nous est tombée dessus, et c'est là que Benoit a montré qu'il était capable de colère. Ça m'a ébranlée, c'était trop ! avait terminé Marie-Berthe d'une voix rauque.

Puis, elle avait pris une profonde inspiration avant de poursuivre.

— Benoit a explosé, avait-elle dit, avec un tremblement dans la voix. Je ne l'avais jamais vu aussi fâché ! Son visage s'est empourpré et sa voix est devenue colérique. Ses paroles ont dépassé sa pensée, et ça n'a fait qu'empirer les choses. La présence de mon beau-père n'a pas calmé le jeu. Benoit était tellement humilié par le comportement d'Alain.

— Qu'est-ce qui a pu se produire pour que Benoit réagisse si fortement ? avait demandé Angèle.

Marie-Berthe était restée silencieuse un moment, alors qu'Angèle l'observait. Elle s'était avancée pour encercler ses mains dans les siennes. Elles étaient toutes froides.

— Le lendemain, avait repris Marie-Berthe avec une voix atone, on se préparait pour monter à Manic-2. Tu sais que mon beau-père est en vacances chez nous, et la visite de ce chantier l'intéressait beaucoup. Martine gardait les deux petites et les autres venaient avec nous. Alain restait introuvable alors qu'on embarquait les provisions dans l'auto. Margot a dit qu'elle l'avait vu partir dans le bois derrière la cathédrale, il avait dû oublier l'heure. Benoit est parti avec elle pour chercher Alain. Une chance !

Marie-Berthe s'était à nouveau retrouvée incapable de parler, des sanglots lui nouaient la gorge. Petit à petit, phrase par phrase, Angèle avait fini par apprendre que Benoit et Margot avaient retrouvé Alain en compagnie de deux adolescents d'une quinzaine d'années. Des jeunes connus pour flâner sur la rue commerciale, ceux qui fumaient et se montraient arrogants avec les passants. Autrement dit, des jeunes laissés à eux-mêmes et mal élevés. Alain était assis avec eux au pied de la grosse talle de bouleaux, à l'intersection de deux sentiers. Angèle connaissait l'endroit, les bleuets y abondaient. Benoit avait surpris son fils à boire à même le goulot d'une bouteille de quarante onces de gin. Sans un mot, il avait empoigné Alain par le collet pour l'aider à se remettre debout. Puis, il avait ramassé la bouteille pour la vider au pied des arbres, avant de s'adresser aux plus vieux en leur servant l'avertissement de ne plus jamais se retrouver sur son chemin.

« On a tout rentré dans la maison, il n'était plus question de monter à Manic-2, avait poursuivi Marie-Berthe. Je ne sais pas combien d'alcool Alain a ingurgité, il tenait à peine debout. Piteux, dans la soirée, il nous a avoué que ce n'était pas la première fois. Il a dix ans, Angèle ! Dix ans, tu te rends compte ? s'était-elle exclamée tristement. »

— Benoit est en colère, mais toi, Marie-Berthe, est-ce que tu l'es aussi ?

— Je ne sais pas. C'est un peu mélangé, ce que je ressens. J'éprouve de la colère, c'est certain, mais pas aussi intense que la bouffée qu'a ressentie Benoit sur le coup. De la déception, un sentiment d'échec aussi. Il me semble qu'on est des bons parents, que nos valeurs sont à la bonne place. Sans compter l'inquiétude devant l'avenir d'Alain, s'il se maintient dans ce chemin, bien loin de celui qu'on souhaite pour lui.

— Comment vis-tu le fait que ton beau-père était présent ? Il a eu connaissance de tout, non ?

— Il ne s'est pas interposé, il a pris ses distances d'Alain et s'est occupé des autres. Comme pour faire diversion. Mais Benoit et lui ont échangé un regard qui m'a chavirée. Je ne t'ai jamais dit que Benoit a un frère qui se bat avec un problème d'alcool. Je pense que le comportement d'Alain lui a fait prendre conscience de ce que vivait son père : honte, inquiétude, déception, impuissance. Benoit avait tendance à banaliser ce problème de son frère, je pense que maintenant, ça va le rendre plus conscient de son ampleur.

Annie, la petite dernière, était arrivée dans la cuisine, le visage ensommeillé et sa poupée dans les bras. Marie-Berthe s'était levée pour déposer sa tasse près de l'évier. Elle se sentait lasse, mais dégagée d'un poids. Angèle avait préparé une collation à sa fille avant de raccompagner Marie-Berthe jusque sur la galerie.

— Je n'ai pas l'impression d'avoir été utile, avait dit Angèle en serrant son amie dans ses bras, tentant de la réconforter.

— Tu m'as écoutée, j'avais besoin d'évacuer le trop-plein. Après le souper, on doit parler de ce qu'elle a vu avec Margot. Tu sais, même si elle est de deux ans plus jeune que ton Anne-Marie, elles s'entendent bien. Si elles pouvaient passer un moment ensemble demain, il me semble que ça m'apaiserait !

— Envoie Margot passer la journée chez nous. Et si je peux faire quoi que ce soit d'autre...

— Je sais, tu es là. Merci, Angèle, tu m'as fait du bien.

Une fois Marie-Berthe repartie, le chagrin s'était infiltré dans le cœur d'Angèle. Aucun parent n'est à l'abri des écarts de conduite d'un enfant. Aucun parent ne peut se prémunir contre les mauvaises influences qui le feront dévier de la bonne éducation qu'il aura reçue. « C'est difficile de comprendre pourquoi un enfant devient plus sensible ou plus fragile que ses frères et sœurs. Question de tempérament ? » s'interrogeait-elle.

La journée était terminée, la préparation des lunchs aussi, et la tristesse ne l'avait pas quittée. Elle entendit les pas d'Adrien qui rentrait du travail. Il l'enlaça par la taille comme il le faisait souvent quand il la surprenait à travailler au comptoir de la cuisine et l'embrassa dans le cou.

— Content de te voir, mon ange, dit-il après avoir déposé sa boîte à lunch. Je pensais que tu serais couchée. Oh, oh ! On dirait qu'il n'y a pas juste moi qui ai fait un *shift* double aujourd'hui. C'est rare que je te voie un air si fatigué. Les enfants...

— Non, les enfants ont été des modèles de bonne conduite.

Adrien tenait son épouse dans ses bras, cherchant à savoir ce qui la préoccupait. Cette dernière éclata en pleurs, et il resserra son étreinte en songeant qu'en ce moment, Angèle avait davantage besoin d'être apaisée, satisfaire sa curiosité d'homme pouvait attendre. De son côté, la mère songeait à sa famille, qui traversait la vie sans grands éclats. Elle s'était déjà demandé pourquoi le tonnerre tombe à un endroit plutôt qu'à un autre. Bien à l'abri au creux de l'épaule de son homme, elle ne savait pas pourquoi le malheur touchait ainsi la famille de son amie. Après un bref instant, elle entraîna Adrien dans leur chambre, et en silence, ils se préparèrent pour la nuit. Dans la faible lueur de la lampe de chevet, elle lui parla du désarroi de Marie-Berthe. Il est si facile d'oublier que l'équilibre et la tranquillité d'esprit sont souvent de fidèles compagnons. Si l'un vient à manquer, l'autre s'en trouve déstabilisé.

UNE NOUVELLE DÉCENNIE

1960

CHAPITRE 12

Le froid implacable installé depuis trois jours n'empêcherait pas les gens de se rendre à la traditionnelle soirée qui clôturait l'année. Le froid, on l'apprivoisait et on finissait par s'y habituer. Les bancs de neige s'élevaient à hauteur d'homme depuis la grosse bordée tombée au début de la semaine. Marie-Berthe allait rejoindre Benoit au restaurant. Tandis qu'elle était emmitouflée dans son manteau de castor rasé, ces huit minutes de marche devenaient son moment de tranquillité, un trait d'union entre la famille et le commerce. Le crissement de ses pas dans la neige, le firmament rempli d'étoiles et ce grand silence qui l'enveloppait, tout cela faisait partie de son bonheur d'habiter ce pays de froidure.

Au même moment, Benoit arpentait avec fierté la salle à manger de son restaurant. En cette veille du Nouvel An, le bar était fermé. Ses appréhensions devant cette soirée qui sortait du cadre habituel de son commerce avaient rapidement été balayées. Toutes les tables étaient réservées pour le souper de la Saint-Sylvestre. Quand il vit

Marie-Berthe franchir le seuil de la porte, Benoit accourut au-devant d'elle en souriant.

— Te voilà, ma Beth !

Il s'empressa de l'aider à retirer son manteau et prit ses mains dans les siennes avant d'ajouter :

— Elles sont toutes chaudes, malgré le froid. Sais-tu que tu es toujours aussi belle ? Tes yeux sont remplis d'étoiles. Viens voir les tables et tu me diras si tout est correct.

Marie-Berthe enleva ses bottes et enfila ses escarpins, avant de suivre son mari. Elle salua le personnel au passage. Le restaurant était loin d'avoir l'apparat du Manoir de Baie-Comeau, mais pour cette soirée, Benoit avait insisté pour acheter les nappes damassées à Québec. Les serviettes assorties, les tables dressées avec soin et les multiples chandelles octroyaient une allure classique au modeste établissement. Marie-Berthe avait proposé de camoufler les juke-boxes, un assemblage de branches de sapinage y était accroché au moyen d'une broche recourbée. Elle sourit en entendant la musique de Glen Miller qui remplaçait la voix d'Elvis, la nouvelle vedette qui faisait fureur. Elle observait les serveuses : il suffisait de peu pour donner une certaine magie à l'ordinaire. Pour la soirée, elles portaient sur leur jupe noire habituelle un tablier blanc à la taille, bordé d'un délicat plissé. Avec le chemisier blanc orné d'un foulard rouge, les filles avaient fière allure. Si les notables de la ville choisissaient d'emblée le Manoir, dans le carnet de réservations du restaurant de Benoit figuraient quand même le nom du notaire Tremblay, celui du directeur du Séminaire ainsi que ceux de trois commerçants.

Marie-Berthe se rendit à la cuisine. Le chef avait emprunté sa recette pour concocter le punch qui serait présenté en cocktail.

— Madame Fortin, vous voulez goûter ? demanda le jeune homme, qui servirait tous les alcools du repas.

— Je vous fais confiance, tout a l'air au point et ça sent très bon. Je suis certaine que cette soirée ne sera pas la dernière du genre. Un grand merci à vous tous d'avoir accepté de varier des menus habituels ! ajouta-t-elle en balayant la cuisine du regard.

— Votre mari nous a dit que c'était votre idée, lança l'un des aides-cuisiniers en continuant de brasser la sauce. Je peux vous dire que je suis bien content de préparer quelque chose d'un peu plus *fancy* que des *hot chicken.*

— Vous m'en voyez ravie !

— Beth, les gens commencent à arriver, lança Benoit en ouvrant la porte battante qui séparait la cuisine de l'espace public.

Pour la circonstance, Benoit avait choisi la formule banquet : tous les gens conviés à la même heure et un seul menu offert. Consommé de bœuf au vermouth, huîtres Rockefeller, bœuf bourguignon et sa jardinière de légumes, ainsi que la traditionnelle bûche au chocolat pour le dessert. Pour l'occasion, les clients devenaient des convives, et le propriétaire tenait à les accueillir personnellement en compagnie de Marie-Berthe. La musique résonnait en sourdine, les chandelles scintillaient et tout le monde affichait son plus beau sourire. Au fur et à mesure que les gens arrivaient, ils étaient salués, puis une hôtesse les orientait vers le vestiaire improvisé afin qu'ils y déposent leur manteau. Elle leur offrait ensuite le cocktail de bienvenue, avant de les diriger vers la table qui leur était assignée.

Tout le monde en ville connaissait le restaurant de Benoit Fortin. Ce soir-là, l'ambiance festive encourageait les gens à discourir davantage de la métamorphose de l'endroit que du temps glacial.

— Voilà nos amis, chuchota Marie-Berthe à l'oreille de son mari, avant d'aller au-devant d'Angèle et Adrien.

Elle suspendait leurs manteaux dans le vestiaire improvisé quand Marianne et Sylvain s'engouffrèrent précipitamment à l'intérieur du restaurant. Sitôt les manteaux enlevés, Marie-Berthe les éloigna des courants d'air causés par l'ouverture incessante de la porte d'entrée. Puis, elle les dirigea vers leur place, située à proximité de l'estrade des musiciens. Un grand sapin occupait cet espace. Dix minutes plus tard, Benoit venait les rejoindre.

— Je ne m'attendais pas à autant de raffinement ! dit Sylvain. C'est très bien ! Tu comptes changer la vocation de ton restaurant ?

— Non, pas du tout, répondit Benoit en riant. Ça fait cinq ans que c'est ouvert, j'ai une bonne clientèle et je souhaite que ça reste un endroit accessible aux gens ordinaires. Je ne veux pas faire concurrence au Manoir ni à l'hôtel en face. Mais... je ne dis pas non à une telle soirée pour une occasion spéciale, j'aime pas mal ça !

— En tout cas, c'est une très bonne idée que tu as eue, ajouta Angèle. L'ambiance est festive. Dire qu'on est passés à un cheveu de ne pas pouvoir venir.

— Comment ça ? demanda Marianne.

— Notre gardienne fait une amygdalite. Sa sœur aînée a accepté de la remplacer, si on acceptait qu'elle vienne avec son fiancé. Les garçons étaient contents d'avoir un gars pour les garder.

— À la vôtre ! lança Benoit en levant son verre, qu'une serveuse venait de remplir de punch.

— À nous tous ! clamèrent les autres.

La soirée avançait et le service du repas se déroulait parfaitement. La musique retentissait en écho au tintement des cuillers sur les bols et aux conversations tout en murmures. L'ambiance festive annonçait l'arrivée de l'année 1960, qui pointerait son nez dans quelques heures. Les jours incertains étaient derrière eux, la jeune ville et ses bâtisseurs prenaient leur essor.

Benoit rayonnait ; sa soirée s'avérait un franc succès.

— Tu as bien fait d'avoir fermé le bar, chuchota Marie-Berthe, en pointant du regard deux clients. Je pense qu'il y en a qui auraient aimé pouvoir se désaltérer avec quelque chose de plus fort que le vin servi.

Benoit se leva et, avec diplomatie, il expliqua aux deux hommes qu'il était préférable de faire honneur aux vins qui accompagnaient le repas. Ces derniers n'avaient pas insisté, mais l'un d'eux avait quitté les lieux sitôt son dessert avalé, sans se préoccuper du désir de sa femme de poursuivre tranquillement la soirée. Marie-Berthe échangea un regard de tristesse avec Benoit ; elle n'avait rien perdu de la scène quand l'homme avait fait un signe de tête à son épouse, l'intimant de le suivre vers le vestiaire. Il n'avait démontré aucune courtoisie pour l'aider à endosser son manteau et il s'était engouffré dans la nuit froide sans lui tenir la porte. Le départ de ce couple avait entraîné un malaise à leur table. Une demi-heure plus tard, le restaurant commençait à se vider, la soirée se poursuivrait ailleurs. Le restaurateur et ses amis assisteraient à la traditionnelle veillée de danse au Community de Baie-Comeau. Chaque année, Marie-Berthe et Benoit attendaient cette soirée avec impatience, car tous les deux adoraient se déhancher. Les trois couples prirent place dans la nouvelle *station wagon* Ranch de Benoit.

Pendant le trajet, Sylvain leur raconta sa méprise concernant le Community de Baie-Comeau, peu après son arrivée dans la région.

— J'étais passé à quelques reprises devant ce bâtiment en briques rouges juste au début de la rue commerçante. Je croyais qu'il s'agissait d'un endroit semblable à l'Auberge du Roc, un établissement hôtelier avec un bar et une salle de danse attenante. Ça faisait environ un mois que j'étais dans le coin quand un collègue de travail, un célibataire qui vit en pension comme moi, m'a proposé d'aller jouer aux quilles pour occuper une soirée pluvieuse. Ça l'a fait sourire quand je me suis rendu compte que le Community était plutôt un centre sportif qui abritait l'aréna, deux gymnases et une salle de quilles, en plus d'être doté d'une bibliothèque et d'un salon cossu où trône un immense foyer. Il s'est fait un malin plaisir de me faire faire le tour de la place.

— Il y a une glace pour le curling aussi, ajouta Adrien. Il te l'a montrée ?

— Non, la porte était barrée.

— Ce soir, ajouta Benoit, on sera dans le plus grand des gymnases qui est transformé spécialement pour l'occasion. Tu ne le reconnaîtras pas. On n'aurait pas accès à une salle de danse aussi grande que ça, ailleurs en ville, pour la soirée de la Saint-Sylvestre.

Edmond et son épouse les attendaient au vestiaire, ils se joignirent à eux pour compléter l'une des grandes tables montées pour des groupes de huit. Depuis qu'elle fréquentait Sylvain, Marianne n'entendait plus le ton moralisateur de son frère. Leur relation était polie, mais elle maintenait une certaine distance. Heureusement que sa belle-sœur ajoutait un peu de chaleur à leurs rencontres. L'ambiance animée et conviviale incitait tout le monde à se saluer gaiement. À l'entrée de la salle, on remettait à chacun un chapeau, une flûte en carton, des serpentins et des criquets pour le décompte à minuit. Voulant éviter de se retrouver trop près de la scène où jouait l'orchestre, Benoit prit la main de Marie-Berthe et la guida avec les autres pour qu'ils se fraient un chemin dans la foule. Il les entraîna vers une table dressée dans un coin et encore inoccupée, un peu en retrait et loin des haut-parleurs. Quelques duos occupaient déjà le plancher de danse.

Marianne assistait pour la première fois à cette fête; elle s'extasiait devant le grand filet, suspendu au plafond, juste au-dessus de la piste de danse: il était rempli de ballons. Elle observait les musiciens sur une estrade installée pour la soirée. Des projecteurs dirigés vers eux les rendaient bien visibles. Cet éclairage, le seul avec celui des lampions au centre de chacune des tables, laissait les gens dans une semi-pénombre. Le groupe d'amis était à peine installé qu'un air de fox-trot jaillit des instruments.

— Allez, venez! dit Marie-Berthe en se levant et en tirant la main de Benoit pour l'entraîner vers les autres danseurs. J'adore danser sur cette musique. Vous irez chercher des consommations plus tard.

Personne ne se fit prier. Il y eut ensuite un rock'n'roll, puis une samba, un twist et un autre fox-trot. Les airs se succédaient, ne laissant aucun répit aux danseurs. Les couples changeaient de partenaire au fil des danses. Quand les musiciens entamaient un *slow*, les amoureux se retrouvaient enlacés bien collés, pour reprendre leur souffle et écouter les battements de leurs cœurs. La soirée se déroulait dans l'enthousiasme, parsemée d'échanges sur l'actualité et de blagues qui provoquaient de grands éclats de rire. À un moment, Angèle devint particulièrement ricaneuse.

— Je crois que je vais me contenter de *ginger ale* pour le reste de la soirée, dit-elle en s'assoyant après une série de danses. Le punch est très bon, mais il n'étanche pas ma soif. Et pas question que j'arrête de danser!

— Surtout que c'est devenu difficile de jaser, enchaîna Benoit. D'une année à l'autre, j'oublie que, même assis à une table à l'écart, la musique finit par enterrer la conversation.

— Et c'est bien ainsi, ajouta Marie-Berthe. Après tout, on dit adieu à l'année qui vient de s'écouler.

— En plus, cette année, on entre dans une nouvelle décennie, dit Adrien en pointant la grande banderole, qui affichait « 1960 », suspendue près du cadran qui, d'habitude, indiquait le pointage des parties disputées par les équipes sportives.

Peu avant minuit, l'orchestre commença à jouer *Auld Lang Syne* et les gens se mirent à murmurer cet air qui traditionnellement marquait le passage à la nouvelle année. Tout le monde se retrouva sur la piste de danse, et progressivement, la foule se mit à fredonner les paroles en français : « *Ce n'est qu'un au revoir...* » Le cadran de pointage se mit en marche, marquant le décompte de la dernière minute de l'année. Les yeux rivés sur les chiffres, la foule immobile scandait « Dix, neuf, huit... ». Puis, le filet laissa tomber la pluie de ballons en même temps que la foule criait : « BONNE ANNÉE ! » Les gens soufflaient dans les flûtes, d'autres s'amusaient à crever les ballons, certains se promenaient d'un groupe à l'autre pour offrir leurs vœux. Marie-Berthe enlaça amoureusement son mari, leurs regards étaient soudés. Jamais ils n'avaient regretté de sauter dans l'inconnu de la Côte-Nord.

Marianne était fière d'être auprès de Sylvain. Depuis des mois, ils s'affichaient comme un couple et construisaient un projet sérieux. L'attitude respectueuse et l'absence de jugement de Sylvain avaient contribué à faire grandir les sentiments que la jeune institutrice éprouvait pour lui. Juste après le coup de minuit, en dansant dans ses bras, elle repensa à ce moment, survenu deux mois plus tôt, alors qu'ils étaient attablés à leur table habituelle au restaurant de Ben, après un après-midi de patinage. Sylvain l'avait observée glisser son index sur le bord de sa tasse pour ne rien perdre de la crème fouettée qui garnissait son chocolat chaud. Il aimait la voir agir ainsi, image d'une petite fille qui éponge le rebord de son verre avant de se lécher le doigt. Cette fois-là, elle lui avait offert son index orné d'un nuage de crème. Il avait pris sa main dans la sienne en observant son regard coquin, avant qu'elle se pourlèche avec la crème. Un geste provocateur, sensuel, intime et audacieux qui avait plu à Sylvain. Avec cette femme, la vie serait remplie de défis et de surprises. En souriant, elle avait essuyé son doigt avec la serviette de table, puis Sylvain avait doucement emprisonné ses deux mains dans les siennes en soutenant son regard. Ils étaient seuls, à l'exception d'une conversation animée qui se déroulait autour du bar, où trois hommes relataient la grosseur des panaches qu'ils rapportaient. Sylvain s'était éclairci la gorge avant de demander :

— Marianne, ça te dirait de construire une famille avec moi ?

Voyant le regard de la jeune femme devenu humide par l'émotion, il avait ajouté :

— Marianne, jamais je ne pourrai t'offrir un diamant aussi limpide que ceux que je vois dans tes yeux, mais sache que je crois que la plus grande richesse, elle est là, avait-il chuchoté en mettant les deux mains à la hauteur de son cœur.

Dans les bras de Sylvain, durant les premières minutes de l'année 1960, Marianne imaginait leur avenir, et elle était comblée.

La musique s'arrêta pour offrir une pause. D'ailleurs, plus personne ne dansait, les gens circulaient plutôt pour se souhaiter la bonne année et jaser entre eux. En revenant à leur table, Edmond annonça que lui et sa femme retournaient à la maison.

— Si tôt ? demanda Sylvain, un peu surpris.

— On a promis aux parents de notre gardienne qu'on serait de retour pour une heure.

Marianne et son cavalier échangèrent un regard, puis après un signe de la jeune femme, Sylvain invita le groupe à les suivre.

— Où ça ? demanda Marie-Berthe. On ne danse plus ?

— Venez, juste quelques minutes avant que mon frère ne parte, ajouta Marianne. On reviendra danser après.

Le petit groupe se faufila à travers les tables en suivant Sylvain. Ils gravirent l'escalier, puis il les invita à pénétrer dans le salon du Community. L'endroit était meublé de fauteuils de velours. Des braises rougeoyaient dans l'âtre de l'immense foyer de pierres, cela donnait un air prestigieux à la pièce.

— C'est permis de venir ici ce soir ? s'enquit Angèle.

— Je me suis assuré qu'on pouvait, répondit Sylvain. Allez, installez-vous. Marianne et moi avons une nouvelle à vous annoncer.

Ne voulant visiblement pas s'attarder, Edmond s'était simplement appuyé contre le manteau de la cheminée, tandis que sa femme déposait timidement les fesses sur le bout d'une chaise. Sylvain restait silencieux, comme pour étirer un mystère. Il finit par prendre la main de Marianne en souriant.

— Eh bien, c'est vrai que la nouvelle décennie annonce un grand vent de changement, commença Marianne, visiblement très émue. C'est dans cet esprit que Sylvain et moi…

— Prends garde de pas faire une autre bêtise ! la coupa son frère. Tes idées modernes peuvent te mettre dans le trouble.

Le charme était rompu, les larmes montèrent aux yeux de Marianne. Edmond réveillait une douleur qu'elle avait crue guérie, et ce, dans un moment tellement inapproprié. Le malaise devenait palpable et le silence, aussi lourd que les livres qui dormaient sur les rayons qui couraient le long des murs de la bibliothèque, qui se dressait en face du grand salon. Sylvain se leva et avança vers son futur beau-frère. Marianne voyait ses mâchoires se crisper, mais son grand calme la rassura. Accrochant le regard d'Edmond, il lui dit :

— Écoute, je vois bien que tu es pressé de partir. Marianne et moi avons une bonne nouvelle à annoncer et je veux que ce soit un beau moment. Je ne te retiens pas, Edmond. On doit souper chez vous demain, on vous l'annoncera officiellement à ce moment-là, si tu préfères.

— Je me doute de ce que c'est, mais on verra demain. Allez, viens, ma femme !

Sans ajouter un mot, le couple salua le reste du groupe d'un hochement de tête et franchit la grosse porte de bois, emportant derrière lui le trouble semé par Edmond. Marianne retrouva un semblant de sourire.

— Je m'excuse, Marianne chérie, lui chuchota Sylvain à l'oreille. C'est ton frère, mais pas question qu'il gâche ce moment !

Adrien et Benoit se demandaient à quoi Edmond faisait allusion en parlant de « se mettre dans le trouble ». Ils connaissaient Marianne et n'avaient que des éloges à son endroit. Sylvain, de son côté, n'avait pas l'air d'avoir apprécié les commentaires du frère de sa bien-aimée.

Il préférait l'agréable compagnie de leurs amis pour dévoiler leur projet, même si l'étiquette aurait voulu qu'Edmond, comme membre de la famille, l'apprenne d'abord. « Tant pis pour lui », pensa le jeune homme.

— On reprend, Marianne ? proposa Sylvain, avec une voix pleine de tendresse. Seuls nos amis auront la primeur de notre nouvelle. Au fond, vous êtes notre famille d'adoption, ajouta-t-il en se tournant vers les deux couples.

Puis, il saisit la main de Marianne et plongea ses yeux dans ceux de son amoureuse.

— Vous vous en doutez probablement, reprit Marianne en retrouvant son sourire et son regard brillant, ce vent de changement, comme je disais, eh bien, il est parfait pour commencer officiellement notre vie de couple.

— Marianne et moi, nous allons nous marier l'été prochain, et ce soir, en votre présence, nous rendons notre décision officielle !

Sylvain sortit une petite boîte de velours bleu de la poche de son veston. Il souleva le couvercle et glissa solennellement une bague à diamant au doigt de la nouvelle fiancée. Puis, il prit doucement son visage entre ses mains pour unir ses lèvres aux siennes, scellant officiellement leur amour. Marianne ferma les yeux, plus rien n'avait d'importance que les douces lèvres de Sylvain. Elle sentait sa force rassurante l'envelopper. Les félicitations de leurs amis et les embrassades fusèrent et se mêlèrent aux effusions et aux joyeuses conversations jusqu'à ce qu'un gardien vienne frapper à la porte.

— Monsieur Martel, je dois barrer la pièce !

— Merci, mon brave ! On retourne danser ? La musique a recommencé, on l'entend jusqu'ici.

Dans la grande salle, les danseurs se faisaient rares sur la piste de danse. Graduellement, les tables étaient abandonnées. Cependant, la musique continuait de résonner pour le plaisir de ceux qui prolongeaient la soirée. Après la dernière valse, Benoit entraîna son groupe vers le vestiaire. Le retour en voiture se déroula en silence. La neige fraîchement tombée et le firmament étoilé rivalisaient pour rendre cette nuit encore plus scintillante.

— Dimanche prochain, Adrien est en congé, avança Angèle. Seriez-vous tous libres pour venir souper à la maison ? Je ferais manger les enfants plus tôt et on se retrouverait entre adultes. Il me semble qu'on a tant de choses à souligner.

— Bonne idée ! répondit Marie-Berthe. On a des événements à fêter et des rêves accomplis à célébrer. J'aimerais ça qu'on parle de nos rêves à venir aussi.

Marie-Berthe était une rêveuse, ses amies savaient qu'elle arrivait à concrétiser ses désirs. Des trois, Angèle était la plus sage. Un brin conformiste, elle était plutôt pondérée. Cependant, elle démontrait une ouverture d'esprit qui surprenait de plus en plus ses amies. Quant à Marianne, ses amies savaient fort bien que son besoin de s'affranchir déplaisait à son frère. Intérieurement, chacune se demandait comment se déroulerait le premier souper de l'année chez ce dernier, pour la plus jeune de leur trio.

Après cette merveilleuse soirée, Marianne s'endormit sitôt la tête posée sur l'oreiller. Sylvain l'avait déposée à son appartement avant de regagner sa maison de pension. Cependant, l'endormissement rapide n'était pas le gage d'une bonne nuit. Elle se réveilla toutes les heures. À trois heures, elle se prépara un lait chaud. À quatre heures quinze, elle lut quelques lignes d'un roman, les recommençant en boucle parce que son esprit dérivait. À cinq heures trente, elle se rendit à la salle de bain, elle entendait déjà de l'animation dans l'appartement d'à côté. Sa nouvelle voisine, une jeune fille de son âge, travaillait comme infirmière à l'unité d'obstétrique de l'hôpital et se préparait à partir pour le boulot. Marianne finit par s'endormir au son du percolateur qui émettait son bruit régulier à travers les murs, s'accélérant en crescendo. Le cadran indiquait dix heures dix quand elle se leva pour de bon.

Le bouillon d'émotions qui l'avait tenue éveillée ne s'était pas dissipé. Marianne sentait un vague à l'âme la gagner, et de l'animosité envers Edmond pour son attitude cavalière de la veille: elle le rendait responsable de son humeur maussade.

La jeune femme s'ennuyait de sa famille. Cette année, elle convint de se rendre à Saint-Vincent-de-Paul durant le congé de Pâques avec Sylvain. Sa mère lui manquait, une femme à la voix trop douce, si douce que personne ne l'écoutait, à l'exception de sa fille cadette. Aux yeux de son frère aîné, Marianne n'avait pas la vertu de sa sœur Éva, cloîtrée dans un couvent depuis dix ans. Aux yeux de son père, elle n'avait pas le sens du devoir de Marthe, sa sœur aînée qui trimait dur sur la ferme de son mari, tout en s'occupant de leurs huit enfants. Quant à ses trois frères, ils menaient tous une vie pouvant servir d'exemples. Le cadet des garçons travaillait dans une caisse populaire à Laval, ce dernier était le plus proche de Marianne. Trois ans les séparaient, pourtant, il avait toujours veillé sur elle à la façon d'un grand frère, surtout en raison de leurs affinités. Bruno restait le complice de ses jeux d'enfant, le confident de son adolescence et son plus grand soutien quand elle avait quitté son patelin. Il avait enseigné des notions de tenue de livres à leur mère. Depuis, celle-ci effectuait la comptabilité du commerce familial. «J'aimerais tellement me retrouver au souper de maman ce soir, plutôt qu'à celui chez Edmond», songea Marianne en avalant un verre de jus d'orange.

CHAPITRE 13

La première journée de l'année 1960 avait débuté par une légère neige. Les flocons scintillants valsaient doucement avant d'atteindre le sol pour l'illuminer. Autour de midi, le soleil était réapparu en même temps que Sylvain dans l'appartement de Marianne. Anne-Marie, l'aînée d'Angèle, l'accompagnait. La fillette fêterait bientôt ses dix ans, elle adorait patiner, et sa présence préservait la réputation de l'enseignante puisqu'elle la chaperonnait. En se levant, Marianne avait cuisiné des muffins.

— Oh ! Ça sent bon, mademoiselle Théberge ! lança Anne-Marie en entrant dans la pièce.

— C'est pour quand nous reviendrons, répondit Marianne en remontant la fermeture éclair de son anorak. Le thermomètre de la fenêtre indique un beau dix degrés Fahrenheit, un temps parfait pour aller patiner.

— Bonjour chère Marianne, dit Sylvain. Je vois que tu nous attendais ! Donne-moi tes patins.

En gentleman, Sylvain portait à cheval sur ses épaules les patins de Marianne et ceux d'Anne-Marie, tenant les siens dans l'autre main. Dans la rue, Anne-Marie prit le bras de l'institutrice, comme elle le faisait dans la cour de récréation. La neige craquait sous leurs pas. Ils marchaient sur la rue Joliet. En passant devant la maison de Marie-Berthe, ils lancèrent tous ensemble: «Bonne année, les garçons!» à Pierre et Jacques, qui construisaient un fort en creusant un énorme trou dans la montagne formée par le remblai de la gratte.

En cinq minutes, ils avaient descendu l'abrupte côte qui menait à la patinoire extérieure des loisirs, une glace artificielle fabriquée par-dessus le court de tennis. La musique résonnait dans le haut-parleur et rythmait la cadence de la dizaine de patineurs qui glissaient sur la surface glacée. Dans la cabane surchauffée, un groupe d'adolescents laçaient rapidement leurs patins, chacun se mettant au défi d'arriver le premier sur la patinoire.

Anne-Marie les imita et retrouva une amie déjà sur la glace. Les deux filles patinèrent en se tenant par la main. Sylvain enlaça la taille de Marianne de son bras droit et, de l'autre, il lui soutint le bras en extension. Ainsi accroché, le couple atteignit une bonne vitesse de glisse. Les amoureux valsaient sur les airs du *Danube bleu*, contournant habilement les autres patineurs. Pendant l'heure suivante, le crissement des lames et les cris joyeux des patineurs les plongèrent dans le bonheur tout simple d'un plaisir partagé. Appuyée sur la bande de la patinoire pour reprendre son souffle, Marianne observait la buée s'échapper des lèvres de Sylvain.

— Je me sens si légère à glisser comme ça, accrochée à toi! Ça me fait oublier ma nuit de tourniquet.

— Tu appréhendes le souper de famille, n'est-ce pas?

— Sylvain, c'est notre premier repas ensemble chez lui. Il est parti de façon tellement cavalière hier soir! Je me demande comment ça va se passer.

— En tout cas, j'ai l'intention de vivre une soirée agréable avec toi. Allez, viens, encore quelques tours avant de repartir !

En retournant chez Marianne, Anne-Marie et sa compagne suivaient le couple, les joues rosies par le froid. Une fois à l'intérieur, Marianne prépara un chocolat chaud pour accompagner les muffins. Elle déposa aussi un bol de jujubes sur la table.

— Servez-vous ! dit-elle. Je sais que vous aimez ça. C'est le jour de l'An, toutes les gâteries sont permises.

Les filles jacassaient joyeusement, contentes du privilège d'être invitées chez la plus gentille des enseignantes de l'école. Insouciantes, elles étiraient le temps. Sylvain proposa de les raccompagner en fin d'après-midi, en précisant à Marianne qu'il reviendrait la chercher en voiture une heure plus tard. Avant d'ouvrir la porte, il lui effleura doucement les joues de ses lèvres. Les deux filles échangèrent un regard à la fois surpris et complice devant ce geste d'intimité posé en leur présence. Ces deux amies cultivaient les secrets. Elles venaient d'en récolter un de grande valeur, une information à consigner dans leur journal intime respectif, et ce qui était écrit dans les pages de leur petit carnet à cadenas n'en sortait pas.

La noirceur couvrait la ville quand les enfants d'Edmond accueillirent Marianne et son amoureux avec de grandes acclamations. Ils adoraient leur tante, elle était incomparable pour emprunter de multiples voix quand elle lisait des histoires. Pour Noël, elle leur avait offert un jeu de *Parcheesi*; aujourd'hui, elle sortit d'un grand sac un livre pour chacun de ses trois neveux.

La table de la salle à manger était dressée avec la vaisselle des grands jours. L'odeur de la dinde rôtie embaumait la maison. Sylvain accepta le martini servi par Edmond, Marianne préféra le verre de vin offert par sa belle-sœur. Celle-ci s'éclipsa aussitôt dans la cuisine pour terminer les préparatifs du repas. Les hommes parlaient travail tandis que Marianne discutait joyeusement avec les enfants.

À partir du moment où l'on passa dans la salle à manger réservée aux occasions spéciales, l'atmosphère devint plus guindée que lors des repas pris dans la cuisine. Un protocole implicite était lié à cette pièce. Si les enfants bavardaient allègrement autour de la table de la cuisine, dans la salle à manger, les discussions sérieuses des adultes avaient préséance. Les jeunes restaient des spectateurs silencieux. Debout, d'un air solennel, tenant dans ses mains le gros couteau et la fourchette, avant même de commencer à dépecer la dinde, Edmond demanda nonchalamment:

— Sylvain, quelle est donc cette grande nouvelle dont tu parlais hier soir? Tu avais l'air bien pressé de l'annoncer.

— Ben voyons, Edmond, répondit son épouse avec entrain. Regarde la nouvelle bague de Marianne!

Sylvain prit la main de son amoureuse et la regarda en souriant. La bague de fiançailles ne pouvait passer inaperçue. Il sentait la main de la jeune femme légèrement moite dans la sienne, signe qu'elle était anxieuse.

— Marianne et moi, nous allons nous marier au cours de l'année, et…

— Tu as fait la grande demande à mon père? le coupa Edmond.

— Cette façon de faire est un peu dépassée, répondit Sylvain avec un grand calme. C'est à Marianne de décider et c'est à elle que j'ai présenté ma demande. Tes parents savent que nos fréquentations sont devenues sérieuses et que les fiançailles sont prévues.

— Ils sont au courant de notre projet, confirma Marianne.

— Dis, tante Marianne, on va y aller, nous aussi, à ton mariage ? demanda l'aîné des enfants, du haut de ses neuf ans.

— Comment ils prennent ça, les parents, que tu te maries ? ajouta Edmond, sans laisser à sa sœur le temps de répondre à l'enfant. J'espère au moins que ce n'est pas un mariage obligé.

À cette remarque, Marianne se crispa. La main ferme de Sylvain enserrant doucement la sienne l'aida à respirer calmement.

— Maman, si on va au mariage, demanda la fillette de huit ans, je veux avoir une belle robe neuve.

— Les enfants, plus un mot ! s'impatienta Edmond. Marianne, tu te vois à l'église de la paroisse ? Tu as pensé aux commérages ?

— Enfin... Edmond, répondit Marianne, la voix tremblante, pensais-tu que je resterais vieille fille ou que je rentrerais chez les sœurs ?

— Ça aurait été mieux, rétorqua son frère en remuant ses ustensiles de dépeçage pour commencer à couper des morceaux de volaille.

— Marianne chérie, dit gentiment Sylvain, tu souhaites vraiment cette atmosphère pour le premier souper de l'année ?

La jeune femme avait les yeux remplis d'eau. Elle appréhendait ce repas, mais jamais elle n'aurait imaginé que le souper se déroulerait de cette façon. Pas en présence des enfants. Incapable de prononcer un seul mot, elle fit simplement non de la tête. S'adressant à elle, Sylvain reprit :

— Eh bien, il est préférable qu'on parte. Moi non plus, je ne veux pas de ce climat pour un repas du jour de l'An.

Puis, il se leva, en entraînant Marianne vers la sortie. Ils laissèrent derrière eux un Edmond ahuri, tenant toujours le couteau dans ses mains, des enfants à la mine déconfite devant les larmes de leur tante et une belle-sœur indignée qu'on fasse ainsi faux bond au repas qu'elle avait préparé avec tant de soin. Sylvain aida Marianne à endosser son manteau. Ensuite, il adressa un sourire aux enfants et salua les adultes dans une froide politesse.

Aussitôt dans la voiture, il démarra le moteur. Quitter au plus vite cette maison remplie d'idées hermétiques ! Il jeta un regard furtif vers le siège du passager et vit les larmes couler sur les joues de Marianne. Intérieurement, il rageait contre Edmond. Alors, il prit la direction du quai, où il immobilisa le véhicule. Avec douceur, il entoura les épaules de Marianne, trouvant qu'elle ne méritait pas cela. Il trouvait déplorable l'attitude d'Edmond, il avait gâché ce moment, une fois de plus. Lentement, les larmes de la jeune femme séchèrent, puis Marianne redressa la tête.

— Sylvain, j'ai si honte ! Et j'ai de la peine pour les enfants, ils se faisaient une telle joie de cette soirée. Mais avec toi, je me sens protégée devant ce qui est menaçant. Tu as du cran, jamais je n'aurais osé m'en aller comme ça, mais si tu savais comme j'en suis soulagée ! Chéri, je t'aime tant !

— Moi aussi, Marianne chérie !

— Merci de m'avoir amenée avec toi pour partir, c'était insupportable !

— Même en essayant d'assainir l'atmosphère, ce repas avait mal débuté. Rester aurait donné raison à Edmond. J'aurais eu l'impression de lui lécher les bottes. C'est seulement ton frère aîné, est-ce que tu as absolument besoin d'avoir son consentement ?

— Son attitude me déçoit, mais ne me surprend pas. Il pense encore que je lui dois respect parce qu'il m'a accueillie et qu'il est l'aîné de la famille. Il faut dire et penser comme lui pour avoir son respect. Mais moi, Sylvain, je crois que le respect, ça ne vient pas avec un titre, ça se mérite.

—Je suis heureux d'entendre ça. Qu'est-ce que tu souhaiterais qu'on fasse là, maintenant? C'est la soirée du Premier de l'an et je ne voudrais pas la passer dans une atmosphère de tristesse, surtout pas cette année!

—J'aimerais me retrouver dans un endroit où on se sentirait à l'aise et bien. J'aurais envie de rire et de fêter.

— Les restaurants sont fermés et ceux qui sont ouverts affichent complet. Mais j'ai une petite idée d'un endroit, fit Sylvain, espiègle.

— Moi aussi! Je ne sais pas si on pense à la même chose..., termina Marianne, curieuse.

Vingt minutes plus tard, le couple se présentait chez Angèle et Adrien. La nuit précédente, en quittant le Community, Angèle avait glissé un mot à Sylvain sur cette soirée qu'elle organisait: ils seraient ravis de recevoir des amis pour la soirée pendant que les enfants s'amuseraient avec les étrennes qu'ils avaient reçues à Noël.

Durant la soirée, Marianne tentait de faire bonne figure: elle souriait et répondait aux gens quand on s'adressait à elle, mais Angèle lui trouvait un air absent qui ne lui ressemblait pas. Deux couples du voisinage étaient présents. Marianne connaissait ces parents d'écoliers, sans plus. En traversant la cuisine, elle jeta un œil sur les traces d'un buffet. Les plats étaient regroupés à un bout du comptoir. Assise sur le grand sofa du salon en compagnie des autres dames, elle écoutait la conversation qui tournait autour de la nouvelle mode, d'échange de recettes et des fanfaronnades des enfants. Sylvain avait rejoint les hommes regroupés au sous-sol avec les jeunes pour un tournoi de ping-pong. Vers neuf heures trente, le papotage des femmes fut interrompu par l'arrivée de la bande d'enfants, suivis des hommes. Excitée, Anne-Marie clamait sa victoire.

— T'es plus vieille que moi, boudait son frère Roger, c'est pas juste !

— Seulement d'un an ! répliqua sa sœur. En plus, t'es un gars, ça te donnait un avantage.

— L'âge, ça compte pas, avança le petit voisin de douze ans. Moi, j'ai battu monsieur Gagnon.

— Les adultes, ça compte pas, répliqua timidement une fillette de huit ans. Le plus souvent, ils nous laissent gagner. Mon père, y fait semblant de se tromper quand il joue avec nous.

— Bon ! Il commence à être tard, annonça une voisine. Je crois qu'on va y aller. Les enfants, allez chercher vos manteaux.

Moins d'une demi-heure plus tard, la maison retrouvait son calme. Anne-Marie lisait dans son lit, les quatre autres enfants dormaient en souriant aux anges. Assis côte à côte dans le séjour ouvert sur la grande cuisine, Marianne et Sylvain restaient les seuls à prolonger la soirée avec leurs amis. Adrien déposa son microsillon de Boston Pop sur le tourne-disque sans glisser le bras vers la tige centrale ; ainsi, le vinyle jouerait en boucle. Angèle apporta un plateau de verres de crème de menthe.

— Merci, Angèle, dit Sylvain en déposant aussitôt son verre sur la table de centre. S'il te reste de ces sandwiches que j'ai vus, j'en prendrais bien. J'aimerais mieux me mettre quelque chose dans l'estomac avant de prendre du fort.

— T'as déjà digéré ton souper ? demanda Adrien en riant pour le taquiner.

— On n'a pas soupé, répondit Marianne d'une voix éteinte, on est partis avant le repas.

Puis, elle éclata en sanglots.

— Je me doutais bien que quelque chose ne tournait pas rond, dit Angèle. Passez à la table, on sera plus à l'aise. Je vous prépare une assiette.

Pendant qu'elle garnissait une assiette pour Sylvain et réchauffait de la soupe pour Marianne, Adrien prépara du thé et un plateau rempli de petites bouchées sucrées. Puis, il disposa des napperons et des ustensiles sur la table. La musique du temps des Fêtes avait allégé le cœur de Marianne. Ou bien était-ce la sollicitude de leurs amis ? Ni Angèle ni Adrien ne questionnaient le couple sur ce qui s'était passé. Ils laissaient les nouveaux fiancés manger tranquillement. Marianne brisa la glace.

— Je me rends compte qu'Edmond est quelqu'un qui n'arrive pas à se réjouir du bonheur des autres. Il a toujours trouvé moyen de mettre un peu de fiel quand quelqu'un annonce une bonne nouvelle. Depuis presque cinq ans, il n'arrête pas de me remettre une faute sous le nez. Ça devient insupportable ! Chaque fois, il réussit à me faire sentir minable.

— Est-ce que tu as l'impression d'avoir une dette envers lui parce qu'il t'a ouvert sa porte ? demanda doucement Angèle. Se sentir en dette envers quelqu'un trace un fil invisible, mais qui n'en demeure pas moins dangereux.

— Comme un fil de pêche, ajouta Adrien, quoiqu'il n'avait aucune idée de la faute dont parlait Marianne. Il est là, tu ne le vois pas, mais il peut couper sans bon sens.

Marianne regarda son amie, qui fit discrètement un signe négatif de la tête : elle n'avait pas raconté son histoire à son mari. Cependant, la comparaison d'Adrien avait produit un effet qui l'apaisa. Invisible, mais présent. « Alors, comment arriver à déjouer ce piège ? » pensa-t-elle avant de reprendre :

— Je ne peux pas dire que je me sens en dette envers lui. Je suis restée peu longtemps dans sa maison, et je dois avouer que ma présence lui a été très utile. Je suis quitte de ce côté-là. C'est surtout que la famille, ça demeure important. N'a-t-on pas des responsabilités les uns envers les autres ?

— Très juste, enchaîna Sylvain. Et ça inclut le soutien et le respect. D'après ce que j'ai vu dans son attitude, il ne connaît pas le sens de ces valeurs.

Angèle débarrassa la table et proposa à ses amis de passer dans le séjour. Adrien en profita pour changer de vinyle. Le seul éclairage de la pièce venait du sapin, avec ses lumières multicolores. Marianne regardait la crèche avec son Enfant Jésus déposé sur de la vraie paille. À travers le village de maisons cartonnées, elle reconnaissait les petits moutons de laine comme ceux qu'elle avait bricolés à l'école avec les enfants.

— Où est-ce que vous voulez vous marier ? demanda Adrien, qui cherchait à faire diversion en prenant son verre de crème de menthe laissé sur la table.

— On en a discuté, répondit Marianne. Notre mariage se déroulera ici, dans cette ville.

— La construction de la nouvelle cathédrale devrait être finie au printemps. Vous serez sûrement parmi les premiers à vous marier là, ajouta Angèle.

Sylvain était assis près de Marianne. Soudainement, il lui prit la main et se tourna vers elle.

— Marianne, c'est vrai qu'on en a parlé, mais si tu crois que ton père préférerait te conduire à l'autel de la paroisse où tu as grandi, il n'est pas trop tard pour s'ajuster.

— Non, Sylvain, c'est ici que je veux me marier.

Marianne avait toujours maintenu ce choix. Après un bref silence, elle ajouta :

— J'avoue que je trouve lourd, et même très lourd de maintenir un lien familial qui mine ma confiance. Je parle bien sûr d'Edmond.

— Et qu'est-ce qui t'oblige à le maintenir ? demanda Adrien.

— Bien... l'esprit de famille. Il est ma seule parenté dans le coin.

— Rien ne te force à subir ça, ajouta Angèle.

Marianne était surprise des propos tenus par ce couple d'amis, eux pour qui la famille compte tant. Si elle coupait tout contact avec Edmond, Dieu sait comment il rapporterait cette désertion aux parents ! Sa mère en aurait le cœur brisé. Et que vaudrait sa propre version aux yeux de son père ? Par ailleurs, elle souhaitait continuer de voir ses neveux, les enfants occupaient une grande place dans son cœur. Angèle interrompit ses réflexions.

— Hier soir, je dois dire que j'ai trouvé Edmond charmant au cours de la soirée, si on oublie son départ précipité. On dirait qu'il devient un autre homme quand il est avec sa petite sœur.

— C'est vrai, ça, confirma Adrien. Je le trouvais même sympathique.

— Marianne, voilà la solution ! s'exclama Sylvain.

Marianne ne voyait pas ce que ses proches voulaient dire.

Aux yeux de ses amis, Edmond était quelqu'un de bien, alors qu'il se comportait presque en dictateur avec elle.

— Je comprends que tu hésites à couper le lien avec ton frère, reprit Sylvain, et on va le maintenir parce que je sais que tu veux ménager tes parents, en évitant une brouille ouverte. L'an prochain, on sera chez nous, et on va prendre l'initiative du souper du Premier de l'an avec Edmond, mais il ne sera pas le seul invité.

— Mais qui d'autre on va inviter ? demanda Marianne. On n'a pas de famille dans la région, ni l'un ni l'autre.

— On peut recevoir la visite de membres de nos familles, sinon, on invitera des amis à se joindre à nous, précisa Sylvain avec tendresse.

— Oui, pourquoi pas ?

Marianne était libérée. Elle n'avait jamais remarqué qu'Edmond ne s'amusait pas à la picosser en présence des gens. Sylvain était prêt à changer la tradition familiale du jour de l'An pour la soulager du poids de sa relation avec Edmond. Avec Sylvain à ses côtés, la petite fille qu'elle demeurait en présence de son frère allait apprendre à grandir et à s'affirmer.

Il était presque deux heures du matin quand Marianne et Sylvain quittèrent la maison de la rue de Puyjalon. Le jeune homme reconduisit à son appartement une jeune fille émue, apaisée et rassurée. Il déposa sur ses lèvres un baiser rempli de tendresse, en espérant lui insuffler l'amour et la protection dont il voulait l'envelopper.

CHAPITRE 14

Sylvain avait proposé à Marianne de faire le voyage chez ses parents pour officialiser leurs fiançailles. En avion, le trajet vers la région de Montréal devenait beaucoup plus facile, même en plein cœur de l'hiver. Le lendemain de la soirée avortée chez Edmond, Sylvain avait fait un détour par l'aéroport pour acheter des billets. Et ils étaient partis le jour suivant.

Sylvain avait rencontré les parents de Marianne au cours de l'été précédent. Avec son allure de gentleman, il avait rapidement conquis l'estime de sa future belle-mère et la confiance de monsieur Théberge. Son attitude à la fois réservée et avenante inspirait le respect. Après le bénédicité, Marianne avait aidé sa mère à servir le potage pendant que les hommes amorçaient une conversation sur le travail de l'un et de l'autre. La jeune femme avait observé son père du coin de l'œil et son cœur s'était apaisé. Sylvain lui avait plu ! La discussion entre les deux hommes avait été fort joviale et animée.

Dès la descente de l'avion, Sylvain avait loué une voiture. Ils étaient arrivés pour le dîner. Sylvain apportait des chocolats pour la dame de la maison et une bouteille de brandy pour le père de Marianne. Le repas du soir rassemblerait presque toute la famille, mais pour l'heure, le jeune couple se trouvait seul avec les parents Théberge. « Un repas tout simple », avait précisé la mère de Marianne. Toutefois, cette femme cuisinait abondamment pour les réjouissances de fin d'année et jamais elle n'était prise au dépourvu quand des visiteurs s'annonçaient. La table était bien garnie et joliment décorée.

Marianne apporta le gâteau de la cuisine et le plaça au centre de la table, tandis que sa mère déposait les assiettes à dessert, les tasses et les soucoupes près de chaque convive. Après un regard à sa fiancée, Sylvain choisit ce moment pour porter un toast. En se levant, il déclama à ses beaux-parents le mot qu'il avait préparé. Marianne avait la gorge nouée par l'émotion, sa mère laissa couler une larme tant elle était touchée et son père… eh bien, il écouta attentivement sans laisser son visage traduire le fond de sa pensée. Sylvain se rassit en prenant la main de Marianne. Plongeant ses yeux dans ceux de monsieur Théberge, il ajouta :

— Même si Marianne vous a annoncé notre projet de mariage par téléphone, je tenais à faire les choses officiellement avec vous deux. J'aime votre fille d'un amour noble et sincère. Quand des sentiments sérieux ont pris naissance entre nous, elle a démontré beaucoup de courage, d'honnêteté et de loyauté pour me raconter ce qui l'avait amenée sur la Côte-Nord. Cette attitude a fait monter d'un cran le respect, l'admiration et l'amour que j'éprouvais déjà pour elle. La vie, notre avenir, il se trouve en avant de nous, pas derrière. En plus, ce que je vais vous dire risque de vous choquer, mais personnellement, je crois qu'un acte motivé par un amour sincère n'est pas un péché.

Madame Théberge laissa échapper un hoquet, puis elle retint son souffle. Marianne cherchait à déchiffrer le regard qu'échangeaient les deux hommes. À ce moment, le téléphone sonna. Marianne était certaine qu'il s'agissait d'Edmond, il appelait ses parents tous les dimanches midi. L'appareil se trouvait dans la cuisine ; de la salle à manger, les convives ne perdaient rien de la conversation. Le père de Marianne répondit.

— Ça va bien, Edmond, ça va toujours pareil depuis qu'on s'est parlé au jour de l'An, pour moi pis ta mère, en tout cas. Marianne pis son fiancé dînent avec nous.

Le silence indiquait qu'Edmond parlait.

— T'es ben vieux jeu, mon gars ! Marianne est une bonne fille, elle a le droit d'être heureuse !

L'horloge grand-père qui sonnait la demie accompagna un nouveau silence. Marianne entendait son cœur battre à ses tempes, elle voyait un sourire de malaise se dessiner sur les lèvres de sa mère, elle sentait la main chaude de Sylvain sur la sienne. « Quel homme calme, rassurant et confiant ! Si seulement il pouvait m'insuffler un peu d'apaisement. »

— R'viens-en, Edmond ! Ils se marieront bien où ils voudront, pis ça va me faire plaisir de mener ma fille à l'autel, même si c'est dans un gymnase d'école à Hauterive. Ça va me donner l'occasion d'aller voir ça, la Côte-Nord. Bon, j'vas te laisser, on était rendus à prendre le dessert, ta mère a fait son gâteau au chocolat. Bonne semaine pis embrasse ta femme pis les p'tits de not' part.

Sylvain sentit Marianne se détendre en même temps que le bruit sec de l'appareil remis sur son socle. Avec l'humeur joyeuse, monsieur Théberge reprit place à la table.

— On le mange ce dessert ? Comme ça, ma fille, vous voulez vous marier là-bas ?

— Oui, c'est à ça qu'on a pensé, on n'a pas encore eu l'occasion de vous parler des détails, répondit Marianne.

— D'habitude, les mariages sont célébrés dans la paroisse de la mariée, répliqua sa mère.

— Je sais, maman, mais je préfère que ce soit dans ma nouvelle ville, je pense que c'est mieux. Comme ça, papa, tu viendrais à Hauterive ? Si tu savais comme ça me fait plaisir !

— C'est sûr qu'on irait, c'est le temps que ta mère et moi, on voie un peu de pays ! Maintenant que j'ai un employé fiable, je peux me permettre de laisser le garage quelques jours.

— Soyez certain d'une chose, monsieur Théberge, continua Sylvain, notre mariage ne sera pas célébré dans un gymnase, comme le sont toutes les cérémonies religieuses depuis que le feu a détruit la petite église de la ville. La construction de la cathédrale se terminera au printemps ; nous avons choisi la date du 30 juillet.

— Bien content de t'avoir dans la famille, jeune homme ! trinqua le père de Marianne en levant son verre de vin.

Le reste de la journée se déroula dans une joie exubérante. Les membres de la famille avaient discuté des détails du mariage, de la famille de Sylvain, des projets de développement d'Hydro-Québec, de la construction d'une maison qui débuterait au printemps, de l'expansion de la région, et... des relations tendues entre Marianne et Edmond.

Au milieu de l'après-midi, Bruno arriva avec une amie. Pour Sylvain, il s'agissait d'un premier contact avec les autres membres de la famille Théberge. Il fut ravi de voir la complicité de Marianne avec ce frère. Les deux hommes avaient beaucoup en commun. Juste à temps pour le souper, Marthe et son mari firent irruption dans la maison familiale. Sylvain tomba sous le charme de ce couple de joyeux lurons. Quant à Guy, le troisième frère de Marianne, il passait quelques jours dans la famille de sa femme à Trois-Rivières. Jusqu'à maintenant, Sylvain trouvait qu'Edmond faisait bande à part dans cette famille, et il s'en réjouissait.

Pendant le vol de retour, Marianne se sentait en état d'apesanteur à travers les nuages que franchissait l'avion. Tout s'était si bien passé. Elle ne laisserait plus jamais Edmond dessiner de l'ombrage sur son bonheur, quitte à prendre une distance protectrice.

ENRACINEMENT:
DES RACINES SE DÉPLOIENT

CHAPITRE 15

Le début de l'hiver qui avait suivi n'avait pas donné grand répit à Angèle. Les trois aînés avaient eu la rougeole, l'un après l'autre. Les maintenir en isolement et les soigner sans négliger les plus jeunes avaient épuisé ses réserves. Janvier avait été le mois le plus long de son existence, marqué par l'inquiétude et l'insomnie. C'est seulement en février, alors que la vie de la maisonnée avait retrouvé sa routine habituelle, qu'Angèle avait pu reprendre la chorale et sortir sa machine à coudre. Elle avait une tenue de noce à confectionner.

Au cours du printemps, une soirée protocolaire avait eu lieu pour souligner le dixième anniversaire de la ville. Un discours du maire avait largement encensé l'implication des « gens de la première heure » qui avaient contribué à la croissance rapide de la ville. Comme d'autres commerçants, et des citoyens venant des milieux scolaire et hospitalier, Benoit et Marie-Berthe avaient reçu une lettre de reconnaissance pour leur implication dans cet essor. Quand il avait demandé à lire la lettre lors d'une visite à

Pâques, ému, monsieur Fortin avait fait une accolade à son fils en lui disant :

— Mon Benoit, je suis bien content que ça ait marché pour toi. Je vois bien que tu es heureux ici. Finalement, c'est ça qui compte !

La date du mariage était fixée, la salle de réception réservée au Manoir de Baie-Comeau et la liste des invités complétée. Durant la semaine après Pâques, Marianne et Sylvain prévoyaient se rendre à l'Imprimerie Côté pour sélectionner le modèle de leurs cartes d'invitation. Marianne avait sélectionné sa robe en suivant les conseils de madame Harris, la propriétaire du magasin, en fait, la copropriétaire, avec son mari, qu'on voyait du côté de la mercerie pour hommes. Elle était enchantée de son choix.

Début d'avril, Marianne s'attardait dans sa classe à corriger la dernière dictée de ses élèves. Elle était impatiente de revoir Sylvain, qui revenait à la fin de la journée. Il avait assisté à une série de réunions importantes à Montréal et ce matin, il devait partir de Québec, après une escale chez sa tante qui l'avait recueilli après le décès de sa mère. Le travail devenait la meilleure façon de contrer la fébrilité qui gagnait la jeune femme. Le concierge faisait le ménage dans le coin, tandis que Marianne respirait cette odeur qu'elle adorait, une senteur particulière et qu'on trouvait uniquement dans une école : celle des granules vertes répandues sur le plancher avant qu'on y passe la vadrouille.

Les journées allongeaient. Par la fenêtre, l'enseignante voyait les bancs de neige qui fondaient tranquillement. En janvier, elle ne pouvait même pas apercevoir les maisons de l'autre côté de la rue, alors que maintenant, elles réapparaissaient dans son champ de vision. Sylvain arriverait bientôt. Il était convenu qu'il vienne la chercher dans sa classe. De là, ils feraient un détour, Sylvain voulant lui montrer l'emplacement de leur future maison et lui montrer l'ébauche des plans pendant le souper. L'émotion submergeait Marianne à l'idée d'imaginer leur futur nid. Pour le moment, elle devait passer à travers la pile de cahiers. Elle ouvrit sa boîte de petites étoiles multicolores, chercha son stylo rouge, puis commença à parcourir les dictées de la journée.

À cinq heures, Marianne avait fini ses corrections, terminé le questionnaire pour l'examen de la semaine suivante et mis le point final à l'ébauche de ses cours. Elle avait déposé son carnet de préparation sur le bureau de la sœur supérieure et regroupé le matériel pour le bricolage du vendredi avec les enfants. L'école fermerait bientôt. Sylvain tardait, il avait dû rouler plus lentement, en raison des conditions de la route, qui devaient être difficiles avec les caprices de la météo. En effet, depuis le matin, une lourde neige à la limite de la pluie devait rendre la chaussée glissante, en plus de la gadoue qui s'accumulait. Elle revêtit son manteau et chaussa ses bottes avant de sortir et de marcher jusqu'à son appartement. Sitôt qu'elle avait appris que Marianne se mariait, une autre enseignante l'avait déjà réservé pour la mi-août. Sylvain viendrait sûrement la retrouver là. Il savait qu'après cinq heures, les portes de l'école seraient verrouillées.

À six heures trente, elle n'avait toujours pas de nouvelles de Sylvain. Comme ils devaient manger au restaurant, Marianne n'avait rien préparé pour le repas ; aussi, elle se contenta d'un bol de céréales, qu'elle grignota du bout des lèvres. À mesure que les minutes s'égrenaient, une impression de déjà vécu s'immisçait en elle. Le doute se glissa dans son esprit, ainsi que la peur d'être à nouveau abandonnée. « Seul dans sa chambre d'hôtel, Sylvain a dû avoir le temps de réfléchir, la tête froide. Peut-être que de se retrouver loin de moi lui permet d'envisager l'avenir autrement. Et s'il avait changé d'idée et qu'il hésitait à s'engager avec moi ? S'il avait accepté un poste dans les bureaux d'Hydro à Montréal, au lieu de travailler sur le terrain pour les travaux sur la Manicouagan ? S'il avait eu un accident ? » Marianne n'arrivait pas à freiner l'emballement de son esprit. Elle devait faire quelque chose, se mettre en action plutôt que de tourner en rond comme une souris dans une cage. Elle savait qu'Angèle prévoyait une soirée au cinéma avec Adrien. « J'espère que Marie-Berthe est disponible », pensa-t-elle, en saisissant l'appareil téléphonique.

— Maman est au magasin, répondit Pierre, dont la voix venait de muer. Elle voulait faire sa comptabilité ou préparer des commandes, je ne sais plus trop. Elle a dit qu'elle serait ici vers huit heures.

« Devrais-je lui téléphoner ou me rendre directement au magasin ? Les portes vont sûrement être fermées », songea Marianne. Puis, sans plus hésiter, elle composa le numéro. Son amie répondit dès la première sonnerie.

— Au Bambino, bonjour !

— Marie-Berthe, c'est moi. Je sais que tu as du travail, mais penses-tu que je pourrais aller te rejoindre ?

— Toi, au ton de ta voix, il doit y avoir quelque chose qui te turlupine. Viens, je débarre la porte du magasin. D'ici à ce que tu arrives, j'aurai fini mes commandes.

Marie-Berthe donna un coup de fil à la maison pour avertir les siens qu'elle rentrerait plus tard que prévu. Les trois garçons travaillaient dans leurs livres, sur la table de la cuisine. Martine venait de finir de donner le bain à bébé France, et elle s'apprêtait à la mettre au lit. Chantale voulait parler à sa maman, la fillette tenait à annoncer elle-même sa grande nouvelle : l'une de ses dents branlait.

Le temps que dura cet appel, de ranger son bureau et de se rendre à l'avant du magasin, et Marianne se pointait. « Elle a dû courir pour arriver en si peu de temps », pensa Marie-Berthe en ouvrant la porte à une jeune femme tout essoufflée.

— J'en ai fini ici. Si on allait au restaurant pour prendre un thé ? On pourrait s'installer tout près de l'estrade des musiciens, on y serait tranquilles.

Les deux femmes descendirent vers le restaurant. Quand elle la vit, la serveuse informa Marie-Berthe que son mari venait tout juste de partir pour la maison.

— Je ne suis pas venue pour le voir, dit-elle gentiment. Deux thés, s'il vous plaît, avec des biscuits Thé social.

Les deux amies s'installèrent à une table à l'écart. Marianne parla aussitôt à cœur ouvert de son inquiétude, de toutes ces affabulations qui lui passaient par la tête. Marie-Berthe tentait de la réconforter.

— Il y a sûrement une bonne raison pour expliquer son absence. Tu n'as pas reçu de coup de fil ?

— Non, aucun signe.

— Il rencontrait des gens du ministère. Peut-être qu'on lui a proposé un souper d'affaires et qu'il a décidé de revenir demain.

— Il savait que je l'attendais à l'école. Marie-Berthe, j'ai peur qu'on m'abandonne une seconde fois !

Marianne sentait les larmes lui monter aux yeux. Marie-Berthe gardait le silence, car elle savait qu'aucune parole ne pourrait soulager son amie tant qu'elle n'aurait pas déversé ce trop-plein d'inquiétude. Elle se contentait d'être là, simplement. Savoir que l'autre est disponible vaut mieux qu'un babillage qui ne fait qu'alimenter la tension. Leur thé venait d'être servi quand la porte extérieure s'ouvrit toute grande. Un camionneur entrait en poussant un diable sur lequel trois boîtes étaient empilées.

— Pas moyen d'avoir de réponse à votre porte de livraison ? clama l'homme.

— On n'a pas l'habitude de recevoir des livraisons en soirée, répondit l'une des serveuses. Vous voulez qu'on aille vous ouvrir en arrière ?

— Non, maintenant que j'suis stationné en avant, aussi bien rentrer le stock par ici. Où je mets ça ?

Marie-Berthe regardait l'employée indiquer au nouveau venu où déposer son chargement. Un aide-cuisinier vint ramasser les boîtes au fur et à mesure, et les transporta à la cuisine. Du coin de l'œil, elle observait Marianne avaler de petites gorgées, les yeux dans le vague. Au bout de cinq allers-retours, l'homme accepta le café et la pointe de tarte qu'on lui offrait, et il s'assit à l'un des bancs du bar. Dans le silence du restaurant, la conversation parvenait jusqu'à la table des deux femmes.

— Saudite journée ! dit le camionneur après avoir avalé une première bouchée de tarte.

— Paraît qu'il y a eu du verglas, répondit le barman qui lavait des verres. Ici, il est tombé un peu de neige. Ça ne devait pas être facile sur la route. C'est pour ça que vous passez beaucoup plus tard que d'habitude ?

— Un peu de verglas, tu dis ! Tu sauras, mon jeune, que ça n'en prend pas beaucoup pour faire déraper une *van* chargée.

— Ça vous est arrivé ?

— Pas à moi, j'ai juste un camion-fourgon, mais j'étais pas loin en arrière. Dans un coin où y a pas un chat en plus. Tu connais ça, la côte à Hickey ?

— C'est dans le bout de Colombier, je pense ?

— C'est ça ! Est ben bonne, la tarte ! Tu penses que je pourrais en avoir un autre morceau ?

Le barman fit signe à la serveuse, qui traversa la porte à battants en direction de la cuisine. Dans le coin, les deux femmes n'avaient pas repris leur conversation, Marie-Berthe suivait les propos de l'homme installé au bar. D'habitude, c'est Benoit qui recevait les commandes. Elle constata que les employés s'organisaient bien, malgré son absence. Marianne semblait perdue dans ses pensées, les larmes silencieuses ne coulaient plus sur ses joues. Une idée traversa soudain l'esprit de Marie-Berthe : « Et si son Sylvain se trouvait là ? Immobilisé. » L'homme poursuivait son histoire.

— La *van* a dérapé dans la côte, et la remorque du camion s'est complètement retrouvée en travers du chemin. Tu parles d'un innocent ! Quand tu viens sur la Côte-Nord, tant qu'il y a encore des bancs de neige, tu devrais savoir que ça prend des chaînes après tes roues. La route a été barrée dans les deux sens. Rien à faire. Je peux-tu te dire que cette saudite journée-là va rester longtemps dans les annales ! Je voyais plus le bout de la file des autos qui s'allongeait des deux bords de la 15. Sept heures que j'suis resté bloqué, sept heures, presque une journée de travail. En plus, va falloir que je prenne une chambre à l'hôtel d'en face, pas question que je reprenne la route à l'heure qu'il est.

— Qu'est-ce que vous avez fait pendant tout ce temps ?

— Qu'est-ce que tu veux qu'on fasse, pogné de même au milieu de nulle part ? Je me suis promené un peu, j'ai jasé avec les chauffeurs aussi mal pris que moi. On n'avait pas de place pour manger ou aller aux toilettes, rien à faire d'autre que grelotter.

— Qu'est-ce qui a dépris la *van* ? Une remorque ?

— C'est un tracteur qui a fini par arriver. Il a réussi à dégager un côté de la route. La police laissait passer les autos d'un bord pis de l'autre à tour de rôle. C'était long, mais au moins, ça bougeait. Bon, faut que j'y aille, j'te dois combien ?

— On vous l'offre, vous l'avez bien mérité ! Mais j'y pense, vous n'avez pas soupé ?

— J'traîne toujours quelque chose à manger, des œufs durs, du fromage, des biscuits. Inquiète-toi pas pour moi, l'jeune. À la r'voyure !

Marie-Berthe se réjouissait de l'initiative du barman. Avec une telle journée, le livreur avait bien mérité sa double ration de tarte.

— Qu'est-ce que tu dirais si on terminait la soirée chez moi ? proposa Marie-Berthe.

Marianne lui fit un signe de tête, en guise d'assentiment. Les deux femmes s'apprêtaient à remettre leur manteau quand Benoit fit irruption en coup de vent dans le restaurant, avec Sylvain sur les talons.

— Ah ! Enfin, vous voilà ! s'écria Benoit, comme s'il venait de résoudre une énigme.

Sylvain se précipita à la table où étaient assises les deux femmes, et prit les mains de Marianne en la serrant dans ses bras.

— Tu es resté prisonnier dans le bouchon dans la côte à Hickey ? lui demanda Marie-Berthe.

— Oui ! Mais comment tu sais ça ?

— Oh ! Un pigeon voyageur est venu nous avertir, Marianne s'inquiétait.

Tout le monde s'esclaffa, même Marianne. De tous les scénarios qu'elle avait imaginés, aucun ne s'était produit. Benoit invita tout le monde à prendre un brandy à la maison.

Ils furent accueillis par les trois garçons qui étaient sur le point d'aller se coucher. Toutefois, en apprenant la raison de cette visite en plein milieu de semaine, ils tinrent à entendre le récit de Sylvain. Benoit prépara un feu dans le foyer, pendant que Marie-Berthe remplissait les verres.

— Je me trouvais dans le dernier tiers des voitures en direction est, commença Sylvain. Pas moyen d'avancer ! J'ai pensé rebrousser chemin pour aller téléphoner, mais c'était impossible. Le côté de la route devait rester dégagé pour le passage des véhicules de secours, d'une remorqueuse et de camions de sable.

— Il y avait combien d'autos prises comme toi ? demanda l'un des garçons.

— Je ne sais pas au juste, mais pas mal. On pouvait seulement sortir de l'auto pour se dégourdir un peu.

Sylvain démontra beaucoup de patience pour répondre aux questions de son jeune public. À dix heures trente, Marie-Berthe annonça la fin de la soirée.

— Allez, les garçons, au lit ! Vous avez assez veillé, il y a de l'école demain.

Marianne remercia chaleureusement son amie et la quitta, sereine, au bras de Sylvain. En la déposant à son appartement, ce dernier serra son amoureuse un long moment dans ses bras et l'embrassa tendrement.

— Tu comprends, Marianne, durant toutes ces longues heures, je savais que je manquerais notre rendez-vous, et je souhaitais très fort que tu ne penses pas que je t'avais oubliée ou que je te faisais faux bond. Au contraire, durant cette interminable attente, je réalisais toute la chance que j'avais d'avoir rencontré une femme telle que toi. Si tu savais comme je t'aime !

— Je t'aime très fort aussi, mais c'était plus fort que moi, l'inquiétude me grugeait ! Bonne nuit, mon amour ! Tu as besoin d'une bonne nuit de sommeil. Tu viens souper demain ? l'interrogea-t-elle.

— Bien sûr !

Le lendemain, le journal *Le Plein Jour* décrivit un embouteillage qui avait immobilisé cent cinquante véhicules pendant huit heures. Marianne passa sous silence que la peur d'un nouvel abandon avait meublé ces heures d'angoisse. Seulement Marie-Berthe avait vu poindre cette inquiétude. Cependant, cette dernière savait que Sylvain aimait profondément Marianne; aussi, elle croyait peu probable qu'il ait pu avoir une telle pensée.

Installées à une table du restaurant de Benoit, Marianne et Angèle examinaient le menu en attendant Marie-Berthe. Ni l'une ni l'autre n'avait l'habitude d'un souper au restaurant au milieu de la semaine, surtout en plein mois de mai. Marianne préparait la visite de l'inspecteur prévue dans quelques jours, Angèle achevait tout le barda occasionné par le grand ménage printanier et Marie-Berthe entrait dans la saison des mariages, son aide était continuellement requise pour choisir les vêtements de quelques bouquetières et de petits pages.

La répétition de chant avec le groupe commençait à sept heures, elles auraient amplement de temps pour jaser.

— Tu sais, dit Marianne, j'avais imaginé que pour mon mariage, j'irais choisir ma robe avec ma mère ou ma sœur. Qu'elles m'aideraient pour tous les préparatifs, choisir les fleurs, la coiffure, le trousseau de noce. Je leur en parle dans mes lettres ou quand je les appelle, mais ce n'est pas comme d'être avec elles. Le *shower* que Marie-Berthe et toi avez organisé m'a vraiment prise par surprise et tellement touchée !

La semaine précédente, pour essayer de lui faire oublier la distance qui l'éloignait de sa famille, Marie-Berthe et Angèle avaient organisé cette petite fête pour la future mariée. Elles avaient senti que Marianne aurait souhaité être plus près des femmes de sa famille pour préparer cet événement. Cette attention avait ému la fiancée au-delà de ce qu'elles avaient imaginé.

Marie-Berthe arriva avec une pile de magazines, qu'elle déposa sur un coin de la table avant de s'asseoir.

— Ouf ! Quelle journée ! Je pensais que madame Gauthier ne partirait jamais. Je plains sa fillette. Neuf robes qu'elle lui a fait essayer, avant d'arrêter son choix. Habille, déshabille, je me demande si cette petite va toujours se montrer aussi docile.

— L'obéissance est une qualité tellement valorisée, ajouta Marianne, surtout pour les petites filles. Sans prôner la désobéissance, on devrait leur apprendre à dire davantage ce qu'elles pensent, à exprimer leurs préférences et à donner leur avis. Comme cette petite fille, Marie-Berthe, est-ce qu'au moins elle a pu dire quelle robe elle préférait ?

Intuitivement, Marianne connaissait comment se construit la confiance chez un enfant. Régulièrement, elle lisait des ouvrages de pédagogie et de psychologie. Pourtant, par expérience et en pensant à son frère, elle savait que parfois, ça reste difficile pour une femme de s'affirmer, encore plus pour une fillette. Il y a souvent une distance à apprivoiser entre la théorie et la réalité. La mère dont parlait Marie-Berthe n'était pas consciente de l'impact de son attitude chez sa fille.

— Pas avec une mère comme la sienne ! poursuivit Marie-Berthe. Je voyais la petite fille dévorer des yeux une robe à volants accrochée près de la vitrine. Une jolie robe, toute en dégradés de nuances de rose. J'ai tenté de l'introduire parmi la pile mise de côté par sa mère, mais le vêtement n'a même pas passé l'étape de l'essayage. Et vous, comment s'est passée votre journée ?

— Pas très reluisante, mais ça reluit de propreté dans la maison, répondit Angèle en riant.

— Une dictée, un combat de calcul mental, un peu de chant et des prières, ajouta Marianne. Puis une grosse heure de ménage. L'inspecteur examine vraiment tout.

Il ne se contente pas de vérifier si l'institutrice a réussi à transmettre les notions des matières scolaires aux élèves. Vous ne pouvez pas vous imaginer à quel point cette visite me rend nerveuse ! Et c'est comme ça chaque année. Je ne sais pas si on finit par s'y habituer.

— Cette tournée devient aussi une épreuve pour les enfants, renchérit Angèle. Pour mon Daniel, surtout. Il est juste en première année, et sa maîtresse les menace de punitions s'ils n'arrivent pas à répondre correctement aux questions de monsieur l'inspecteur. Je vous avoue que ça n'aide pas un enfant à aimer l'école, ça !

— Vous ne devinerez jamais ce que Benoit a dit aux enfants pour faire baisser la tension face à monsieur l'inspecteur, lança Marie-Berthe. Je me suis mis la tête dans le frigidaire en faisant semblant de chercher quelque chose, parce que je ne voulais pas qu'ils me voient rire ! Il leur a dit de l'imaginer en pyjama. Mon Alain a rétorqué : « Moi, je vais l'imaginer en combines ! »

— C'est drôle, mais pas très respectueux, répondit Angèle.

— Et d'agir comme si les élèves et les enseignants étaient des petits singes savants, est-ce que c'est respectueux, ça ? renchérit Marianne.

Angèle en convint, Marianne avait bien raison. L'arrivée de la serveuse venue prendre les commandes fit bifurquer la conversation vers un autre sujet. Plusieurs membres de la chorale avaient accepté de se regrouper pour chanter au mariage de Marianne et Sylvain. En juillet et août, les répétitions feraient relâche, et plusieurs des choristes partaient en vacances. Toutefois, un noyau du groupe avait convenu de faire quelques répétitions pour fignoler un répertoire de chants choisis par les fiancés.

— Angèle, demanda Marie-Berthe, j'aurais une faveur à te demander. On souhaiterait ta voix pour la partie solo du chant, juste après l'échange de l'engagement des époux.

— Oh, répondit Angèle, je suis trop gênée ! Ma voix n'a pas tant de puissance que ça. Aussi, comme ce sera le mariage de Marianne, j'ai peur d'avoir des trémolos dans la voix.

— J'ai l'impression que tu crains de te mettre en vedette. Tu es toujours réservée, toujours prête à t'effacer pour laisser la place aux autres. Tu es trop modeste, Angèle.

Marianne restait en retrait de la discussion, et son attitude fit pencher la balance en faveur d'un oui. Si Marianne n'avait pas ouvert la bouche, toute sa posture laissait entendre que cette « faveur » lui procurerait une grande joie.

— Comme tu me fais plaisir en acceptant, Angèle ! s'enthousiasma la future mariée, une fois la confirmation accordée.

— Je dois aussi vous annoncer, poursuivit Marie-Berthe, que j'ai obtenu l'assentiment du curé pour que la dernière pratique se déroule dans le chœur de l'église plutôt qu'au deuxième jubé. La chorale se tiendra dans la nef durant la cérémonie du mariage, et comme le dit notre directeur musical, il est important d'apprivoiser l'écho dans la nouvelle cathédrale et de nous familiariser avec la façon dont les voix se répercutent sur les murs.

Marie-Berthe avait l'art de présenter ses arguments pour faire valoir ses souhaits. Depuis Pâques, les fidèles assistaient à la messe dans la cathédrale. Le dimanche précédent, la chorale s'était montrée à son meilleur. À moins de se tourner vers l'arrière, personne ne la voyait. Le nouvel évêque, monseigneur Couturier, avait procédé à la bénédiction de la cathédrale Saint-Jean-Eudes, paroisse de son évêché. Après la grand-messe, il était venu en personne féliciter les chanteurs pour leur prestation. Étant présent, monsieur le curé n'avait pas hésité à acquiescer à la demande de sa paroissienne. Marie-Berthe n'était pas simplement l'une de ses ouailles, elle était aussi sa voisine d'en face. Il traversait parfois la rue pour avoir une bonne discussion avec Benoit, en sirotant un petit verre de gin. Il lui arrivait parfois de redevenir un jeune garçon, en échangeant des lancers de ballons avec les fils du couple. Il aimait aussi se régaler du sucre à la crème de Martine, le plus délicieux que son palais ait dégusté et le plus onctueux. Il ne contenait jamais de grumeaux, comme celui de la ménagère du presbytère.

Marianne était ravie, toute la préparation du mariage se déroulait comme elle le souhaitait. Quelle chance elle avait de pouvoir compter ainsi sur Angèle et Marie-Berthe ! En sortant du restaurant, les trois amies se dirigèrent vers la cathédrale. C'était fini le gymnase de l'école pour chanter, sauf avec les élèves.

CHAPITRE 16

La journée s'annonçait belle et calme. Angèle ne se souvenait pas de la dernière fois où elle avait déjeuné seule avec son homme. Levée depuis six heures trente, elle avait changé des lits et mis le lavage en marche. Les draps séchaient sur la corde à linge en se balançant au vent. Anne-Marie avait fini le ménage de sa chambre avant de partir retrouver Margot en coup de vent. Sitôt leur déjeuner avalé, les deux garçons avaient pris la direction du bois avec les sandwiches préparés par leur mère. Adrien avait complété le quart de travail de quatre heures à minuit : il venait de se lever. À huit heures vingt, Angèle s'assoyait près de lui à la table en apportant une assiette garnie d'une pile de crêpes.

— Tu n'as pas déjeuné ? s'informa Adrien.

— Non. Je savais que je pourrais manger tranquillement avec toi. Ça n'arrive pas souvent, nos moments en tête-à-tête sont trop rares.

— Et tu me gâtes ! Où as-tu caché les enfants ?

— Les grands sont tous partis pour la journée. Lucie et Annie s'amusent dans leur chambre avec leurs poupées.

— Et les corvées des grands ?

— Personne ne passera à côté. On a pris des ententes.

— Ça fait drôle de voir la maison vide, je veux dire sans la présence de pensionnaires.

— C'est pour la fin de semaine seulement ! Il y a un groupe qui doit arriver lundi ou mardi, un nouveau contrat avec l'Hydro, à ce qu'il paraît. Les trois chambres se rempliront à nouveau.

— Ça te donne pas mal d'ouvrage !

— Oh, tu sais, ce n'est pas si terrible. Je me dis que c'est mon travail à moi. Marie-Berthe possède son magasin, Marianne enseigne et moi, de cette façon, j'apporte de l'eau au moulin. Des maisons de pension, c'est presque une nécessité avec tous ces travailleurs temporaires qui arrivent pour la construction des barrages. Te rends-tu compte ? Juste sur notre bout de rue, on est cinq familles à garder des pensionnaires. Tu te rappelles les deux premiers qui sont venus frapper à notre porte parce qu'ils cherchaient un endroit où habiter ? Tu venais de finir le sous-sol, il restait la peinture à faire et les meubles à installer.

Angèle versa un filet de sirop sur ses crêpes avant de poursuivre :

— Et puis, toi, tu nous fais vivre. Tu paies la maison, l'auto et tout le reste. Moi, j'économise pour que nos enfants puissent faire des études, même Anne-Marie, si elle le souhaite. Elle va très bien à l'école et elle parle d'entreprendre son cours classique. Je veux qu'elle puisse choisir un métier qui lui plaît.

Angèle observait son homme manger avec appétit. Certes, leur situation financière était beaucoup plus confortable que dans leur autre vie. Adrien vivait le quotidien avec sa famille, ils avaient appris à jongler avec la rotation des quarts de travail. Mais de devoir partager leur intimité familiale avec des étrangers, ça, ce n'était pas prévu. Entre deux bouchées, Adrien demanda :

— Angèle, est-ce que ça t'incommode, la présence de ces pensionnaires ?

— Pas trop. Ces travailleurs sont pour la plupart des pères de famille, ils vivent loin des leurs pour gagner leur vie. Comme toi avant qu'on arrive ici. Notre intimité me manque parfois, mais malgré cela, je préfère notre existence actuelle à celle d'avant.

Par contre, elle n'avait jamais abordé le sujet avec Adrien. Est-ce qu'il préférait, lui, leur vie de maintenant ? Angèle n'avait jamais posé la question parce qu'elle craignait d'entendre la réponse. C'était son initiative à elle de s'installer dans la région. Pour Adrien, un homme travaillait pour faire vivre sa famille, les états d'âme n'avaient pas leur place dans cet état de fait.

Le gazouillis des fillettes résonnait à travers le silence inhabituel de la maisonnée. Angèle aimait cette vie sur la Côte-Nord, mais elle sentait bien que son homme ne se montrait pas aussi enthousiaste qu'elle. La présence des pensionnaires limitait leurs séjours à L'Isle-Verte pour profiter de la cuisine d'été, maintenant devenue un refuge de vacances. Une partie du cœur d'Adrien restait dans sa ville natale, alors que de son côté, la mère de famille avait choisi de déployer ses racines dans cette terre sablonneuse, où le vent balayait le sable qui s'infiltrait constamment dans les cheveux et les yeux. Cela faisait presque quatre ans qu'ils possédaient leur maison, qu'ils étaient vraiment chez eux.

Angèle laissa son mari lire le journal pendant qu'elle s'affairait dans la salle de lavage, l'esprit accroché à un autre changement survenu dans leur vie de famille : l'omniprésence du téléviseur. Adrien n'avait cessé d'améliorer la maison. De son côté, elle appréciait particulièrement le séjour, qui s'ouvrait sur la grande cuisine. La télévision, rentrée dans la maison un an après eux, avait d'abord trouvé sa place dans un coin de la cuisine. Quand l'appareil s'était retrouvé dans le séjour, elle avait lancé un long soupir de contentement. Cependant, il n'y avait pas que l'emplacement du téléviseur qui l'avait contrariée, cette boîte parlante avait changé quelque chose dans leur vie. Les disputes des enfants pour le choix d'une émission, l'asticotage pour obtenir la meilleure place sur le sofa, les demandes incessantes qu'elle leur adressait pour baisser le volume, tout ça mettait ses nerfs à rude épreuve. Un jour, excédée, elle les avait menacés de retourner la télévision au magasin. Calme et patient, Adrien avait invité chacun à déterminer son émission préférée, et ce choix accordait la préséance au siège occupé par chacun des membres de la maisonnée. Il avait tout noté sur une page de cahier, qu'il avait collée sur le côté de l'appareil en expliquant aux jeunes: « Si jamais vous oubliez ce que vous avez choisi, allez lire sur la feuille. Si vos goûts changent, vous me le dites, on refera une page neuve. Pour le son, je l'ajuste et personne n'y touche. Je ne veux pas que votre mère soit obligée de jouer à l'arbitre pour ça. » Les enfants avaient compris, c'était ça ou la télé retournerait d'où elle venait.

« Quel merveilleux père il est ! Son calme et sa patience me font du bien », pensait Angèle en l'observant tourner les pages. Adrien n'aimait pas la chicane et cherchait toujours un moyen pour aplanir les différends. La lassitude n'avait pas d'emprise sur son humeur, alors qu'Angèle devenait irritable et impatiente quand la fatigue la submergeait; elle devenait alors expéditive dans ses décisions. Oh ! elle regrettait cette attitude après coup, elle aspirait tant à être la mère idéale, patiente, attentive, à l'écoute, aussi habile à distribuer les câlins, à consoler les chagrins qu'à cuisiner des biscuits. Théoriquement, c'était son souhait, mais le quotidien harassant la ramenait dans la réalité pratico-pratique. Elle exécrait les rares moments où elle ne se montrait pas à la hauteur de la barre, exigences qu'elle-même s'était fixées. Elle tentait alors de faire baisser son niveau de culpabilité, se disant que la perfection n'était pas de ce monde. Et contrairement à ce qu'on disait, la télévision lui apportait très peu de divertissement.

Si, dans le passé, Angèle avait suivi religieusement *Le Survenant* à la radio, elle n'arriva pas à s'intéresser à la version télévisée de l'émission. Ce que lui présentait le petit écran ne ressemblait pas aux personnages que son esprit avait créés. Elle préférait écouter *Music-Hall*, le dimanche soir, assise tranquille quand les plus jeunes étaient au lit. Elle s'imaginait alors dans une salle de spectacle, impatiente d'une semaine à l'autre de voir les jolies robes de soirée de Michèle Tisseyre, l'animatrice. « Quelle classe, cette dame ! » disait chaque semaine une Angèle admirative.

Oui, le calme était revenu dans la maison, grâce à Adrien, avec son tact et sa diplomatie. Angèle en était là dans ses pensées quand Lucie arriva en tenant Annie par la main.

— Maman, dit Lucie, on jouait trop, Annie a pas eu le temps d'aller au pot.

— Ce n'est pas grave, ma chouette, c'est juste un petit accident. Viens, on va arranger ça, répondit Angèle, en entraînant Annie par la main.

— Pendant ce temps-là, je ramasse la table, proposa Adrien. Tes crêpes sont toujours les meilleures au monde, ma belle Angèle !

Le père avait mis Lucie à contribution. À quatre ans et demi, elle aimait faire sa grande. Elle transporta les ustensiles à l'évier et déposa les serviettes de table dans le panier à linge sale, pendant que son papa s'occupait du reste en sifflotant. Angèle avait envie d'une petite évasion. En revenant dans la cuisine avec Annie dans les bras, elle proposa :

— Adrien, j'ai préparé des sandwiches de plus en faisant le lunch des grands. Il fait beau, qu'est-ce que tu dirais si on allait pique-niquer avec les petites pour dîner ?

— Oh oui ! cria Lucie, toute réjouie.

— Où ça ? demanda-t-il.

— On n'a pas besoin d'aller bien loin, juste pour se retrouver un peu dans la nature et passer un moment agréable ensemble entre deux besognes. Et jaser un peu. Qu'est-ce que tu penserais d'aller près du p'tit bois à côté de la source ? On pourrait s'asseoir dans l'herbe. J'apporterais les poupées pour les filles. Et la grosse cruche pour ramener de la bonne eau.

— Je ne peux pas dire non à une invitation comme celle-là ! Je veux m'avancer à la remise et je te rejoins un peu avant midi. Tu veux jaser de quelque chose en particulier ? ajouta Adrien en prenant son épouse par la taille.

Angèle n'eut pas le temps de répondre que les petites s'excitèrent à l'idée de cette sortie.

— Youpi ! Youpi ! cria Lucie en entraînant sa petite sœur vers leurs jeux.

Les enfants parties, Angèle répondit un bref « hum ! hum ! », avant d'embrasser Adrien. Il n'y avait pas que les grands qui partiraient en pique-nique. Angèle poursuivit le lavage en pensant à la façon dont elle aborderait avec Adrien le sujet qui la taraudait. À travers la porte-moustiquaire, elle entendait les coups de marteau. Épousseter les chambres, étendre le linge sur la corde, passer un coup de balai, repriser des bas, lire une histoire aux petites comme tous les jours, ce fut une matinée remplie de petites tâches. « Sans dîner à faire, j'ai plus de temps que je ne l'aurais cru », constatait-elle en pliant une vieille couverte à emporter avec le panier de victuailles.

Tous les quatre avaient marché jusqu'au bout de la rue. Le plaisir des fillettes rendait Angèle heureuse. Assise sur la couverture, elle admirait le panorama qui s'étalait devant ses yeux, la rivière Manicouagan toute bleue se déversait dans le fleuve. De l'autre côté, il y avait une falaise de sable d'où on apercevait la *dump*. Aujourd'hui, il n'y avait pas d'épaisse fumée qui consumait les déchets, juste un ciel azur parsemé de nuages cotonneux. Un peu en amont, la centrale de Manic-1 s'élevait, large structure de ciment plantée au milieu du paysage comme une statue qu'on aurait déposée. Le soir, ce bloc de béton s'éclairait de rouge, de bleu et de vert. Marianne avait déjà décrit à Angèle l'émerveillement qu'elle avait ressenti au moment de l'atterrissage de l'avion, lors d'un voyage où elle était revenue en soirée : « Quand l'avion a commencé à descendre et que j'ai vu ça, j'ai éprouvé comme un sentiment de réconfort. Tu sais, comme quand tu reviens à la maison et qu'il y a quelqu'un qui t'attend sur le pas de la porte. Ces lumières de couleur m'ont fait cet effet-là. » Les pensées d'Angèle convergèrent vers son homme : « Se sentir chez soi... Est-ce qu'Adrien se sent vraiment chez lui dans cette maison qu'il nous a construite ? Alors que pour moi, la réponse vient spontanément. »

Les membres de la famille avaient fini de manger. Angèle observait Lucie, qui jouait avec des bouts de branches ramassées par son père. Elle les avait disposées en deux rectangles transformés en chambres pour y coucher les poupées qui faisaient la sieste. Annie, allongée, la tête appuyée contre la cuisse de son père, était sur le point de s'endormir.

— On la laisse dormir ? demanda Angèle.

— Y a quelque chose qui t'attend ? s'informa Adrien.

— Rien qui presse, et toi ?

— Je me sens en congé. OK, on s'attarde un peu.

— Reste ici, je vais amener Lucie à la source, le temps qu'Annie s'endorme.

Angèle entraîna sa grande fille vers le bois tout à côté. Elle la tenait par la main pour descendre la courte pente qui menait à un point d'eau très pure. Quelqu'un avait stabilisé une large pierre plate pour y déposer un récipient. Cette petite source, juste au coin de la rue, était une vraie bénédiction, l'eau de la ville était tellement jaune. Potable, mais peu appétissante. Lucie disait souvent qu'elle prenait son bain dans du jus de pomme et, en apparence, ce n'était pas loin de la vérité. À tour de rôle, les garçons venaient puiser de l'eau claire pour renouveler la réserve de la maison.

Finalement, les deux filles firent la sieste. Dès qu'Angèle avait senti le petit corps de Lucie s'abandonner dans la douce quiétude du sommeil, elle regarda Adrien en se lançant :

— Chéri, est-ce que tu es heureux ici ?

— Oui, bien sûr. Pourquoi tu me demandes ça ? Quelque chose te fait penser que non ?

— Je ne sais pas. Qu'est-ce qui fait ton bonheur ?

Adrien laissa filer le silence pour réfléchir. Sa réponse n'était pas spontanée. « Il cherche à me ménager », pensa Angèle. Adrien plongea ses yeux dans ceux de sa femme.

— Il y a plusieurs choses qui font mon bonheur. D'abord, toi et les enfants. On a notre maison, de bons amis. J'ai une *job* et on n'a pas à s'inquiéter pour l'avenir.

— Ta *job*, est-ce que tu l'aimes, Adrien ?

— Ce serait mentir de te dire oui. Je m'accroche à ce qu'elle m'apporte de bien. En plus du salaire, il y a des gars avec qui je m'entends bien. À l'heure du lunch, on a parfois l'impression d'être en récréation. S'il n'y avait pas la rotation des *shifts*, ce serait déjà un gros plus. Je surveille les affichages sur le babillard du bureau de l'union. Je vais finir par avoir assez d'ancienneté pour avoir un horaire stable.

— Et l'éloignement de ta famille ? Tes cousins avec qui tu t'entends si bien et que tu vois peu, ils te manquent ?

— Je m'habitue à les savoir loin. C'est sûr que je suis content de les voir. Mais ma famille, c'est toi et les enfants, et maintenant, elle est ici. Et puis, mes cousins, avec qui je travaillais du temps que j'étais avec mon père, eh bien, ils sont mariés maintenant, et leur vie est ailleurs. Angèle, sincèrement, je suis heureux sur la Côte-Nord. Ta question m'amène à voir qu'il y a de bonnes raisons pour vivre ici, la balance penche plus du côté des avantages. Et toi, tu es heureuse dans notre vie ?

— Évidemment, mais il m'arrive de me demander si on a pris la bonne décision en déménageant. Quand je te vois fatigué parce que tu as peu dormi, silencieux à propos de tes journées au travail, alors que tu es si joyeux quand on va à Trois-Pistoles, je me pose des questions.

— Angèle, c'est vrai que je n'éprouve pas une grande passion pour mon travail et je ne veux pas faire semblant de l'aimer. Mais je suis certain qu'on a pris la bonne décision. Tu as proposé quelque chose, j'y ai réfléchi et j'y ai consenti. Et puis, je pense que c'est un peu le rôle des vacances de nous faire retrouver un cœur de jeunesse et plus de légèreté, tu ne penses pas ?

À ce moment, Lucie ouvrit les yeux et s'étira. Adrien étendit la main pour caresser les joues de sa femme, sensible au fait qu'elle se préoccupait de son bonheur. Certes, c'était le rôle de chacun des membres d'un couple de vouloir le bonheur de l'autre, mais combien en parlaient ? Tant qu'ils se soucieraient de leur bien-être mutuel et de celui de leurs enfants, ils marchaient dans la bonne voie. Cette attitude nourrissait leur amour.

L'horloge indiquait presque trois heures quand la famille entra dans la maison. Adrien retourna à la remise, tandis qu'Angèle mit en marche la dernière brassée de lavage avant de préparer le repas du soir. Anne-Marie était revenue à temps pour dresser la table du souper. Au même moment, ses frères accouraient vers la remise en quémandant des bouts de planche, des clous et des pentures pour continuer le lendemain la construction de leur cabane.

Angèle respirait de plaisir en observant sa famille réunie pour le repas. Soulagée et rassurée par les réponses d'Adrien, elle écoutait la conversation animée et joyeuse, chacun racontant sa journée.

— Je pourrai visiter vot' cabane quand elle va être finie ? demanda Lucie.

— Les filles sont pas admises, rétorqua Daniel.

Devant la moue de la fillette, Angèle réprima un sourire. Puis, adressant un clin d'œil à Adrien, elle demanda :

— Même moi ? Je serais curieuse de voir ça.

— Ben... toi, maman, c'est pas pareil, répliqua Roger.

— J'ai une proposition à vous faire, dit Adrien. Quand votre cabane sera finie, on pourrait s'y rendre tout le monde pour la visiter. Votre mère et moi aussi, avec vos sœurs, juste pour une visite.

Voyant Anne-Marie sourire aux anges, Daniel ajouta :

— Not' cabane est bâtie dans un endroit secret, et Anne-Marie va tout bavasser à ses amies. C'est un règlement : pas de filles dans not' camp.

— Vous aurez juste à nous bander les yeux, suggéra Angèle. Votre père nous tiendra la main pour nous y conduire.

Après un bref conciliabule entre les deux frères, cette condition fut acceptée. Le repas s'était anormalement prolongé et Angèle s'en réjouissait. Elle aimait que ses enfants aient des projets, des plans à leur mesure, car ceux-ci les préparaient pour l'avenir.

— Le temps file ! J'amène les petites dans le bain pendant que vous ramassez.

Adrien rappela à Roger et Daniel qu'ils devaient finir le désherbage du potager maintenant ou le lendemain, avant de poursuivre leur construction dans le bois. Cette corvée ne serait pas reportée. Comme ils ne pourraient s'esquiver de la messe, les jeunes garçons optèrent pour exécuter le travail sur-le-champ.

Accroupie près de la baignoire, Angèle laissait les filles barboter avant de les savonner. Elle entendait le tintement de la vaisselle quand la sonnerie du téléphone retentit. Anne-Marie arriva en trombe dans la salle de bain.

— Maman, c'est la voisine. Elle demande si tu savais que c'est l'arrosage dans quinze minutes.

— Oh, mon Dieu ! J'avais complètement oublié ! Ramasse ce qu'il y a sur la corde. Et dis à ton père qu'il fasse rentrer les garçons, je ne veux personne dehors !

L'appel de la voisine entraîna un coup de vent dans la maison des Gagnon. Adrien courut au sous-sol, pour remonter presque aussitôt avec un bout de « couverte du moulin » qui servit à recouvrir la voiture. Les garçons rangèrent leur bêche et ramassèrent à toute vitesse tricycles, Tonka, seaux et pelles pour les lancer sous les marches de l'escalier extérieur. Anne-Marie n'avait jamais vidé la corde à linge aussi rapidement. Quand Angèle revint dans la cuisine avec les deux petites en pyjamas, la pile de vaisselle sale trônait toujours près de l'évier. Tout le monde entra dans la maison en même temps, le souffle court.

— Maman, on peut s'asseoir sur la galerie pour regarder passer l'avion? demanda Daniel.

— Angèle, proposa Adrien, je vais rester avec eux autres. Tu peux venir si tu veux. Parce qu'après, Roger et Daniel vont finir la vaisselle... et pas de « rouspétage », ajouta-t-il en guise de prévention à leur argumentation. C'est ma condition si vous voulez aller dans le bois demain, je finirai le travail dans le potager.

Toute la famille se retrouva sur la grande galerie, dont le prolongement du toit offrait un abri les jours de pluie et qui courait sur toute la devanture de la maison. Adrien avait sorti des berceuses pour Angèle et lui, les deux plus jeunes s'installèrent sur leurs genoux. Les trois autres étaient assis à même le sol de la galerie. Presque aussitôt, le bourdonnement d'un moteur se fit entendre. Les enfants criaient devant ce spectacle du petit avion qui passait en rase-mottes au-dessus de la ville en épandant une poudre blanche.

— Ça pue! gémit Lucie.

— Mais au moins, il n'y aura plus de mouches, expliqua sa grande sœur. Annie et toi, vous allez pouvoir jouer dehors sans vous faire manger tout rond!

Une poussière blanche recouvrait maintenant le toit des maisons, les pelouses, les voitures: elle enveloppait tout, tout, tout.

— C'est bon? demanda Annie, qui voyait le chien des Blanchette lécher cette poudre sur le lutin de plâtre assis au bord des marches de leur entrée.

— Non, ce n'est pas bon, répondit Angèle.

Trois jours plus tard, plusieurs des enfants de la rue procédèrent à une cérémonie pour enterrer le petit chien de la famille Blanchette. L'épandage du DDT avait éliminé les mouches noires et les maringouins pour la saison estivale, mais ce début de juin 1960 resterait ancré dans la mémoire de plusieurs garçons, pour qui l'animal était devenu la mascotte de leurs jeux dans la forêt. Il n'y aurait plus de jappements pour les prévenir que des intrus rôdaient autour de leur territoire.

La dernière journée de classe était toujours un moment de grande fébrilité dans la plupart des familles. La maison de Marie-Berthe ne faisait pas exception. Assise à la table de la cuisine, elle discutait avec Martine de l'organisation de la maisonnée. Exceptionnellement, Marie-Berthe ne prévoyait pas venir dîner à la maison. Elle essayait d'avaler son petit déjeuner, mais avec l'irruption incessante des enfants, elle avait fini par manger ses rôties froides. Martine tentait d'amener les cuillerées de gruau à la bouche de France. Cette effervescence gagnait également le bébé, qui tapait à qui mieux mieux sur la tablette de sa chaise haute. Margot arriva dans la cuisine presque en pleurs :

— Maman, je trouve pas ma chaudière !

— Tu l'avais laissée dans les jambes, répondit sa mère. Regarde près de l'escalier du sous-sol.

La fillette revint toute souriante pour donner un bisou sa mère avant son départ pour l'école. Elle tenait fièrement son seau où, avec l'aide de Martine, elle avait déposé un petit pot de nourriture pour bébés vide maintenant rempli de détergent, des guenilles et son *smoke.* Marie-Berthe aperçut le vêtement.

— Ça me surprend que tu apportes ça, il est tout taché.

— Mon tablier n'a pas de manches et je voulais mettre ma belle blouse à manches longues pour la distribution des prix. Je ne veux pas la salir en lavant mon pupitre.

— Tu pourrais changer de blouse au dîner, proposa Marie-Berthe.

— Je n'aurai pas le temps, je veux pratiquer mon é-lo-cu-tion, articula soigneusement la fillette.

— C'était parfait quand tu as récité ton texte hier soir, l'encouragea Martine.

Margot devait déclamer un court poème devant toute la classe et la sœur directrice. Elle l'avait énoncé avec les bonnes intonations, de l'émotion et une diction impeccable. Perfectionniste, l'enfant s'appliquait dans tout ce qu'elle accomplissait jusqu'à la dernière minute, autant dans la mémorisation parfaite des questions du *Petit Catéchisme*, que dans l'ajout de détails dans ses dessins ou lorsqu'elle lissait parfaitement son couvre-lit.

Les enfants partis pour l'école, la cuisine ressemblait à un champ de bataille. Marie-Berthe débarbouilla le visage de France avant de l'aider à s'habiller. Au moment de partir, son sac à main était introuvable. Elle aperçut sa fillette trottiner maladroitement en le tirant au sol, comme elle le faisait avec ses jouets.

Marie-Berthe échappa un grand soupir en quittant la maison. Heureusement qu'elle pouvait compter sur Martine ! Au retour, elle savait qu'elle trouverait sa demeure ordonnée, le souper préparé et les enfants à leur affaire. Parce que Marie-Berthe n'avait jamais considéré Martine comme une domestique, elle insistait pour que les enfants assument des tâches en fonction de leur âge et de leurs préférences. Si aucun des garçons ne se portait volontaire pour sortir les poubelles, eh bien, ils s'y astreignaient à tour de rôle. Dans son esprit, assumer des responsabilités devenait la première étape à franchir pour apprendre à devenir un adulte responsable.

Marie-Berthe déverrouilla la porte du magasin un peu avant l'ouverture. Installée dans son bureau, et laissant la porte ouverte pour voir arriver Marie, elle sortit ses livres de comptabilité, commença à remplir des carnets de commandes et prépara la paie des trois employées. Malgré une bonne planification, l'avant-midi ressembla à un feu roulant. Aussi, Marie-Berthe ne put mettre à jour son livre comptable ni terminer une seule commande.

— Si on était en hiver, glissa-t-elle à Marie, je dirais qu'une tempête se prépare. Ce matin, à la maison, c'était le chaos : je le comprends, les enfants sont toujours excités quand l'école finit, mais ici, c'est à se demander ce qui se trame.

— Il y a beaucoup de familles qui partent en vacances. Juste à matin, ajouta Marie, parmi les clientes, il y en avait trois qui prennent le bateau pour Matane en fin de journée. Elles traversent pour se rendre à un mariage. On dirait que la Saint-Jean-Baptiste, c'est la grosse fin de semaine pour se marier.

— C'est vrai, j'espère que ça va être un peu plus calme cet après-midi. Je prends dix minutes dans mon bureau pendant que c'est tranquille, je veux finir au moins une commande.

Marie-Berthe avait à peine terminé sa phrase que la porte de la boutique fit tinter la clochette ; Benoit arrivait avec un plateau de service du restaurant.

— Tiens, ma Beth, je sais que tu as une grosse journée et le restaurant est plein. Alors, je vous ai fait préparer un p'tit quelque chose à toutes les deux.

— Tu arrives comme un ange ! Je voulais descendre pour manger, mais il me reste tellement à faire. Tu sais que je préfère qu'on n'apporte pas de travail à la maison, mais je me demande comment je vais y arriver aujourd'hui. Chose certaine, ton repas est le bienvenu, ça va me faire gagner du temps.

— Est-ce que je peux faire quelque chose pour toi ? s'enquit Benoit.

— Tu en as déjà plein les bras avec le restaurant, et puis, je ne vois pas…

— Madame Fortin, suggéra Marie, la caisse est pas mal pleine, il faudrait presque faire un dépôt.

— Bon, dit Benoit, installez-vous toutes les deux dans le bureau, la porte fermée, pour manger tranquilles. Je m'occupe de préparer l'enveloppe de dépôt. J'irai la porter sur ton bureau en reprenant le cabaret de votre repas.

Marie-Berthe était une femme d'action et de décisions. Mais quand il lui arrivait de se sentir débordée par une journée comme celle-ci, elle appréciait la sollicitude de Benoit. Son homme savait détecter ces moments, il se présentait alors avec un petit geste pour lui alléger la tâche.

— Merci, ça me soulage, répondit-elle en saisissant le cabaret avec un sourire reconnaissant. Allez, viens, Marie !

— Et s'il y a une cliente ? s'enquit cette dernière.

— Bof ! Je ne connais pas grand-chose au linge pour enfants, mais je peux faire facilement un brin de conversation, répondit Benoit. Allez, mes belles, je vous confine dans le bureau pour au moins vingt minutes !

Chaque fois que Benoit accordait une attention spéciale à son endroit ou aux enfants, Marie-Berthe prenait conscience qu'elle partageait la vie d'un être exceptionnel. Il était devenu un homme d'affaires respecté, le commerce roulait bien, très bien même. Il était fier du chemin parcouru ; cependant, aucune poussière d'orgueil ne s'attardait sur ses épaules. Il ne présentait pas cette attitude de parvenu, parce que s'il en était là, il le devait à la force d'une équipe, celle de son personnel, de ses livreurs et de ses clients fidèles. Il traitait tout le monde avec respect et ne ménageait pas son appréciation devant les initiatives ou le travail accompli avec professionnalisme. Si ses employés prisaient le jour de la paie, ils étaient néanmoins fiers de travailler pour Benoit Fortin, car ce dernier réussissait à développer la fibre du sentiment d'appartenance chez ceux qui travaillaient pour lui. Pour Benoit, cela signifiait agir en accord avec ses valeurs.

Chaque semaine, il se faisait un devoir de donner personnellement à chacun la petite enveloppe qui contenait son salaire, tout en lui mentionnant un événement, une attitude ou un geste qu'il avait apprécié. En avalant silencieusement son sandwich, Marie-Berthe songeait à toutes les qualités de son mari, elle l'admirait tant !

L'après-midi fut plus calme à la boutique. Dieu merci, Marie-Berthe n'aurait pas à apporter de travail à la maison ! En fin d'après-midi, l'arrivée de son fils Pierre, et non celle d'un client, la fit sortir de son bureau. Ses enfants n'arrêtaient jamais au magasin, ils avaient appris à faire la distinction entre le lieu de travail de leurs parents et la maison familiale. Cette visite l'inquiétait, quelque chose de grave avait dû se produire.

— Tout va bien, maman, je veux juste te parler affaires, fit le jeune garçon très sérieusement.

Son fils sur les talons, Marie-Berthe retourna dans son bureau, non sans avoir vu le sourire amusé et ému de Marie devant l'attitude solennelle du garçon. Puis, elle le laissa amorcer la conversation.

— Maman, maintenant que j'ai fini mon primaire, je suis prêt à passer à une autre étape de ma vie. Je commence le Séminaire en septembre, alors, je voudrais travailler au restaurant pendant les vacances. Tu pourrais en parler à papa ? C'est pas possible de lui parler quand il est là.

Marie-Berthe l'écoutait sérieusement. La voix de son fils muait et, avec ses cinq pieds sept pouces, ce n'était plus un enfant qui se trouvait devant elle. Elle ne voyait aucune objection à ce qu'il travaille, même si son cœur de mère était chaviré devant son aîné qui délaissait le monde de l'enfance. Elle lui répondit sérieusement.

— C'est à lui que tu dois t'adresser, Pierre, pas à moi. Quand il arrivera pour le souper, dis-lui que tu as besoin de lui parler. Je vais m'arranger pour que personne ne vous dérange.

— Merci, maman !

Pierre avait à peine franchi la porte du magasin que la sonnette retentit à nouveau. Cette fois, Margot apparut.

— Maman, je suis trop excitée, je ne peux pas attendre pour te le dire !

Marie-Berthe voyait bien chez sa fille une effervescence difficile à contenir. Margot était habituellement dotée d'un tempérament plutôt calme, posé et réservé. À ce moment, ses yeux brillaient sûrement autant que les pupitres fraîchement cirés au cours de la journée, la fébrilité transpirait dans tout son être. Cette fois-là, sa mère n'était pas inquiète en voyant sa fille se pointer au magasin, mais une grande curiosité la gagnait. « Qu'est-ce qui peut bien la rendre si excitée ? J'espère qu'on ne lui fait pas sauter une année, elle se trouve déjà parmi les plus jeunes de sa classe », pensa Marie-Berthe.

Non, elle ne passerait pas directement de la deuxième à la quatrième année. Margot avait plutôt raflé des prix dans toutes les matières sans exception, et la sœur supérieure lui avait offert un missel relié en cuir avec une tranche dorée pour la prestation de son poème. Presque en sautillant, elle déposa son sac d'école pour en exhiber les objets de sa fierté.

— Regarde maman ! Et vous aussi, Marie ! J'ai reçu quatre livres, pour l'écriture, la lecture, la dictée et la grammaire. Un beau chapelet et une grande image de sainte Thérèse pour le catéchisme et les prières. Le chapelet, il est lumineux dans le noir. Une corde à danser pour le calcul oral et écrit, des crayons et une efface pour l'histoire et la géographie, et en plus, trois images et une médaille de saint Joseph pour la bonne conduite. Je suis si contente ! Et le livre de messe en plus, il est beau, hein ?

— Je suis fière de toi, ma grande ! Tu as bien travaillé et tu mérites tous ces prix ! Maintenant, tu veux bien aller les montrer à Martine ? Elle t'a souvent fait réciter tes leçons, elle sera sûrement heureuse d'apprendre tout cela.

— Ne le dis pas à papa, j'aime mieux lui annoncer mes bonnes nouvelles toute seule.

— Promis !

Sitôt la porte refermée sur Margot, Marie-Berthe lança :

— Quelle tornade ! Je l'ai rarement vue aussi exubérante.

Le souper de famille fut très animé ce soir-là. Martine avait cuisiné un énorme gâteau au chocolat, même France s'en barbouilla plein le visage. Sa mère avait déposé une petite part sur la planche de la chaise haute, et la petite l'avait mangé en saisissant des morceaux à pleines mains. Marie-Berthe la prit directement de sa chaise pour la glisser dans le bain. Chantale vint la rejoindre pendant que Jacques, Margot et Alain, revenu du pensionnat dans l'après-midi, aidaient Martine à ranger la cuisine et à laver la vaisselle, avant de commencer une partie de *Monopoly*. Une pluie torrentielle s'était mise à tomber en même temps que la cloche de l'angélus ; aussi, tout le monde préférait rester à l'intérieur.

Marie-Berthe observait les petites barboter dans l'eau. Cette journée d'ébullition tirait à sa fin. Malgré ses notes médiocres, Alain n'avait pas essuyé d'échecs et son comportement était jugé satisfaisant. Pendant les vacances, il refusait de fréquenter le terrain de jeux, qu'il qualifiait de « trop plate ». Benoit avait convaincu le chef scout de l'accepter au camp. Il y aurait aussi les vacances sur la ferme, mais ces activités ne rempliraient pas tout un été. Marie-Berthe souhaitait qu'Alain se tienne loin des jeunes malveillants qui l'avaient entraîné dans un mauvais chemin.

Pendant ce temps, Pierre tenait une discussion sérieuse avec son père, en utilisant exceptionnellement le boudoir de Martine.

— J'ai besoin de quelqu'un pour la période du petit déjeuner, un plongeur à la cuisine, proposa Benoit.

— Plongeur ! répondit Pierre presque insulté.

— Toutes les tâches sont importantes, Pierre. Pour cette année, je peux t'offrir quatre jours par semaine, de six heures à onze heures du matin. C'est à prendre ou à laisser. En plus, ce travail ne te dispense pas de tes corvées à la maison.

Benoit était un homme et un employeur droit et juste, aussi, son fils n'aurait pas de traitement de faveur. Le garçon était remonté du sous-sol sans démontrer beaucoup d'enthousiasme. Son père acceptait de l'engager au restaurant, mais ce qu'il proposait ne correspondait pas à ses attentes. Si Pierre était déçu, Marie-Berthe souriait intérieurement de cette entente. Il n'y avait rien de pire que le favoritisme pour saper un climat de travail.

À la fin de la soirée, tandis que les plus jeunes dormaient, les grands s'attardaient au salon en échafaudant des projets pour leur été. Marie-Berthe se lova près de Benoit en écoutant distraitement le babillage des enfants.

— Pendant que tu étais en bas avec Pierre, ton père a téléphoné. Il confirme qu'il va traverser avec ta mère pour venir passer quatre jours juste après la Saint-Jean. Je lui ai dit que tu étais en discussion d'affaires.

— Je suis content qu'ils viennent. Je pense que mon père va proposer à Alain de l'amener avec eux pour l'occuper un peu à l'auberge. On le ramènera avec nous quand on ira en vacances. On va les installer dans quelle chambre ?

— Martine leur laisse la sienne, elle partagera celle de Margot. Imagine, quand on lui a dit ça, Margot a répondu que c'était comme un autre prix qu'elle recevait ! Elle est très fière de partager sa chambre avec Martine. Je vais essayer de prendre congé du magasin durant leur séjour.

— Moi aussi, je vais m'organiser pour prendre congé. Je veux leur faire visiter un peu la région, on va se reprendre pour aller à Manic-2. On va aussi prévoir un souper de famille au restaurant. Chantale est assez grande, mais si tu pouvais faire garder le bébé, ce serait bien. Martine mérite de se retrouver avec nous. Mon père est son parrain, après tout.

L'été 1960 annonçait un tourbillon d'événements. La visite de monsieur Fortin père, l'aîné de la famille qui décrochait un premier travail. En outre, Marie-Berthe se demandait comment se dérouleraient ces vacances pour Alain. Leur en voudrait-il de l'avoir éloigné ? Saurait-il tirer des leçons de cette expérience ?

Marie-Berthe, Angèle et Marianne maintenaient leurs rencontres hebdomadaires, malgré l'arrêt des répétitions de chant durant l'été. Elles se dégageaient du temps pour participer ensemble aux préparatifs du mariage de Marianne. Avec son travail dans le monde des vêtements, Marie-Berthe se tenait au fait des tendances de la mode féminine. Elle avait accepté avec enthousiasme de réserver un après-midi pour traverser la rue et rejoindre Marianne Chez Harris. La future mariée y avait déjà fait une présélection de trois robes. En sortant de la cabine d'essayage avec LA robe, l'expression de Marie-Berthe lui avait confirmé celle qu'elle devait choisir.

Pour les fleurs, Angèle l'avait accompagnée chez la fleuriste. Son choix de couleurs pour les plates-bandes du terrain devant sa maison était toujours harmonieux et équilibré. Marianne ne voulait rien de flamboyant, surtout pas de roses rouges, pourtant très tendance ; elle recherchait plutôt la sobriété et l'élégance. Angèle n'imposait jamais ses goûts, elle glissait un commentaire qui savait mettre l'accent sur le meilleur élément. Finalement, Marianne avait opté pour un bouquet serré tout en rose pastel, ceinturé de verdure. « Des teintes qui s'harmonisent parfaitement avec la couleur crème de votre robe », avait confirmé la fleuriste, en remplissant le bon de commande.

Depuis le printemps, les trois amies profitaient de leurs rencontres pour broder en discutant. La première semaine de juillet marquait leur dernière soirée avant le mariage. Pour qu'elles puissent effectuer efficacement leurs travaux, Marie-Berthe avait réservé la vieille table descendue au sous-sol et qui servait habituellement pour les jeux de société ou pour assembler des casse-têtes. Marianne y travaillait la finition d'une nappe de lin, tandis que ses amies brodaient les serviettes assorties. Marie-Berthe et Angèle se mirent à raconter certains détails des préparatifs de leur propre mariage.

— J'avoue que je n'avais pas choisi grand-chose à mes noces, dit Marie-Berthe. Ma mère avait pris sur elle de coudre ma robe et, comme on avait convenu que la réception se déroulerait à l'auberge des parents de Benoit, mon beau-père s'était occupé du menu, du déroulement du repas, de la décoration de la salle et même, indirectement, du choix des fleurs de mon bouquet, dont les couleurs devaient s'harmoniser avec celles du décor. J'ai quand même pu choisir mes chaussures, ajouta-t-elle en riant. Et mon mari !

— Tu ne t'es pas sentie dépossédée de cet événement si important ? demanda Marianne.

— Non, et je sais que préparer son mariage est un moment si fébrile de l'existence. J'aimais Benoit, on se mariait, c'est tout ce qui comptait. Je me suis laissé emporter par l'enthousiasme de ceux qui s'occupaient de l'organisation.

— C'était l'époque, poursuivit Angèle. À moins d'être dans la haute société, les mariages étaient plutôt sobres. Et une affaire de femmes, aussi. Du moins, pour moi. Ma mère et mes sœurs ont contribué à monter mon trousseau. On cousait ensemble en papotant, comme nous en ce moment. Moi aussi, ma mère a cousu ma robe, en plus de cuisiner le gâteau de noces. Il faudrait que je vous montre des photos. Elle s'était surpassée pour fabriquer les fleurs de sucre qui ornaient la pâtisserie. Je me rappelle la tablette où elle les avait alignées pour les laisser sécher et durcir.

— Marianne, est-ce que toute ta famille sera présente ? s'informa Marie-Berthe.

— Oui, à l'exception de ma sœur Éva, qui ne sort pas de son couvent, ils m'ont tous envoyé leur faire-part de confirmation.

— Je comprends que certaines jeunes filles veuillent entrer en religion, poursuivit Marie-Berthe, mais choisir le cloître demeure incompréhensible pour moi.

— Est-ce qu'elle pourra au moins voir des photos ? demanda Angèle.

— Chaque fois qu'il y a un événement dans la famille, mariage ou baptême, maman glisse quelques clichés dans une lettre. Elle fera sans doute pareil avec mon mariage. Écoutez, quand je reviendrai de mon voyage de noces, il faudra qu'on feuillette nos albums de mariage, suggéra Marianne tout en coupant un dernier bout de fil.

— Bonne idée ! renchérit Marie-Berthe. Il y a plein de souvenirs dans un tel album. Dire que mon mariage remonte déjà à quinze ans. De belles années, ajouta-t-elle avec un sourire attendri.

Marianne plia les pièces de tissu et les glissa dans un grand sac. Puis, elle embrassa chaleureusement ses amies avant de monter à l'étage. Comme elle avait les bras chargés, Benoit alla la reconduire. Demeurées au sous-sol, Angèle et Marie-Berthe rangeaient leurs accessoires de couture en poursuivant la discussion.

— Marianne est si rayonnante ! dit Marie-Berthe.

— C'est une immense joie pour une jeune fille de se préparer pour le grand jour.

— Je sais et c'est justement pour ça que je n'ai rien dit à propos du climat souvent tendu avec Alain. Son dernier bulletin était très bon, les notes comme le comportement. Mais il croyait qu'avec sa bonne conduite, il ne retournerait pas pensionnaire en septembre prochain. Benoit et moi, on reste fermes sur notre première décision : Alain terminera son primaire au pensionnat de Rimouski. Comme on ne voulait pas le laisser passer l'été sur un faux espoir, on lui a confirmé notre décision dès qu'il a soulevé la question.

— Comment a-t-il réagi ? s'informa Angèle.

— Oh, il a protesté et pleuré en disant qu'il se sent en prison dans un pensionnat ! Benoit était très calme et décidé quand il lui a répondu que c'était préférable à l'école de réforme. Je suis consciente qu'il se sent isolé, même ses frères l'écartent de leurs jeux. Quand il est parti avec son grand-père, il était content, monsieur Fortin va lui confier de petites responsabilités à l'auberge. Mais il n'a pas voulu m'embrasser avant de prendre l'avion, et ça m'a chaviré le cœur.

— Je te comprends, enchaîna Angèle avec douceur. Mais tu sais, Alain est à un âge où un garçon ne se laisse plus embrasser par sa mère, surtout devant les autres.

— Je sais, mais j'ai plutôt senti de la froideur chez lui, alors qu'avec les plus vieux, c'est une certaine pudeur qui les a amenés à prendre une distance face aux bécots de maman en public.

Angèle enlaça tendrement son amie, un geste de réconfort qui lui signifiait qu'elle n'était pas seule pour traverser ces périodes difficiles. Marie-Berthe tentait de tirer profit des moments de joie que lui procurait l'amicale complicité de ses amies dans les préparatifs du mariage. Cela l'apaisait de broder de minuscules fleurs et des feuillages qui ornaient un coin de tissu, ou des initiales. Si elle n'avait aucun penchant pour le ménage ou la cuisine, elle aimait délier ses doigts en tricotant et en brodant. Activer ses mains tranquillisait son esprit.

CHAPITRE 17

Lisanne se rendait pour la première fois sur la Côte-Nord. Pas question qu'elle manque le mariage de Marianne ! Les deux jeunes filles nourrissaient leur amitié par une correspondance assidue et des escapades en ville chaque fois que Marianne visitait ses parents, trop peu souvent. Dans ses bagages, Lisanne apportait un carnet de croquis. Elle voulait s'imprégner de l'ambiance de cette région presque vierge de la civilisation. Du moins, c'est l'image qui surgissait dans son esprit d'après les lettres de Marianne. Elle avait atteint sa majorité, et si son père avait consenti à ce qu'elle obtienne son permis de conduire, il avait émis des résistances à ce qu'elle effectue un si long voyage toute seule. Alors, Lisanne avait contacté le jeune frère de Marianne. « Bonne idée de faire le voyage ensemble, je reviendrai en avion », avait répondu Bruno. Le docteur Beaudoin était rassuré ; toutefois, sa fille ne lui avait pas précisé que Bruno l'accompagnerait pour l'aller seulement. Elle comptait prendre le traversier et revenir à Montréal par le Bas-Saint-Laurent, prévoyant une escale de quelques jours dans une auberge sise quelque part en bordure du grand fleuve. Quelqu'un lui avait parlé de Cacouna, un autre, de Métis, et elle avait rencontré un étudiant qui avait largement décrit les paysages bucoliques de sa région, Kamouraska.

Lisanne avait grandi en ville, elle en connaissait toutes les richesses culturelles et architecturales, le Jardin botanique et plusieurs parcs de quartier, mais c'était la nature « pleine grandeur » qu'elle souhaitait peindre, dans toute son immensité. Aller au mariage de Marianne devenait un voyage exploratoire. Une première phase… avant l'Europe.

Bruno avait déposé Lisanne chez Marianne. Puis, il avait transporté les bagages de la jeune femme dans l'appartement de sa sœur. Devant l'effusion des retrouvailles entre les deux amies, il s'était rapidement éclipsé en disant :

— On se voit plus tard, je viendrai vous chercher vers cinq heures trente pour le souper chez Edmond. Merci de me laisser ta voiture, Lisanne.

Sitôt la porte refermée, Lisanne attrapa les mains de Marianne, puis elle la fit pivoter plusieurs tours sur elle-même.

— Qu'est-ce que tu fais ? cria de joie Marianne devant ce jeu de petites filles.

— Tu te rappelles la petite ballerine du coffre à bijoux de mes neuf ans ? Je n'y ai jamais mis de bijoux, mais des objets fétiches, symboliques. C'était davantage un coffre aux trésors. La petite ballerine dansante représentait la joie, le bonheur ressenti quand une chose importante se réalise. Marianne, dans deux jours, tu te maries, alors je fais valser la ballerine ! Maintenant, ma chère amie, fais-moi faire le tour du propriétaire.

— Oh, ce sera vite fait ! répondit Marianne en riant. J'ai préparé ma chambre pour Marthe et son mari, qui arrivent demain. Nous, on dormira sur le divan, il se déplie pour faire un lit. Ça te convient ?

— C'est parfait !

Les jeunes femmes avaient presque deux heures de temps libre devant elles. Marianne sortit la limonade du réfrigérateur ; une fois les verres servis, Lisanne assaillit son amie de questions, elle voulait connaître tous les détails des derniers préparatifs, l'endroit de sa future maison, la façon dont elle entrevoyait sa vie de femme mariée. Elles étaient encore assises l'une contre l'autre sur le divan quand Bruno était revenu les chercher.

Marianne n'avait pas remis les pieds chez Edmond depuis le jour de l'An, quand elle était repartie le cœur chaviré. Elle téléphonait régulièrement à sa belle-sœur, de préférence quand elle savait son frère au travail. Durant la première semaine des vacances, les deux femmes avaient passé un après-midi à la piscine municipale, au bout de la rue Laval, à jaser en surveillant la baignade des enfants. Edmond avait lui-même signé le faire-part de l'invitation, confirmant leur présence au mariage. Marianne était soulagée, elle y voyait un signe que son frère avait passé l'éponge sur leurs anciennes querelles. Aussi, elle avait accepté l'invitation au souper qui avait lieu chez Edmond le jour de l'arrivée de Bruno. Un nœud dans l'estomac, elle espérait que la présence de Bruno et de Lisanne éviterait tout retour sur sa dernière visite chez lui. Quand il ouvrit la porte pour les accueillir, Edmond était d'humeur très joyeuse, une humeur qu'il conserva toute la soirée. Cependant, il ne posa aucune question sur les préparatifs de la cérémonie, il ne prit aucune nouvelle de Sylvain et il s'adressa davantage à son frère qu'à sa sœur tout le temps de leur visite. Edmond ignora Marianne. Aussi, cette dernière aurait dû se réjouir de ne pas être la cible de ses propos désobligeants, mais quelque chose dans son attitude la dérangeait. Finalement, elle ariva à la conclusion qu'elle préférait l'indifférence aux attaques. La discussion tourna autour de la nouvelle promotion d'Edmond, de ses projets d'agrandissement de la maison et des bons résultats scolaires de ses enfants. Au dessert, Bruno réussit à placer un mot.

— Les parents arrivent demain, avec Marthe et son mari. Je peux coucher à l'hôtel si ça vous arrange, dit-il en s'adressant autant à sa belle-sœur qu'à Edmond.

— Non, répondit son neveu. Je te prête mon lit et je vais camper dans la salle de jeux.

— Et moi, je donne ma chambre à grand-papa et grand-maman, ajouta sa sœur, tout heureuse de camper elle aussi.

— Je me suis entendue avec Marthe, ajouta Marianne. Mon petit appartement peut les recevoir. Elle doit m'aider à me préparer samedi matin.

Profitant de cette ouverture, les enfants exprimèrent leur hâte d'assister au mariage. Les femmes poursuivirent la conversation sur le sujet, tandis qu'Edmond entraîna Bruno dans le sous-sol pour lui montrer ses plans. Marianne voyait bien que son frère aîné faisait tout pour éviter le sujet qui la rendait heureuse. Elle était consciente, aussi, que sa belle-sœur utilisait cette complicité de femmes pour exprimer sa joie et la questionner afin de connaître certains détails de la cérémonie, ainsi que sur la destination de leur voyage de noces et leur future maison. Toute la soirée, Lisanne demeura discrète, répondant simplement aux questions qu'on lui posait et s'intéressant aux activités estivales des enfants. Alors qu'elle reprenait le volant de sa voiture, avec une Marianne plutôt songeuse à ses côtés, elle ne se gêna pas pour dire le fond de sa pensée.

— J'avais oublié à quel point Edmond est un égoïste centré sur lui ! Même que sa femme me fait penser à un petit chien qui suit son maître à la trace.

— C'est vrai qu'elle ne s'affirme pas beaucoup. Avec les années, je trouve qu'elle s'éteint, et elle ne s'en aperçoit pas. Je pense qu'Edmond m'en veut parce que je ne me montre pas aussi docile qu'elle. Il pensait garder la mainmise sur moi quand je suis arrivée ici.

— Marianne, est-ce que tu rêves de devenir une mère au foyer comme elle quand toi et Sylvain aurez des enfants ?

— J'ai déjà rêvé de ça, mais plus maintenant. J'aime trop enseigner, j'aime l'indépendance que m'apporte un salaire, même s'il est modeste. Sylvain se montre ouvert, il souhaite une femme épanouie et non une épouse soumise. Les temps changent, Lisanne, et je crois qu'à l'avenir, la majorité des femmes prendront plus de place, ça ne sera plus réservé à une élite. J'ai hâte de te présenter à mon amie Marie-Berthe. C'est un beau modèle d'indépendance, et elle a réussi à s'affranchir d'un aspect de sa vie qu'elle n'apprécie pas.

— Tu m'en as parlé dans tes lettres, c'est celle qui est propriétaire d'un commerce, mais elle a aussi une famille, non ?

— Oui, et c'est une très bonne mère, disponible, à l'écoute. En plus, elle donne à ses enfants une éducation parfois dérangeante pour certains professeurs.

— Ah, oui ? J'aime ça ! En quoi ça dérange ?

— Elle ne donne pas systématiquement raison aux adultes. Elle apprend à ses enfants à réfléchir plutôt que d'exiger une obéissance aveugle de leur part. Pour ses fils, ça passe mieux. Les filles sont encore jeunes, mais elle ne veut faire aucune distinction entre ses enfants.

— On sait bien, on accorde encore trop souvent plus de permissions et de crédibilité aux garçons. J'espère que ça va changer un jour.

— Je te l'accorde. Mais sa Margot, elle va se rendre loin, celle-là. Allumée, questionneuse, elle possède un sens de la justice qui étonne pour une fillette de cet âge. Ralentis, c'est la prochaine rue à gauche.

Dans l'appartement de Marianne, les deux amies continuèrent leur discussion. Marianne avait l'impression de se retrouver adolescente, alors qu'elle allait chez Lisanne, ou l'inverse. Elles jacassaient alors en chuchotant jusqu'à deux heures du matin, prenant garde de ne pas réveiller leurs parents. Elles étaient devenues de jeunes femmes qui plongeaient dans leur vie, le cœur, les bras et les yeux grand ouverts. Lisanne peignait et donnait des cours de dessin dans une école privée pour jeunes filles. Et deux jours par semaine, elle travaillait comme guide au Musée des beaux-arts. Elle exprima à Marianne avoir une nette préférence pour ce dernier poste.

— Si seulement on pouvait m'offrir plus d'heures au musée, je laisserais tomber les cours. La plupart des adolescentes à qui j'enseigne se fichent complètement de l'art et démontrent peu de curiosité à enrichir leur bagage culturel. Elles se préoccupent surtout d'exposer leurs connaissances théoriques, sans souci de l'intégrer à leur existence. On dirait un simple étalage d'érudition, ça me donne de l'urticaire !

Jeune diplômée des Beaux-Arts, Lisanne devenait une belle femme, son allure racée attirait immanquablement les regards masculins. Elle paraissait aussi à l'aise dans une robe trouvée chez Holt Renfrew que dans un pantalon fuseau, qu'elle portait avec un chandail acheté dans une taille deux points au-dessus de la sienne et déniché, le plus souvent, au rayon des hommes. Peu importe sa tenue, elle prenait le temps d'appliquer un rouge à lèvres rose très pâle, comme les tendances de la mode, et de dessiner un trait d'*eye-liner* sur ses paupières, donnant à ses yeux verts un air défiant et une assurance inébranlable dont elle était fière. Marianne avait appris à dessiner un œil de biche, mais elle ne le faisait jamais pour aller au travail, où le maquillage était mal vu. De toute façon, avec les enfants, elle préférait rester au naturel.

Lisanne sortit une petite bouteille de Grand Marnier de ses valises. Vêtues d'un pyjama, les deux amies étaient installées sur le canapé et laissaient le liquide ambré leur réchauffer l'intérieur de la bouche avant de l'avaler. Elles étaient plongées dans une semi-pénombre, seule une petite lampe d'appoint créait une ambiance feutrée propice à leurs confidences.

— Lisanne, tu entrevois un projet de mariage dans l'avenir ? demanda Marianne.

— Pour moi, ce genre de lien est une entrave à la liberté. Quand je fréquente un homme, je prends garde de ne pas m'attacher ou de laisser des sentiments s'incruster. Tu sais l'amant que j'ai eu cet hiver ? Eh bien j'ai appris qu'il était marié, je l'ai fréquenté à peine un mois. De savoir que je pataugeais dans les plates-bandes d'une autre femme me causait un malaise, j'ai préféré mettre fin à la relation.

Sur ce point, Marianne était différente de son amie, mais elle lui enviait presque la liberté qu'elle s'autorisait. Lisanne était jeune et mordait dans la vie à pleines dents, aussi Marianne se disait qu'elle s'assagirait sans doute avec le temps. Lisanne vida son verre, puis demanda :

— Marianne, Sylvain sait que tu n'es pas vierge, mais… est-ce que vous l'avez fait ?

— Non, on ne l'a pas fait, comme tu dis. Ensemble, on a choisi d'attendre la nuit de noces. Il m'a dit que jamais il n'a voulu d'un mariage obligé, même si notre décision était prise. C'est lui qui l'a proposé et ça m'a soulagée. S'il avait fallu que le scénario qui m'a amenée ici se répète ! Tu te rappelles quand tu m'avais posé la question sur ce que le sourire de Sylvain faisait naître en moi ? J'ai repensé à celui de ..., je ne dis pas son nom, mais tu sais qui. Bref, je crois que j'étais en pâmoison devant lui. J'étais si jeune. C'est un leurre de croire qu'une différence d'âge donne de la maturité à l'amour. Sylvain et moi, on se marie par amour. Je n'avais jamais ressenti de sentiments si profonds avant, en tout cas pas avec...

— Ton goujat d'ex-fiancé ! la coupa Lisanne.

— J'aurais l'impression de trahir Sylvain en prononçant son nom. Et pour moi, ça devient un cruel rappel, je souhaite l'oublier complètement. Avec Sylvain, il y a un immense respect, une grande tendresse, et même si on n'est pas allés jusqu'au bout, on ne s'est pas privés pour pratiquer les préliminaires, termina Marianne, coquine.

Les deux amies s'endormirent l'une à côté de l'autre, comme chaque fois qu'elles se visitaient. Le mariage de Marianne changerait sûrement cette habitude, mais toutes les deux avaient fait le souhait que leur amitié résiste à tous les changements qu'entraînent inévitablement les étapes de la vie.

Aujourd'hui, Marianne entrait dans sa vie de femme mariée. Très tôt le matin des noces, sa mère était arrivée à son appartement en taxi, déclinant catégoriquement l'offre de se faire reconduire par son fils ou son mari. Elle avait refusé de s'encombrer d'un homme ; pour elle, aider sa fille à se préparer pour le grand jour était avant tout une affaire de femmes. Jamais madame Théberge n'avait soutenu une idée avec autant d'affirmation. Elle avait emporté sa mallette de produits cosmétiques et une housse dans laquelle sa robe était suspendue. Sa mère, sa sœur Marthe et son amie Lisanne accompagnaient

Marianne dans ces derniers instants de célibat. Le mari de Marthe s'était esquivé en précisant:

— Je me pointerai ici à dix heures moins quart, à temps pour nous rendre à l'église.

Quand les deux sœurs étaient revenues du salon de coiffure, leur mère jasait avec Lisanne, elles avaient toutes deux revêtu leur toilette. Madame Théberge avala doucement un verre d'eau chaude pour calmer son estomac affamé, elle maintenait cette habitude de communier à jeun. Lisanne ajouta la touche finale à son maquillage avant de mettre à profit son talent de maquilleuse pour la mariée.

— C'est vrai que tu as suivi des cours dans un grand magasin ? demanda Marthe, admirative devant l'habileté de la jeune femme.

— Plutôt, une soirée de démonstration. J'y ai assisté avec une amie qui m'avait entraînée chez Eaton. Le rayon des cosmétiques avait invité Edith Serei. J'y étais allée de reculons, mais j'ai adoré. Madame Serei expliquait que le maquillage est l'art de dessiner ses traits, d'illuminer ses atouts pour les rehausser et d'atténuer les défauts en douceur. Quand on cherche à trop les camoufler, le plus souvent, on les met en évidence. On était douze, et une fois la démonstration terminée, madame Serei a pris le temps d'observer le visage de chacune et de nous dire quoi mettre en valeur et quoi camoufler, de même que les teintes à utiliser selon la couleur de nos yeux et de notre carnation.

— Tu crois que tu pourrais me guider? demanda Marthe. Tu sais, sur la ferme, me faire belle n'a pas beaucoup d'importance, mais des fois, quand il y a des occasions comme un mariage…

— Et pourquoi ça aurait moins d'importance sur la ferme ? Tu as un teint de pêche, Marthe, et malgré huit grossesses, tu as gardé une taille de jeune fille. Tu restes avant tout une femme ! Tu as juste à mettre un peu de cache-cernes, tu ajoutes un léger trait noir pour souligner tes cils et un rouge à lèvres discret, ça ne prend que quelques secondes. L'hiver, tu pourrais ajouter un petit coup de couleur aux pommettes. Si ça te plaît, pourquoi t'en priver ? Une femme ne devrait jamais cesser de cultiver sa féminité. Pour son propre plaisir, pas uniquement pour séduire.

— Dis donc, tu es assez d'avant-garde, toi ! répondit Marthe. J'ai toujours associé le maquillage à l'envie de plaire à un homme. J'aime bien ton idée.

À ce moment, Marianne arriva dans la cuisine, enlacée par sa mère. Elle avait revêtu sa robe.

— Comme tu es belle ! lança sa sœur.

— Tu es resplendissante ! clama Lisanne, admirative.

— Oui, mais nerveuse, ajouta Marianne.

— C'est une saine nervosité, répondit sa mère. Le mariage est l'événement le plus important dans la vie d'une femme.

Marianne ne se mariait pas en blanc. Dès qu'elle avait pensé à choisir sa robe, son idée s'était précisée. Le blanc demeurait le symbole de la virginité, et elle refusait de tricher. Alors, elle avait précisé fermement à madame Harris qu'elle voulait une robe de couleur crème. Avec un charmant sourire, la propriétaire du magasin lui avait répondu : « Vous êtes d'avant-garde, mademoiselle Théberge. L'ivoire est très à la mode et on devrait facilement vous trouver une tenue à la mesure de votre rêve. » Le sourire complice de Marie-Berthe avait conforté la future mariée dans sa décision. Celle-ci savait que ce choix n'était pas guidé uniquement par la mode.

Avec ses cheveux relevés dans un élégant chignon, Marianne ressemblait à une princesse pour les trois femmes qui l'observaient. Elle portait une robe sans manches, en peau de soie et cintrée à la taille. Une large bande de dentelle de Venise écrue et légèrement plus foncée garnissait le bas de la robe, qui frôlait le sol. Madame Théberge tenait sur son bras un boléro à manches longues qui complétait la tenue, également en dentelle de Venise.

— Je m'occupe de ton maquillage et on ajustera ton voile en dernier, la rassura Lisanne. Tu seras la plus belle mariée que j'aie jamais vue !

Le silence régnait dans l'appartement. Assise à la table de la cuisine, pendant qu'elle s'abandonnait aux mains douces de son amie, Marianne pensait qu'elle vivait ses dernières heures dans son petit logement. À son retour du Manoir Richelieu, où Sylvain et elle allaient en voyage de noces, elle vivrait dans leur maison. Elle était située sur une nouvelle rue dans un quartier développé qui descendait vers le fleuve, et Sylvain en avait suivi la construction de près. En périphérie de leur terrain, une rangée de magnifiques bouleaux blancs dressait une ligne de séparation naturelle avec celui des voisins. Mais surtout, le jour de la visite, avant même d'avoir vu l'intérieur de la demeure, Marianne avait été époustouflée par la vue : un écrin de verdure ceinturé par la rivière Manicouagan se jetait dans le fleuve. « C'est magnifique ! » avait-elle songé. Elle n'avait rien ajouté ; son expression disait tout et avait rendu Sylvain heureux. Marianne était fébrile à l'idée de partager son quotidien avec l'homme qu'elle avait choisi comme mari.

— Voilà ! annonça Lisanne, en lui tendant le miroir.

Le résultat était splendide. Lisanne avait réalisé un maquillage à la fois naturel et lumineux. Marianne alla retrouver sa mère dans la chambre à coucher, où celle-ci ajusta soigneusement son voile.

— Maman, demanda Marianne, la gorge nouée, ça te manque qu'Éva ne se joigne plus aux événements de la vie de la famille ? Je suis contente que tu sois venue ce matin, je sais que c'est un long voyage pour toi. Ta présence ici est un beau cadeau pour moi. Avec Marthe qui a commencé ma journée en préparant mon déjeuner, je me sens choyée de pouvoir partager ces moments intenses avec les femmes de ma famille. Mais Éva est absente.

— Tu es sans doute dans ses prières d'aujourd'hui. Oui, elle me manque parfois.

— Si elle avait choisi une communauté non cloîtrée, elle aurait pu nous retrouver.

— Peut-être, peut-être pas ! Souvent, ça dépend de la supérieure.

Madame Théberge attacha au cou de sa fille le délicat médaillon offert par Lisanne quelques années auparavant. Pour Marianne, ce bijou symbolisait l'espoir. Elle l'avait reçu au moment d'une déchirante séparation quand elle avait dû partir cacher son péché dans un couvent. De l'extérieur, Marianne entendit le klaxon, Bruno conduisait la voiture de son beau-frère pour les mener tous à l'église. Marianne prit place sur le siège arrière aux côtés de son père, sa mère s'assit à l'avant près de son fils. La jeune femme sentait la main chaude de son père sur la sienne. Par ce geste, il lui communiquait son amour, Marianne comprenait son bonheur et sa fierté de la conduire à l'autel. Cette journée s'ouvrait sur un autre chapitre de sa vie. Lisanne suivait avec sa voiture, Marthe à ses côtés.

En ce 30 juillet 1960, en présence de quelque deux cent cinquante invités, Marianne Théberge unit sa destinée à celle de Sylvain Martel, pour le meilleur et pour le pire, jusqu'à ce que la mort les sépare. Leur « oui » franc avait retenti dans l'écho des murs de cette nouvelle cathédrale. Dans une ville en plein essor, ils entraient dans leur nouvelle vie.

LA VIE CONTINUE

1962-1968

CHAPITRE 18

Le souffle court, Angèle peinait à se pencher pour attraper les vêtements des garçons abandonnés au sol. « Je suis tannée de leur dire de ramasser leur linge sale, me semble que ce n'est pas compliqué ! » Leur barda l'irritait. Elle boucla les sacs à dos de Roger et de Daniel, qui partaient en camp de louveteaux, et les déposa sur leur lit à côté des sacs de couchage. Elle sortit de la chambre en abandonnant les vêtements qui traînaient. « Si j'arrête de ramasser à leur place, ils vont peut-être finir par apprendre », espérait-elle. Puis, elle referma la porte.

— Je ne supporte plus les traîneries ! lâcha-t-elle tout haut, exaspérée.

Cette sixième grossesse l'épuisait, son ventre avait pris de l'ampleur au point que, pendant un moment, le médecin avait cru qu'elle portait des jumeaux. Elle dormait à peine et devenait facilement impatiente, même avec Adrien. Dans ces moments, il la serrait dans ses bras et tentait de l'apaiser. Encore deux semaines avant d'être délivrée.

Elle passa dans la chambre des filles. D'autres bagages à finir. Annie et Lucie prendraient le bateau avec Martine, qui traversait dans sa famille pour les vacances estivales. À cinq et six ans, les filles étaient tout excitées à l'idée de séjourner trois semaines sur la ferme de leurs grands-parents sans leurs parents ni leurs frères.

Angèle avait tout planifié pour que sa maisonnée continue de rouler pendant son absence et le temps des relevailles. Anne-Marie était très fière de se voir confier la responsabilité de la maison, de préparer le déjeuner des quatre pensionnaires, de faire leur lunch et celui de son père. La pensée que sa grande de douze ans devenait une femme émouvait Angèle. Depuis trois mois, l'adolescente avait ses règles. « Comme elle est jeune ! avait pensé Angèle. Moi, j'avais quinze ans quand ça m'est arrivé. Les temps changent ! » Oui, sa fille était devenue une grande, cela créait une nouvelle complicité entre elles.

Quand Angèle avait annoncé sa grossesse aux enfants, Anne-Marie était venue frapper à la porte de sa chambre. Si à onze ans, elle savait que les bébés grandissaient dans le ventre de leur mère, elle ignorait comment ils s'y prenaient pour arriver là. Adrien travaillait, la petite Annie dormait et les garçons regardaient *La Soirée du hockey* à la télévision. Angèle lisait un magazine, assise bien confortablement sur le grand lit, le dos appuyé contre des oreillers. Elle avait fait signe à sa fille de s'installer près d'elle. Alors, elle avait raconté en douceur comment un bébé prend sa place pour grandir, elle avait parlé de l'importance d'un grand amour pour préparer son arrivée. Elle avait expliqué le phénomène naturel qui se produit chaque mois pour préparer un nid douillet et qui transforme une petite fille en femme. Anne-Marie avait écouté sa mère, attentive, puis elle avait dit :

— Maman, j'ai hâte de devenir une femme comme toi.

Elles avaient parlé de l'amour entre un homme et une femme, de la vie de famille, de la vie d'une femme. Puis,

Anne-Marie était repartie, mais avant de franchir le seuil de la porte, elle s'était retournée en ajoutant :

— Je suis chanceuse d'avoir une mère comme toi.

Trois jours plus tard, Anne-Marie revenait voir sa mère dans sa chambre. Ses préoccupations entraînaient de nouvelles questions.

— Maman, à l'école, j'ai entendu deux grandes de neuvième année qui parlaient. Elles ne m'avaient pas vue et discutaient des menstruations. Il y en a une qui racontait qu'elle était dans ses « mauvais jours ». À cause des crampes, sa mère lui interdit de jouer trop fort au ballon, d'aller patiner ou de se baigner. Elle disait qu'elle n'aimait pas ça passer trois jours par mois à avoir juste le droit de lire, et elle a ajouté que sa mère avait raison de dire que c'est une calamité pour les femmes d'être menstruées.

Angèle voyait les choses autrement. Mère et fille s'étaient à nouveau installées sur le grand lit.

— Tu sais, ma grande, avait expliqué Angèle, beaucoup de choses dans la vie peuvent sembler une calamité si on s'attarde à les voir ainsi. Pour certains, l'hiver ou la pluie sont une misère, pour d'autres, c'est d'avoir le nez trop gros, les cheveux trop frisés ou les seins trop petits. Il y a des gens qui ont la certitude que le mauvais sort s'acharne sur eux s'ils attrapent la grippe ou s'ils cassent une tasse. On peut trouver plein de raisons pour pester contre quelque chose.

— Toi, maman, tu ne chiales jamais, comme certaines mères des filles à l'école.

— Oh si, ça m'arrive parfois ! Mais ça donne quoi, sinon tomber sur les nerfs des autres ? Surtout quand on ne peut rien changer. Comme la température, certains traits physiques et avoir ses règles.

— Alors, je veux être une femme comme toi, maman.

Puis, après un moment d'hésitation, Anne-Marie avait demandé :

— C'est vrai que ça donne mal au ventre, les règles ?

— Ça arrive, pour certaines femmes. Mais il existe des trucs pour le soulager.

— Toi, tu as mal au ventre, des fois ?

— Pas vraiment. Les menstruations ne m'ont jamais empêchée de faire ce que je voulais.

— Tant mieux ! Je suis certaine que ce sera la même chose pour moi.

Ainsi, Anne-Marie avait vu l'arrivée de ses règles comme une promotion. L'absence de sa mère prévue au cours des jours suivants lui offrait l'occasion de montrer ce dont elle était capable. Angèle s'était entendue avec le voisin pour les repas du soir ; ce dernier ajouterait sans problème quatre couverts à sa table du souper. Quand sa grossesse s'était confirmée, Angèle avait discuté longuement avec Adrien, et ils avaient décidé que les pensionnaires actuels seraient les derniers. Leur contrat finissait en octobre, et la maison redeviendrait ensuite uniquement celle de leur famille. En effet, grâce à la présence des pensionnaires, Angèle avait économisé une somme substantielle pour payer les études des enfants. Au besoin, les aînés pourraient aider pour les études des plus jeunes.

Angèle s'accorda une pause, après avoir bouclé les bagages des enfants. Elle était seule dans la maison. Anne-Marie était partie retrouver Margot avec ses deux jeunes sœurs. Martine devait les superviser alors qu'elles terminaient un travail de couture, pendant que les petites s'amuseraient tranquillement. Martine avait rassuré Angèle : « Même à quatre, quand elles jouent ensemble, on ne les entend pas. » Angèle imaginait le gazouillis des fillettes, le ronron de la machine à coudre et la conversation enjouée des grandes dans une cacophonie rassurante de cette joyeuse bande féminine. Quant aux garçons, ils étaient au terrain de jeux et participaient à un rallye dans la forêt qui durait toute la journée.

Angèle trouvait finalement sa maison trop calme. Elle avala un bol de soupe avant de marcher vers le magasin de Marie-Berthe pour l'achat d'un dernier vêtement à glisser dans le trousseau du bébé. La jeune vendeuse engagée récemment l'accueillit avec un large sourire.

— Bonjour, madame Gagnon ! Madame Fortin est allée dîner au restaurant, elle n'est pas encore revenue.

— Ce n'est pas grave, j'aimerais trouver un petit pyjama et je crois que tu peux m'aider.

— Avec plaisir ! Venez, répondit la jeune fille en entraînant la cliente dans le coin des vêtements pour bébés.

— À vrai dire, j'ai amplement de pyjamas à pattes, des roses, des bleus, des jaunes, des vert tendre, et de toutes les tailles. Même si je passe le linge d'un enfant à l'autre, parce que les plus jeunes portent les vêtements des aînés, je crois qu'un nouveau-né qui arrive dans la vie doit posséder au moins un pyjama neuf.

— La couleur lilas est très en vogue cette année, mais si vous préférez quelque chose de plus traditionnel, on a un beau choix.

Concentrée à examiner les minuscules vêtements, Angèle n'avait pas entendu le bruit de la porte ; une main sur son épaule la fit sursauter.

— Je t'ai vue arriver du restaurant, dit Marie-Berthe. Tu aurais le temps pour prendre un thé ? On peut s'installer dans mon bureau.

— Pourquoi pas ! J'aime beaucoup l'ambiance de ton bureau. Je prends celui-ci, dit ensuite Angèle à la vendeuse, en pointant un minuscule vêtement lilas.

— Je mets de l'eau à bouillir, ajouta Marie-Berthe.

Angèle passa à la caisse avant de retourner à l'arrière du magasin. Lilas, en effet, c'était une couleur inhabituelle pour les bébés, mais si jolie. Une teinte aussi présente dans la mode que le vent de changement qui courait dans la province. Comme le clamaient les publicités de « L'équipe du tonnerre » du gouvernement libéral, qui insufflait un vent de jeunesse à la province. Dans la région, les chantiers d'Hydro-Québec se déployaient à grands coups de développements, même l'Église semblait se dépoussiérer. En s'assoyant en face de son amie, Angèle laissa échapper un long soupir.

— Ça va comme tu veux ? s'informa Marie-Berthe.

— Oui. Oui et non. Il me semble que ces neuf mois paraissent plus longs que pour les autres grossesses. J'ai hâte que ce soit fini. Et puis, continua Angèle avec hésitation, je n'en parle pas à Adrien pour ne pas l'inquiéter, mais j'ai un mauvais pressentiment. Je ne suis plus une jeunesse, j'ai trente-cinq ans et je me trouve vieille pour accoucher. Je sais que l'accouchement, c'est un mauvais moment à passer. Pour les autres, je l'ai eu plutôt facile, comparé à certaines femmes. Ça doit être la fatigue qui m'accable. Je ne devrais pas me plaindre, j'ai beaucoup d'aide. Celle d'Adrien, quand il est là, ma grande qui est si serviable, même les petites sont fines comme tout. Et puis, Martine qui accepte de les prendre de temps en temps, ça me libère.

— Quand tes filles sont là, France et Chantale se chamaillent moins, et Martine en est très contente. Elle préfère les amuser plutôt que de jouer à l'arbitre.

— Je voulais te dire, après la naissance, ma mère va traverser pour ramener les filles, elle me donnera un coup de main à l'arrivée du bébé. Elle dit qu'elle va prendre des vacances de la ferme.

— Et ton père ?

— Ma sœur qui reste au village va s'installer à la maison paternelle avec son mari. Leur dernier rentre au Séminaire à Rimouski. Mon beau-frère fera la route pour... Oh mon Dieu ! Marie-Berthe, mes eaux viennent de crever !

— On dirait que tes deux dernières semaines ne seront pas si longues que ça, finalement !

À cette réplique, Angèle éclata de rire, ce qui provoqua davantage la libération du liquide amniotique. Marie-Berthe demanda à sa vendeuse d'appeler un taxi, elle donna un coup de téléphone à Martine pour la mettre au fait de la situation, et finalement, elle téléphona à son Benoit pour qu'il se charge de rejoindre Adrien à l'usine. De son côté, elle accompagnerait Angèle à l'hôpital et resterait à son chevet jusqu'à l'arrivée d'Adrien.

— Marie-Berthe, il faudrait prendre ma valise, elle est prête. Je n'ai même pas encore de contractions. Et le plancher de ton bureau qui est inondé !

— D'accord, on fait un détour par chez toi, et je m'occupe de la valise. Elle est dans ta chambre ? Pour le plancher, ne t'en préoccupe pas, la « moppe » est déjà en route pour venir éponger.

Une heure plus tard, des infirmières accompagnaient la maman en travail tandis que Marie-Berthe tentait d'apaiser Adrien, inquiet de la précipitation des événements. Une naissance deux semaines avant la date prévue, cela se produisait souvent, le rassura Marie-Berthe avant de le laisser seul. Adrien eut à peine le temps d'embrasser Angèle avant qu'on l'amène à la salle d'accouchement, alors qu'une infirmière lui indiquait la salle d'attente réservée aux pères. Au début de la soirée, Marie-Berthe revint à l'hôpital, histoire de venir aux nouvelles et d'informer Adrien à propos de l'organisation de sa maisonnée.

— Tes trois filles dormiront chez nous. Pierre ira retrouver tes garçons pour la nuit. Tout ton monde a soupé chez nous et je t'ai apporté quelque chose à manger. Demain matin, Benoit va reconduire tes garçons à leur camp scout et les filles embarqueront sur le bateau de quatre heures avec Martine, comme prévu. Ne t'inquiète de rien.

L'attention d'Adrien était complètement tournée vers Angèle, il en avait presque oublié les enfants.

— Mais demain, je vais être là ! Ça n'a jamais été bien long, les accouchements d'Angèle.

— Si tu es là, tu y seras. Je veux seulement que tu aies la tête tranquille pendant que tu es ici.

Ému, Adrien remercia chaudement son amie. Marie-Berthe repartit au bout d'une demi-heure. Elle connaissait l'infirmière présente au poste de garde. Elle apprit ainsi que le travail se déroulait lentement et que le médecin passait régulièrement au chevet d'Angèle. Marie-Berthe sentait une pointe d'inquiétude se loger au fond de son cœur. Pour les autres bébés, Angèle avait accouché en moins de cinq heures, alors que celui-ci semblait prendre tout son temps.

Adrien passa la nuit à faire les cent pas en alternance avec des périodes de somnolence. Une infirmière venait régulièrement lui donner des nouvelles. Au milieu de la nuit, elle lui suggéra de rentrer dormir chez lui. Ce conseil fit monter d'un cran la nervosité du père, alors celui-ci déclina la suggestion. « C'est long, trop long, quelque chose ne va pas », s'inquiétait-il. Il pestait intérieurement qu'on le tienne ainsi à l'écart. Il souhaitait être au chevet d'Angèle, lui tenir la main, lui rafraîchir le front avec un linge humide, lui masser le dos pour la soulager. Cette impuissance le rongeait, alors pas question qu'il quitte l'hôpital.

Le lendemain matin, à l'heure du déjeuner, Marie-Berthe passa à nouveau à l'hôpital et y trouva un homme rongé par l'inquiétude, à l'allure fripée par une nuit d'insomnie et sourd aux paroles de réconfort qui tentaient de le rassurer. Une infirmière vint la prier de partir, Marie-Berthe savait qu'elle avait outrepassé la règle qui n'acceptait que les futurs pères dans cette pièce. L'arrivée dans la salle d'attente d'un homme très nerveux, dont l'épouse s'apprêtait à mettre au monde leur premier bébé, fit grimper à nouveau le niveau d'anxiété d'Adrien, lui d'habitude capable d'un grand calme. La nervosité prenait une telle intensité qu'il imaginait le pire : le bébé avait quelque chose ou Angèle n'allait pas bien. Après le départ de Marie-Berthe, n'en pouvant plus, il sortit un moment à l'extérieur en espérant que cela le calmerait. Il tenta d'avaler l'un des muffins apportés par l'amie de sa femme ; toutefois, la pâte resta coincée dans sa gorge. Il s'inquiétait pour Angèle, son ange qui souffrait depuis plus de quinze heures maintenant. Quand ils avaient accueilli leurs trois premiers enfants, Adrien était auprès d'elle, dans leur chambre ; à deux, ils avaient souhaité la bienvenue au nouveau bébé. À l'hôpital, les religieuses estimaient que les pères n'avaient pas leur place dans une salle d'accouchement, que leur présence nuisait au bon déroulement des choses. « Maudit règlement ! » pestait Adrien intérieurement. Quand il était remonté à l'étage, une infirmière l'attendait.

— Monsieur Gagnon, le médecin veut vous voir, venez.

Le sang d'Adrien figea et il tenta de se calmer : « On n'est plus au début du siècle, les femmes ne meurent plus en couches, ou si rarement. Non ! Pas Angèle ! » Parce qu'il en était maintenant certain : sa femme avait glissé dans l'autre monde pour donner naissance à leur bébé. L'infirmière n'avait pas révélé une telle mauvaise nouvelle, mais son attitude austère et son visage fermé le disait. Le sourire épuisé du médecin indiqua cependant à Adrien qu'il avait probablement vu les choses pires qu'elles l'étaient.

— Monsieur Gagnon, vous avez une petite fille. Il s'en est fallu de peu pour qu'on la perde, elle avait le cordon enroulé autour du cou. Ne vous inquiétez pas, elle va bien. Elle est combative, votre petite va mordre dans la vie.

— Et ma femme ? Je peux la voir ?

— Elle va bien, elle est endormie. Ce long travail l'a épuisée et elle a perdu beaucoup de sang. On va devoir lui faire une transfusion.

— Elle est en danger ? cria presque Adrien, les nerfs à fleur de peau.

— Non ! Rassurez-vous ! fit le médecin en posant sa main sur le bras d'Adrien. Mais elle aura besoin de beaucoup de repos. C'est une femme courageuse que vous avez. Allez faire un tour chez vous, revenez dans quelques heures. Profitez-en pour vous reposer et vous rafraîchir un peu.

— Merci, docteur.

Une petite fille. Ce serait la petite dernière, Adrien ne voulait plus jamais revivre autant d'angoisse. Si donner la vie s'avérait un geste naturel, si les autres naissances s'étaient déroulées plutôt bien et rapidement, il venait de mesurer à quel point, parfois, tout peut basculer. Il se demanda comment il aurait réagi s'il s'était trouvé à son chevet, voyant sa femme baigner dans son sang.

À son arrivée à la maison, quand il vit le regard ahuri et inquiet d'Anne-Marie, Adrien jeta un œil dans le miroir de l'entrée. Son allure n'avait effectivement rien de rassurant. Il fit un effort pour lui sourire.

— Papa ?

Anne-Marie avait prononcé un seul mot, dans lequel le père avait senti le reflet de toute l'angoisse de sa propre attente. Sa fille aussi avait dû s'inquiéter.

— Ça va, ma grande. Tu as une petite sœur et ta maman se repose.

Adrien avait retrouvé son calme, ou peut-être était-ce sa très grande lassitude. Il serra sa fille dans ses bras pour la rassurer.

— Je pense que toi aussi, tu aurais besoin de te reposer, proposa-t-elle en l'examinant.

— Je vais prendre une douche et j'aimerais bien…

— Un gros bol de gruau avec du sucre d'érable râpé et des *toasts* au pain de ménage. Je te prépare ça.

La douche avait produit un effet apaisant sur Adrien, comme si toute l'inquiétude des dernières heures s'égouttait avec l'eau dans le drain. Il s'était rasé et il avait enfilé une chemise blanche. Anne-Marie avait dressé un couvert et lui avait servi le gruau avec ses rôties imbibées de beurre fondu, juste comme il les aimait.

— Je m'allonge dans mon fauteuil. Tu me réveilleras dans une petite heure, d'accord ? demanda Adrien après avoir mangé avec appétit son petit déjeuner.

— Je pourrais visiter maman avec toi ?

— Pas cette fois, ma grande. On s'y rendra ensemble aux visites du soir.

— Les enfants n'ont pas le droit d'y aller, le soir.

— Avec moi, l'agent de sécurité te laissera passer. Et puis, tu n'es plus tout à fait une enfant.

Le visage d'Anne-Marie s'illumina d'un sourire de fierté. Elle embrassa son père sur les deux joues.

— J'ai hâte de voir Suzanne, dit l'adolescente.

— Suzanne ?

— Oui, c'est moi qui choisis le prénom du bébé, puisque c'est une fille. Maman est d'accord.

Adrien sourit. Non, sa fille n'était plus une enfant. Pour la première fois, Angèle et lui n'avaient pas discuté du prénom, comme cela avait été le cas lors des grossesses précédentes. Pour eux, choisir un prénom avant la naissance du bébé attendu devenait une façon de lui souhaiter la bienvenue dans la famille. Il se remémora avec émotion l'arrivée d'Anne-Marie. Il se trouvait au chevet d'Angèle quand la sage-femme avait déposé dans ses bras cette petite poupée tout emmaillotée. Il avait regardé ce minuscule visage encore plissé et lui avait murmuré : « Bienvenue, petite Anne-Marie. » Il avait répété le même rituel à la naissance de Roger, puis à l'arrivée de Daniel. Lucie et Annie étaient nées sur la Côte-Nord, à l'hôpital. À travers la vitrine de la pouponnière, il leur avait souhaité la bienvenue au cours de l'heure qui avait suivi leur naissance. L'arrivée de Suzanne bouleversait ce rituel.

Allongé sur le divan du salon, Adrien se laissa glisser doucement dans le sommeil en pensant à Angèle ; il lui tardait d'être auprès d'elle. Il l'aimait toujours autant après quatorze ans de mariage.

Cinq jours après sa naissance, Suzanne se montrait un bébé vigoureux qui buvait goulûment son biberon. Cependant, Angèle récupérait plus lentement qu'après ses accouchements précédents. Elle avalait avec peine ses repas, tandis qu'effectuer sa toilette ou marcher jusqu'à la pouponnière pour visiter son bébé la laissait en nage. L'inquiétude la rongeait. « Comment vais-je arriver à reprendre la besogne si je ne retrouve pas mon énergie ? Je pourrai compter sur l'aide de ma mère pendant un mois, mais après ? » Lors de chacune de ses visites, le médecin lui répétait de profiter de son repos à l'hôpital, et que si elle le désirait, il pourrait prolonger son séjour. Non, Angèle ne souhaitait pas rester davantage que les neuf jours prévus. Les frais de l'accouchement et de la chambre individuelle engloutissaient une partie de leurs économies, mais surtout, elle était certaine qu'elle pourrait mieux récupérer dans sa maison, parmi les siens. C'est là qu'elle retrouverait la forme. Le soutien d'Adrien la réconfortait.

Dès son retour de son camp scout, Roger accompagna son père et sa sœur pour visiter sa mère et le nouveau bébé. Il était grand pour ses onze ans, l'agent de sécurité l'avait cru quand il avait affirmé avec assurance qu'il avait douze ans et demi, un âge que son père n'avait pas contredit.

Bien calée entre les oreillers, Angèle prenait plaisir à écouter le babillage enjoué de ses enfants. Son fils racontait sa vie sous la tente, et Anne-Marie, convertie temporairement en petite femme de maison, expliquait comment elle s'appliquait à faire aussi bien que sa mère. Angèle goûtait la présence silencieuse de son mari, assis dans le fauteuil des visiteurs, en lui caressant doucement la main. Tranquillement, son sang de mère recommença à bouillonner. Lassée de « se faire servir » par les infirmières, elle demanda au médecin de signer son congé le matin de sa dixième journée à l'hôpital.

À la fin de l'après-midi, Angèle entra à la maison, la petite Suzanne endormie dans ses bras, et escortée par Adrien, qui s'occupait des valises. L'odeur d'un bouilli de légumes lui emplit les narines et trois enfants l'encerclèrent pour l'embrasser et découvrir le bébé. Avec grand bonheur, Angèle revenait chez elle avec l'impression d'avoir été absente très longtemps. Rien ne traînait dans la maison, la table était dressée, trois tartes aux bleuets reposaient sur le comptoir.

— On dirait qu'il y a de la visite d'attendue ! s'exclama Angèle en regardant Adrien.

— Ton retour, ça compte plus que la visite du curé, répondit ce dernier en souriant.

— J'ai ramassé des bleuets avec Roger, ajouta Daniel, tout content d'avoir participé à la préparation du retour de sa mère.

— Marianne est venue passer l'avant-midi, précisa Adrien.

— J'ai fait le ménage pendant qu'elle fabriquait de la pâte à tarte, renchérit Anne-Marie, toute fière. Elle m'a montré comment préparer le bouilli et on a roulé les tartes ensemble. Maman, j'aime beaucoup cuisiner, et ça me ferait plaisir de m'occuper des repas plus souvent.

— Eh bien, c'est tout un accueil ! Je suis très fière de mes enfants. Vous êtes des amours !

Angèle déposa son poupon dans les bras de la grande sœur pendant que ses frères s'extasiaient devant ses doigts et ses orteils minuscules. Contente de retrouver les odeurs familières, la nouvelle arrivée vida d'abord sa valise, puis la seconde, qui contenait les effets du bébé. La chambre principale était la plus vaste, la couchette y avait sa place depuis leur arrivée dans la maison, même si aucun enfant n'y avait dormi depuis trois ans. Angèle sourit en se souvenant du Noël des deux ans d'Annie : la petite était allée retrouver Anne-Marie, qui partageait sa chambre avec Lucie. Elle s'était rendormie près de sa grande sœur et n'avait plus voulu réintégrer sa bassinette. Ce soir-là, l'aînée avait dormi au sous-sol sur un lit pliant dans une chambre inachevée qui lui était destinée. Adrien avait utilisé une partie de son congé du jour de l'An pour tirer les joints et peindre les murs afin de terminer la pièce rapidement.

En souriant, Angèle rangea pyjamas et petites robes dans la commode destinée aux effets de Suzanne. Quels jolis vêtements la petite avait reçus en cadeau dès ses premiers jours ! Le large rebord de la fenêtre de la chambre d'hôpital débordait de présents apportés par les visiteuses. Angèle avait vu défiler plusieurs membres de la chorale et quelques voisines de la rue. Du dernier tiroir, elle sortit un jeté fabriqué avec des coupons de tissu, uniquement avec des teintes de rose. En le déposant méticuleusement dans la couchette, elle pensa à celui en bleu resté au fond du tiroir. Elle l'offrirait à une nouvelle maman de son entourage, il ne servirait pas pour sa famille. Elle était d'accord avec Adrien, Suzanne serait leur dernière enfant.

Après le souper, Angèle vit revenir les pensionnaires. Ils se montrèrent discrets, après avoir félicité la maman. Deux d'entre eux prirent la direction du cinéma et les deux autres sortirent fumer dans la balançoire avant de regagner leur chambre. Dans la soirée, Angèle vit arriver Marianne et Sylvain. Ceux-ci apportaient un paquet de truites pêchées le matin même. L'émerveillement se lisait sur le visage admiratif de Sylvain devant le bébé, qui se tortillait dans les bras de son père après son biberon. Il le félicita chaleureusement en annonçant, rempli d'émotion :

— Dire que l'année prochaine, ce sera notre tour !

— Marianne... c'est vrai ? s'exclama Angèle.

— Oui ! Le docteur l'a confirmé, répondit Marianne en affichant un grand sourire. La naissance est prévue pour la mi-mars.

Les futurs parents rayonnaient, les joues de Marianne avaient rosi d'émotion. Enfin, après deux ans de mariage, leur désir de devenir parents serait comblé.

— L'école va sans doute te manquer, dit Adrien.

— La directrice me permet de rester en poste jusqu'en décembre. Mais une fois avec des enfants... je me demande si je pourrai enseigner à nouveau. Avec monsieur Lesage à la tête de la province, on prévoit des changements dans le milieu scolaire. J'aimerais tellement ça qu'on laisse travailler celles qui le souhaitent, même si elles sont mères.

— Toi, Sylvain, tu accepterais que ta femme continue à travailler ? demanda Adrien. Certains maris ne veulent pas ça, c'est comme si ça les rabaissait.

— Je gagne très bien ma vie et je peux faire vivre ma famille. Malgré ça, je souhaite avant tout une femme heureuse, et si enseigner fait le bonheur de Marianne, je ne veux pas m'opposer à ça. Au contraire, je vais la soutenir dans ses choix.

— Ce qui m'encourage, ajouta Marianne, c'est qu'à l'école des garçons, il y a deux femmes laïques qui continuent d'enseigner, malgré qu'elles soient mères. Leurs enfants sont grands, ils fréquentent le secondaire, mais c'est un début. Je pense qu'il y a beaucoup plus d'ouverture ici que dans les petits villages du Bas-du-Fleuve d'où vous venez.

— Je suis d'accord avec toi, indiqua Angèle. Regarde, juste avec l'histoire des chapeaux à la messe. Ici, l'évêque a suspendu l'obligation pour les femmes de porter quelque chose sur la tête pour aller à l'église. Quand on traverse sur la côte sud, je traîne ma mantille et celle des filles. Je n'oserais pas me présenter nu-tête, j'aurais peur que le prêtre refuse de me donner la communion.

Angèle se retira de la conversation qui tournait autour de la politique et alla déposer le bébé endormi dans son lit. Pendant qu'elle chantonnait une berceuse en bordant Suzanne, elle entendit les trois grands entrer par la porte arrière. Ils avaient dévoré la tarte aux bleuets, puis une fois sortis de table, ils avaient pris la direction de la savane, derrière le Séminaire, pour en cueillir d'autres. Anne-Marie voulait cuisiner davantage, ses frères à la dent sucrée lui adressaient déjà des demandes spéciales : pouding aux bleuets, muffins aux bleuets, croustade aux bleuets…

Angèle pensa à ses amies : Marie-Berthe possédait son commerce ; elle y trouvait là un équilibre avec sa vie de famille, et cela la rendait heureuse. Marianne allait devenir mère et souhaitait poursuivre l'enseignement, un métier où elle s'accomplissait. Et puis elle, mère à la maison, au milieu de sa marmaille, c'est là qu'elle trouvait son bonheur. Aurait-elle des aspirations différentes si elle avait étudié pour exercer un métier ? Probablement pas. La fibre maternelle vibrait très fort au fond de son cœur, son besoin de tout faire elle-même pour les siens la comblait, sans oublier son Adrien.

Puis, Angèle eut une pensée pour cette voisine, un peu plus loin dans la rue, une mère qui exerçait son autorité en humiliant ses enfants. Elle les traitait parfois avec violence. Angèle l'avait vue leur serrer les bras, les brasser, et même une fois donner un coup de balai aux fesses de l'un des garçons. Régulièrement, elle criait après eux pour se faire obéir. Certes, les enfants ont besoin de discipline, mais pour Angèle et Adrien, celle-ci consistait à leur indiquer le chemin en mettant des balises, en soulignant affectueusement les bons gestes et en les amenant à réfléchir sur les conséquences de leurs bêtises. Angèle le savait: tous les enfants commettent des fautes un jour ou l'autre. Elle repensait à la difficile décision de Marie-Berthe et de Benoit d'éloigner leur fils, espérant qu'il réfléchisse à l'impact des mauvaises influences sur sa vie. Depuis deux ans, Alain venait à la maison seulement à Noël et aux vacances d'été. Angèle avait observé qu'il était un enfant plus solitaire, peu expansif, et qu'il riait rarement. Même si elle n'en parlait pas, Angèle savait que son amie s'ennuyait de son garçon. Maintenant qu'il avait fini son primaire, en septembre, Alain entrerait au Séminaire pour débuter son cours classique. Ainsi, il pourrait poursuivre ses études en restant au bercail.

Angèle était d'avis que la réflexion s'apprend, qu'elle se développe et qu'elle aide à tracer le chemin pour développer le sens des responsabilités. Une discipline de fer appliquée avec agressivité mène à une obéissance aveugle et peut donner naissance tant au conformisme qu'à la rébellion. En plus, cela dilue certainement le respect qui doit exister entre parents et enfants. « Une mère irascible n'est sans doute pas heureuse dans son rôle », pensait Angèle, qui avait la certitude d'être née pour ce rôle. Pourtant, même quand cette fibre est présente, certaines femmes aspirent à autre chose. Comme Marie-Berthe, qui l'assumait en démontrant qu'il est possible de vivre la maternité en s'accomplissant dans un travail. Les hommes de leurs couples d'amis comprenaient cela et soutenaient la décision de leur épouse. « Ce respect des désirs de l'autre représente aussi un élément qui contribue à solidifier les couples », songeait encore Angèle.

CHAPITRE 19

Marianne avait pris l'habitude de recevoir ses amies à la fin d'août. L'école reprendrait bientôt et chacune serait alors entraînée dans un tourbillon. La journée sans vent, une rareté, et la chaleur du soleil les avaient obligées à retirer la veste de leur *twin-set.* Les visiteuses avaient parcouru le trajet jusque chez leur amie en marchant, Marie-Berthe avec la poussette, où jacassait la petite France de trois ans, Angèle avec un carrosse, où dormait paisiblement Suzanne. Toutes les deux peinaient à retenir leur chariot en descendant l'abrupte rue en pente près de l'hôpital.

— Une chance qu'Adrien vient nous chercher à la fin de l'après-midi, dit Angèle à bout de souffle. On n'aura pas à remonter cette satanée côte !

— Dire qu'un peu plus loin, il y en a une autre, répondit Marie-Berthe. Marianne habite une rue tranquille et avec une belle vue sur la rivière, mais c'est toute une marche !

À l'arrivée de ses amies, Marianne leur proposa de s'installer sur la galerie arrière. Suzanne dormait toujours, et le landau fut stationné juste au bas des marches. Les jolis coussins bleus donnaient de la classe aux chaises Adirondack toutes blanches, en plus de les rendre très confortables. Marianne apporta un immense pichet de limonade et servit à ses invitées de grands verres avec de la glace. Assise à même le plancher de la galerie avec ses poupées, France simulait les faire boire à son verre. Angèle se gavait du paysage. Sylvain avait cordé le bois entre les bouleaux blancs qui bordaient un côté du terrain. Cela produisait un effet original et esthétique. Angèle adorait les bouleaux blancs, leur écorce si douce et si particulière apportait un beau contraste avec le gazon impeccable. Aussi, elle admirait la Manicouagan qui se déversait dans le fleuve. Aujourd'hui, cette eau ressemblait à un immense miroir. Comme c'était paisible !

— Cette limonade est vraiment rafraîchissante, fit Angèle. Je trouve dommage que ta cuisine donne sur la rue. Ce serait si agréable de te laisser imprégner de ce paysage pendant que tu fais la vaisselle ou la préparation des repas, ne serait-ce que quelques secondes.

— C'est vrai, répondit Marianne, qui revenait avec une assiette de canapés, qu'elle déposa sur la table d'appoint. On a réfléchi à plusieurs détails en choisissant le plan de notre maison, mais jamais on n'a imaginé ce qu'on pouvait voir des fenêtres. On a suivi la mode des cuisines situées à l'avant de la maison. Quelqu'un m'a déjà dit que ça permet de voir arriver les visiteurs. Mais je pense que pour les femmes qui restent à la maison, c'est aussi l'occasion de voir le va-et-vient de la rue.

— Surtout qu'avec trois repas par jour à préparer et la vaisselle à laver, on passe pas mal de temps dans une cuisine ! précisa Angèle.

France entra dans la maison avec ses jouets, sa mère la surveillait à travers la porte-moustiquaire.

— L'an prochain, à pareille date, continua Marianne, ce sera à mon tour de me promener avec un bébé !

Elle jeta un regard attendri sur la petite Suzanne endormie et poursuivit :

— Vous deux, vous avez fini votre famille, alors que je commence la mienne. Anne-Marie m'a déjà proposé ses services de gardienne, j'espère que tu n'y verras pas d'inconvénient, Angèle. Au fait, as-tu complètement repris ta besogne ?

— Presque ! Il faut dire que je n'ai pas beaucoup les enfants dans les pattes. Annie et Lucie fréquentent le terrain de jeux, les garçons partent le matin avec un lunch pour passer la journée dans le bois. Suzanne fait ses nuits depuis deux semaines, ce qui m'a donné une bonne chance. Depuis que ma mère est là, j'ai presque abandonné la cuisine. Elle repartira quand l'école va commencer. Anne-Marie a même appris à faire du pain avec elle. Suzanne est ma petite dernière et je profite à plein de ce poupon.

— Vous ne le faites plus ? demanda Marie-Berthe presque en chuchotant.

— Penses-tu ? Adrien et moi, on s'aime trop pour l'abstinence. J'ai lu sur la méthode Ogino et le docteur me l'a bien expliquée.

— Mes règles ne sont pas régulières, expliqua Marie-Berthe. Avec cette méthode où il faut suivre de près le cycle menstruel, j'aurais trop peur de retomber enceinte. Six enfants, c'est une famille parfaite. Les curés ne mettent plus de pression pour encourager la famille, en tout cas, pas par ici. Ça fait tomber la culpabilité. Mais je ne pense pas que l'insistance ou les allusions d'un prêtre pour « accomplir mon devoir » m'inciteraient à obéir. Tant que Benoit et moi, on est d'accord, c'est ce qui compte.

— Alors, si tu ne suis pas la méthode Ogino, vous ne le faites plus ! s'exclama Marianne.

— Comme Angèle, j'aime trop mon homme pour m'en priver. On s'est retenus un bout après la naissance de France. On se couchait à des heures différentes pour éloigner la tentation, ou en se tournant le dos, mais à trente-six ans, j'ai encore le goût. J'avais lu des articles sur la pilule anticonceptionnelle et j'en ai parlé à mon docteur. D'abord, il n'a pas voulu me la prescrire, laissant entendre que c'était illégal. Je suis retournée le voir avec Benoit. C'est Benoit qui a insisté, il lui a dit qu'il irait consulter un autre médecin pour sa famille s'il s'obstinait à décider pour nous. Il a fini par sortir son *pad* de prescriptions.

— Vous avez connu mon amie Lisanne, ajouta Marianne. Son père est médecin et il n'hésite pas à la prescrire en inscrivant que c'est pour régulariser le cycle menstruel. Il trouve que cette invention enlève un poids énorme sur les épaules des femmes. Il m'a même proposé de changer de médecin si le mien gardait un esprit trop obtus. Il m'a aussi dit que je pouvais m'adresser à lui au besoin. Pour ma part, j'ai bien l'intention de prendre la pilule après la naissance du bébé.

Angèle écoutait attentivement ses amies, qu'elle trouvait tellement avant-gardistes. Penser à travailler en ayant une famille et maintenant, la pilule ! Tout cela devenait bien attirant. « Une femme a-t-elle le droit de s'abandonner dans les bras de l'homme qu'elle aime sans craindre les conséquences ? » se demandait Angèle, qui se donnait à son homme par amour et non par devoir, même si l'Église s'y opposait. Pourtant, elle croyait que là où l'amour s'éveille et grandit, le péché n'a pas sa place. Les propos de Marie-Berthe la tirèrent de ses pensées.

— Que connaissent-ils, ces hommes à Rome, pour décider de ce qu'on a le droit de faire ou pas ? Que savent-ils des implications d'une vie de couple, des obligations familiales, des douleurs de l'enfantement ?

— Sans doute pas grand-chose de concret, reconnut Marianne.

— Ils prétendent recevoir la lumière divine, poursuivit Marie-Berthe. Ils pensent que ça leur donne le pouvoir de décider et d'édicter ce qui plaît à Dieu.

— Je pense qu'il y a plusieurs façons de prier et de suivre la volonté divine, ajouta Marianne.

Angèle écoutait ses amies sans parler. Marianne poursuivit, en s'adressant plus directement à elle :

— Angèle, quand tu prends soin de tes enfants et d'Adrien, quand tu t'appliques à rendre ta maison agréable pour le bonheur des tiens, quand tu prends le temps d'écouter les chagrins, de panser les bobos, d'encourager ou de soutenir, j'ai la certitude que tous ces humbles gestes sont enveloppés d'un don de soi et d'amour. Dieu ne te jugera pas, même si tu prends la pilule.

— Vous avez raison toutes les deux. Je vais réfléchir à tout ça…

Angèle aimait ses amies, même si celles-ci se moquaient parfois avec gentillesse de ses principes plus conservateurs. Leur compagnie l'amenait à réfléchir sur le bien-fondé de toutes ces règles qui, souvent, semblaient dépassées. En compagnie de Marie-Berthe et de Marianne, Angèle se sentait aspirée vers le haut, comme si elles lui permettaient d'évoluer plutôt que de rester prisonnière de vieux principes desquels elle commençait à douter. Chaque fois qu'elle discutait avec Adrien, que ce soit d'une discipline à appliquer, moins contraignante que l'éducation que celle qu'ils avaient reçue, ou bien pour choisir le moyen de limiter la famille, son homme démontrait beaucoup d'ouverture.

— Tout va tellement vite, ces temps-ci, ajouta Angèle. Tout est en train de changer, tout devient plus audacieux.

— L'audace, c'est libérateur, répondit Marianne. Ça permet d'aller de l'avant.

— Que penserait la sœur supérieure de l'école si elle t'entendait ? demanda Marie-Berthe en riant.

— Tu serais surprise ! rétorqua Marianne. Beaucoup de sœurs sont bien au fait de ce que vivent les laïcs. Elles démontrent plus d'ouvertures qu'on ne le croit. Souvent, la peur entraîne les gens à s'accrocher aux vieilles valeurs dépassées. Pour plusieurs, c'est plus facile de marcher dans des chemins tout tracés et connus que de se repositionner.

— Vous avez raison, avança Angèle. Les arguments que tu apportes me semblent très justes, Marianne. Mais il y a une marge entre savoir une chose et l'appliquer.

— C'est vrai, répondit Marie-Berthe. Les nouvelles idées, elles chamboulent nos valeurs. On a besoin de temps pour les digérer, réfléchir à ce qui nous convient vraiment. Sinon, on avance tête baissée, parce que c'est à la mode. Il faut d'abord se sentir à l'aise avec nos choix.

— Je peux te prêter des livres, si tu veux, suggéra Marianne. Pour ma part, en lisant, j'assimile mieux les idées, ça m'aide à me faire ma propre idée.

— La lecture influence nos pensées, répondit Angèle. Il faut savoir les choisir.

— En partie, reprit son amie. Mais ce qui est écrit ne devient pas nécessairement parole d'évangile. Tu n'es pas obligée d'accepter tous les propos d'un auteur. Comme tu n'es pas tenue d'être en accord avec tout ce que dit un prêtre, une directrice d'école ou un ministre du gouvernement.

— Ouf ! Je n'ai pas l'habitude de penser de cette façon, indiqua Angèle. J'ai surtout appris l'obéissance face à l'autorité. Vous deux, vous avez fréquenté l'école plus longtemps que moi. J'ai l'impression que vous comprenez des choses qui m'échappent.

— Angèle ! s'exclama Marie-Berthe. Ce n'est pas une question d'être allée à l'école ou pas. Il n'y a pas juste à l'école qu'on apprend. J'ai compris les dessous du commerce en travaillant au bureau de poste de l'auberge de mes beaux-parents. J'aurais pu me contenter d'accomplir strictement mes tâches, point! Mais en observant, je voyais des choses pour rendre le travail plus agréable, apporter quelques changements pour améliorer le fonctionnement. J'en parlais alors avec Benoit. Observations, initiatives, essais: tout ça permet d'apprendre.

— Tu as sans doute raison. En tout cas, avec vous deux, j'apprends beaucoup. Dites donc, France est bien tranquille.

Marie-Berthe pénétra dans la maison. La fillette s'était rendue dans la salle de bain. Comme elle n'arrivait pas à s'asseoir toute seule sur le siège de la toilette, elle avait utilisé le bol pour la nourriture du chien laissé dans le corridor. Elle était assise sur ce petit pot improvisé quand sa mère la trouva toute souriante.

— Heureusement que Sylvain a amené notre colley avec lui à la pêche! dit Marianne en riant.

Quand Angèle était entrée avec le poupon pour réchauffer un biberon, de l'eau bouillait pour le thé. Au grand plaisir de la petite France, Marianne avait cuisiné des biscuits. La discussion se poursuivit en échange de recettes, en commentaires sur la mode automnale et sur les incontournables préparatifs de la prochaine rentrée scolaire. Aux alentours de quatre heures trente, Adrien arriva pour ramener sa femme et Marie-Berthe avec les petites. Le carrosse plié entra dans le coffre, mais non la poussette. France s'opposa fermement à abandonner son pousse-pousse.

— Dis à ton papa que j'ai une boîte de biscuits pour lui, proposa Marianne. Il pourra venir la chercher et rapporter ta poussette en même temps.

L'explication suffit à la calmer. À trois ans, l'enfant ne réalisait pas que sa mère aurait très bien pu apporter la boîte de biscuits. Angèle restait silencieuse. Si les gens croyaient que le papotage de dames l'après-midi se limitait à du temps perdu en futilités, elle n'était pas de cet avis. Pas avec ses amies, en tout cas. Entre elles, jamais de commérages, ni de ragots, juste de belles discussions qui la poussaient un peu dans le dos et l'aidaient à avancer. Elle jeta un coup d'œil à Adrien, concentré sur la conduite, en se demandant quel serait son avis sur la pilule. Au moment de faire l'arrêt obligatoire, au coin de la rue, il se tourna vers elle et lui adressa un radieux sourire. «Je crois qu'il ne serait pas contre», pensa Angèle en lui retournant son sourire.

Chez Angèle, l'arrivée de l'automne remplissait les samedis d'effervescence. Depuis qu'il n'y avait plus de pensionnaires, les garçons disposaient maintenant chacun de leur chambre et Anne-Marie les supervisait pour le ménage de semaine avant leur départ au local scout. Après avoir accompli ses propres tâches au son de la radio, l'adolescente endossait son tablier pour préparer le dîner. Elle adorait cuisiner, et Angèle lui laissait le champ libre. Celle-ci en profitait pour se réfugier dans la salle de couture. La couchette du bébé avait trouvé sa place dans la pièce face à celle des parents. Angèle et Adrien n'avaient pas goûté à une telle intimité depuis qu'ils étaient parents, et leur chambre à coucher méritait un nouveau décor. La parure du lit était terminée, il restait les rideaux à confectionner, et sans doute des coussins. Avec les chutes de tissus, Angèle réorganisait la maison, la vie de famille y prenait toute la place.

À six ans, Lucie commençait l'école, elle apprenait vite et bien. Sa grande sœur demeurait son modèle, et Anne-Marie se faisait une joie de jouer à l'institutrice en l'aidant à faire ses devoirs ou à réciter ses leçons. Angèle observait son aînée quand elle s'appliquait à montrer à sa petite sœur comment tracer les lettres à travers le transparent glissé sous la page du cahier, qu'elle lui faisait épeler de nouveaux mots, ou qu'elle lui posait les questions du *Petit Catéchisme.* Anne-Marie démontrait un grand sens des responsabilités.

Ce samedi-là, ce n'était pas une notion scolaire que la grande sœur enseignait à sa cadette : elle lui apprenait plutôt l'art de bien plier les coins de son lit pour qu'il soit impeccable. Angèle souriait en l'entendant expliquer les consignes, car elle avait l'impression que son aînée reprenait presque mot pour mot ceux qu'elle-même avait utilisés à son endroit quelques années plus tôt.

Roger et Daniel étaient partis aussitôt leur déjeuner avalé. Habillés de leur costume de louveteaux, ils passaient l'avant-midi à vendre les calendriers scouts de l'année 1963. Pour se montrer équitable, Angèle en avait acheté deux. Annie s'amusait avec ses poupées dans le solarium inondé de soleil, en cette troisième journée de l'été des Indiens.

L'avant-midi se déroulait en tâches, au rythme des chansons du palmarès qui s'échappaient de la radio. Anne-Marie tenait mordicus à connaître la position des dix titres les plus prisés de la semaine. À l'extérieur, Adrien finissait le nettoyage du potager. Il entra au même moment que les garçons, qui revenaient en chahutant, juste à temps pour le dîner. La cuisine embaumait la soupe à l'orge, et, toute fière, Anne-Marie annonça qu'elle avait cuisiné un macaroni au fromage.

— Où est Annie ? demanda l'adolescente en transportant les bols de soupe sur la table.

— Elle doit être dans sa chambre avec ses poupées, répondit Angèle. Lucie, va la chercher, s'il te plaît.

La petite sœur partit en courant pour revenir tout essoufflée.

— Est pas là.

Angèle figea en regardant Adrien. Ce dernier lut l'inquiétude dans ses yeux, mais il réussit à garder son calme pour annoncer :

— Je fais le tour de la cour. Anne-Marie, vérifie dans toutes les chambres. Toi, Roger, va voir au sous-sol et regarde bien dans tous les coins.

Ils étaient tous revenus bredouilles après avoir fouillé partout, Annie restait introuvable. Une folle inquiétude gagna Angèle.

— À matin, dit Daniel, elle voulait aller visiter notre nouvelle cabane dans le bois. J'y ai dit qu'on irait après sa sieste.

— Elle ne peut tout de même pas être allée dans le bois toute seule ! s'exclama Angèle, dont la voix trahissait une grande anxiété.

— C'est une petite curieuse, et à cinq ans, elle n'a pas encore conscience du danger, répondit Adrien, la gorge serrée. Anne-Marie, va vérifier chez les voisins de la rue.

— J'appelle chez Marie-Berthe, au cas où, ajouta Angèle.

Il fallait qu'elle fasse quelque chose, n'importe quoi.

— On peut aller voir dans le bois, suggéra Daniel.

Vingt minutes plus tard, tout le monde revenait dans la cuisine, encore une fois bredouille. Adrien avait alerté les voisins, sollicitant leur aide pour rechercher la fillette. Angèle était rongée par l'angoisse. Un nœud lui nouait l'estomac, mais elle faisait un effort inouï pour rester en maîtrise de la situation et ne pas se mettre à pleurer comme une Madeleine. Où était sa petite Annie ? Anne-Marie ayant déposé Suzanne dans ses bras, Angèle lui donna le biberon, incapable de chantonner comme d'habitude. Elle retenait ses larmes qui, malgré ses efforts, inondaient ses yeux. Elle ne voulait pas que les enfants sentent son inquiétude, mais les minutes s'égrenaient et cette peur sourde se transforma en angoisse. « S'il fallait qu'elle ait pris la direction du bois ! » se répétait inlassablement, Angèle en berçant Suzanne. Les garçons effectuèrent une autre tournée de la maison, Anne-Marie reversa les bols de soupe dans le grand chaudron. Personne ne pensait plus à manger.

La dernière fois qu'Angèle l'avait aperçue, Annie racontait une histoire à sa poupée, assise sur le coussin de la berceuse qu'elle avait mis par terre. La culpabilité rongeait maintenant la mère de famille : avait-elle manqué de vigilance ? Se fiait-elle trop à Anne-Marie pour surveiller ses petites sœurs ? Alors que ces questions tournaient en boucle dans sa tête, une image insolite se forma dans son esprit. Voilà plus d'une heure qu'on la cherchait. Annie restait introuvable et le coussin sur lequel sa mère l'avait vue assise n'était pas là non plus. Suzanne s'étant endormie, Angèle la remit dans son lit. Puis, en revenant dans la cuisine, elle réalisa que les carpettes laissées sur la rampe de la galerie pour qu'elles soient secouées n'y étaient plus. Non, Anne-Marie ne les avait pas replacées, elle n'avait pas fini de passer la vadrouille. Un voisin était revenu bredouille et suggéra d'appeler au poste de police, car selon lui, il fallait élargir le périmètre des recherches. Angèle était désespérée.

— Mais où sont donc passées les carpettes ? demanda-t-elle.

Angèle avait presque crié. Ahuri, Adrien l'avait regardée, car l'attitude de son épouse n'était pas normale : pourquoi porter son attention sur un détail du ménage alors que leur fille restait introuvable ? L'homme était content de ne pas habiter la rue de Sylvain et Marianne, si près de la rivière, mais il garda son observation pour lui.

— Maman, répondit Daniel d'une petite voix en réponse à sa mère, je les ai mis dans le trou qu'on a creusé au fond de la cour pour faire un plancher.

— Eh bien, va les chercher, répliqua Angèle avec sévérité.

Adrien s'approcha d'elle et la serra dans ses bras en la berçant doucement. Sa femme n'était plus elle-même, elle n'avait pas l'habitude de hausser la voix avec les enfants. S'il lui arrivait d'avoir un mouvement d'impatience, jamais elle n'avait élevé le ton. Angèle avait besoin d'être rassurée et réconfortée. Adrien avait bien vu le grand trou que les garçons avaient creusé la veille, en revenant de l'école. Ils disaient qu'ils construisaient une caverne. Si les enfants lui avaient parlé du plancher de ce trou qu'ils souhaitaient confectionner, il leur aurait donné les vieilles poches de jute devenues inutiles. Adrien glissa ses doigts dans les cheveux d'Angèle, il sentit les sanglots qu'elle n'arrivait plus à contenir. Puis, soudain, il entendit crier.

— Maman ! Papa ! Maman ! Papa !... Annie !

Adrien prit la main d'Angèle pour l'entraîner dans la cour. Le reste de la marmaille et le voisin sortirent en trombe de la maison. Daniel se tenait près de la cavité en pointant le fond du doigt. Angèle éclata en pleurs, la pression venait de se relâcher. Dans le fond, une petite fille ensommeillée se réveillait en serrant deux poupées dans ses bras. Son père se pencha pour l'attraper, Daniel sauta dans le fond pour récupérer les carpettes et le coussin qui, visiblement, avait servi d'oreiller.

Adrien remercia le voisin, puis, il entra dans la maison, tenant sa fille dans un bras et enlaçant Angèle de l'autre. L'horloge indiquait une heure trente et tout le monde était affamé. Tout le monde, sauf Angèle. Perdre un enfant devait être une chose épouvantable, et cette dernière songea que si jamais une telle tragédie se produisait, elle ne s'en remettrait jamais. Anne-Marie réchauffa la soupe, tandis que son père ramenait les bols sur la table à mesure que l'adolescente les remplissait. Assise à sa place, Angèle restait dans un état de prostration, le regard fixé sur Annie. Personne ne passa de commentaires sur le macaroni d'Anne-Marie, desséché par le temps d'attente prolongé qu'il avait passé dans le four.

Au souper, Angèle décréta que, désormais, il était formellement interdit de creuser des trous dans la cour. Adrien ne la contredit pas, car il comprenait qu'elle était encore sous l'emprise de la peur. Une semaine plus tard, elle annonça aux enfants qu'une zone de jeux serait délimitée dans la cour. Adrien y fabriquerait un tourniquet et une balançoire, et un grand espace resterait en sable pour que les jeunes puissent jouer avec les Tonka ou… creuser un trou. L'endroit était visible de la fenêtre du séjour. Doucement, Adrien avait proposé cet aménagement, incluant la possibilité, pour les enfants, de construire des « cavernes ». Il aurait été dommage de les priver de ce plaisir, un jeu qui ne coûtait rien et qui permettait à leur imagination de les entraîner dans des histoires sans fin. Un projet pour le printemps prochain, car pour le moment, le gel ne tarderait pas à tout figer et la saison des jeux d'excavation était terminée.

Angèle avait compris qu'une interdiction créait une zone de sécurité dans la tête des parents, mais que c'était une illusion, puisque la vie est parsemée de risques. De son côté, Adrien croyait plutôt qu'il valait mieux enseigner des règles de sécurité, affronter les risques avec prudence et un minimum de calculs que d'interdire complètement un jeu.

Marie-Berthe marchait d'un pas alerte en serrant son manteau pour tenter de contrer le froid. Les arbres étaient complètement dénudés de leurs feuilles, mais il ne restait aucune trace du tapis blanc qui couvrait le sol encore trois jours plus tôt. Comme elle détestait cette période de l'année, novembre et avril, ces entre-saisons teintées de gris et de brun, tristes et ternes. Effectuer son trajet habituel à pied entre le commerce et la maison lui demandait un effort. Maintenant que la terre était gelée, manteaux et bottes chaudes étaient nécessaires. « Si la neige peut arriver ! » suppliait-elle en accélérant le pas autant que ses courtes jambes le lui permettaient. Quand elle se promenait, Marie-Berthe aimait entendre le crissement de ses pas ou donner des coups de pied dans la folle poudreuse en créant des nuages autour de ses bottes. Avec ce temps gris, les gens n'avaient pas envie de sortir. De son côté, elle avait quitté le magasin en plein milieu de l'après-midi, sa gérante fermerait la boutique. Elle surprendrait les enfants en les accueillant à leur retour de l'école.

En entrant chez elle, Marie-Berthe perçut une odeur de sauce tomate qui emplissait la maison ; cela la fit respirer de contentement. Installée à la table de la cuisine, Martine coloriait avec France à ses côtés en surveillant la casserole, d'où s'échappait doucement la vapeur odorante. En ajustant sa coiffure devant la glace de l'entrée, Marie-Berthe songea à sa chance d'avoir pu compter sur sa cousine depuis tant d'années. Martine était fiancée depuis peu, et son mariage était prévu au printemps suivant. Marie-Berthe l'avait félicitée avec une joie retenue, mais Martine l'avait vite rassurée en lui affirmant :

— Je vais continuer de travailler chez toi, tant que je n'aurai pas d'enfant. D'ici là, France aura sans doute commencé l'école.

— Si tu partais, avait dit Marie-Berthe, le plus difficile pour moi, ce serait d'organiser les repas. Je n'ai jamais vraiment cuisiné et j'ai peu d'intérêt pour la chose.

— Si ça t'arrange, même avec un bébé, je pourrais toujours te préparer des repas.

« Voilà maintenant presque neuf ans que Martine vit avec nous, songeait Marie-Berthe. Elle est efficace, discrète, enjouée et débrouillarde ; je n'arriverai pas à trouver quelqu'un d'autre qui lui arrive à la cheville. » Or, à vingt-six ans, la jeune femme avait bien le droit de penser à sa vie personnelle.

— Tu as fini tôt, lança Martine en voyant sa cousine pénétrer dans la cuisine.

— C'était tranquille au magasin et j'avais envie de me retrouver à la maison. Ça sent bon ! Je pourrais avoir une page pour colorier, moi aussi ? demanda-t-elle, s'assoyant près de France en lui donnant un bisou.

La fillette montra à sa mère une page vierge de couleurs, vérifiant si celle-ci lui plaisait. La maman acquiesça et Martine découpa soigneusement la page pour la retirer du cahier. Toutes les trois se racontèrent leur journée en ajoutant de la couleur à leur dessin respectif. De temps en temps, le bruit du petit aiguisoir crissait pour affûter un crayon. Marie-Berthe savourait ce moment de quiétude. Les enfants grandissaient si vite ! Ses trois aînés poursuivaient leur cours classique au Séminaire, Pierre en méthode, Jacques en syntaxe et Alain venait de commencer l'élément latin. Au grand désespoir de son père, il ne cessait de parler de l'école des métiers ; en effet, l'adolescent ne voulait rien entendre de suivre les traces de ses frères vers l'université. Maintenant, les fils de Marie-Berthe restaient tous à la maison, alors que plusieurs de leurs compagnons vivaient loin de leur village pour étudier. Les garçons Fortin, eux, n'avaient qu'à traverser la rue en obliquant vers l'évêché pour arriver au collège, sis juste à côté. Monseigneur Labrie s'était montré visionnaire en voulant développer l'instruction classique ; sinon, ce qui attendait les jeunes hommes, c'était le pensionnat à Rimouski. Le nombre d'étudiants fréquentant le Séminaire augmentait chaque année. Le meilleur ami de Jacques était originaire de Havre-Saint-Pierre. Il retournait dans sa famille uniquement pour la période des Fêtes, puis à l'été, comme Alain durant ses années à Rimouski. Il était pourtant si jeune ! Depuis le début de l'année scolaire, Alain était devenu camelot. « Avec les scouts, ça va l'occuper, et il aura moins le temps de niaiser », avait dit Benoit. Jusqu'à maintenant, il s'acquittait bien de ce travail.

Marie-Berthe n'avait jamais fait de coloriage avec les plus jeunes. Elle réalisait qu'elle y prenait plaisir, que l'activité l'apaisait. C'était tout le contraire de l'ambiance effervescente quand la famille était réunie autour du jeu de *Monopoly*. L'horloge grand-père sonnait la demie de trois heures quand quelqu'un ouvrit la porte en trombe. Marie-Berthe accourut vers l'entrée en entendant des pleurs. Elle vit Margot à bout de souffle, le manteau à moitié boutonné et le visage inondé de larmes.

— Hé ! Que se passe-t-il ma belle ? demanda Marie-Berthe, inquiète, en s'approchant de sa fille. Où donc est Chantale ? Vous arrivez toujours ensemble de l'école, d'habitude. Puis, dis-moi, la classe est-elle finie ?

Margot pleurait et hoquetait bruyamment, inconsolable. Doucement, Marie-Berthe l'aida à retirer son manteau et elle s'accroupit à sa hauteur pour tenter de la calmer et de savoir ce qui se passait. Entre deux sanglots, sa fille réussissait à dire un mot, mais rien de cohérent ne permettait de comprendre la cause d'un si grand chagrin.

« Était-il arrivé quelque chose à Chantale ? » se demandait Marie-Berthe, inquiète.

Margot finit par articuler quelques syllabes.

— Maaalade… maîtttresse… aaa dit… morrrte.

À travers les gémissements, Marie-Berthe finit par comprendre que quelqu'un était décédé. Martine avait apporté un verre de jus de raisin, le préféré de Margot. L'enfant avala la boisson, ce qui la calma un peu, mais les larmes continuaient d'inonder ses joues. Au même moment, le téléphone sonna. Martine entraîna la fillette dans la cuisine, laissant Marie-Berthe répondre. Marianne était au bout du fil.

— Marie-Berthe, est-ce que Margot est revenue à la maison ?

— Oui, mais qu'est-ce qui s'est passé ? Elle pleure sans bon sens et je n'arrive pas à comprendre ce qu'il y a. Et Chantale n'est pas avec elle.

— Elle est avec moi, ne t'inquiète pas. Tu savais que la p'tite Tremblay était malade depuis une semaine ? Juste avant que la cloche sonne, sœur supérieure s'est rendue dans la classe pour annoncer aux enfants que les médecins n'avaient pas pu la guérir et qu'elle était allée rejoindre les anges au cours de la nuit dernière. L'enseignante de Margot est venue me voir. Les autres petites filles pleuraient, mais Margot s'est levée brusquement en renversant sa chaise et en criant : « Non, non, pas Diane ! Le Bon Dieu m'a pas écoutée, il l'a pas guérie ! » Elle est sortie de la classe en ramassant son manteau, c'est le concierge qui l'a vue prendre la direction de la maison.

— Merci de m'avoir appelée. Depuis le début de l'année, Diane et Margot sont devenues d'inséparables amies. C'est une chance que je sois revenue à la maison si tôt aujourd'hui. Tu m'envoies Chantale ?

— Oui. Elle m'a demandé ce qui est arrivé à sa sœur, et je lui ai expliqué qu'elle avait beaucoup de peine. La Lucie d'Angèle fera le trajet avec elle comme d'habitude. Tu me tiens au courant pour Margot ? J'aimerais savoir comment ça se passe.

— Je te rappelle après le souper.

Ce soir-là, Margot fut incapable de manger. Elle ne pourrait pas continuer sa cinquième année sans son amie Diane, c'était IMPOSSIBLE ! Elle annonça qu'elle n'irait plus jamais à la messe parce que ça ne donnait rien. Elle n'aurait plus jamais d'amies parce que ça causait trop de chagrin quand on les perdait. Aucun de ses frères ne la traita de bébé parce qu'elle pleurait. France lui prêta sa poupée préférée pensant la consoler, tandis que Chantale lui offrit d'essuyer la vaisselle à sa place. Et surtout, ni son père ni sa mère n'essayèrent de lui faire entendre raison. Tous les deux savaient qu'une grosse peine ne se raisonne pas, elle a seulement besoin de trouver un canal de compréhension et de douces attentions, en espérant qu'elle puisse s'y écouler.

Ce soir-là, Marie-Berthe se consacra uniquement à sa grande fille. Longuement, elle lui brossa les cheveux. Puis, elle lui prépara un lait chaud vanillé en lui donna la permission de le boire, bien calée dans les oreillers de son lit, sa mère assise à ses côtés avec une tasse de thé.

— Maman, je ne la verrai plus jamais ! Ce n'est pas juste, des enfants qui meurent !

— Tu as raison, c'est très injuste. Sa maman et son papa aussi doivent avoir beaucoup de peine.

— Et sa sœur ! Elle avait juste une sœur et elle l'a plus. Dix ans, c'est trop jeune, hein, maman, pour aller retrouver les anges ? Pourquoi, il fait ça, le Bon Dieu, laisser mourir les enfants ?

Il y avait bien des injustices en ce monde : les guerres, les épidémies, la grande pauvreté ; comment débattre de cela avec une enfant de dix ans ? se demandait la maman. Marie-Berthe savait que personne n'est à l'abri des malheurs. Comment adoucir l'épreuve de Margot ? Parfois, les rituels et les souvenirs finissent par apaiser la peine. Margot parla de son amie partie. Elle finit par s'endormir en tenant la poupée de France dans ses bras.

Le lendemain de l'annonce de cette triste nouvelle, une classe de fillettes défila deux par deux sur la rue, de l'école au salon funéraire, pour aller rendre hommage à cette compagne partie trop tôt. Comme plusieurs des élèves, Margot pleura, en silence, devant son amie vêtue de sa tunique d'école et de sa plus belle blouse blanche. Petit ange couché dans un lit de satin rembourré d'où elle ne se relèverait jamais, son visage dessinait un léger sourire. La grande sœur de Diane était venue embrasser Margot tendrement en lui disant que cette dernière n'avait jamais eu une amie aussi indéfectible.

Aux funérailles, Margot écouta à peine le sermon du curé. La poliomyélite avait emporté sa meilleure amie. Elle songeait à ce qu'elle ferait, une fois devenue adulte. Déterminée, elle formula un engagement au fond de son cœur: «Je vais guérir les gens.» Cela lui donna le courage de retourner à l'école. Elle s'appliqua au point d'en oublier les mots qu'elle avait prononcés dans un moment de grande détresse. Aussi, elle était retournée à la messe, mais désormais, elle adressait ses prières à Jésus et à Marie, sa mère. Eux, ils l'écouteraient peut-être plus que Dieu.

CHAPITRE 20

La dernière journée de classe avant les vacances de Noël, les fillettes avaient accroché leur boucle rouge au premier bouton de leur blouse blanche, celle des grandes occasions. Toutes portaient leur tunique marine bien pressée. Les élèves de la quatrième année B se tenaient debout à côté de leur pupitre, les pieds bien collés et les mains l'une dans l'autre à hauteur de la taille. Au signal de Marianne, elles entonnèrent *Le Noël des petits oiseaux* sous l'œil attentif de la sœur supérieure assise au pupitre de l'enseignante. Marianne rayonnait de fierté devant la prestation de ses élèves. Elle dirigeait discrètement ce groupe vocal, indiquant à quel moment faire entendre les voix en échos qui reproduisaient le cui-cui des petits oiseaux ou quand chanter presque en chuchotant pour ensuite faire monter la voix en crescendo.

Une neige légère tombait au ralenti, animant le décor que Marianne avait créé avec les enfants à travers les fenêtres. De gros flocons de papier étaient collés dans les vitres. Vingt-sept sapins miniatures fabriqués de carton bristol et décorés de diamants multicolores ornaient le large rebord de la fenêtre qui donnait sur la rue. Les petites avaient été si attentives aux consignes que leur enseignante leur avait donné tout au long de la réalisation du bricolage.

— Maintenant, avait expliqué Marianne, chacune peut coller une étoile ou un angelot au sommet de son arbre.

— Mademoiselle, avait dit une élève appliquée à son travail, chez nous, j'ai fait une crèche pareille comme celle qu'on a faite avec une boîte à chaussures, mais j'ai pas de vraie paille comme celle de la classe.

— Je pourrais en apporter encore un peu, avait répondu la petite Trudel.

Sa famille exploitait la seule ferme de la ville. Marianne avait utilisé de la vraie paille pour recouvrir le toit de la crèche, en la faisant adhérer avec de la colle de farine. Elle en avait étalé sur le sol, puis elle avait découpé quelques brindilles pour les déposer dans l'auge de l'Enfant Jésus. Propriété de Marianne, l'Enfant de la crèche était le seul personnage à ne pas avoir été fabriqué par les enfants.

Tout en guidant sa jeune chorale, Marianne observait la scène hivernale dessinée avec des craies de couleur sur l'un des grands tableaux noirs. Deux bonshommes de neige montaient la garde près d'un lac gelé. Chaque élève avait ajouté un détail. Ce paysage était habillé d'une multitude de sapins, d'une grosse lune souriante et d'étoiles. Les plus habiles avaient dessiné des personnages qui glissaient sur une luge ou qui patinaient sur l'eau gelée. Comme tout cela lui manquerait ! Marianne était consciente de l'influence que peut avoir une enseignante sur ses élèves ; aussi, elle s'appliquait constamment à ce que chaque petite fille trouve l'étincelle qui allume son cœur.

La dernière note des petits oiseaux terminée, Marianne battit la mesure pour enchaîner avec *Promenade en traîneau.* Quelques fillettes agitaient des grelots pour accompagner la chanson. À la toute fin du récital, Marianne éprouva un grand sentiment de satisfaction en voyant le sourire ravi de la sœur supérieure ; ses applaudissements enjoués démontraient un sincère enthousiasme. Malgré toutes les qualités de pédagogue de Marianne, la maternité lui fermerait les portes de l'enseignement à cause des règles du ministère de l'Éducation. Elle en éprouvait à la fois du regret et de la fierté devant cette finale de sa carrière d'institutrice.

— Bravo ! s'exclama la sœur supérieure en se levant. C'était magnifique ! Madame Martel a fait du très beau travail avec vous toutes. Pour préparer cet agréable spectacle, mais aussi en vous aidant à apprendre. J'ai regardé vos bulletins, il n'y a aucune note en bas de soixante. Je vous félicite ! Vous pouvez vous asseoir, mes filles.

La religieuse commença à remettre les bulletins en débutant par le vingt-septième rang. Même la fillette qui avait l'habitude d'être « à la queue » alla chercher le sien avec le sourire. « J'ai même pas d'échec, la sœur supérieure l'a dit. Pour une fois, mes frères et mon père me traiteront pas de cruche ! » pensa la jeune élève.

Marianne était une enseignante appréciée, et ce, autant de ses collègues et de la directrice que de ses élèves. Jamais elle n'avait donné des coups de règle sur les doigts ni humilié une enfant parce que son travail était bâclé, pas plus qu'elle n'attribuait un sobriquet à l'une d'elles à la suite d'une faute commise. Elle savait qu'à la maison, certaines élèves ne profitaient pas des conditions favorables pour étudier. Or, un enfant qui obéissait à cause de la peur développait le mépris ou s'éteignait. Marianne préférait encourager, suggérer et mettre l'accent sur les réussites plutôt que sur les échecs. Quand la fillette qui n'obtenait jamais de très bonnes notes tendit la main pour saisir son bulletin, Marianne souligna, à l'intention de la supérieure :

— Ma sœur, j'aimerais vous mentionner que cette élève est celle qui a dessiné le petit patineur au tableau. Pour une enfant de son âge, elle est très habile pour ajouter des détails d'un grand réalisme.

Sans lâcher le bulletin, la religieuse observa attentivement le dessin. Puis, elle le tendit à l'élève en lui disant :

— N'arrête pas de dessiner, mon enfant, tu as beaucoup de talent. Tu dois le faire fructifier !

Marianne vit une étoile s'allumer dans le regard de la fillette.

Après la récréation de l'après-midi, Marianne fit la lecture d'un conte de Noël à sa classe. Durant la dernière partie de la semaine, les enfants devenaient trop excités ou fatigués, elle jugeait alors cette période peu propice à l'enseignement des notions scolaires. Elle consacrait donc ce temps à l'art plastique, au chant ou à la lecture d'une histoire. Elle considérait que la culture était aussi importante que le savoir. Au cours de l'automne, elle avait tenu ses élèves en haleine en leur lisant *L'Auberge de l'ange gardien,* de la comtesse de Ségur, et sa suite, *Le Général Dourakine.* Elle termina avec la fin d'un chapitre, laissant son jeune public tout à sa curiosité. Marianne avait appris qu'une petite avait demandé le livre pour son anniversaire, trop impatiente de connaître la suite. Mission accomplie ! Marianne visait à donner le goût de la lecture aux enfants, car elle considérait que les livres ouvrent sur la vie, les connaissances, les gens d'ailleurs et d'autres univers.

À la fin de l'après-midi, Marianne quitta l'école Saint-Cœur-de-Marie le cœur gros. Cinq ans auparavant, sœur Marie-Isabelle-des-Anges lui avait donné une seconde chance, en lui ouvrant les portes de son école. Le manque d'enseignantes avait sûrement compté dans sa décision, qui s'était révélée une chance pour la jeune fille de l'époque. Sœur Marie-de-Saint-Louis-de-Montfort lui avait succédé deux ans plus tard. Une relation d'estime s'était tissée entre l'institutrice et sa supérieure. Marianne s'était arrêtée à son bureau avant de quitter l'école pour le congé des Fêtes, car dans son cas, maternité oblige, elle ne reviendrait pas en classe en janvier.

— Ma sœur, je voulais vous saluer avant de partir. Merci pour le soutien dans ma tâche d'enseignante.

— Vous nous manquerez, madame Martel, à vos collègues et aux enfants. Vous savez, même si j'habite dans un couvent, je lis les journaux et j'écoute les nouvelles à la radio. Un vent de changement s'amène dans notre système d'éducation. J'avoue que ça m'inquiète un peu, car les changements provoquent leur lot de moments d'inquiétude. Ils nous obligent à de nouvelles façons de faire qui ne sont pas toujours faciles à appliquer. Mais sachez que si un jour les portes s'ouvrent pour des femmes qui souhaitent poursuivre leur travail tout en ayant une famille, nous serons heureuses que vous reveniez nous voir, si c'est ce que vous désirez.

— Ce que vous dites me touche beaucoup, ma sœur. Vous, vous le savez que j'aimerais continuer…

— Mais peut-être qu'en tenant votre bébé dans vos bras, vous allez préférer lui consacrer tout votre temps. Vous êtes née pour vous occuper d'enfants, les vôtres comme ceux qui vous sont confiés. Je vous souhaite un bébé en santé et beaucoup de bonheur !

— Merci, ma sœur. Passez un joyeux Noël.

— Vous également, madame Martel, et… J'imagine que vous poursuivrez dans la chorale ? Vous avez une jolie voix et vous savez si bien faire chanter les enfants !

— Chanter me procure une grande joie, oui, je vais continuer de chanter dans la chorale.

Puis, Marianne retourna chez elle à pied, tandis que la neige continuait de tomber, immaculée, floconneuse, légère, celle qui rend l'hiver si beau. Une grande nostalgie l'enveloppait : un chapitre de sa vie se terminait, alors qu'elle l'aurait préféré beaucoup plus long. Puis, elle sentit du mouvement dans son ventre, alors elle commença à fredonner *Promenade en traîneau.* Cette chanson traduisit toute la beauté de cette saison qu'elle aimait tant et chassa les regrets. Les rues étaient désertes, la pénombre enveloppait les maisons, l'éclairage laissait voir la vie qui se déroulait à l'intérieur. Devant une demeure, depuis la grande fenêtre du salon, Marianne apercevait un père qui installait les jeux de lumière dans un sapin. Dans la maison voisine, une femme était penchée vers le comptoir de la cuisine : la future maman l'imaginait en train de couper des légumes pour le souper. En tournant le coin de sa rue, elle fut surprise d'apercevoir de la lumière chez elle ; elle songea que Sylvain avait dû rentrer tôt. Elle accéléra le pas pour le retrouver.

Sous l'abri de la galerie, elle secoua son manteau, avant de pénétrer dans la maison par la porte de côté. Sitôt entrée, elle reconnut la musique du groupe Boston Pop, qui jouait ses airs de Noël préférés. Elle monta les trois marches qui menaient à la cuisine. Sylvain portait un tablier, et la table était dressée avec la vaisselle des grands jours. La jeune femme avança pour l'embrasser et vit le sapin installé dans un coin du salon. Sur la table du centre, un immense poinsettia trônait au milieu des boîtes de boules et des guirlandes éparpillées. Sylvain avait délaissé ses chaudrons pour venir l'embrasser. L'enlaçant par la taille, il dit :

— Tu réalises que dans trois jours, nous vivrons notre dernier Noël juste entre nous ? J'ai bien peur que l'an prochain, avec un bébé qui se promènera sans doute à quatre pattes, il va nous falloir acheter des décorations incassables.

— Non ! Pas de ces affreuses boules de *styrofoam* recouvertes de fils satinés ! Je sais que, pour quelques années, nous devrons ranger nos jolies boules en verre. J'ai déjà une idée de garnitures que je veux bricoler et je compte m'y mettre dès que la fête des Rois sera passée. Ça m'occupera un peu. Dis donc, ça sent bon, on dirait un souper de grands soirs. En quel honneur ? Noël est seulement mardi.

— Je souhaitais faire quelque chose de spécial. Je trouvais que ce souper commencerait bien le congé des Fêtes, qui marque le tournant d'une autre vie pour toi, pour nous, qui allons bientôt devenir parents et… on m'a offert un nouveau défi dont je suis fier !

— Ah oui ! C'est quoi au juste ?

— La supervision d'une partie des chantiers de Manic-3 et d'Outardes-3.

— Bravo ! Je suis contente pour toi, tu le souhaitais tellement !

Marianne sauta au cou de son époux et l'embrassa avec tendresse. Il s'était rasé, sa peau toute douce sentait bon sa lotion. Après quelques secondes, Sylvain ajouta :

— Mais pour le moment, on ne parle pas boulot. Je termine la préparation du souper pendant que tu te détends un peu et que tu te fais belle.

Marianne prit un bain pendant que Sylvain mettait la dernière main au repas. Il n'avait pas préparé lui-même le plat qui mijotait doucement dans son creuset sur un rond de la cuisinière. C'était un bourguignon modifié, préparé avec des cubes d'orignal. Il l'avait commandé à la femme d'un collègue, qui cuisinait divinement tout ce que son mari lui ramenait de la chasse. La perdrix au chou, le civet de lièvre et le cipâte entièrement préparé avec de la viande de bois n'avaient plus de secrets pour elle. Sylvain mit des légumes à cuire, pila les pommes de terre et déposa une corbeille de petits pains tout chauds sur la table. Il allumait les bougies quand Marianne revint dans la cuisine, belle et radieuse. Elle étrennait la tenue de maternité qu'elle avait achetée pour les Fêtes : une robe bleu sombre, toute sobre, agrémentée d'une garniture argentée qui ornait le bas et recouvrait le col. Son ventre arrondissait à peine le vêtement. Après les Fêtes, elle enlèverait les détails décoratifs.

Marianne observait son homme s'activer dans la cuisine et elle souriait de bonheur. Cette seconde grossesse, elle la vivait avec Sylvain. Ensemble, ils préparaient la chambre du bébé, ils discutaient du choix d'un prénom et de la façon dont ils envisageaient leur vie de famille.

Depuis qu'ils étaient mariés, le réveillon de la nuit de Noël se passait en amoureux. Pendant la messe de minuit, Sylvain regardait davantage sa Marianne que le curé qui célébrait la messe. Pour lui, elle était l'étoile qui illuminait la chorale, installée à l'avant, entre la crèche et l'autel. Après la célébration, elle le retrouva à la sortie, où des échanges de vœux retenaient les gens. Dans leur maison, la nuit de Noël, il n'y avait que l'éclairage des chandelles et du feu dans l'âtre. En revenant de la messe, Marianne déposa l'Enfant Jésus sur son lit de paille, puis ils s'installèrent dans le salon, à côté de l'arbre illuminé. Au son des airs de Noël, ils dégustèrent uniquement des aliments à manger avec les doigts : des huîtres, un assortiment de canapés et de hors-d'œuvre, des petits sandwiches roulés au homard et au poulet, des minipâtés à la viande qui s'avalaient en trois bouchées. Après, ils échangèrent un cadeau. Marianne trouva de la magie à cette nuit en amoureux, un rituel instauré entre eux. Au cours des années à venir, ils auraient à s'inventer d'autres manières de marquer cette période festive.

La promotion de Sylvain entraîna de longues absences : des voyages à Montréal, des séjours dans les chantiers de Manic-5 et sur le site de Manic-3. Parfois, il partait tôt le lundi avec sa valise et revenait le vendredi en fin de journée. Marianne sortait marcher tous les jours, le plus souvent jusqu'au coin de sa rue, vers le Vieux-Poste, là où la forêt gardait ses droits. Marianne connaissait maintenant l'histoire de cet endroit. Un soir, pendant une pause de la chorale, monseigneur Couturier leur avait raconté qu'un village avait déjà existé à cet endroit. C'était l'époque des scieries, d'abord exploitées par les Jalbert père et fils. Après un hiver particulièrement difficile, ils avaient vendu leur installation. Monseigneur Labrie, son prédécesseur et fondateur de la ville, y avait passé quelques étés, autour de 1905.

Marianne aimait admirer la cascade de la rivière que la glace n'arrivait pas à emprisonner complètement. Elle s'attardait à écouter le tumulte de cette eau bouillonnante. Elle rebroussait chemin une fois transie de froid à cause de l'immobilité. Ses journées se remplissaient de lecture, de travaux de couture ou de bricolage, d'une tournée dans la maison pour effectuer un léger ménage et de cuisine de recettes plus élaborées lorsque Sylvain revenait à la maison. Elle avait commencé la rédaction d'un journal personnel et écrivait de longues lettres à Lisanne. Parfois, son voisin la déposait sur la rue de Puyjalon en se rendant à son magasin de meubles. Un jour de février que Marianne visitait Angèle pour un brin de jasette, elle dit, en berçant la petite Suzanne :

— Ta fille est si mignonne, Angèle ! J'ai bien hâte de serrer mon propre bébé dans mes bras.

— Tu feras une merveilleuse maman, Marianne. Quel est ton programme pour aujourd'hui ? s'informa Angèle en pliant une pile de serviettes sorties de la sécheuse.

— Un peu mon trajet habituel pour retourner chez nous. Un arrêt au bureau de poste, ensuite je veux aller à l'Imprimerie Côté, pour acheter du papier à lettres. Tu sais comme j'aime le beau papier pour la correspondance et que j'en garde plusieurs ensembles sous la main. Je n'ai rien acheté depuis ceux que j'ai reçus en cadeaux de certains élèves à Noël dernier. J'aimerais donc ça que ce magasin-là ajoute une section de livres dans un coin.

— Tu manques de lecture ?

— Non, j'en commande par la poste, et parfois Sylvain m'en ramène de Montréal ou de Québec. Mais ça me manque de ne pas pouvoir fouiner dans les rayons d'une librairie, de toucher les livres, d'en lire un paragraphe pour me faire une idée.

— Je suis certaine qu'on va finir par avoir une vraie librairie en ville. Tiens, Suzanne s'est endormie.

— Je peux la déposer dans sa couchette, ensuite, je vais poursuivre ma tournée.

Marianne reprit sa route en pensant à Sylvain. Il lui apportait toujours un présent quand il revenait après quelques jours d'absence. Il lui offrait des livres, mais il ajoutait aussi à l'occasion un coûteux stylo, une jolie broche ou des accessoires de cuisine. Parfois, la jeune femme avait l'impression qu'il compensait ainsi pour ses absences. Certes, recevoir un présent lui faisait plaisir, car cela signifiait que Sylvain avait eu une tendre pensée à son endroit, qu'il avait pris le temps de choisir quelque chose qui lui plairait. Cependant, un léger malaise s'immisçait en elle, un inconfort qu'elle tentait de balayer de la main. Sa grossesse la rendait plus sensible, la fin de l'enseignement la rendait nostalgique, et Sylvain savait si bien l'entourer de tendresse, avec ses paroles remplies d'amour et ses présents.

Marianne termina sa tournée au restaurant de Benoit, où Marie-Berthe descendit pour avaler une bouchée en sa compagnie.

— J'apprécie beaucoup que tu te libères du magasin pour passer un moment avec moi, dit Marianne en enlevant son manteau.

— J'en profite pendant que ça passe, répondit Marie-Berthe en riant. Dans peu de temps, tu ne pourras plus faire de petites escapades improvisées comme ça.

— Je réalise que de vous voir, Angèle et toi, même si nos rencontres sont brèves, ça met de l'équilibre dans ma vie. Notre amitié se vit dans le concret.

— J'avoue que je ne saisis pas très bien ce que tu veux dire.

— Eh bien, je corresponds régulièrement avec Lisanne, ma plus vieille amie. Cependant, nos propos sont surtout d'ordre philosophique. Nous échangeons certains points de vue, on se raconte aussi des épisodes de notre quotidien. Tandis qu'avec Angèle et toi, c'est notre vie sur la Côte-Nord dont on discute, avec l'éloignement et ce que ça signifie qui nous lie. En plus d'être mes amies, vous faites partie de ma vie sociale.

— As-tu l'impression que la distance a un impact sur ton amitié avec Lisanne ? questionna Marie-Berthe en terminant son café.

— Non, pas dans le sens qu'elle a moins d'importance. Chacune de mes amitiés me nourrit, j'en ai besoin.

— Ces moments avec toi me sont aussi très précieux, Marianne, mais pour l'instant, je dois retourner au magasin. À bientôt !

Avant de reprendre le chemin de la maison, Marianne s'attarda à sa table, le temps qu'Édith Piaf termine *La vie en rose,* qui s'échappait d'un juke-box. Quand elle marchait, son esprit s'activait autant que ses jambes. Elle imaginait sa vie de mère, ou pensait aux étapes d'un travail de couture en cours ou révisait sa liste d'achats pour le bébé. En descendant la côte des Épilobes, entre l'hôpital et l'école, elle faillit tomber. Elle marchait derrière un homme quand subitement, elle glissa sur une plaque de glace. Elle se mit à déraper jusqu'à entrer dans le dos du marcheur. Ce dernier l'agrippa fermement, lui évitant ainsi une chute. En reconnaissant l'homme, confuse et surprise, Marianne s'excusa. Elle se trouvait face à monseigneur Couturier, qui allongeait sa promenade en rendant visite aux sœurs de Marie-Réparatrice dans leur nouveau couvent.

— Ma chère madame Martel, dit l'évêque avec sa bienveillance habituelle. Dans votre état, ce n'est pas très prudent de vous promener ainsi. La neige rend les rues glissantes.

— Excusez-moi, j'étais distraite.

— Je vous raccompagne jusque chez vous, il y a une autre pente à descendre... J'insiste, ajouta-t-il devant le malaise de Marianne.

Marianne connaissait bien l'ecclésiastique, il présidait souvent la grand-messe du dimanche et venait parfois assister aux répétitions de la chorale, disant que le chant lui procurait un moment de détente. Il connaissait la plupart de ses membres et il aimait particulièrement s'attarder pour fraterniser avec eux pendant la pause.

Marianne était touchée qu'il l'ait raccompagnée, mais à compter de ce jour, et jusqu'à la naissance de son bébé, elle n'osa s'aventurer pour de longues marches en solitaire. S'il était le mois le plus court de l'année, février lui parut sans fin.

CHAPITRE 21

Mars apporta un peu de soleil, et l'arrivée d'un beau poupon que les parents prénommèrent Christophe. Marianne vécut son accouchement dans la sérénité. Durant le travail, la douleur lui enserrait les entrailles, et, quand son corps lui apportait un bref moment de répit, la fierté, la confiance et l'impatience d'accueillir son bébé la faisaient sourire de bonheur. La joie de ce grand moment se confondait au souvenir de son petit ange qui aurait maintenant huit ans, et la crainte que son nouveau poupon parte, lui aussi.

Pendant le travail, Sylvain avait fait les cent pas dans la salle d'attente, ses deux emballages déposés sur une petite table. Il s'était procuré deux boîtes de cigares portant l'une et l'autre les inscriptions « C'est une fille » et « C'est un garçon ».

— Pourquoi deux boîtes? avait demandé Marianne quand il l'avait enfin retrouvée toute souriante et bien calée dans des oreillers, en tenant leur poupon endormi dans ses bras.

— Je voulais voir notre bébé et rester auprès de toi, chérie. Pas question de courir à la tabagie en ce moment, et je tenais à ces cigares.

Sylvain exultait de joie, Marianne savourait son bonheur.

Le lendemain de la naissance, madame Théberge avait fait le voyage en avion. Elle venait faire la connaissance de ce nouveau petit-fils et aider sa fille pour ses relevailles. Même si Marianne exécrait ce mot désuet, la présence réconfortante de sa mère l'avait comblée. Elle était entrée avec une grande joie dans son nouveau rôle, celui de maman. Sylvain affichait une immense fierté et un bonheur sans nom. Pour souligner la naissance de son fils, il avait offert à Marianne un manteau de castor rasé. Marianne était à la fois ravie et troublée. Enchantée parce qu'un tel vêtement offrait une incroyable barrière contre le froid de la Côte-Nord, mais n'était-ce pas trop pour lui avoir donné un fils ?

La neige s'accumulait en monticules et tardait à fondre. Le sol restait gelé en ce début d'avril. Pour la première fois depuis janvier, Marianne retrouvait ses amies chez Marie-Berthe, après la répétition de la chorale. La jeune maman tenait à assister aux chants de la fête de Pâques. La maison de Marie-Berthe était vide, en ce samedi après-midi. Les garçons étaient aux scouts, Margot bricolait avec Anne-Marie chez Angèle et Martine gardait les deux plus jeunes chez elle. Benoit ramènerait les filles en revenant du restaurant.

Les trois complices étaient installées autour de la table dans la cuisine, et l'eau chauffait pour le thé. Marie-Berthe avait préparé une assiette de biscuits avant de rejoindre Angèle et Marianne qui discutaient.

— Tu es chanceuse de pouvoir compter sur ta mère, dit Angèle.

— C'est vrai ! Elle souhaite continuer à venir passer quatre ou cinq jours de temps en temps. Elle aime la région et le voyage est beaucoup plus facile avec l'avion. Quand elle est chez nous, elle me laisse prendre soin du bébé et s'occupe de la maison. Sylvain en profite pour monter sur les chantiers. Ses nouvelles responsabilités l'accaparent beaucoup plus qu'il se l'imaginait.

— Ça bouge pas mal en haut dans les chantiers, énonça Marie-Berthe en déposant la théière fumante au centre de la table.

— Pas mal, oui, répondit Marianne. Il y a des travaux à la fois sur la rivière aux Outardes et sur la Manicouagan. À la hauteur de Micoua, on prévoit un seul camp pour héberger les travailleurs des trois barrages. Je crois bien que ça va se transformer en village, un peu comme au lac Louise, à Manic-5.

— On dirait que la province prend de l'expansion dans le nord, ajouta Angèle. Ça se développe aussi au nord de Sept-Îles avec les mines.

— Ça crée de l'emploi, renchérit Marianne, mais ça fait plusieurs familles où les hommes ne sont pas souvent à la maison…

— Ça me rappelle une certaine époque, ajouta Angèle. On vivait un peu cette situation, et je n'ai jamais regretté qu'on soit déménagés par ici. Je trouvais de plus en plus dures les périodes d'éloignement d'Adrien pour le travail.

— J'avoue, reprit Marianne, que moi aussi, je vis difficilement les absences de Sylvain. Je n'ai pas l'impression que ça va ralentir, du moins, pas au cours des mois qui s'en viennent. En ce moment, ma mère est là, et sa présence est d'un grand soutien. Si seulement je pouvais continuer à enseigner, il me semble que je trouverais ça moins pénible, car mes journées seraient plus occupées. À ce temps-ci de l'année, impossible d'aller en promenade avec le carrosse. J'ai parfois l'impression d'habiter dans un cul-de-sac. Je n'ose pas me risquer à monter la côte avec le bébé dans son landau. Il me semble que tout serait moins pire si Sylvain était à la maison tous les soirs.

— Ma chère Marianne, fit Angèle, je ne t'ai jamais vue aussi pessimiste. Pourtant, tu as un beau garçon en santé !

Marianne avait détecté un soupçon de jugement dans cette observation de son amie, comme si la maternité devait tout combler. Les absences de Sylvain, son retrait de l'enseignement et son sentiment de vivre en retrait sur sa belle rue, tout ça rendait la jeune mère mélancolique. Les deux pentes abruptes à monter devenaient un obstacle pour ses déplacements avec un bébé, et tout ça l'accablait. Marianne n'était pas femme à se satisfaire uniquement de son rôle de mère. En cela, elle ressemblait davantage à Marie-Berthe. Elle trouvait son amie chanceuse de pouvoir concilier sa vie de famille et ses aspirations personnelles pour se réaliser.

— Marianne, dit doucement Marie-Berthe, qui avait senti le malaise, ton petit Christophe a tout juste un mois et demi. S'il est naturel pour une femme de porter un enfant et de le mettre au monde, si tout s'est déroulé sans problèmes majeurs, ça n'empêche pas que cela entraîne beaucoup de bouleversements pour notre pauvre corps et qu'un premier bébé demande un minimum d'ajustements dans la vie de couple. Il est normal que tu ressentes des émotions contradictoires, c'est une adaptation exigeante à un moment où on est plus fragiles. À peu près toutes les femmes passent par là, mais rassure-toi, ça finit par se calmer. Pour le moment, profite de ton poupon. Dans peu de temps, tu trouveras qu'il aura grandi trop vite… et tu retrouveras une place qui te convient en dehors de la maison. Si c'est ce que tu souhaites, ça finira par arriver. Surtout que Sylvain t'encourage à faire ce qui te rend heureuse.

— Merci de me dire ça, Marie-Berthe, répliqua la jeune maman. J'ai lu pas mal sur la maternité, mais nulle part on ne mentionne son côté bouleversant.

Marianne se sentait coupable d'éprouver le désir de faire autre chose que de materner et pensait être la seule à ressentir ces émotions. Elle échappa un long soupir et poursuivit :

— Dans mes lectures sur la grossesse et les soins à fournir au nourrisson, on mentionne uniquement le beau côté de la maternité, sa noblesse. On laisse entendre que la maternité est la seule source d'épanouissement pour les femmes. Une belle façon de convaincre les mères de se consacrer à leur foyer ! J'aime mon bébé, je suis heureuse d'être mère, mais je souhaite aussi autre chose. Je ne crois pas que j'aimerais moins mon fils si je consacrais du temps à d'autres enfants.

L'arrivée de Margot mit fin aux échanges amicaux du trio. Marianne retourna chez elle en taxi, la gadoue et les plaques de glace rendant la marche trop hasardeuse. Elle avait écouté le joyeux babillage du chauffeur en se disant qu'elle réfléchirait à ce qui pourrait la passionner tout en étant mère. Il y avait bien la chorale, mais elle avait besoin de plus que ces quelques heures d'évasion dans la semaine.

Depuis le mariage de Martine, Marie-Berthe s'habituait à la voir arriver tôt le matin et repartir en fin de journée, sans lui chercher une remplaçante. Les enfants marchaient vers l'autonomie, et sa cousine cuisinait un ou deux repas pour la fin de semaine. À quatre ans, France restait la seule enfant du clan à ne pas encore fréquenter l'école. Alain avait refusé de poursuivre son cours classique, malgré des notes dans la bonne moyenne. Il n'aimait pas les études et préférait apprendre la mécanique ou vendre des voitures. Sa décision de s'orienter vers l'école des métiers avait déçu son père. Parce qu'il avait amplement les moyens de permettre à tous ses enfants d'effectuer de hautes études, Benoit s'imaginait qu'ils suivraient cette avenue. Pour lui, l'instruction s'avérait le meilleur gage de réussite. Un soir, calée dans ses oreillers, Marie-Berthe réussit à lui faire comprendre l'importance d'exercer un métier que l'on aime.

— Surtout pour Alain, dit-elle. Tu te rappelles à quel point il est passé près d'un dérapage. Si on lui impose une voie à prendre, je crains qu'il se rebelle. Et puis, vendre ou réparer des voitures, c'est un métier honorable dans la vie moderne. Qu'est-ce que tu ferais avec une auto en panne s'il n'y avait pas de mécanicien ?

— Tu as raison, ma Beth. Un bon métier, quand on n'a pas les moyens de se payer des études, c'est un bon compromis.

Après un silence où il semblait réfléchir, Benoit poursuivit :

— Pierre veut faire sa médecine et Jacques parle d'aller en droit. Si Alain fait de la mécanique, j'ai peur que leur travail creuse un fossé entre eux ; ce sont des mondes si différents.

— On a élevé nos enfants dans le respect, et même s'il n'aime pas les études, Alain est un passionné des sciences et de la géographie. Tu as vu les revues du *National Geographic* qui s'accumulent dans sa chambre ? Et je sais qu'il lit tout, il ne se contente pas de regarder les belles images. En plus, il se débrouille bien en anglais. Je suis certaine que notre garçon deviendra un homme cultivé, à défaut d'avoir le même niveau d'instruction que ses frères. Ça compte ça, non ? relata Marie-Berthe avec douceur.

— Tu dois avoir raison. Même si tu n'es pas une mère à la maison, ma Beth, tu connais bien nos enfants. Tu sais ce qui les anime, tu connais ce qui les fait vibrer.

— Je n'ai jamais eu à me préoccuper de la vie domestique, Martine s'en est toujours occupée. Quand je suis à la maison, mon esprit est entièrement tourné vers les enfants. Je pense que pour moi, c'était la meilleure chose. Ça m'a permis d'être plus près d'eux et de bien saisir leur tempérament. Nos enfants sont si différents les uns des autres. J'ai toujours dit que la qualité de présence vaut mieux que la quantité. Je n'aime pas parler contre les gens, mais regarde la voisine d'en arrière. C'est une femme au foyer, comme on dit, mais elle passe ses après-midis à fumer devant la télévision. La maison est en désordre et elle s'impatiente si ses enfants s'adressent à elle pour quelque chose parce qu'ils la dérangent alors qu'elle écoute ses programmes. Je préfère ma conception du rôle de mère. Quand les femmes ont le choix, elles assument mieux ce qu'elles ont à faire. En tout cas, c'est mon opinion. Et ça vaut aussi pour les enfants.

— Tu sais que j'aime beaucoup tes idées? chuchota Benoit en souriant.

— J'espère! Sinon, tu aurais probablement été malheureux de vivre aux côtés d'une femme qui pense différemment de toi. Ou ça aurait provoqué de belles chicanes!

— On ne s'est jamais chicanés nous deux, hein, ma Beth?

— C'est vrai! On a parfois eu de bonnes discussions, mais on a toujours pris le temps d'écouter les idées de l'autre. Ça fait toute une différence!

Margot décrocha le combiné du téléphone qui sonnait: c'était un appel pour son père. Benoit se leva pour répondre. Marie-Berthe poursuivait sa réflexion. Dans sa vie, elle préférait adopter une attitude d'équité plutôt que d'égalité. Traiter tout le monde également n'est pas toujours juste. Les gens sont différents, leurs aspirations, leur personnalité et leurs talents les distinguent les uns des autres. Marie-Berthe trouvait injuste d'obliger Alain à compléter son cours classique et de poursuivre des études comme ses frères simplement pour répondre aux aspirations de ses parents. Qu'il apprenne un métier, peu importe lequel ! Cependant, elle n'aurait pas accepté qu'il abandonne l'école dès ses seize ans pour travailler au moulin à papier ou à l'aluminerie comme simple ouvrier, et Benoit s'y serait fortement opposé. Pour Marie-Berthe, le rôle des parents auprès de leurs adolescents consistait à servir de petite lampe pour éclairer les différentes voies de la vie. C'était à eux ensuite de choisir leur route.

Marie-Berthe pensa à Jacques. Celui-là savait depuis un moment ce qu'il ferait dans la vie. Depuis qu'il connaissait Perry Mason, le héros de son émission de télévision préférée, il songeait à devenir avocat, et il ne s'était jamais écarté de cette idée. Marie-Berthe souriait en se rappelant un épisode vécu au cours de l'été précédent. Jacques avait aidé les policiers de la ville à résoudre une série de vols en jouant au détective. Les policiers soupçonnaient alors certains jeunes, et malgré une surveillance resserrée des lieux publics, ils échouaient à attraper les fautifs. Jacques avait passé des heures, tapi derrière un muret ou caché à travers des arbustes à surveiller les alentours, avec un petit calepin où il consignait des notes. Le soir, il assistait aux parties de balle molle en écoutant, mine de rien, les conversations des jeunes qui traînaient autour du terrain. Il s'était attardé parfois sur la rue de Puyjalon, juste en face des commerces de ses parents, où des groupes de jeunes s'agglutinaient pour flâner et fumer. Il aiguisait ainsi ses talents d'observateur. Puis, comme par magie, un suspect lui était apparu. Un après-midi, son père lui avait demandé de travailler quelques heures au restaurant pour l'occuper. L'adolescent avait lavé la vaisselle, puis rangé verres et ustensiles dans la salle à manger. Il avait surpris la discussion de trois jeunes filles attablées devant un *milkshake*. L'une d'elles racontait que son frère s'était coupé à la main en aidant leur voisin à remplacer un carreau de vitre brisé. Or, le nom du frère en question revenait souvent dans le petit calepin de Jacques. Coup de chance, il s'était avéré que ce voisin était Sylvain Martel, un ami de ses parents. Son enquête progressait. En effectuant une visite sur la rue Rouleau, subtilement, il avait appris qu'aucune vitre n'avait été remplacée. Curieusement, un commerce de la rue Bossé avait, lui, eu des vitres brisées au cours d'une entrée par effraction. Trois jours après la conversation surprise au restaurant, Jacques avait discrètement suivi son suspect en traînant son Kodak Instamatic 50. Ce dernier portait toujours un pansement à la main. Il avait déambulé vers la rue Bossé avec deux autres jeunes que Jacques n'avait jamais vus. Au bout de la sombre ruelle, ils avaient tourné vers la station-service du coin. Jacques avait vu l'un d'eux sortir un canif de sa poche et commencer à couper une entaille dans le boyau de la pompe à essence. « Mais c'est dangereux, ça ! » avait songé l'enquêteur en herbe. Sa caméra en main, il avait pris une photo. Dans son empressement, il avait échappé son étui et renversé une poubelle en tentant de la rattraper. Le bruit avait fait déguerpir les trois lascars, et le pompiste était sorti du garage à toute vitesse. Il avait empoigné Jacques par le collet et appelé la police.

Benoit avait dû aller chercher son fils au poste, où il avait dû expliquer le « jeu » de détective de son garçon. L'agent avait confisqué le calepin et l'appareil photo.

— Pièce à conviction, avait-il lancé, imperturbable devant les objections du jeune, un terme que le jeune homme connaissait bien. À regret, il était reparti les mains vides, accompagné de son père.

Finalement, les policiers avaient fait développer le rouleau de pellicule logé à l'intérieur de la caméra. L'information qu'ils avaient récoltée avec Jacques et son carnet de détective avait permis de clore ce dossier. Oui, celui-là, il avait vraiment trouvé son chemin, pensa Marie-Berthe. Son cœur de mère lui chuchotait que chacun de ses enfants arriverait à trouver le sien.

Quand Benoit revint, il trouva sa Beth endormie. Il éteignit la lampe et se glissa doucement tout contre elle. Sa femme était d'une grande sagesse, elle l'aidait à assouplir ses opinions parfois rigides, elle faisait de lui un homme meilleur.

Le début d'année scolaire proposait plusieurs activités aux jeunes. Parmi les fils de Marie-Berthe et d'Angèle se trouvaient des servants de messe, des scouts et un joueur de hockey, et chacune des deux familles avait son camelot pour le journal *Le Soleil*, un travail que les garçons effectuaient au retour de l'école parce que la camionnette de livraison partait de Québec sitôt le journal sorti des presses et arrivait généralement à Hauterive en début d'après-midi. De leur côté, les filles démontraient davantage d'intérêt à se retrouver en petit groupe pour jouer à l'école, monter des saynètes qu'elles présentaient à leurs familles ou fabriquer des bricolages. Une fin d'après-midi, Marie-Berthe cousait un badge sur la chemise scoute d'Alain quand Margot arriva en trombe dans la cuisine.

— Maman, maman, je veux devenir une majorette ! Beaucoup de filles dans ma classe vont y entrer, et Anne-Marie aussi. Il y a un beau costume, des pratiques, des parades et il y a des voyages partout ! Et peut-être que je vais pouvoir jouer d'un instrument. Ou sinon, je pourrais apprendre à faire tourner le bâton, ou porter le drapeau. Ça commence samedi prochain. Dis oui, maman !

Marie-Berthe déposa son travail pour écouter sa Margot tout excitée à l'idée de devenir majorette.

— Qu'est-ce que c'est que cette idée ? Tu sais que c'est une activité de groupe ? Il me semble que tu aimes mieux jouer tranquille ou faire tes devoirs avec une ou deux amies.

— Maman, ça me tente !

— Tu n'es pas un peu jeune pour être majorette ?

— J'ai onze ans ! Je suis même trop vieille pour être la mascotte.

— Une mascotte ! Hum ! Laisse-moi y penser, répliqua Marie-Berthe en espérant conclure la discussion.

— Tiens, c'est la feuille qui dit tout : combien ça coûte pour l'inscription, le costume, l'horaire des pratiques, et il y a le nom des responsables.

Décidément, pareille exubérance ne ressemblait pas à Margot.

— J'en discute avec ton père et je t'en reparle après.

— Est-ce que tu en avais parlé à papa quand les gars ont voulu entrer dans les scouts et jouer au hockey ?

— Oui, jeune fille, j'en avais parlé avec ton père. Et si tu t'engages dans ce groupe, c'est pour l'année, entendu ?

Ses enfants grandissaient, leurs activités les amenaient à s'éloigner, Marie-Berthe en ressentait un pincement au cœur quand elle s'arrêtait à y penser. Mais n'avait-elle pas souhaité qu'ils puissent vivre des expériences hors de leur famille, qu'ils exploitent différents loisirs et se découvrent des passions ou des talents ? Elle avait entendu parler des majorettes par des membres de la chorale : deux choristes y chantaient, alors que leur fille respective jouait d'un instrument dans ce groupe. C'étaient deux loisirs où la présence de la musique primait, deux milieux où des amitiés pouvaient se développer. La différence se trouvait dans les déplacements. Marie-Berthe lut le papier d'information que lui avait donné Margot: Sept-Îles et Matane, deux destinations prévues au cours de l'année. « Oui, les temps changent, les enfants voyagent sans leurs parents, maintenant ! » soupira-t-elle.

Au même moment, chez les Gagnon, tout content, Adrien vidait sa boîte à lunch en revenant de sa journée de travail. Il aperçut Angèle courbée dans le potager avec son panier. Le feuillage des carottes débordait, créant ainsi un joli tableau. Tout à côté, Suzanne et Annie jouaient dans le sable. Il entendait les voix de ses fils et de Lucie venant du sous-sol, qui discutaient dans la salle de jeux. Il rangea sa grosse boîte de métal dans l'armoire du coin et sortit dans la cour en se dirigeant vers Angèle.

— Bonjour, jolie dame du potager, dit-il avant de l'embrasser avec tendresse.

— Tu sembles de bien bonne humeur pour quelqu'un qui vient de finir un *shift* double !

— Il y a de quoi ! J'ai décroché un poste de jour. De tous ceux qui ont présenté leur candidature, je suis le plus ancien. Finis les *shifts* de nuit ! Après cette semaine, il me restera juste trois dernières nuits à travailler.

— Pas vrai !

Angèle laissa tomber le sarcloir et sauta au cou de son mari pour l'embrasser. Voilà maintenant neuf ans qu'elle lui avait proposé de traverser sur la Côte-Nord, espérant une vie de famille plus normale. Elle savait que son homme ne s'était jamais habitué à la rotation des quarts de travail. Celui de minuit à huit heures l'épuisait; il dormait à peine trois ou quatre heures durant la journée.

Travailler uniquement de jour, c'était un gain énorme pour aplanir les irritants de son travail à l'usine.

— Oh, Adrien, comme je suis contente ! Enfin tu pourras mieux dormir, et moi, je m'endormirai dans tes bras tous les soirs !

— Dis donc, mon ange, qu'est-ce que tu as prévu pour souper ? demanda Adrien en enlaçant Angèle par la taille.

— Du pain de viande, je le mets au four en rentrant.

— J'avais pensé aller au restaurant avec toi pour célébrer ça, qu'en penses-tu ?

— Oh ! Anne-Marie n'est pas là pour s'occuper des petites. Elle est allée faire un devoir avec une amie de classe et elle mangera là. Qu'est-ce que tu dirais si on se reprenait une fois tes *shifts* de nuit terminés ? J'aurais plus de temps pour me faire belle, et il me semble qu'on en profiterait davantage. J'en ai terminé ici, j'aurais le temps de faire des carrés au chocolat.

— Avec mon dessert préféré au menu, je suis bien capable d'attendre quelques jours pour ce souper au restaurant, confirma Adrien.

— Maman !

L'attention des parents se porta vers leurs fillettes, qui avaient poursuivi leur jeu après avoir envoyé des « bye bye » à leur papa quand il était sorti de la maison.

— Maman, Su arrête pas de manger du sable, dit Annie.

— Allez, viens ma puce, renchérit son père en la prenant dans ses bras. On va te nettoyer un peu, tu en as plein les cheveux aussi. J'ai une surprise pour mes filles.

— C'est quoi ? demanda Annie.

— On nettoie ta sœur d'abord.

Adrien jeta un œil à Angèle. Malgré son regard interrogateur, il ne dit pas un mot. Patiemment, il débarbouilla le visage de Suzanne. Puis, il brossa ses courts cheveux bouclés et il descendit au sous-sol en emmenant les fillettes.

Ensuite, il transporta la petite étagère qu'il avait terminée la veille, de son atelier à la salle de jeux. Il l'appuya contre le mur, près du tableau noir dont se servaient les filles pour jouer à l'école. Ensuite, il sollicita l'aide de Roger et de Daniel pour déplacer une espèce d'assemblage de bois traversé par une tige de métal. Adrien restait silencieux et mystérieux au sujet de l'utilisation de cette bizarrerie. L'objet fut placé de l'autre côté du tableau noir.

— Venez, les garçons. J'ai quelque chose de pesant dans l'auto, ça me prend des bras forts. Lucie, reste sur le divan avec tes sœurs pour ne pas être dans les jambes.

Au bout de quelques minutes, tous les trois revinrent au sous-sol avec leur fardeau d'une cinquantaine de livres. Aidé des garçons, Adrien glissa la charge sur la tige de métal de l'engin déménagé plus tôt.

— Ouah ! s'exclama Lucie.

— Lucie, va demander à ta mère qu'elle te donne LA boîte.

— Quelle boîte ?

— Demande-lui LA boîte, elle va comprendre, répéta-t-il en accentuant le « la ».

Adrien n'eut pas à réitérer sa consigne. Lucie monta comme une flèche et redescendit aussitôt, suivie d'Angèle qui tenait un carton enveloppé comme un cadeau. Lucie et Annie déchirèrent l'emballage. En soulevant le couvercle, les enfants découvrirent des crayons Prismacolor, la plus grosse boîte, celle de quarante-huit couleurs. Il y avait aussi des ciseaux à bouts ronds, un pot de colle, un coffret avec des bâtons de cire, des crayons à mine comme ceux de l'école, un aiguise-crayon et une gomme à effacer.

— Ouah ! dit Lucie dont l'excitation s'amplifiait. Est-ce que je pourrai prendre du papier pour faire des cahiers à mes élèves imaginaires ? Merci, papa, ma classe est presque aussi belle que celle de la vraie école !

— Ce rouleau de papier géant, il est pour toute la famille, précisa son père, et la boîte de matériel de bricolage aussi.

— Je vais faire un règlement pour que les autres ne me dérangent pas pendant que je joue à l'école.

— Non, Lucie, pas de règlement, ajouta Angèle. On va simplement en parler ensemble et s'entendre. Même moi, je viendrai parfois chercher du papier pour confectionner des calepins pour la liste d'épicerie.

Ce gros rouleau de papier journal vierge, installé sur un socle construit à partir de l'imagination d'Adrien, servit à une foule de fins. Sur les feuilles pour dessiner, les garçons crayonnaient des plans pour leurs cabanes, Lucie se fabriquait des cahiers de dictées et de calculs pour jouer à l'école. Quant à Angèle, elle en découpait, qu'elle retenait avec des agrafes pour fabriquer des calepins pour la cuisine et l'atelier d'Adrien. Anne-Marie les reliait, avant de les recouvrir d'un carton de couleur, qu'elle décorait pour ses journaux intimes. Le papier servait même de rembourrage pour envelopper des objets fragiles avant de les ranger. Un soir qu'Angèle dressait sa liste d'épicerie pendant qu'Adrien dessinait un meuble sur une grande feuille, elle dit :

— Je me demande si toutes les familles utilisent avec autant de plaisir et de parcimonie ce papier que les hommes rapportent chez eux.

— Probablement ! C'est une bonne chose que la compagnie ait décidé de rembobiner les gros rouleaux de papier endommagés pendant la manutention pour en faire de plus petits, c'est beaucoup plus facile à manier et à transporter.

— Autant à Hauterive qu'à Baie-Comeau, continua Angèle, il doit rester peu de maisons qui ne disposent pas de leur rouleau de papier du moulin.

Pour Adrien, ce cadeau rapporté pour le bonheur de ses enfants coïncidait avec son changement d'horaire. Trois jours plus tard, Adrien amenait Angèle souper au prestigieux Manoir de Baie-Comeau pour souligner l'événement. Les yeux d'Angèle scintillaient autant que les lustres de la salle à manger du Manoir. En deux soirées, elle s'était cousu une jolie robe, et elle avait ajouté à sa trousse de maquillage un nouveau rouge à lèvres à la couleur éclatante.

— Tu as autant de classe que Jackie Kennedy, lui murmura Adrien à l'oreille, en l'aidant à enlever son veston au vestiaire.

Une fois assis à leur table et les apéritifs commandés, il lui demanda:

— Angèle, ça t'arrive de rêver d'une grande vie?

— Non, je ne crois pas que ceux qui font la grande vie soient plus heureux que nous. C'est sûr que le fait de manger ici un soir de semaine, juste tous les deux et habillés en dimanche, ça me fait me sentir... comme une princesse. Le temps d'une soirée, ça me suffit.

Angèle savoura ce merveilleux moment passé au Manoir. Elle profita d'un service impeccable, sans doute tel que celui qui était réservé à un ministre, de mets raffinés pouvant satisfaire les plus fins palais et d'un décor opulent pour le couple amoureux qu'ils formaient. Avant de remonter en voiture, ils marchèrent sous le ciel étoilé en parcourant la rue Champlain pour admirer les belles demeures de la ville.

Si le compliment d'Adrien l'avait flattée quand il avait fait allusion à la première dame des États-Unis, Angèle se sentit très choyée d'être avec son homme quand, moins de deux mois plus tard, Jackie perdit tragiquement son mari. Elle aimait l'existence tranquille qu'elle menait auprès de sa famille. Elle détestait le terme de « reine du foyer » accolé aux mères à la maison. Cependant, elle était ravie de tenir la place de reine dans le cœur d'Adrien, et cela construisait son bonheur.

CHAPITRE 22

Angèle venait tout juste de tourner le cap de la quarantaine. Si l'année 1967 annonçait de grands événements et qu'un vent rafraîchissant soufflait sur la province, elle n'arrivait pas à s'enthousiasmer. Elle se sentait fatiguée, usée, sa jeunesse se trouvait derrière elle. L'énergie qu'elle ressentait habituellement avec l'arrivée du printemps, cette année, lui faisait défaut. Pourtant, dans son esprit, elle percevait des fibres de ses jeunes années toujours présentes. Sa grande fille l'aidait à évoluer. À dix-sept ans, Anne-Marie avait un amoureux, mais elle gardait la tête froide. Ses études pour devenir assistante sociale demeuraient prioritaires. « Le mariage, on verra », avait-elle confié à sa mère. Mère et fille se parlaient en adultes, d'égale à égale. Angèle n'avait jamais eu de telles discussions avec la sienne. « Est-ce dû à la modernité qui s'étale partout ou davantage grâce à une attitude d'ouverture ? Ou simplement en raison de notre personnalité ? Chose certaine, j'apprécie cette intimité qui se développe avec ma fille », se réjouissait-elle.

Pendant que Mario, son petit dernier, dormait pour la sieste, Angèle était assise dans le séjour et avançait un tricot en écoutant *Femme d'aujourd'hui*. Depuis que l'émission était en ondes, Angèle était devenue une fidèle auditrice. Elle trouvait que les propos présentés l'aidaient à réfléchir sur la nouvelle place des femmes. « C'est bien beau être mère, mais les enfants finiront par partir, et ma vie ne s'arrêtera pas là », pensait-elle. Suzanne avait commencé la maternelle en septembre dernier. Dire qu'elle avait cru sa famille terminée avec sa naissance ! Adrien et elle avaient fait le choix de suivre la méthode Ogino pour respecter les exigences de l'Église. Avec un pincement au cœur, Angèle s'était rendu compte que cette méthode contraceptive manquait de fiabilité. Elle se revit en train d'écouter cette même émission à ses tout débuts, deux ans plus tôt. C'est à ce moment qu'elle avait songé sérieusement à prendre la pilule contraceptive après cette naissance, parce qu'une nouvelle grossesse s'était confirmée quelques jours plus tôt. Son cycle menstruel devenu irrégulier annonçait une ménopause précoce et ses calculs n'étaient plus fiables. La surprise d'une septième grossesse avait chamboulé ses plans. Parce qu'Angèle nourrissait de nouvelles aspirations, faire autre chose que simplement être une mère de famille. Bien sûr, c'était son rêve de jeune fille, elle l'avait réalisé avec Adrien. Avec fierté, elle regardait ses enfants grandir, son petit Mario, ce bébé surprise, était une petite boule de joie et d'énergie qui gonflait son cœur d'amour. Angèle était née pour être mère. Maintenant, elle voulait aussi se réaliser autrement que dans ce rôle. Faire plus, relever des défis, avoir un but.

Elle conservait ce rêve au fond de son cœur, il restait simplement en dormance. Adrien avait tout de suite dit oui quand elle lui avait parlé de la pilule, après la naissance de Mario. Cet aspect intime de leur vie de couple ne concernait pas l'Église et ne regardait qu'eux. Avec sept enfants, Angèle avait largement contribué à mettre au monde de jeunes chrétiens.

La maison devenait trop calme durant la journée et, les fins de semaine, rapatrier tous les siens autour du souper s'avérait parfois ardu. Anne-Marie occupait un emploi au Zellers du centre d'achat Laflèche, Roger travaillait comme emballeur à l'épicerie de La Baie. Trop jeune pour occuper un emploi dans un commerce comme les aînés, Daniel comptait tout de même lui aussi gagner des sous. L'hiver précédent, il avait déneigé les entrées de quelques magasins, en plus de poursuivre sa tournée de camelot. Entre deux saisons, il attendait que les gazons verdissent pour utiliser la tondeuse, trois clients lui avaient confié l'entretien de leur pelouse. Même Lucie voulait travailler : elle s'était improvisée vendeuse en présentant ses catalogues de vente Primes de luxe. Sa mère lui avait demandé :

— Est-ce que tu sais dans quoi tu t'embarques, jeune fille ?

— Bien, c'est comme madame Avon qui vend du maquillage, du parfum et des crèmes. Sauf que moi, je vendrai des cartes et de beaux papiers d'emballage.

Lucie avait commencé en faisant la tournée des connaissances et du voisinage. Angèle avait accepté de la laisser plonger dans un tel projet parce qu'elle le croyait peu viable. Or, elle s'était royalement trompée. Comme Roger aspirait à devenir comptable, il avait aidé sa sœur à organiser son « carnet de comptes ». Lucie se montrait débrouillarde, bien organisée et bonne vendeuse. Sa liste de clients, dont sa mère, avait largement dépassé ses espérances.

Angèle suivait les interviews menés par Aline Desjardins. Il devenait notoire que l'avenir appartenait aux femmes qui voulaient occuper un emploi. La pilule entrait de plus en plus dans les mœurs, le pouvoir de l'Église s'amenuisait, les femmes voulaient jouer le rôle qui leur revenait. Anne-Marie souhaitait limiter sa famille à deux ou trois enfants, pas plus, avait-elle affirmé à sa mère. Angèle songeait à la sienne, qui avait mis douze enfants au monde, à sa grand-mère, qui en avait eu quatorze. Toute à ses réflexions, Angèle fut chatouillée par une idée. Mario avait un peu plus de deux ans, « pourquoi attendre qu'il aille à l'école ? C'est maintenant que j'en ai envie ! ».

Angèle savait que Marie-Berthe cherchait quelqu'un au magasin, pouvait-elle rêver ? Elle souhaitait tellement sortir un peu de la maison trop calme, ça lui ferait un grand bien. La chorale ne lui suffisait plus. Quand elle avait pris conscience de sa dernière grossesse, elle avait parlé avec Adrien de son besoin d'accomplir quelque chose pour elle-même. Il l'avait écoutée, il la comprenait, mais il n'avait émis aucune opinion.

L'émission terminée, Angèle ferma le téléviseur et se surprit à énoncer tout haut :

— D'abord voir avec Marie-Berthe si c'est possible de travailler pour elle, puis m'organiser avant d'en parler à Adrien.

Une voix intérieure lui dictait que c'était la chose à faire pour que son projet fonctionne.

Une heure plus tard, Angèle prenait la direction du magasin de Marie-Berthe, avec Mario dans la poussette. Elle laissa le pousse-pousse près de l'entrée et entra dans le commerce en tenant son fils par la main.

— Bonjour, madame Gagnon, je peux vous aider ? demanda la vendeuse, qui finissait de glisser les achats d'une cliente dans un sac.

— Euh ! J'aimerais des petites culottes, celles qui sont épaisses et gaufrées pour l'apprentissage au petit pot. Est-ce que Marie-Berthe est là ? Je voudrais lui dire deux mots.

— Vous la trouverez dans son bureau. Je vous sors des emballages de culottes de grandeurs différentes. C'est pour ce p'tit bonhomme là ?

— Oui, merci !

Marie-Berthe accueillit son amie avec un sourire affectueux. Les deux femmes jasaient pendant que Mario jouait par terre avec des petits camions de bois apportés par sa mère. Rapidement et avec clarté, Angèle exposa le but de sa visite. Marie-Berthe se montra ravie.

— Et surtout, insista la commerçante, laisse tomber ton discours sur le manque d'expérience ! Si tu n'as jamais travaillé dans un magasin, tu es débrouillarde, très avenante avec les gens et surtout, très fiable. La question est réglée !

— Oh, comme je suis contente ! Je sens que je vais adorer ça.

— Tu pourrais travailler les avant-midi quatre jours par semaine et, une fois rodée, je te confierais l'ouverture du matin.

Jetant un œil à son fils, Angèle marqua une pause avant d'ajouter :

— Ce serait parfait ! Toutefois, je dois d'abord en informer Adrien, et...

— Et qui va s'occuper de ton p'tit Mario pendant que tu travailles ici ? la coupa Marie-Berthe.

— Je dois trouver une solution. Dommage que Marianne habite loin, je pense qu'elle accepterait de le prendre avec les deux siens pour l'avant-midi. L'école finit dans un peu plus d'un mois, crois-tu que Margot accepterait de garder mes plus jeunes pour l'été ?

— Je pense qu'elle ne demanderait pas mieux ! Je te laisse lui en parler, mais en attendant ? relança Marie-Berthe.

— Donne-moi une journée ou deux pour trouver une solution. Je règle ça, puis j'en parle avec Adrien et je te confirme le tout. Si tu savais comme je suis aux anges que tu acceptes mon offre !

— Moi aussi, j'en suis ravie ! J'ai l'impression qu'un bidule à ressort vient d'être remonté en toi. Il y a un moment que je ne t'avais pas vue avec un tel enthousiasme !

Angèle passa à la caisse, régla l'achat des petites culottes et repartit vers chez elle toute ragaillardie. Elle arriva à la maison en même temps qu'Adrien, qui rentrait du travail. La vive énergie d'Angèle avait fait sourire ce dernier. Depuis l'arrivée de Mario, quelque chose avait éteint la lumière dans ses yeux. Angèle se montrait toujours aussi vaillante pour rendre leur maison confortable. Si elle riait moins, son sourire la quittait seulement quand elle était concentrée ou préoccupée. Elle demeurait attentive aux souhaits de chacun, encourageait les efforts des enfants et exprimait son affection avec autant de chaleur. Le changement était subtil. Adrien mettait cette mélancolie sur le compte de l'usure entraînée par la vie, un peu comme un élastique qui finit par se distendre. Aujourd'hui, il avait l'impression de retrouver la jeune femme pétillante de leurs jeunes années. Angèle trépignait d'impatience à l'idée de lui parler de sa visite à Marie-Berthe. Elle réalisa qu'elle ne pourrait pas attendre d'avoir réglé le gardiennage de Mario. Son homme la pressait de questions, il avait dû se passer quelque chose, sa fébrilité était palpable.

— Je vais travailler au magasin de Marie-Berthe ! lança-t-elle subitement.

Angèle s'était exprimée comme si c'était déjà décidé. Adrien comprit alors d'où lui venait son air pétillant. Il aurait aimé qu'elle lui parle de son idée avant, mais en toute bonne foi, il ne pouvait pas s'y opposer. Il questionna son épouse pour obtenir des précisions, puis il la serra dans ses bras. Il admirait la femme enjouée avec qui il partageait sa vie depuis presque vingt ans. Mario réclama une collation. Alors, Adrien coupa des morceaux de pomme, qu'il présenta à l'enfant, tout en regardant sa femme d'un œil complice. Angèle sortit une casserole, des conserves de maïs et commença à peler des pommes de terre. Les enfants revinrent de l'école, Anne-Marie s'installa à la table de la cuisine avec ses sœurs et leur fit réciter leurs leçons. De la fenêtre face à l'évier, Angèle voyait les garçons, qui jouaient dans la cour en se lançant la balle. Les livres refermés, les filles descendirent au sous-sol où se trouvait la télévision depuis deux ans. C'était la journée des bricolages de Madeleine de l'émission *La Boîte à surprise.*

Resté dans la cuisine, Adrien observait Angèle qui coupait des oignons. Il avait peu réagi quand elle lui avait parlé de son désir de faire autre chose que de rester à la maison. Il n'était pas certain qu'elle souhaitait travailler à l'extérieur. Il se souvenait de ce soir-là, rompu de fatigue, où il avait cru à une simple conversation théorique. Or, maintenant, il se rendait compte qu'Angèle bougeait. En femme d'action, elle était rendue à la phase concrète de son plan. Bien sûr, cette nouveauté changerait certaines habitudes, mais ils trouveraient bien le moyen de s'arranger.

— Tu sais, dit Angèle en râpant du chou pour la salade, ce n'est pas confirmé, ce travail. Je dois d'abord trouver une gardienne pour Mario, du moins tant que l'école n'est pas finie. Et je voulais aussi t'en parler avant de donner ma réponse finale à Marie-Berthe. Tu ne t'es jamais vraiment prononcé au sujet de mon projet quand j'en ai parlé, il y a un bout de temps. Avec l'arrivée de Mario, j'ai repoussé ça. Mais là, l'occasion est trop belle et j'ai envie de la saisir. Marie-Berthe a besoin de quelqu'un.

— Écoute, mon ange, je vois bien que tu en as envie, que tu as besoin de changer d'air, de voir du monde. Je ne peux pas être contre ça.

Adrien sembla réfléchir un moment, puis il ajouta:

— As-tu pensé à madame Pinault?

Non, Angèle n'avait pas pensé à madame Pinault. Cette jeune grand-mère habitait la rue voisine. Elle s'était occupée des petites à la naissance de Mario. Puis, elle était revenue chez eux une fin de semaine quand Angèle et Adrien avaient traversé à Matane pour les funérailles d'un oncle. Les enfants l'adoraient. En sa présence, les plus jeunes avaient l'impression de devenir des personnages d'une histoire qu'elle inventait au fil de la journée. Elle s'exprimait théâtralement et rebaptisait les enfants de noms loufoques pour la durée d'un jeu. « Elle a sans doute un lien de parenté avec Mary Poppins », avait dit Adrien en riant.

— Madame Pinault serait parfaite, mais est-ce qu'elle accepterait de garder sur une base régulière? demanda Angèle.

Cette dernière fut d'accord. Parce que c'était seulement les avant-midis et qu'une adolescente prendrait la relève durant l'été, elle dont les étés étaient consacrés à ses petits-enfants, qu'elle visitait aux quatre coins du Québec.

Le soir même, tout fut réglé, Angèle annonça la nouvelle aux enfants. Anne-Marie exprima un enthousiasme admiratif, elle était fière de voir sa mère entrer sur le marché du travail. Angèle avait l'impression d'avoir reçu une promotion, elle venait de passer au rang de « mère avant-gardiste ».

Depuis que Martine ne travaillait plus chez elle, Marie-Berthe avait engagé une femme de ménage qui venait à la maison deux fois par semaine. Si la dame excellait à faire briller plancher et robinetterie, si aucune trace de poussière n'arrivait à s'incruster, si aucune saleté ne lui résistait, le repassage n'était pas sa tasse de thé. Marie-Berthe faisait nettoyer les chemises de Benoit et celles des garçons à la buanderie, d'autant plus que le service à domicile facilitait la tâche. La semaine, elle avait pris l'habitude de recouvrir la table de la cuisine d'une nappe de plastique, et la nouvelle mode des tissus synthétiques réduisait grandement la corvée du repassage. Cependant, le pressage de la jupe de majorette de Margot relevait presque d'un travail de moine. Un samedi matin, Marie-Berthe se tenait debout à côté de la planche à repasser installée près du comptoir de cuisine, le bracelet à épingles droites attaché à son poignet, et elle humidifiait la pattemouille quand sa fille fit irruption.

— Tu arrives à temps, ma belle ! C'est aujourd'hui que tu apprends à presser ton costume.

— Mais maman, c'est long et je m'en vais jouer au tennis avec Anne-Marie. C'est le seul moment de la journée où le terrain est libre.

— Et moi, j'ai de la comptabilité à finir, un bas de pantalon à recoudre pour ton frère qui n'arrête pas de grandir, un dîner à préparer, une brassée de lavage et... je ne sais plus trop. J'en oublie tellement j'ai la tête pleine. Margot, les majorettes, on ne t'a jamais imposé ça, alors tu y mets du tien. Je me donne encore deux semaines à prendre du temps pour te montrer comment rendre ton costume impeccable, et faire en sorte que tu puisses ensuite t'en occuper toi-même.

— Tu pourrais demander à la femme de ménage de le faire, suggéra malicieusement la jeune fille.

— Oui, je pourrais, mais elle n'est pas à ton service personnel, ma grande. Tu as plusieurs choix : ou bien tu apprends à entretenir ton costume, ou tu le portes tout froissé, ou tu prends congé des majorettes.

— C'est bon ! J'appelle Anne-Marie pour lui dire que je serai quinze minutes en retard.

— Dis-lui plutôt trente minutes pour ne pas être obligée de la rappeler.

L'adolescente lâcha une plainte de contrariété avant de se diriger vers le téléphone. Deux minutes plus tard, sa mère lui installait le bracelet pique-épingles au poignet. Elle lui montra comment placer les plis accordéon de sa jupe sur la planche en les fixant un à un avec une épingle piquée en biais pour les maintenir en place, puis comment les recouvrir avec le linge humide et passer doucement le fer à repasser. Ensuite, elle devait retirer les épingles et tourner le vêtement, avant de recommencer l'opération avec un autre pan. L'opération se répétait cinq fois pour un tour complet de la jupe. Comme le vêtement était blanc, il était indispensable d'utiliser le bon linge à presser et de s'assurer d'avoir les mains bien propres. « Une vraie tâche de bonne sœur », soupira Margot. Une fois le travail terminé, la jupe devait être accrochée sur un cintre à pince et non lancée à la va-vite sur le lit. Autrement, tout serait à recommencer.

— Ça va bien, Margot, tu as rapidement pris le tour, l'encouragea sa mère. Maintenant, tu vas donner un coup de brosse à ton veston et à ton chapeau, après, tu pourras retrouver Anne-Marie. La semaine prochaine, je te montrerai comment cirer et *shiner* tes bottes.

Évidemment, la jeune fille préférait s'astreindre à cette corvée plutôt que d'afficher un air négligé, et encore moins de quitter Les Ambassadrices, son corps de majorettes. Parce que ce groupe portait vraiment bien son nom : partout où elles allaient parader, elles devenaient les ambassadrices de la Côte-Nord. Depuis qu'elle avait intégré la formation, Margot voyageait sans ses parents. Bien sûr, il y avait des adultes, dont d'autres parents, les instructeurs, les formateurs, le chorégraphe et le directeur musical, mais ce n'était pas ses parents, et cela procurait à l'adolescente un incroyable sentiment d'indépendance et de liberté. Avec Les Ambassadrices, elle connaissait la discipline serrée et les exercices de *drill* si exigeants. Surtout avec cet instructeur qui dirigeait aussi l'entraînement des cadets de l'air; il ne ménageait pas les filles. Margot s'astreignait à plusieurs exercices. Il y avait les séances musicales, celles pour son instrument et, presque chaque jour, elle devait sortir sa lyre, faire des gammes et travailler les partitions. Cela s'ajoutait aux entraînements avec le groupe: marcher au pas tout en jouant de la musique, suivre le tempo en maintenant l'harmonie d'ensemble. Et recommencer, reprendre, encore et encore, jusqu'à ce que la pièce musicale soit jouée parfaitement. Malgré ces exigences, Margot aimait appartenir à ce groupe. Elle adorait les voyages en autobus scolaire, les défilés et les représentations où la foule les regardait passer. Elle se plaisait dans cette « vie de *gang* », à faire des sorties et à dormir dans des gymnases d'école ou dans les familles du corps des majorettes de la ville qu'ils visitaient. Elle ressentait joyeusement la fébrilité des compétitions et exultait de fierté quand Les Ambassadrices revenaient avec un trophée. Rimouski, Matane, Chicoutimi, Sept-Îles, Pointe-aux-Trembles et, très bientôt, elles se rendraient à Montréal. Le corps de majorettes de Hauterive était invité pour un spectacle à Terre des Hommes, qui s'inscrivait dans le cadre de l'Exposition universelle de Montréal. Pour rien au monde, Margot n'aurait manqué ce privilège ! À quinze ans, faire partie d'un événement si grandiose s'avérait une chance inouïe qui valait bien des sacrifices.

Après la corvée du pressage de sa jupe, il lui restait à peine une demi-heure à passer sur le court de tennis: Margot et Anne-Marie auraient pu continuer si les joueurs suivants étaient arrivés en retard, mais il leur avait été impossible de finir leur partie. Les deux amies avaient remonté la côte des Loisirs en balançant leur raquette au bout des bras, essoufflées. Puis, elles s'étaient assises un moment dans l'herbe. La vue sur la ville se déployait sous leurs yeux, et de nouvelles rues apparaissaient dans le quartier en développement au bas de cette falaise.

— Où tu crois qu'on sera dans dix ans? demanda Margot.

— Je ne sais pas trop! répondit Anne-Marie. Il me reste un an à faire au secondaire. Après, je veux m'inscrire au programme en assistance sociale au cégep, peut-être à Rimouski. Probablement me marier, mais plus tard, et c'est certain que je vais prendre la pilule, je ne veux pas une grosse famille. Et je ne veux pas rester à la maison.

— Moi, j'aimerais devenir infirmière, affirma Margot. Le cours se donnera dans les cégeps aussi. Tu crois qu'il y aura un cégep ici?

— Ça se parle. Je me demande ce que les sœurs de l'hôpital vont faire si elles ne donnent plus le cours d'infirmières. Margot, ta mère, elle travaille maintenant, ça doit faire changement chez vous?

— Oui et je la trouve plus moderne depuis qu'elle a commencé. On dirait qu'elle s'intéresse à plus de choses et je la trouve plus gaie aussi. Parfois, on a des conversations de femmes.

— Moi aussi, j'ai de vraies discussions avec ma mère et j'aime ça. Ça doit être parce qu'on devient des femmes, nous aussi.

— Avec qui tu vas à la danse ce soir? questionna Margot.

— Avec toi, non? s'exclama Anne-Marie, surprise.

— Je croyais que tu y allais avec Gilles Larouche.

— Penses-tu? Tout le monde s'imagine que c'est mon *chum*. On s'entend bien, il a beaucoup d'ambition, il s'intéresse à plein de sujets et j'aime bien jaser avec lui. Mais pour être franche, je le trouve trop *straight* et trop sérieux. En plus, il est loin d'être le meilleur danseur. Ce soir, c'est l'orchestre des Crème-Soda qui joue et je n'ai pas envie de rester collée sur ma chaise une partie de la soirée. J'aime mieux danser avec des gars différents. Gilles Larouche, on dirait qu'il sait danser seulement le *slow* et le yaya. Ton frère Alain est le meilleur pour le rock'n'roll et mon frère Roger, c'est le champion du cha-cha-cha. Toi, tu y vas avec un gars ?

— Non, répondit Margot. Comme toi, je préfère changer de gars à chaque danse. On y va ? J'ai promis à ma mère que je m'occuperais des jeunes pour le dîner.

Anne-Marie et Margot n'avaient qu'à traverser la rue avant de prendre chacune leur direction sur le trottoir. Elles étaient les meilleures amies du monde et passaient des heures à le reconstruire à leur façon. Dans leurs rêves, une place importante était accordée à la vie professionnelle, à leur indépendance et à leur autonomie. Depuis que Claire Kirkland-Casgrain siégeait au gouvernement, bien des choses changeaient pour les femmes. Margot en avait mesuré toute la portée au cours d'une discussion qu'elle avait eue avec sa mère. L'adolescente n'avait pas caché sa surprise en apprenant qu'une nouvelle loi donnait aux femmes la liberté de devenir propriétaires. Depuis, sa mère était passée du statut de locataire à celui de propriétaire de son commerce.

— Concrètement, maman, ça ne change pas grand-chose, avait dit Margot.

— Non, ça ne change pas grand-chose, tant que ton père est là. Il a toujours été le propriétaire de la bâtisse. Mais advenant son décès, ses frères auraient pu s'approprier le commerce et m'évincer s'ils l'avaient voulu.

— Mais ce n'est pas juste ! avait répliqué l'adolescente. Tu as toujours travaillé là, tu as monté ta clientèle, tu as fait la réputation du magasin.

— Tu as tout à fait raison, ma grande, mais avant 1964, les femmes n'avaient aucun droit civil. J'ai eu la chance d'avoir un mari très ouvert, il m'a toujours considérée comme son égale. Ce ne sont pas tous les hommes qui pensent comme lui.

Durant ses conversations « d'adulte » avec sa mère, Margot percevait mieux la réalité autour d'elle. Ses parents les avaient élevés, sa fratrie et elle, selon des valeurs d'égalité et d'autonomie. Chez eux, les garçons lavaient la vaisselle et les filles maniaient le pinceau, comme Chantale, quand elle avait voulu repeindre la bibliothèque de sa chambre. En parlant avec d'autres adolescentes, Margot se rendait compte que dans plusieurs familles, le père prenait toutes les décisions et les imposait. Anne-Marie aussi venait d'une famille qui sortait du moule traditionnel, étant donné l'attitude d'ouverture des parents avec leurs enfants : ils tenaient compte de leurs idées et de leurs opinions.

Enfant, Margot s'imaginait que toutes les familles fonctionnaient comme la sienne, mis à part le fait que des mères qui travaillaient hors de la maison, c'était peu courant. Ailleurs, dans certaines familles, les garçons ne ramassaient pas leurs traîneries. Le samedi matin, à la place, les filles de la maison se transformaient ni plus ni moins en domestiques pour faire le ménage de la chambre de leurs frères. Jamais elle n'accepterait de jouer ce rôle servile ! Ailleurs, certains adultes avaient toujours raison, les parents n'écoutaient même pas la version de leur enfant, comme si sa parole ne comptait pas. Que de punitions injustes étaient infligées à cause de cette attitude ! Elle, Margot Fortin, lirait des livres de psychologie pour comprendre ses enfants, pour être équitable et juste envers eux. Ailleurs, certains parents s'opposaient aux études supérieures pour les filles, sous prétexte que c'était inutile, puisqu'elles étaient vouées à devenir des mères. Comme sa mère, Margot exercerait une profession tout en élevant ses enfants. Son père et ses frères démontraient de l'ouverture pour qu'elle trace son propre chemin, et c'était la même chose dans la famille d'Anne-Marie. Les échanges réciproques des adolescentes avec leur mère alimentaient leurs réflexions de jeunes filles pour forger leur avenir.

En revenant à la maison, Margot croisa sa mère, qui se préparait à partir pour le magasin.

— Il y a un macaroni dans le four, dit Marie-Berthe. Tes sœurs sont en train de bricoler. Alain doit manger ici, mais vous n'êtes pas obligés de l'attendre, il s'arrangera.

— Maman, demanda Margot en la regardant appliquer du rouge sur les lèvres devant la glace de l'entrée, est-ce que tu imagines parfois ta vie dans dix ans ?

— Je sais que toi, tu penses à la tienne. Moi… eh bien, je serai probablement devenue une grand-mère.

— Tu iras encore au magasin ?

— Certainement ! Si j'ai la santé. J'adore mon travail de commerçante, pourquoi je m'en priverais ? Bon, il faut que j'y aille.

— Je suis contente d'avoir une mère comme toi, maman.

— Même avec les séances de repassage obligatoire ? répondit Marie-Berthe en riant.

— Oui ! Quand on a un but, faire des efforts, même si on n'aime pas ça, ça devient plus facile, conclut philosophiquement Margot.

— Bon après-midi, ma grande ! dit sa mère en lui souriant avant de franchir la porte.

Durant l'après-midi, Margot s'était faite coquette pour la soirée de danse. Elle avait lavé ses cheveux et enroulé les plus gros rouleaux autour de ses mèches pour obtenir une chevelure bien gonflée. Assise près de la fenêtre, là où le soleil pénétrait généreusement, sa crinière sécherait plus rapidement. Elle recousit le bas de sa robe en la raccourcissant de deux pouces. Elle savait que cela ferait tiquer son père, mais la mode mini trônait en maître dans les garde-robes de toute adolescente qui se respecte. Elle appliqua aussi deux couches de vernis rose bonbon sur ses ongles et feuilleta le magazine *Châtelaine* de sa mère pendant le séchage. Indépendance, autonomie et féminité : tel était son nouveau leitmotiv.

CHAPITRE 23

Ce même après-midi, Marianne sentait le besoin d'occuper ses mains. Aussi, elle préparait les plates-bandes avant d'y transplanter des fleurs. Encore trois semaines pour que tout risque de gel soit écarté. Chaque jour, tagètes, géraniums et bégonias sortaient quelques heures sur la galerie pour leur acclimatation. Marianne les retournait sur leur tablette improvisée, près de la porte-fenêtre, avant que le soleil baisse. Dans un coin, elle lança à la volée de la poudre d'os mélangée à des graines de capucine, espérant obtenir un joli massif fleuri. Les carottes de dahlia et les bulbes de glaïeul reposaient sur des clayettes dans le garage, après un hiver passé dans la sciure de bois. Au début, Marianne avait trouvé difficile de choisir des plantes, la végétation s'épanouissant tellement plus tardivement ici qu'à Saint-Vincent-de-Paul. Le lilas qui embaumait la maison de son enfance à l'anniversaire de sa mère, le 21 mai, ici, il fleurissait à la fin des classes. Malgré la saison estivale écourtée, elle n'avait pas résisté à l'envie de cultiver des pivoines, même si elles fleurissaient seulement en juillet. Dans le potager, des expériences désastreuses avaient failli lui faire renoncer au plaisir de récolter ses propres légumes. La première saison, toute fière, elle avait mis en terre six plants de tomates en s'imaginant cuisiner la recette de ketchup de sa mère avec ses propres tomates. Quelle déception ! Le gel avait mis fin à leur croissance dès la mi-septembre, et uniquement trois de ces fruits-légumes étaient parvenus à maturité. Angèle avait graduellement agrandi son potager et conseillait sa jeune amie :

— Ici, c'est une terre à patates. Par contre, avec un peu d'amendements, les légumes racines donnent de bons résultats.

— Où trouves-tu ton fumier pour amender le sol ? Les fermes sont plutôt rares dans le coin.

— Je ne mets pas de fumier. Il faut prendre ce que la nature de la région nous offre. On a installé un tas de compost dans le coin de la cour. Un cousin d'Adrien nous ramène du capelan quand ça roule beaucoup. Ça nourrit le compost et j'enterre un peu de poisson directement au pied des framboisiers.

Marianne apprenait une façon différente de jardiner, son terrain commençait à afficher de la personnalité. Elle ne souffrait pas des étés trop brefs ; cependant, les petites mouches noires et les maringouins n'offraient aucun répit. Elle détestait s'enduire d'huile antimoustique, même si c'était indispensable depuis l'interdiction des arrosages au DDT. Marianne aimait s'asseoir dans l'une des chaises Adirondack dressées au bout du terrain, face à l'embouchure de la rivière. Elle y lisait ou contemplait le paysage, tout en surveillant les enfants qui jouaient à ses côtés. Elle souriait de fierté quand elle voyait son petit Christophe, qui, du haut de ses quatre ans, tenait les mains de sa petite sœur pour l'aider à marcher, malgré les inégalités du terrain. Dommage que les moustiques produisaient un effet très dissuasif, elle n'y restait jamais longtemps.

Sylvain parlait de fermer la galerie avec des murs de moustiquaires pour la transformer en grande pièce à l'abri de ces indésirables. Une telle construction engageait des frais, d'autant plus que le mari de Marianne n'avait ni le temps, ni l'intérêt, ni d'habileté pour la menuiserie. Or, lorsque Marianne abordait l'équilibre du budget, il répondait avec un sourire confiant, en précisant qu'il gagnait très bien sa vie et pourrait concrétiser ce projet. Quand ils s'étaient mariés, Sylvain avait insisté pour faire vivre sa famille. Marianne avait toujours économisé le salaire qu'elle avait reçu lorsqu'elle était enseignante, retirant une petite somme à l'occasion pour s'offrir un vêtement qui lui faisait envie, mais dont elle n'avait pas vraiment besoin, ou encore pour acheter un cadeau à Sylvain pour son anniversaire ou à Noël. Marianne aimait le beau, elle possédait un goût assuré, teinté de sobriété et d'élégance. Elle s'achetait des vêtements de qualité, qu'elle portait pendant plusieurs années, en y ajoutant un accessoire ou en ajustant la longueur au gré de la mode.

Depuis quelque temps, Marianne trouvait que Sylvain dépensait lestement. Il lui remettait mensuellement une somme confortable pour les besoins domestiques, ceux des enfants et les siens. Or, si l'épouse avait une idée du salaire gagné par son mari, elle ignorait la totalité de ses revenus. Heures supplémentaires, bonus et allocations de déplacements fluctuaient et demeuraient la chasse gardée de Sylvain. Il rapportait des cadeaux après chacune de ses absences. Comme il voyageait beaucoup, il conservait rarement la même voiture plus d'un an. Marianne avait parfois l'impression qu'il avait un portefeuille sans fond. Elle n'aimait pas cela, trouvant que son mari dépensait trop. Une appréhension naissait en son for intérieur. Elle avait tenté de lui parler de son malaise, mais Sylvain avait balayé ses inquiétudes du revers de la main. Il excellait à esquiver les discussions portant sur l'argent.

— Il n'y a rien de trop beau pour mon épouse ! Pourquoi me priver du plaisir de te rendre heureuse ?

Sylvain n'avait pas compris que Marianne n'avait aucunement besoin de cadeaux pour être heureuse. Un mari gentil et bon vivant, qui l'aimait et qui possédait de grandes qualités, leurs enfants, leur maison, leur vie ici, chanter, voir leurs amis, tout ça la rendait heureuse. Il lui manquait l'enseignement, mais cet état de fait ne la rendait tout de même pas malheureuse ! Et ça, Sylvain ne pourrait pas le lui acheter. Finalement, quand elle tentait d'aborder sa trop grande générosité, une bouffée de tristesse la gagnait. Sylvain ne l'écoutait pas, il ne comprenait pas son besoin de voir, noir sur blanc, les grandes lignes de leur budget. Très jeune, Marianne avait appris à économiser et à prévoir ses achats. Dépenser impulsivement, vendre la peau de l'ours avant de l'avoir tué, ça ne lui ressemblait pas. Cet aspect de la personnalité de Sylvain lui échappait. Dans ces moments, elle avait besoin de se consacrer à un travail manuel. Jardiner comme en ce moment l'aidait à chasser ses idées sombres.

Les enfants dormaient pour la sieste, leur grand-mère tricotait dans la maison. Depuis le séjour qu'elle avait effectué sur la Côte-Nord pour aider Marianne à la naissance de Christophe, madame Théberge parcourait régulièrement la route en avion ou en autobus pour passer des vacances à Hauterive. Elle aimait cette ville tranquille, malgré l'effervescence du développement. De son côté, Marianne appréciait d'autant plus ces visites que les absences de Sylvain étaient depuis longtemps monnaie courante. La solitude lui pesait, l'inaction la rendait impatiente et, dans sa jolie rue, elle se sentait en réclusion. Elle profitait des séjours de sa mère pour visiter ses amies, compléter quelques courses ou juste se promener dans un autre endroit que son habituel trajet.

Une fois le jardinage terminé, Marianne rangea ses outils. De la porte du garage ouverte, elle salua le camelot et se dirigea vers l'entrée principale pour ramasser le journal. En entrant dans la cuisine, elle sourit à son fils, assis près de sa grand-mère, affairé à grignoter un mélange de raisins secs et de céréales Alphabits. Avec l'aide de son aïeule, il avait écrit un mot sur le napperon.

— Regarde, maman, s'écria l'enfant, tout joyeux en l'apercevant, je sais écrire !

— *N.i.c.o.l.e,* lut Marianne avec fierté. Tu as écrit le nom de ta petite sœur, bravo !

— Grand-mère, je peux les manger maintenant que maman a lu ?

— Allez, oui, tu peux les manger, répondit sa grand-mère en riant.

Sylvain arriva à ce moment, et Christophe s'élança vers lui. Le papa écouta patiemment le babillage de son fils en jetant des regards à Marianne. La route avait été longue, un accrochage à la hauteur de Manic-2 l'avait retardé. La fatigue se lisait sur son visage. Marianne aurait aimé sortir, aller danser à l'Auberge du Roc, ou bien aller voir le film *Josélito,* à l'affiche au cinéma.

Or, en apercevant le visage de son mari, elle savait qu'il aspirait à un week-end tranquille, alors qu'elle avait tellement envie de changer un peu d'air. Elle ne lui demanda même pas de sortir, préférant éviter ses réponses de désistement, comme cela avait été le cas les semaines précédentes. Elle irait plutôt voir le film avec sa mère un soir de semaine. Madame Théberge adorait les salles de cinéma, alors que Sylvain fuyait maintenant les espaces fermés et n'avait qu'une hâte : en ressortir. La semaine précédente, les deux femmes avaient vu *La Mélodie du bonheur*. Adrien avait amené Anne-Marie, venue garder les petits, puis il avait reconduit les deux femmes au cinéma, où Angèle les attendait. Marianne préférait assister à un événement en compagnie d'une personne qui l'appréciait: pouvoir exprimer sa joie ou partager ses commentaires augmentait l'agrément d'une sortie. Quand Sylvain l'accompagnait uniquement pour lui faire plaisir, parfois à contrecœur, à cause de la lassitude de ses longues semaines sur les chantiers, elle restait avec un goût d'amertume dans l'âme, une douche froide sur sa joie. Elle passa donc un samedi soir devant la télévision à écouter un western qui l'ennuyait. Elle n'arrivait pas à se concentrer sur sa lecture avec des coups de feu et des galopades de chevaux en bruit de fond. Elle aurait proposé à sa mère de jouer aux cartes si cette dernière n'avait pas tant prisé ce genre de film.

Depuis la naissance de Christophe, presque tous les dimanches, Sylvain amenait Marianne manger au restaurant. Quand elle séjournait chez eux, sa belle-mère les accompagnait. Cependant, ce dimanche-là, madame Théberge déclina l'invitation: «Je vous laisse en amoureux», avait-elle affirmé. Marianne s'était faite belle pour ce repas pris au Verdi, son endroit préféré. On y mangeait bien et le chef propriétaire avait l'habitude de venir saluer les clients aux tables, une attention que Marianne appréciait. Cet homme d'origine italienne savait se montrer charmant. Marianne et Sylvain étaient installés à leur table habituelle, calme et éloignée de la cuisine. Ils terminaient leur entrée quand Sylvain sortit une enveloppe de sa poche.

— Cet été, nous allons à Montréal, annonça-t-il sur un ton mystérieux.

— Je sais, nous y allons chaque année pour visiter ma famille et ton frère.

— Mais cette année, c'est spécial !

— Bien… avec l'Exposition universelle, continua Marianne, on va certainement aller y faire un tour.

— Ça, c'est certain, chérie ! Je t'annonce qu'on va séjourner au Royal Hôtel pour trois nuits. Les enfants vont rester chez ta mère, elle est au courant.

— Mais, Sylvain, ça coûte une fortune cet hôtel-là, non ?

— Ne t'inquiète pas, les réservations sont faites depuis un moment. Avec tous les visiteurs qui sont attendus, je voulais m'assurer qu'on ait une chambre.

— Sylvain, mais c'est très luxueux, je…

— Chérie, qu'est-ce qu'il y a de mal à s'imaginer en roi et reine pour quelques soirs ?

Leur assiette principale arriva. Marianne mangea sans grand appétit. De son côté, Sylvain rayonnait grandement en lui remettant la carte dans laquelle les dates du séjour étaient inscrites. Un cadeau pour leur anniversaire de mariage. D'autres femmes auraient exulté devant pareille proposition. « Pourquoi je n'arrive pas à réagir avec plus d'exubérance ? Je devrais me réjouir d'une telle sortie », pensait-elle. Ne voulant pas faire ombrage à la joie de Sylvain, elle lui offrit un sourire empreint de tendresse. Son époux y vit tout simplement la réserve naturelle des gens de classe, leur présence dans ce restaurant s'y prêtait. Il était fier de sa Marianne et choyé de partager la vie de cette femme. Il n'avait aucune conscience de la légère fêlure qui apparaissait sur le vernis de leur bonheur.

Sylvain avait traversé une très pénible journée. Il s'inquiétait pour Marianne, qui vivait de plus en plus difficilement ses absences, même si elle comprenait que les exigences de son travail l'obligeaient à rester des semaines entières à Micoua. Ce village temporaire, érigé pour loger les travailleurs du complexe Manic-Outardes et leurs familles, ressemblait à celui du lac Louise, près de Manic-5. « Est-ce que Marianne accepterait d'y habiter quelques années ? Ici, elle a ses amies, elle adore notre maison, elle chante dans la chorale, renoncerait-elle à cela temporairement ? » s'interrogeait-il. Sylvain savait que vivre à Micoua deviendrait une forme d'exil pour Marianne. D'un autre côté, cela limiterait ses absences, et sa femme pourrait peut-être enseigner à nouveau. Recruter de jeunes professeurs qui acceptaient de s'isoler dans le bois représentait un défi pour la commission scolaire. Sylvain savait aussi qu'une vie sociale s'organisait pour favoriser la vie de famille des travailleurs. Peut-être que…

Tôt le mardi, Sylvain avait repris la route de Manic-3 avec le projet d'en apprendre davantage sur la vie des familles qui s'installaient dans le voisinage des chantiers. Pendant la semaine, il avait profité de ses repas à la cantine pour discuter avec des travailleurs dont la famille vivait sur place. Un midi, il s'était retrouvé à la même table que le photographe attitré aux chantiers, un dénommé Michel Harvey, un homme chaleureux, passionné par son travail. Ce dernier lui avait expliqué que le développement de l'hydroélectricité s'inscrirait dans l'histoire de la province, et que son travail consistait à laisser des traces pour l'écrire. L'homme avait invité Sylvain à manger chez lui le lendemain soir, son épouse se montrant toujours enthousiaste à l'idée de recevoir de la visite. Ce jour-là, en quittant le bureau, Sylvain s'était promené dans les rues, entrant dans l'épicerie, dans la chapelle et dans la salle communautaire, où un groupe de garçons apprenait à faire des nœuds pour fixer des mouches au bout d'un hameçon de canne à pêche. Sa promenade l'avait aussi mené devant l'école primaire, le dispensaire et des installations sportives. Depuis qu'il montait sur les chantiers, il n'avait jamais exploré le village de la sorte.

Durant la soirée qu'il avait passée dans la famille Harvey, Sylvain s'était rendu compte que les enfants du couple étaient heureux du genre d'existence qu'ils menaient. Les aînés, deux garçons de neuf et onze ans, parlaient de leur vie de «coureurs des bois» entre les parties de baseball et l'école. Cette soirée avait été un moment vécu dans la bonne humeur, ponctué d'agréables discussions. Maintenant, Sylvain se sentait en mesure de parler à Marianne en toute connaissance de cause de la vie à Micoua. De plus, il était convaincu que l'épouse du photographe plairait à la sienne.

Le vendredi soir, Sylvain arriva chez lui avec un immense bouquet dans les mains.

— Des fleurs! En quel honneur? demanda Marianne, radieuse et ravie de le revoir.

— En l'honneur que je t'aime et que je souhaiterais qu'on passe plus de temps ensemble.

— Et ton travail?

— Ça, je ne peux pas y échapper, d'autant plus que je l'adore. Mais j'aimerais te proposer quelque chose.

— Tu m'intrigues…

Sylvain eut tout juste le temps d'embrasser fougueusement Marianne avant de voir sa belle-mère arriver avec les enfants, tout joyeux de retrouver leur père. La petite Nicole avait fait ses premiers pas durant la semaine, Christophe avait écrit de nouveaux mots avec des Alphabits et, à regret, madame Théberge s'apprêtait à retourner à Saint-Vincent-de-Paul; elle prenait l'avion le lendemain.

— Belle-maman, vous aimeriez ça monter sur les chantiers un bon jour? demanda Sylvain durant le repas.

— Moi, j'me contenterais d'une courte visite, juste pour dire que j'aurais vu un barrage et une centrale. C'est mon mari qui serait content d'y aller. Ça l'impressionne pas mal, tous ces barrages qu'on construit.

— Eh bien, on va prévoir ça à votre prochaine visite. Il faudrait que monsieur Théberge vienne avec vous.

Dans la soirée, la grand-maman insista pour passer ses derniers moments sur la Côte-Nord à s'occuper de la routine du dodo de ses petits-enfants. « Ils grandissent trop vite », avait-elle dit à Marianne. Le couple partit marcher jusqu'au Vieux-Poste. Ni l'un ni l'autre ne se lassait d'entendre le tumulte de la rivière à cet endroit. Marianne tenait la main de Sylvain et lui dit :

— Chéri, tu te rends compte que l'histoire de cet endroit donne à notre rue une deuxième vie, puisqu'un village y a déjà existé ? J'aime l'idée de faire revivre des lieux.

— Ça me plaît aussi, confirma Sylvain. Ça signifie que rien n'est définitif. Les changements font partie de la vie.

La soirée était douce. Assis l'un contre l'autre sur un rocher, sur le fond sonore de la cascade, Sylvain réalisait que les propos de Marianne à propos des transformations ouvraient la porte à ce dont il voulait lui parler. Il lui raconta sa semaine, sa rencontre avec la famille Harvey et son exploration du village de Micoua.

— Marianne, si tu veux, on pourrait s'installer là. Pendant quelques années, je veux dire, le temps de la construction des barrages. Tu ne passerais plus tes semaines toute seule, je sais que tu trouves mes absences difficiles.

— En plein bois ? répliqua Marianne, interloquée.

— Oui, c'est dans le bois, mais il s'agit vraiment d'un village. Avec tout ce qu'il faut pour les familles. C'est dommage que ta mère parte demain, je t'aurais proposé de venir avec moi la semaine prochaine. Mais on pourrait y faire un aller-retour, une journée avec les enfants ?

— Et la maison ? questionna Marianne avec incertitude. Tu sais que j'adore notre maison, elle est tellement parfaite pour nous !

— On la louerait pour la reprendre en revenant, précisa Sylvain, en se faisant rassurant.

Marianne se cala au creux de l'épaule de son mari, qui l'enserra très tendrement. Ils restèrent silencieux. Une légère brise agitait les jeunes feuilles des bouleaux. Cet endroit était poétique. Avec l'humidité émanant des éclaboussures de la cascade, les roches étaient couvertes de mousse. Marianne s'y sentait bien, sans doute grâce à la forêt, qui enveloppait les lieux comme des bras protecteurs. On aurait dit que la rivière se précipitait pour sauter dans le fleuve, juste au pied des chutes. Le jour se retirait en fraîchissant l'air, et un frisson secoua Marianne. Elle se leva d'un bond en tirant la main de Sylvain pour l'entraîner vers la rue.

— Laisse-moi y penser, proposa-t-elle en plongeant ses beaux yeux bleus dans les siens. Je ne dis pas non pour une petite excursion.

Le lendemain, toute la famille accompagna madame Théberge à l'aéroport. Christophe rechignait, car il voulait la suivre jusque dans l'avion. Cet enfant n'avait pas l'habitude de se montrer capricieux. Aussi, pour éviter une crise de larmes qui semblait imminente, Sylvain abrégea ses salutations et partit vers la voiture avec son fils. Il tenta de lui expliquer qu'eux aussi iraient bientôt en avion pour visiter les grands-parents. Mais il n'y avait rien à faire pour le calmer, l'enfant restait maussade. Il s'apaisa seulement au retour de sa mère. Sylvain avait l'impression que ses absences sapaient son autorité auprès de son garçon. En quittant l'aéroport, il prit une autre direction que celle de la maison. Le matin, le thermomètre affichait soixante-huit beaux degrés, et Marianne avait préparé un pique-nique, chose exceptionnelle pour un mois de mai. La plage de Pointe-Lebel était déserte, à l'exception d'un vieil homme qui marchait. Christophe avait ensuite retrouvé sa bonne humeur, il s'amusait à ramasser des bouts de bois flotté et des coquillages avec sa petite sœur. La marée baissait, on entendait uniquement les cris des goélands. Avec le temps, Sylvain avait accepté d'aller à la plage, mais jamais pour s'immerger dans l'eau. Il préférait les baignades dans les piscines publiques. Marianne avait étendu une couverture ; Sylvain s'assit près d'elle, et côte à côte, ils surveillaient les enfants.

— Papa, tu veux allumer un feu ? demanda Christophe en déposant une brassée de petit bois non loin de la couverture.

— Pourquoi pas !

L'enfant continua un moment à apporter de quoi nourrir la flamme, pendant que sa petite sœur emplissait la chaudière de coquillages. Marianne sortait les victuailles, le vieil homme revenait de sa marche et les salua au passage. Le repas avalé, la petite Nicole se coucha près de son père et s'endormit presque aussitôt. Son frère s'appuya près d'un gros tronc déposé par la mer et s'amusait à classer la cueillette de coquillages par grosseur. Marianne regarda longuement Sylvain, avant de lui dire :

— Chéri, j'ai repensé à ta suggestion d'aller vivre à Micoua. J'aurais peur de me retrouver isolée.

— Je comprends, mais je n'ai pas senti ça du tout chez madame Harvey. Elle a trois enfants, et le plus jeune ne va pas encore à l'école. Je crois que le mieux, ce serait d'aller y faire un tour, tu pourrais te forger ta propre idée.

— Alors, on prévoit un autre pique-nique pour la semaine prochaine ? À Micoua cette fois. Est-ce qu'il y a un bel endroit pour s'installer ?

— À vrai dire, je ne pensais pas pique-niquer. On pourrait manger à la cantine, je crois que ça plairait à Christophe. Écoute, laisse-moi organiser une virée là-bas, je m'occupe de ça à partir du bureau demain.

Le reste du dimanche fila doucement sur la plage. En effet, la meilleure chose pour Marianne était d'effectuer cette escapade d'exploration à Micoua, car elle avait besoin de voir l'endroit avant de prendre une décision. « Ensuite, je veux parler avec Angèle. Elle a connu ça, l'éloignement de son mari. Ils sont arrivés à Hauterive deux ans avant moi, comment Angèle a-t-elle pris la décision de venir vivre dans un coin de pays encore en friche et complètement inconnu ? » Marianne voulait savoir.

À la fin du mois d'août, Marianne préparait des boîtes avec l'aide de sa mère. Cette fois, monsieur Théberge l'accompagnerait pour le voyage. En remplissant les cartons, Marianne repensait à son été. Bien sûr, il y avait eu l'habituel séjour chez ses parents, et surtout ces trois jours à Montréal pour visiter le site de l'Exposition universelle. Cette escapade vécue dans leur bulle, en couple, une parenthèse juste tous les deux, dans le grand luxe. Le petit déjeuner servi au lit sans se préoccuper des miettes tombées dans les draps, ce repas du matin où ils discutaient tranquillement sans être interrompus par l'un des enfants. Une seconde lune de miel. Marianne avait lu que la septième année de mariage était déterminante pour un couple. Après sept ans de vie de couple et deux enfants, leur vie coulait comme une rivière tranquille, même si parfois, elle présentait quelques tumultes. Que leur réserverait cette vie dans le bois, à Micoua? Parce que Marianne avait accepté la suggestion de son mari, c'est vraiment dans le bois qu'ils habiteraient. Dans ce minuscule village niché au creux de la forêt, accolé à une petite montagne et pourvu d'un lac, qui élargissait un peu l'horizon. Les premières hésitations de Marianne s'étaient vite envolées. Elle aimait Sylvain, et considérait qu'auprès de lui, tout devenait plus facile. Parler avec Angèle l'avait aidée à voir clair: cette dernière lui avait dit que la vie familiale au quotidien, ça n'avait pas de prix. Sylvain avait présenté les trois jours qu'ils avaient passés seuls en ville comme une période charnière dans leur vie de couple. Le premier matin, entre deux bouchées de croissant, il avait dit:

— Chérie, on a construit une famille ensemble. Maintenant, qu'est-ce que tu dirais de l'agrandir?

— Sylvain, ni toi ni moi ne souhaitons une famille nombreuse.

— Je sais, on s'est entendus pour trois enfants, quatre peut-être. Notre famille sera unie et solide, je souhaite qu'on soit un modèle pour nos enfants.

Marianne entendait dans la voix de son mari le rêve du petit garçon dont la famille s'était disloquée à la mort de sa mère. La vie de famille, un père et une mère entourés de leurs enfants, ça lui avait douloureusement manqué. Elle voulait elle aussi ce modèle de famille. Cette escapade dans un endroit tellement différent de leur quotidien était devenue une occasion de réfléchir à leur existence, de faire le point et de dresser les balises de l'avenir. « Sylvain a les moyens de m'offrir cela, pourquoi ne pas l'utiliser à bon escient? »

Ils avaient circulé en métro, mangé des mets venus d'ailleurs et fait la file pour visiter les pavillons. Marianne n'avait jamais pris un tel bain de foule. Montréal changeait de visage. Pendant ces vacances, elle avait réservé une journée à Lisanne. Cette dernière revenait d'un congrès en France. Malgré les routes très différentes de leur trajet de vie respectif, l'amitié qui liait les deux femmes ne se fanait pas. Chacune aimait sa vie et en parlait passionnément à l'autre. Elles s'admiraient réciproquement.

Lisanne avait pris le petit déjeuner chez les Théberge. En entrant dans la maison, elle avait chuchoté à Marianne qu'elle lui réservait un présent pour plus tard. Elle était arrivée les bras chargés d'un immense bouquet de fleurs cueillies dans le jardin de la maison familiale pour la mère de son amie. Le père de Marianne et Sylvain avaient reçu des mouches artisanales pour taquiner la truite.

— Monsieur Théberge, vous aurez sûrement l'occasion de faire des voyages de pêche avec Sylvain, quand vous irez sur la Côte-Nord, avait-elle dit.

Il avait les yeux aussi brillants que ses petits-enfants, qui déballaient leur jouet rapporté de la France : une jolie poupée pour Nicole et, pour Christophe, une voiture qui avance toute seule quand on remonte le mécanisme avec une clé. Sitôt la table ramassée, Lisanne et Marianne étaient reparties bras dessus, bras dessous, arpentant le même trajet que dans leur enfance. Elles s'étaient retrouvées dans la grande demeure de l'enfance de Lisanne.

— On a la maison à nous, avait-elle dit, mes parents sont partis à la mer.

La maison des Beaudoin avait peu changé au cours des années, si ce n'est l'absence de l'odeur d'antiseptique, celle-ci s'étant évaporée depuis que le père de Lisanne ne recevait plus ses patients à la maison. Le mur qui séparait le bureau du médecin et la salle d'attente avait été abattu, un vaste boudoir servait maintenant aux soirées de bridge des parents Beaudoin. Marianne et Lisanne y avaient passé la journée. En entrant dans la pièce, Marianne avait trouvé un joli emballage. D'un simple signe de la tête, son amie l'avait invitée à l'ouvrir. Avec ravissement, Marianne avait découvert un foulard de soie peint à la main dans un camaïeu de bleus s'harmonisant à la perfection avec ses yeux, une œuvre d'une artiste que son amie avait rencontrée à Paris. Puis, dans l'enthousiasme, Lisanne avait raconté son voyage. Elle revenait la tête remplie d'idées, elle avait créé des contacts avec d'autres peintres et des gens de la télévision qui construisaient des décors pour les studios.

— Tu as l'occasion de varier ton art, avait dit Marianne, d'aller plus loin, et c'est très stimulant. Je suis heureuse pour toi, tu as toujours cherché à te dépasser.

— Tu es un peu comme ça toi aussi, même si c'est d'une autre façon que moi. Dans tes lettres, ça se sent que tu adores tes enfants. Tu es une maman extraordinaire ! Je regarde ton petit Christophe et je le trouve allumé pour son âge. Tu y es pour quelque chose, Marianne.

— Sans doute. Mes enfants sont faciles à vivre et ils m'apportent beaucoup de joie. Malgré cela, j'espère qu'à Micoua, j'aurai plus souvent l'occasion d'échanger avec d'autres adultes. Ce que j'ai vu de la vie sociale là-bas est l'un des avantages que j'y vois. Et au moins, Sylvain sera là le soir.

— L'enseignement te manque, n'est-ce pas ?

— Tu ne peux pas savoir à quel point !

— Ta période « mère à la maison » n'est qu'une parenthèse, non ?

— Je m'accroche à ça, mais je ne veux pas mener ma vie en fonction d'espoirs. Je souhaite connaître des moments d'accomplissement tout en vivant pleinement le présent, pas juste me sentir en attente d'un futur possible.

— Je comprends. Tu sais, Marianne, tu trouves ta vie bien tranquille tandis que moi, je nage dans le monde des arts à me construire une carrière. Malgré la différence de nos vies, te retrouver et passer un moment avec toi, c'est toujours un énorme plaisir. On change, la vie nous change, on évolue, et même si nos routes sont divergentes, jamais je ne m'ennuie avec toi. Tu restes la Marianne pétillante que j'aime !

— Et toi, la Lisanne fonceuse et un brin anticonformiste qui amène de l'effervescence dans ma vie !

— Donc, mon effervescence, comme tu dis, contribue à maintenir ton pétillant.

Elles avaient éclaté de rire. Non, aucune jalousie ne dessinait d'ombrage sur leur relation.

Marianne était revenue chez ses parents juste au moment de mettre les enfants au lit. Elle était rassurée, car en dépit des milles qui s'ajoutaient entre Montréal et Micoua, son amie avait promis de lui rendre visite. Et Lisanne tenait toujours parole.

Marianne avait passé de merveilleuses vacances. Les cartons s'accumulaient dans le sous-sol de la rue Rouleau. La maison était louée au nouveau gérant de la Banque Nationale qui venait s'installer sur la Côte-Nord pour un mandat de deux ans. Il ne souhaitait pas acheter de propriété. En visitant les lieux, sa femme avait avoué sans gêne qu'elle ne s'éterniserait pas dans la région. Elle avait constamment dénigré cette ville nichée au nord de la province. Marianne l'avait entendue marmonner à son mari : « Je n'arriverai jamais à vivre sereinement dans une ville qui est située deux pouces en haut de la carte. » Elle ne cessait de multiplier les éloges sur *sa* ville, Montréal. Après leur départ, Sylvain avait exprimé sa satisfaction à la suite de l'entente qui avait été prise, tandis que Marianne avait soupiré d'exaspération quand la porte s'était refermée derrière la femme.

À Micoua, Sylvain avait loué une maison mobile. Marianne fut agréablement surprise de découvrir un village plus animé et mieux doté en services de base que ce qu'elle avait vu au cours de leur visite exploratoire. Elle sentait particulièrement une volonté de rendre l'endroit agréable à vivre pour les familles. Il était possible d'y pratiquer plusieurs sports, en été comme en hiver. Il y avait même un petit centre de ski alpin qui attirait quelques adeptes de Baie-Comeau. La vie sociale faisait en sorte que les gens faisaient connaissance rapidement, des liens amicaux se développaient. Marianne s'en réjouissait.

Quand ils étaient venus en visite, Sylvain, Marianne et les enfants avaient dîné à la cantine du chantier, puis ils avaient soupé chez les Harvey. Marianne avait été séduite par la grande gentillesse de Cécile, l'épouse de Michel. Dans l'après-midi, celle-ci avait cueilli des bleuets, juste au coin de la rue, pour les cuisiner en succulentes tartes. L'odeur embaumait la demeure à leur arrivée. À la fin du repas, les adultes s'étaient attardés à la table en sirotant un digestif pendant que les enfants s'étaient amusés ensemble dans le salon.

— Quelqu'un qui s'installe ici de reculons, avait dit Michel, c'est presque certain qu'il n'aimera pas sa vie. Quand tu n'apprécies pas un endroit, surtout si tu sais que c'est temporaire, tu as tendance à rester en retrait, à ne pas participer aux activités, à ne pas voisiner les gens plus que nécessaire. Même si on n'habite pas ici pour toute notre vie, Cécile et moi, on a décidé d'en tirer le meilleur. Il y a toujours quelque chose à apprendre.

— Je m'ennuie des membres de ma famille, c'est sûr, avait poursuivi Cécile, mais ils restent en Gaspésie, et même si on vivait dans le coin de Baie-Comeau, on ne les verrait pas beaucoup plus souvent.

— Cécile, qu'est-ce que tu trouves le plus dur ici ? avait demandé Marianne.

— Je ne peux pas dire que je trouve ça difficile. Il ne me manque rien. On descend à Baie-Comeau toutes les deux semaines et j'en profite pour faire une plus grosse épicerie. Je commande dans les catalogues si je veux quelque chose. Je vais voir des vues presque toutes les semaines. J'ai un groupe d'amies avec qui je passe un ou deux après-midis par semaine. Des fois, on tricote en jasant, d'autres fois, on fait une corvée de popote. Je ne suis pas très sportive, mais j'aime bien me baigner. Et puis, on va régulièrement aux soirées de danse au centre communautaire, j'adore ça ! C'est bien plaisant. Pour répondre à ta question, le plus difficile, ce sont les satanées mouches noires !

— C'est la même chose en bas depuis qu'il n'y a plus d'arrosage, avait rétorqué Sylvain en riant.

Marianne était arrivée sur la Côte-Nord par nécessité, elle n'avait pas oublié le profond sentiment d'isolement qui l'avait affligée au cours des premières semaines, ni le dépouillement de la ville qui prenait à peine naissance, ni les sarcasmes de son frère. À ce moment-là, elle s'était même demandé si son existence ressemblerait désormais à un immense trou noir. Puis, il y avait eu l'école, son entrée dans la chorale, la rencontre de ses amies et celle de Sylvain. Depuis dix ans, elle s'était bâti une vie et une famille, elle était heureuse. Que lui apporterait cette parenthèse de quelques années dans un village de chantier, si loin de tout? Marianne aimait Michel et sa vision des choses, son attitude l'avait aidée à prendre sa décision. Elle partirait pour Micoua de bon gré avec la volonté d'en tirer le meilleur.

CHAPITRE 24

Chez Marie-Berthe, tous les enfants fréquentaient désormais l'école. Sa petite dernière entrait en deuxième du primaire, alors que son aîné se préparait à partir pour Québec, où il entamait sa deuxième année de médecine à l'Université Laval. Depuis la fin des voyages de l'été, Margot avait délaissé les majorettes. Le plus mémorable périple qu'elle avait vécu demeurait incontestablement celui à Terre des Hommes. Quelle aventure ! Elle en avait parlé de long en large. Un tour du monde sur une île. Les prestations des Ambassadrices avaient été chaudement applaudies. Le maire Jean Drapeau avait écrit une lettre de félicitations à la chorégraphe du groupe, les remerciant de leur participation. Toutes les filles en voulaient un exemplaire. Margot avait glissé sa copie dans un cadre, qu'elle avait accroché au-dessus du pupitre d'études de sa chambre. À presque seize ans, la jeune fille considérait que l'expérience des majorettes lui avait apporté beaucoup : discipline, vie de groupe, voyages. Pour l'heure, elle aspirait à vivre d'autres expériences et souhaitait surtout se consacrer à ses études. Et puis, avec l'absence d'Anne-Marie, qui s'était retirée du groupe l'année précédente, elle y voyait moins d'attrait. Marie-Berthe s'était rendu compte que cette décision, Margot ne l'avait pas prise uniquement pour faire comme son amie, elle marchait plutôt dans une direction précise. Elle adorait se voir confier des plus jeunes, c'était comme un entraînement, apprendre à veiller sur une personne vulnérable, comme quand elle ferait avec ses patients, une fois devenue infirmière. Son intérêt pour la profession n'avait pas faibli. Son attitude responsable et son tempérament porté à prendre soin d'autrui en faisaient une gardienne d'enfants recherchée dans le voisinage.

Marie-Berthe se rappelait le samedi matin où elle avait lavé la vaisselle du déjeuner, seule avec Margot. Elle lui avait alors proposé de travailler quelques heures par semaine au magasin pour gagner de l'argent de poche. Cependant, l'adolescente de quinze ans avait dit préférer la compagnie des enfants à celle des boîtes à déballer quand les commandes rentraient. Elle aurait songé à l'offre si au moins sa mère lui avait proposé de servir les clientes.

— Tu es trop jeune, ma grande, pour le service aux clientes. Elles préfèrent une personne expérimentée pour les conseiller. Peut-être dans deux ou trois ans.

— Dans ce cas, avait répondu Margot, je vais me faire de l'argent en gardant des enfants. Et le printemps prochain, je vais donner mon nom à la Ville pour devenir monitrice au terrain de jeux.

— Mais tu n'as jamais aimé fréquenter le terrain de jeux !

— Quand la monitrice nous fait faire toujours les mêmes activités, toujours chanter les mêmes chansons, ça devient plate. Moi, je sais que je peux me montrer imaginative et dynamique. Les jeunes auront envie de venir au terrain de jeux pendant tout l'été, avait-elle répliqué promptement.

— Si tu vois les choses comme ça, je te laisse libre de choisir. L'important, c'est que tu fasses quelque chose que tu aimes.

— Et toi, maman, tu as préféré travailler au magasin que de rester à la maison avec nous, comme la mère d'Anne-Marie ?

Une chanson à la radio avait détourné son attention. Margot avait déposé son linge à vaisselle pour aller monter le volume.

La question de sa fille avait quelque peu désarçonné Marie-Berthe. Certes, elle avait discuté de la chose avec son homme. Travailler à l'extérieur était marginal pour une mère de famille, surtout quand on en a mis six au monde. Mais elle demeurait convaincue que si elle était demeurée à la maison, elle se serait éteinte à petit feu. Marie-Berthe aimait ses enfants, mais ce sentiment profond ne l'empêchait pas de ressentir le besoin de s'accomplir ailleurs, de garder une parcelle de vie qui lui appartienne en propre. Elle pouvait compter sur le soutien indéfectible de Benoit, c'était ça le plus important. Surtout qu'ils partageaient le même point de vue : leurs enfants ne souffraient pas du fait qu'elle n'était pas tout le temps à la maison. Comme couple, ils s'étaient toujours bien organisés et formaient une belle équipe. « Je crois qu'une mère épanouie est le meilleur modèle à offrir à ses filles », avait conclu Benoit.

Margot avait écouté religieusement la première position du palmarès de la semaine en essuyant la vaisselle, un répit pour sa mère qui réfléchissait à sa dernière question. La chanson terminée, Marie-Berthe avait pris une profonde respiration, avant de répondre à sa fille, qui rangeait maintenant une casserole sous le comptoir. Parce que ce ne serait pas seulement une réponse à la question de Margot, mais l'occasion d'une discussion entre femmes. Elle observait sa fille se transformer, et pouvait constater que ce n'était pas uniquement son corps, mais sa personnalité et son caractère qui s'affinaient. Margot s'était toujours montrée sage et raisonnable, affichant une apparence de conformisme. Toutefois, elle entretenait des idées très précises sur sa destinée, elle savait clairement la direction qu'elle voulait emprunter. Marie-Berthe s'était installée à la table de la cuisine avec une tasse de thé et y avait déposé un verre de lait pour Margot, venue s'asseoir en face d'elle.

— Pour revenir à ta question, ma grande, avait commencé Marie-Berthe, « préférer » n'est peut-être pas tout à fait le bon terme. Je n'ai jamais senti que je préférais mon travail à mes enfants. J'avais besoin des deux, comme deux éléments de ma vie, tous les deux indispensables. Toi, tu aurais souhaité que je sois une mère à la maison ?

— C'est arrivé, deux ou trois fois. Je me rappelle quand j'ai eu les oreillons, j'aurais aimé que tu restes avec moi, plutôt que d'aller travailler au magasin. Mais Martine a toujours bien pris soin de nous. Cette fois-là, maman, quand je me suis aperçue que tu étais revenue à la maison plus tôt que d'habitude, et que tu t'étais presque juste occupée de moi parce que j'étais malade, je me suis dit que j'avais la meilleure mère au monde.

— Vraiment ! ? Et les autres fois ?

— Quand j'étais malade aussi, je ne me souviens plus trop. Une grippe, la rougeole. Mais ça ne durait pas parce que je savais que tu arrivais toujours plus tôt quand l'un de nous était malade. Et puis, quand on est malade, on dort plus. Qu'est-ce que ça aurait donné que tu restes quand Martine était là ?

— Tu le penses vraiment ?

— Oui, maman. Je le pense vraiment.

Marie-Berthe avait adressé un tendre sourire à sa fille, celui d'une mère à qui on confirme qu'elle a pris les bonnes décisions pour ses enfants, celui d'une femme qui se sait à la bonne place quand il le faut. Margot avait poursuivi :

— Tu sais, maman, pendant les voyages en autobus avec les majorettes, on jasait pas mal. Une fois, on s'est mises à discuter de la façon dont on voulait vivre notre vie adulte. Une fille disait qu'elle aimerait ressembler à Rita Hayworth parce qu'elle la trouvait belle et qu'elle était une actrice célèbre. Une autre disait qu'elle ne voulait pas se marier pour ne pas se faire *runner* par un mari. Une autre ne voulait pas devenir comme sa mère qu'elle trouvait trop pieuse. En plus, elle en avait honte parce qu'elle négligeait son apparence, et elle chialait tout le temps après eux.

Margot avait marqué un silence, que sa mère n'avait pas comblé. Elle constatait que sa fille réfléchissait. Puis, l'adolescente avait repris.

— Tu sais, maman, je vois bien que les mères à la maison ne sont pas nécessairement les meilleures. Certaines ont l'air bien à la mode parce qu'elles permettent tout, et ce n'est pas mieux non plus. Tu me vois avoir un bébé à mon âge parce que tu m'aurais laissée libre de faire ce que je voulais ?

— Oh ! Et pourquoi dis-tu ça ?

— Il y a des filles qui auraient aimé une mère comme celle de Charlotte Turcotte. À la mode pour s'habiller, elle fume et n'interdit rien à ses enfants. Elle est belle aussi, toujours maquillée, et elle se fait siffler par les hommes.

Marie-Berthe connaissait la dame. C'était une carte de mode, elle avait un joli minois et elle semblait écarter toutes les obligations de son existence. Un jour, elle l'avait croisée alors qu'elle se rendait à la chorale avec Marianne. Cette dernière comptait l'une de ses filles dans sa classe, et elle avait simplement dit que madame Turcotte n'aidait pas ses enfants en leur laissant tout faire.

— Tu savais que Charlotte n'a pas fini l'école l'année passée ? avait poursuivi Margot.

— Elle a dû aller suivre des traitements dans un hôpital spécialisé, je crois, avait répondu sa mère.

— C'est un peu ça, oui, mais elle n'était pas malade. Elle est allée dans une maison pour les filles-mères, à Montréal. Quand j'ai appris ça, je me sentais tellement chanceuse d'avoir une mère comme toi ! Lorsque toi ou papa nous refusez une permission ou quelque chose, vous nous expliquez toujours pourquoi. Même si on bougonne un peu sur le coup, on sait que vous avez raison.

— Ton père et moi, on a toujours souhaité le meilleur pour chacun d'entre vous. Si on croit que quelque chose risque de vous nuire, on ne peut pas vous laisser y plonger la tête première. Aimer, ça ressemble à ça.

— Tu parles comme Janette Bertrand ! Tu sais, son émission *Comment ?, Pourquoi ?* que j'écoutais ? Elle aussi, c'est une mère qui travaille, et je suis sûre que c'est une bonne mère comme toi.

— Je connais Janette Bertrand, elle m'inspire. Et toi, ma belle, quel genre de femme aimerais-tu devenir ?

— Comme toi, maman. Travailler au magasin ne m'intéresse pas plus que ça, je veux devenir infirmière. Mais comme toi, je veux occuper un emploi, même quand j'aurai des enfants. Le mari que je choisirai devra ressembler à papa : être d'accord avec mes choix et me seconder. Il devra aussi se comporter en bon père et en bon mari. Comme papa.

— Eh bien, si tu y penses très fort, si tu fais tes choix en fonction de ce que tu souhaites vraiment, cela arrivera de la façon dont tu le veux. Travailler tout en élevant une famille, ce n'est pas préférer l'un ou l'autre. Ce sont deux volets différents de la vie. Ils peuvent devenir compatibles si tu arrives à bien t'organiser. Par compte, je me suis donné comme règle de ne pas mélanger les deux : pas de travail à la maison. Je préfère rester plus tard au magasin, comme quand c'est le temps de la comptabilité ou des grosses commandes. Alors, quand je rentre à la maison, j'y suis à cent pour cent.

— Ça, c'est vrai ! Et même si on ne doit pas vous déranger au magasin ou au restaurant, quand il y a quelque chose de vraiment important, comme une petite urgence, vous avez toujours pris le temps de nous écouter. Maman, qu'est-ce que tu aurais fait si j'étais arrêtée au magasin en te dérangeant pour une niaiserie ?

— C'est déjà arrivé, avec ta sœur Chantale. Quand j'ai constaté qu'elle n'avait aucune raison valable de m'interrompre au travail, je lui ai remis un bout de papier en lui disant de noter ce dont elle voulait me parler pour ne pas l'oublier et qu'on en discuterait à mon retour, puis j'ai continué de servir la cliente sans m'occuper davantage d'elle. Elle est repartie en bougonnant un peu.

— De quoi voulait-elle te parler ?

— De rien de particulier, mais le soir, je lui ai rappelé l'histoire de Pierre qui criait « au loup » sans qu'il y ait de loup. On a discuté de la définition d'une urgence par rapport à ce qui pouvait attendre.

— Moi, je n'ai pas eu besoin que tu me l'expliques.

— Margot ! avait répliqué Marie-Berthe, en gardant néanmoins de la douceur dans sa voix. Je n'aime pas que tu passes ce genre de commentaires. Certaines personnes ont besoin de vivre une situation pour apprendre. L'important, c'est d'en tirer une leçon, ça s'appelle l'expérience. D'autres, comme toi, possèdent un sixième sens qui leur indique où sont les limites. Tu t'es toujours montrée très observatrice, et c'est une autre façon d'apprendre. Je trouve que les gens très observateurs deviennent plus sensibles à sentir ce qui se passe autour d'eux, à détecter les sentiments des autres. Infirmière... je suis certaine que tu feras une excellente infirmière.

Marie-Berthe avait déposé sa tasse vide en plantant ses yeux dans ceux de sa fille. Un courant de tendresse, d'admiration réciproque et de complicité traversait un fil invisible qui reliait leurs regards. Un profond sentiment de bien-être émergeait de Marie-Berthe. Jamais elle n'avait douté qu'elle pouvait mener de front le rôle de mère et celui de propriétaire d'une boutique. Oh oui, un peu ! Justement quand l'un de ses jeunes était malade. Ce moment passé avec l'aînée de ses filles lui confirmait qu'elle avait pris les bonnes décisions et que ses choix servaient de modèle. Qu'espérer de mieux ? Margot s'était levée promptement pour répondre au téléphone. La dame dont elle allait garder les deux enfants dans l'après-midi lui demandait d'arriver plus tôt pour les faire dîner. La jeune fille s'était dirigée vers sa chambre pour se préparer. Quinze minutes plus tard, elle réapparaissait avec son sac à la Mary Poppins rempli de livres et de jeux pour les enfants.

— Merci, maman, je me sens une femme à jaser comme ça avec toi et j'aime ça. Je t'aime, ma p'tite maman.

Elle avait enlacé sa mère pour un gros « serre-fort » avant de partir, en disant qu'elle ignorait à quelle heure elle rentrerait. Marie-Berthe se retrouvait seule pour dîner. Elle avait feuilleté le *Châtelaine* en avalant un sandwich au fromage avant de se rendre au magasin. En marchant, elle réalisait qu'elle ne conservait aucun souvenir d'avoir pris un repas en solitaire dans sa maison. La vie passait, ses enfants grandissaient, son commerce et celui de Benoit comptaient une clientèle régulière et en constante croissance, tout comme la ville qu'ils avaient adoptée. Marie-Berthe était une femme choyée par la vie, elle souriait de contentement. Et les gens qui la croisaient sur le trottoir lui rendaient son sourire, pensant qu'elle l'adressait à eux.

Assise sous le séchoir du minuscule salon de coiffure, Marianne se sentait vidée de toute énergie. Le papotage de l'autre cliente, une vraie mégère, lui parvenait, et malgré le bruit de cette machine qui lui enveloppait la tête, elle suffoquait. Les rouleaux où ses longs cheveux s'enroulaient lui piquaient le cuir chevelu et s'ajoutaient à la chaleur pour amplifier le battement du marteau imaginaire sur ses tempes. Imaginaire, mais qui n'en causait pas moins un ravage. Sylvain lui avait proposé d'aller se faire coiffer pendant qu'il s'occupait des enfants. Ce samedi soir, ils assistaient à un souper suivi d'une soirée dansante au centre communautaire. Le Carnaval d'hiver devenait une belle occasion de sortie dans ce village artificiel. Marianne adorait danser, et Sylvain avait consenti à suivre des cours de danse peu après leur arrivée à Micoua. Si au départ, il avait accepté uniquement pour lui faire plaisir, il s'était montré un excellent cavalier. Depuis qu'il maîtrisait les pas sur la piste de danse, il démontrait un grand enthousiasme et il s'abandonnait joyeusement sur les rythmes à la mode.

La semaine avait été difficile. D'abord, Christophe et Nicole se rétablissaient d'une grippe qu'ils avaient attrapée l'un après l'autre. Depuis au moins deux semaines, Marianne n'avait pas dormi une nuit complète. Ensuite, il y avait eu une vitre brisée à leur maison de la rue Rouleau, apparemment l'œuvre de jeunes vandales. Personne n'avait pénétré dans la bâtisse. Les locataires étant absents au moment du méfait, un vent du nordet avait permis à la neige de s'infiltrer dans la maison. Sylvain était descendu à Hauterive pour tout régler, la laissant seule avec les enfants malades.

Le pire avait été cette visite impromptue d'Edmond, venu lui annoncer une brutale nouvelle. Il était arrivé juste avant le dîner. Sylvain prenait son repas du midi à la cantine du chantier, Marianne avait donc invité son frère à manger avec elle et les enfants. S'il l'avait prévenue de sa visite, elle aurait cuisiné autre chose qu'un simple macaroni au fromage. Elle savait qu'il était peu friand des pâtes alimentaires. Les enfants couchés pour la sieste, elle avait lavé la vaisselle, pendant qu'Edmond finissait son café à la table de la cuisinette. Marianne achevait de tout ranger quand il avait lancé :

— Le père est malade, ses poumons sont en train de le lâcher. Il se rend encore au garage pour la forme, pour voir du monde, mais il est juste capable de s'occuper de la caisse.

— Maman ne m'a rien dit, avait répondu Marianne, qui s'était assise en face de lui. C'est pour ça qu'ils ne sont pas venus aux Fêtes comme ils en avaient l'habitude depuis quelques années ?

Depuis que Sylvain et elle vivaient à Micoua, sa mère venait les visiter moins souvent, mais le contact entre les deux femmes restait régulier. La réponse d'Edmond avait consterné sa sœur.

— Ouais ! Mais pourquoi not' mère te l'aurait dit ?

— Pour me tenir au courant, il s'agit de son mari après tout. J'appelle maman toutes les semaines. Je me souviens que cet automne, elle a mentionné qu'il se sentait souvent fatigué, elle mettait ça sur le compte de l'âge, de la charge de travail au garage. À Noël, j'ai pensé qu'il préférait se reposer plutôt que de faire le voyage.

— En tout cas, elle pourra pas rester toute seule dans la maison.

— Et pourquoi donc ?

La voix de Marianne avait pris un ton aigu, signe de surprise et d'inquiétude, dans laquelle s'ajoutait de la colère.

— Tu parles comme si papa n'était plus là ! avait ajouté Marianne.

— Le docteur a dit qu'il n'y avait plus rien à faire, il lui donne à peu près un an au plus. Notre mère n'est jamais restée toute seule. S'occuper d'une maison, c'est beaucoup de travail pour une femme de son âge. L'héritage de la maison me revient, et je vais m'en retourner à Saint-Vincent-de-Paul.

— Tu hérites de la maison ? avait demandé Marianne, interloquée, mais papa est encore en vie. Je trouve que tu vas un peu vite en affaires. Et puis maman a son mot à dire. Ton attitude, c'est du paternalisme, maman n'a pas besoin de ça.

— Oh les grands mots ! Je suis le plus vieux de la famille, nos frères vont se partager les parts du garage, et moi, avec la maison, je pars de la Côte-Nord.

— Qu'en pense ta femme ? Et puis, j'aimerais en discuter avec maman. Comme les enfants ne vont pas encore à l'école, je pourrais aller passer du temps avec les parents. J'aimerais savoir comment maman voit ça.

— Qu'est-ce que tu pourrais faire ? avait lancé Edmond avec agressivité.

— Juste être avec eux, qu'ils sentent que je peux être disponible pour eux.

— Et laisser ton mari tout seul ! C'est un ben bon gars, Sylvain. Des fois, je me dis qu'il a dû te marier par charité, avait conclu Edmond d'un ton méprisant.

C'en était trop ! Une sourde colère s'était mise à bouillir en elle. Il n'y avait qu'Edmond pour la faire sortir ainsi de ses gonds. Marianne, celle qui possédait la patience d'un ange avec les enfants, toujours douce et bienveillante avec ses amies et les voisins, toujours attentive au bien-être des siens. Elle n'arrivait plus à tolérer les propos méprisants de son frère. Elle était certaine qu'il était venu seul parce qu'il savait que Marianne avait l'estime de sa belle-sœur. Jamais il n'aurait tenu de tels propos en sa présence. Ce fut plus fort qu'elle, et Marianne lui avait lancé au visage le verre d'eau qu'elle tenait à la main. L'audace de son geste l'avait surprise. Edmond s'était levé d'un bond, il avait frappé la table de son poing, et attrapé son manteau accroché sur la patère près de la porte. Avant de l'ouvrir, il avait craché :

— T'es rien qu'une maudite ! Ah ! Pis ça donne rien. T'es plus ma sœur, je te renie de ma vie.

Le claquement de la porte avait été si violent que toute la maison mobile en avait tremblé. Marianne était restée assise à la table, les yeux dans le vide. Que son frère ne veuille plus la voir la laissait plutôt indifférente. Elle ne gardait aucun bon souvenir avec lui. Étant l'aîné, il avait toujours mené les plus jeunes par le bout du nez, ses sœurs surtout, et particulièrement Marianne, depuis qu'il l'avait accueillie chez lui. Elle se demandait parfois s'il ne lui en voulait pas d'être heureuse. Qu'il l'expulse de sa vie ne l'atteignait pas, elle serait même soulagée de ne plus avoir à le fréquenter. Mais il y avait sa belle-sœur et ses neveux. Une sourde colère bouillait en elle. En effet, elle ne doutait pas qu'il tiendrait parole, le lien familial étant devenu si fragile entre eux, mais là, il venait de casser. La famille comptait tant pour ses parents, comment prendraient-ils la chose ? L'attention de Marianne était revenue vers eux. Elle pensait à son père malade, à sa mère qui traverserait sans doute de durs moments. Quel était l'état réel de la situation de ses parents ? Sa sœur Marthe ne saurait guère lui donner l'heure juste. Depuis qu'elle avait sa propre famille, elle se sentait moins concernée par les événements du quotidien dans sa famille d'origine. Du fond de son couvent, Éva avait renoncé à eux, elle ne pourrait que prier pour ses parents. « Si je demandais à Bruno ? Comment savoir réellement ? Oh ! Mon Dieu, faites que Sylvain ne rentre pas trop tard ! J'ai besoin d'en parler calmement pour voir clair. » Les larmes s'étaient mises à couler sur les joues de Marianne en pensant à son père malade. Puis, elle avait aperçu le visage tout fripé et ensommeillé de Christophe, qui lui tendait un mouchoir, et elle était revenue à la réalité.

Ce soir-là, Sylvain s'était montré très attentionné. En rentrant du travail, il avait bien vu que quelque chose avait ébranlé Marianne. Les enfants s'amusaient dans le salon avec leurs blocs de construction. Il avait juste serré sa femme très fort dans ses bras, pendant qu'elle lui racontait la visite de son frère et son départ fracassant. Son récit terminé, Sylvain lui avait chuchoté à l'oreille : « Je m'occupe des poussins, même de l'histoire au dodo. » Une fois les enfants sortis de la baignoire, il avait à nouveau fait couler l'eau, en y ajoutant une bonne rasade de bain moussant. « C'est le tour de maman », avait-il marmonné, en entraînant les enfants sur le divan pour la période de lecture. Le bain avait détendu Marianne, tout comme la douce et calme présence de Sylvain.

Le lendemain, Marianne avait téléphoné à Lisanne. Son amie ferait une visite de courtoisie à Saint-Vincent-de-Paul au cours de la fin de semaine suivante. Les parents Théberge étaient toujours ravis de revoir la jeune femme. Lisanne avait promis de lui donner rapidement des nouvelles.

La coiffeuse retira le séchoir, Marianne semblait assoupie, la tête dans un nuage vaporeux. Machinalement, elle suivait le mouvement des mains habiles qui enlevaient prestement les rouleaux, avant de transformer les boucles en un magnifique chignon. Quand le travail fut terminé, elle sourit à son reflet dans le miroir.

— Merci, dit-elle à sa coiffeuse, c'est aéré, j'aime beaucoup.

Elle se trouvait belle et femme, même avec les nausées qui recommençaient à brouiller ses matinées, depuis quelques semaines. Malgré cette apparence, à l'intérieur d'elle, l'angoisse et l'impuissance la rongeaient, elle se sentait si vide ! Elle n'avait vraiment pas envie d'aller à cette soirée. Et si seulement Lisanne pouvait rappeler pour la rassurer.

La neige tombait en continu depuis deux jours. À certains moments, de fortes rafales brouillaient toute visibilité, comme si un immense rideau blanc enveloppait la maison. De la fenêtre du séjour, Angèle n'apercevait plus la demeure du voisin d'en arrière. Elle avait vu juste, son baromètre de mère avait bien prédit cette tempête. La veille, les filles n'avaient pas cessé de se houspiller pour des peccadilles, alors que d'habitude, elles partageaient leurs jeux, s'entraidaient et s'entendaient pour le choix d'une émission de télévision. Le petit Mario, qui aimait s'amuser avec Suzanne, s'était continuellement agrippé à la jupe de sa mère en pleurnichant. Faire le ménage et préparer les repas étaient devenus des tâches compliquées, et la patience d'Angèle s'usait. Tout était redevenu à la normale le samedi matin avec le début de la neige.

Celle-ci était tombée d'abord doucement, puis de manière de plus en plus dense. Après le déjeuner, Lucie, Annie et Daniel étaient partis glisser avec des cartons sur la pente près de la patinoire. Roger avait pelleté pour dégager l'entrée de la maison. Peine perdue, le vent soufflait et la neige remplissait l'allée aussitôt. Quand Anne-Marie était revenue du travail parce que les commerces fermaient, Angèle avait sommé Roger d'aller chercher les plus jeunes. Des images d'enfants ensevelis sous la neige lui étaient venues à l'esprit. Finalement, ils étaient réapparus avec l'allure de bonshommes de neige. Marcher avait été difficile pour eux: ils avaient calé dans le duveteux tapis jusqu'à la hauteur des cuisses. À certains moments, le vent se calmait, puis il reprenait son souffle en faisant gronder la cheminée et claquer de gros flocons dans les vitres.

Le dimanche, personne n'était sorti pour assister à la messe. Pour comble, Adrien était bloqué à Baie-Comeau. Il avait téléphoné à la maison pour prévenir Angèle, parce qu'il avait enchaîné les quarts de travail, étant donné que plusieurs ouvriers ne pouvaient se rendre au moulin. Un employé avait installé des lits de camp dans un coin de la cantine pour permettre aux hommes de dormir un peu.

— Tu dois manquer de lunch, s'était inquiétée Angèle.

— Quelqu'un s'est rendu à l'épicerie en Ski-Doo pour acheter des provisions, des œufs, du pain, des céréales, on s'arrange. Et toi, tout est correct?

— Oui, on a tout ce qu'il faut. Roger m'aide beaucoup, il est calme, il s'occupe des plus jeunes, comme toi quand tu es là. On dirait qu'il se sent l'homme de la maison pendant ton absence. Paraît que tout est fermé.

— À part l'épicerie, tout est fermé, oui, nous a dit le conducteur du Ski-Doo. Ils sont une dizaine d'hommes à Baie-Comeau qui restent en contact avec la police pour dépanner des gens, et presque autant du côté de Hauterive. Bon, chérie, je te laisse, il y a d'autres gars qui attendent après le téléphone pour donner des nouvelles à leur famille. Ça va finir par arrêter, cette neige-là. Je te rappelle dès que j'ai une chance!

Adrien avait eu raison: la neige avait cessé de tomber le lundi, au moment où le soleil déclinait. Le lendemain, la vie extérieure avait recommencé tranquillement à s'animer. Tout le monde travaillait fort pour sortir de cette coquille de neige formée par la tempête. Angèle avait été incapable d'ouvrir l'une ou l'autre des deux portes extérieures pour sortir. Les garçons n'y étaient pas arrivés non plus. Daniel, plus mince que son frère, avait réussi à s'extirper de la maison par une fenêtre. Le voisin était venu à sa rescousse.

— Chez nous aussi, c'était bloqué, avait dit ce dernier. T'as une pelle ?

— Je pense que le vent l'a fait tomber, nos pelles doivent être quelque part en dessous de la neige, avait répondu l'adolescent.

— Tu devrais commencer par la porte d'en arrière, avait suggéré le voisin. Le vent est franc nord, et en avant, il y a plus de neige à cause de ça. Je finis de déblayer chez nous et je viens te donner un coup de main. En attendant, prends ça !

— Merci, avait répondu Daniel, en empoignant la pelle du voisin.

Daniel avait commencé à se frayer un chemin vers la sortie arrière. En tournant le coin de la maison, il avait aperçu le minois des plus jeunes de sa fratrie qui, de la fenêtre, suivaient la progression de la tranchée qu'il déblayait. Il était presque arrivé au bas des marches quand il avait buté sur quelque chose de dur : une pelle.

Daniel tentait toujours de dégager la porte quand le voisin était revenu. Roger avait réussi à l'ouvrir par l'intérieur, il était vêtu de son habit de neige, prêt à aider son frère. Déblayer à l'avant leur avait pris beaucoup plus de temps. Finalement, à l'heure du dîner, le vent avait cessé, et les pelleteurs avaient complètement dégagé la porte de l'entrée principale. Dans les rues, les véhicules de déneigement et les souffleuses circulaient sans arrêt, les bordures s'élevaient si haut qu'on ne voyait pas les maisons de la rue. Quand ils étaient rentrés pour le repas, Roger et Daniel étaient essoufflés, mais fiers de leur travail. Angèle avait secoué leurs parkas en disant :

— Les garçons, votre père a appelé, il arrivera après son *shift.* Pensez-vous pouvoir déneiger une partie de l'entrée de l'auto après le dîner ?

— Maman, avait annoncé Lucie, on va les aider, Annie et moi. Avec le remblai de la gratte, le bord de la rue va être difficile à dégager.

— Moi aussi, je vais y aller, avait ajouté Anne-Marie. On s'occupera de la vaisselle après.

— Est-ce qu'il y a des pelles pour tout le monde ? avait demandé Angèle.

— Le voisin va nous en prêter une, avait répondu Daniel.

— Si on peut écoper dans un bateau avec une chaudière, on pourrait faire la même chose avec de la neige, avait suggéré Roger. À part la bordure de la gratte, elle n'est pas pesante.

— C'est dans les scouts que t'apprends des trucs comme ça ? avait demandé Suzanne.

Angèle avait écouté ses enfants, fière de leur sens de l'entraide et de leur débrouillardise. Personne ne s'était fait prier pour passer à table. Quand elle avait apporté le pouding chômeur, elle avait annoncé :

— Aujourd'hui, la corvée de pelletage est importante, je m'occupe de la vaisselle. Ça vaut aussi pour celle du souper. Pelleter après une tempête comme celle-là, ça mérite bien un congé quand vous aurez fini.

Durant l'après-midi, les garçons s'étaient attaqués au remblai laissé par le chasse-neige, pendant que les filles avaient dégagé l'allée pour garer la voiture. L'idée d'écoper de la neige s'était avérée très amusante, et certains enfants de la rue avaient emprunté une casserole à leur mère pour imiter la technique. Angèle était sortie un moment avec les deux plus jeunes, en les prévenant de ne pas jouer dans les pattes des grands qui travaillaient. Du haut de ses trois ans et demi, Mario avait fouillé dans un placard du sous-sol, et il avait retrouvé la petite chaudière avec laquelle il jouait dans le sable durant la belle saison. Lui aussi voulait « coper » comme les grands !

Après deux jours d'absence, Adrien mit à peine les pieds dans la maison que Daniel lui dit :

— Je pense qu'à l'avenir, on serait mieux de laisser les pelles dans le solarium.

— Ça va être dans les jambes ! répliqua Lucie.

— Bonne idée, répondit Adrien. Je vais installer un truc pour les accrocher.

Debout, près du comptoir, Angèle attendait que l'eau bouille pour infuser le thé. Elle écoutait ses jeunes raconter la tempête à leur père. Ils avaient vécu ces journées comme une aventure. Tous avaient mis la main à la pâte, chacun selon ses capacités. « Que leur réserve l'avenir ? se demandait Angèle. Auront-ils à affronter des revers, un peu comme une tempête qui surprend sans prévenir ? Je souhaite de tout cœur que, dans l'adversité, le désir de se soutenir les uns les autres soit aussi présent qu'au cours la bourrasque hivernale qu'ils viennent de traverser. »

La tempête avait immobilisé la ville pendant trois longues journées. À l'école, dans les commerces, dans les milieux de travail et sur les lignes téléphoniques, c'était le grand sujet de conversation. Dans l'entourage d'Angèle, peu de résidents s'étaient plaints des inconvénients causés par la tempête, la plupart l'avaient vécue comme un incident qui sortait de l'ordinaire, une occasion de montrer sa débrouillardise ou de donner un gros coup de main à son entourage. C'était préférable ainsi, pensaient la plupart des gens. Parce que dans ce coin de pays, l'hiver était LA saison, une saison qui, certaines années, commençait à s'installer dès le mois d'octobre et s'éternisait souvent jusqu'en avril.

VENT DE CHANGEMENT

1968-1970

CHAPITRE 25

Marie-Berthe parcourait la lettre de son fils Pierre. Ce n'est pas la tristesse qui l'habitait, plutôt un léger vague à l'âme. Les années passaient, sa jeunesse se trouvait loin derrière. Son fils atteindrait bientôt l'âge qu'avait son mari au moment de leur mariage. Les études donnaient parfois l'impression que l'adolescence s'étirait. Pour cette femme, le monde adulte débutait quand on commençait à gagner sa vie. Or, malgré son statut d'étudiant, son aîné était maintenant majeur, il était devenu un homme sans qu'elle s'en rende compte. Pierre ne viendrait pas à Hauterive pendant les vacances, comme les étés précédents. Il terminait sa troisième année de médecine et travaillerait à l'hôpital du Saint-Sacrement. Marie-Berthe relut plusieurs fois certains passages.

Cependant, il n'y a pas que le travail qui me retient à Québec. Depuis quelques semaines, je fréquente une jeune fille, elle se nomme Marion. J'ai hâte de vous la présenter, à toi et papa. Je suis certain qu'elle va vous plaire. Elle étudie également en médecine et termine sa première année de formation. Je viendrai à la maison en septembre, alors que j'aurai trois jours de congé avant de recommencer les cours. Marion n'est pas certaine d'être disponible pour venir avec moi. Je profiterai de cette visite pour récupérer le reste de mes vêtements et quelques babioles. Comme je ne viendrai plus à la maison qu'en visite, tu pourrais donner ma chambre à France ou à Chantale. Mon petit doigt me dit qu'elles seront bien contentes de ne plus devoir partager la même chambre.

Marie-Berthe se sentait à la fois heureuse et triste. Elle sourit en lisant le passage où Pierre parlait de Marion, car elle repensait à sa rencontre avec Benoit. À son tour, son fils se trouvait à cette étape. Pierre devenait un visiteur, il partait de la maison et pas uniquement pour les études ; cela ébranlait Marie-Berthe. Il était le premier à vraiment quitter le nid. Elle savait que cela finirait par arriver, reste qu'elle trouvait difficile le premier envol d'un enfant. Elle prenait conscience de son âge, des années qui s'écoulent, imperceptiblement, un jour à la fois. Le départ de Pierre signifiait aussi que sa famille commençait à s'égrener, un enfant à la fois. Comment en assumerait-elle le poids ? Elle balaya ses idées sombres du revers de la main. C'était dans l'ordre des choses que les oisillons quittent le nid.

Toutefois, Marie-Berthe n'arrivait pas à combattre la pointe de tristesse qui glissait dans son cœur, la nostalgie devant l'aboutissement de quelque chose qu'elle aurait souhaité retarder. La lettre de Pierre la chavirait plus qu'elle n'aurait voulu. S'il lui avait annoncé cela, assis en face d'elle, elle aurait compris son besoin de s'affranchir, elle se serait réjouie, elle l'aurait félicité pour sa nouvelle flamme. Or, elle sentait du détachement dans cette lettre, c'est cela qui l'attristait.

Marie-Berthe avait l'habitude de planifier les changements au magasin, d'anticiper les nouveautés de la mode, de prévoir les commandes, les périodes d'impôt, les congés des employées. La femme d'affaires avait toujours maintenu le regard rivé dans l'avenir, essentiel pour la vivacité d'un commerce. Par contre, sa famille restait son cocon. Délestée de toutes les tracasseries domestiques, elle cultivait l'art de vivre le moment présent avec les siens. Elle les voyait grandir, se déployer, construire tranquillement leur vie. À l'exception de France, tout juste âgée de neuf ans, les autres avaient tous une idée de la route qu'ils emprunteraient, du moins pour ce qui était de leur vie professionnelle. L'irruption de Chantale la sortit de sa morosité :

— Maman, tu as vu ma robe rose ? Tu sais, celle que j'ai faite au cours de couture à l'école ?

— Elle est suspendue près de la machine à coudre. Tu l'as portée une fois avec le bas juste faufilé. Tu vas devoir coudre cette bordure de robe bien comme il faut maintenant.

— Je m'en occupe, parce que je veux la porter pour la danse à l'école ce soir. C'est Les Mille Watts qui jouent, le groupe le plus yé-yé de l'heure.

— J'espère bien que tu vas la faire toi-même ! La finition de ta robe fait partie du cours non ?

— Ben oui, répondit l'adolescente en riant. Pierre, qu'est-ce qu'il dit dans sa lettre ? Comme d'habitude, pas grand-chose de nouveau, je suppose.

— Cette fois-là, il raconte pas mal de choses, répliqua sa mère d'une voix atone.

— Ah oui ?

— Il ne vient pas cet été, il fréquente une étudiante en médecine et… et tu pourrais t'installer dans sa chambre.

— Vrai ? C'est lui qui a dit ça ?

— Mmm, il a dit que je pouvais attribuer sa chambre à l'une de ses sœurs.

— Youpi ! cria Chantale en amorçant un mouvement de valse. On pourra la peinturer ? J'ai plein d'idées pour la décorer.

— Sans doute, j'en parlerai avec ton père.

L'adolescente courut en direction du sous-sol, où trônait la machine à coudre. Elle remonta presque aussitôt avec le vêtement dans une main et la boîte à couture dans l'autre. Chantale augmenta le volume de la radio avant de s'installer à la table de la cuisine. C'était l'heure du palmarès de la semaine ; elle souriait et fredonnait des airs en enfilant son aiguille. Entre-temps, Marie-Berthe avait sorti des légumes pour commencer la préparation d'une grosse soupe. Elle avait besoin de s'occuper pour éviter de trop penser à la lettre de Pierre. Chantale jeta un œil à sa mère, qui lui tournait le dos. Elle enleva le fil bleu qui faufilait le bord de sa robe et le replia plus loin, de sorte que le vêtement se trouvait raccourci de plus d'un pouce. Elle redéfinit une bordure bien droite à l'aide de la règle de couture et piqua des épingles. Elle aimait beaucoup cette petite robe à la coupe toute simple, avec une manche courte et un col Claudine, d'un joli rose très en vogue, unie, et dont le tissu était texturé. Elle serait encore plus à la mode avec cette longueur, plutôt que celle indiquée par le professeur d'enseignement ménager.

La soupe mijotait doucement et emplissait la cuisine d'une réconfortante odeur. Instinctivement, Marie-Berthe avait préparé ce que sa mère cuisinait pour adoucir ses chagrins quand elle était petite fille. Oui, ses enfants finiraient tous par partir, l'un après l'autre. La maison deviendrait trop grande, elle se retrouverait alors seule avec Benoit : « Tout de même une belle perspective », songeait-elle. En attendant, elle profiterait intensément de chaque instant passé auprès des siens. Elle regarda sa fille s'appliquer à piquer l'aiguille, le dé sur le majeur, comme elle l'avait appris, la langue sortie, signe qu'elle se concentrait sur son travail. Une grande bouffée de tendresse l'envahit. Elle s'approcha de l'adolescente, glissa les doigts dans ses cheveux lisses et droits à la Françoise Hardy et lui dit :

— C'est du beau travail ! Les points sont réguliers et tout à fait invisibles. Ta robe va tomber à la perfection.

— Merci, maman, répondit Chantale en lui souriant, tout en continuant de faire glisser son aiguille.

Chantale était consciente que sa mère s'apercevrait de la nouvelle longueur de sa robe, elle savait aussi qu'elle ne dirait rien. Mais son père ! Il passerait sans doute une remarque s'il s'en rendait compte. Il s'inquiétait quand il voyait ses filles habillées d'une robe trop « écourtichée ». Il n'aimait pas ça ! Néanmoins, s'il lui arrivait d'exprimer occasionnellement sa désapprobation, il abandonnait à Marie-Berthe le dernier mot pour s'assurer de la bonne tenue des demoiselles de la maison.

Un dimanche de juillet, revenue de l'église après la messe de huit heures, Angèle pressa les quatre filles de se tasser à l'arrière de la voiture. Le jeune Mario s'installa entre ses parents, à l'avant, et Daniel ferait la route dans la voiture des Fortin. Adrien arrivait avec une glacière bien remplie et la glissa dans le coffre. Il retourna dans la maison chercher le reste de leurs effets. Ils étaient prêts et attendaient leurs amis, les deux autos se suivraient sur la route.

Assise près de la fenêtre, Anne-Marie affichait un grand calme, malgré l'effervescence intérieure qu'elle éprouvait. Un jeune homme rencontré au cégep faisait battre son cœur. Il étudiait en sciences et voulait poursuivre son parcours à l'université. Durant l'année scolaire, il louait une chambre à la résidence étudiante, et l'ancien Séminaire était maintenant le cégep. La plupart des fins de semaine, il retournait dans sa famille. Anne-Marie l'avait rencontré à la troupe de théâtre amateur dans laquelle tous les deux jouaient. Depuis le début des vacances, elle ne l'avait pas revu. Il occupait un emploi de manœuvre sur les chantiers de la Manic-Outardes. Il passait donc tout l'été chez ses parents, qui habitaient à Micoua. Or, c'est justement l'endroit où les deux familles se rendaient pour la journée. « Marianne le connaît probablement. Dans ce petit patelin isolé, tout le monde connaît tout le monde », pensait Anne-Marie. Elle avait écrit à cet ami spécial pour lui annoncer sa visite, mais avait-il reçu sa lettre à temps ? Elle savait qu'il travaillait parfois le dimanche, ou qu'il allait pêcher avec son père.

Perdue dans ses pensées, Anne-Marie n'entendit pas la voiture des Fortin arriver dans leur allée. La voix enjouée de Margot la ramena sur terre.

— Je pensais que tu t'habillerais en pantalon, fit Margot. On s'en va dans le bois.

— J'en ai un dans mon sac, répondit Anne-Marie en pointant un sac de plage. Je n'ai pas pris le temps de me changer en revenant de la messe.

— Dis plutôt que tu voulais garder ta belle robe !

En mai, Margot avait assisté à la représentation de la pièce de théâtre de la troupe de sa copine. Elle avait donc eu l'occasion de rencontrer le « beau gars » qui faisait battre le cœur d'Anne-Marie. Très liées, les deux amies se confiaient tout : leurs aspirations, leurs déceptions, leurs découvertes et les émois de leur cœur.

Les deux familles procédèrent à un échange d'enfants pour la durée du trajet, car Chantale et Lucie voulaient faire la route ensemble.

— Vous êtes sept et on est cinq, avait dit Benoit, ça va équilibrer les autos. De toute façon, on se suit jusque chez Sylvain.

Ils se rendaient tous à Micoua pour souligner l'anniversaire de Marianne. Cette dernière attendant son troisième enfant, le médecin lui avait recommandé de « rester tranquille ».

Presque entièrement en gravelle, la route 389 montait au nord jusqu'à Manic-5 et restait une route cahoteuse. « C'est peu souhaitable pour une femme dans ton état d'emprunter la route », avait déclaré Sylvain, qui surprotégeait son épouse. Alors, il avait organisé cette journée avec les amis.

C'était la première fois que les enfants Fortin et Gagnon se rendaient aussi haut sur un chantier. Ils n'avaient cessé de s'exclamer en longeant la centrale de Manic-2. Benoit souriait en observant leurs visages ébahis dans le rétroviseur.

— Ce n'est rien, ça, à côté de Manic-5, expliqua-t-il aux oreilles attentives. Manic-5, c'est le plus gros barrage à voûtes multiples au monde. Et il est construit ici, dans notre pays, au Québec. On a de quoi être fiers !

Le printemps précédent, Benoit était monté tout en haut de la route pour un voyage de pêche. Il aimait cette forêt boréale qui s'étendait à l'infini, un pays rempli de lacs et de rivières à l'eau cristalline, où le poisson abondait. Il avait attrapé de belles truites, presque aussi grosses que des saumons.

Après une heure de trajet sur une route poussiéreuse, les deux voitures se stationnèrent devant la maison mobile de Sylvain et Marianne. La future maman démontra une telle joie de revoir ses amies que des larmes remplirent ses yeux.

— Vous ne pouvez pas vous imaginer à quel point vous me manquez ! Votre présence est le plus beau des cadeaux, s'exclama-t-elle en enlaçant ses comparses.

Marianne s'était rapidement adaptée à la vie de Micoua. Les liens de voisinage étaient chaleureux, les enfants rencontraient plusieurs compagnons quand ils allaient jouer au parc. Marianne s'était liée avec quelques mamans, expatriées elles aussi pour le travail de leur mari. Dans ce village, elle n'avait jamais ressenti la solitude ou l'isolement. Par contre, elle n'avait pas retrouvé une relation de complicité comme celle qui s'était développée avec Angèle et Marie-Berthe. Ses amies lui manquaient terriblement !

Sitôt descendus des voitures, les plus jeunes coururent vers le carré de sable, où s'amusaient les enfants de Marianne. Daniel s'assit avec les adultes autour de la table de pique-nique pour jaser en les surveillant.

— On peut se promener pour visiter le coin ? demanda Margot.

— Certainement ! répondit Sylvain. Ce n'est pas grand, il n'y a pas moyen de vous perdre. Mais revenez pour onze heures et demie, on va commencer les préparatifs pour le dîner.

Margot savait très bien qu'Anne-Marie souhaitait repérer l'adresse du jeune homme qu'elle convoitait. Lucie, Annie et Chantale suivaient les deux grandes à distance. Elles passèrent devant une école, un salon de coiffure et un bureau de poste. Sur un terrain de baseball, des garçons s'exerçaient à frapper des balles, tandis que d'autres travaillaient leur lancer. Elles approchaient d'un plan d'eau quand Anne-Marie s'exclama :

— Regarde, Margot ! C'est la rue du Lac. Viens, on tourne par là.

— Ce n'est pas le village que tu voulais visiter ? la taquina son amie.

À peu de choses près, les rues se ressemblaient. Les roulottes avaient toutes la même apparence. Anne-Marie marchait lentement, surveillant le numéro des habitations. Le 43 ! Elle se trouvait devant la maison du garçon qui faisait battre son cœur. Rien ne bougeait. Personne à l'extérieur, aucun mouvement à l'intérieur, pas de voiture devant la porte.

— Ce n'est pas loin de chez Marianne, on repassera cet après-midi, suggéra Margot. Peut-être qu'il est au lac, il y a du monde qui se baigne, on dirait qu'il y a une petite plage.

— On y va, juste pour passer. Après, on retourne rejoindre les autres, l'heure du pique-nique approche.

Quelques personnes étaient installées sur la bande de sable qui bordait le cours d'eau. Uniquement des jeunes familles avec des tout-petits.

— Tu as du papier dans ton sac ? demanda Anne-Marie. Si jamais je n'arrive pas à le voir, je repasserais pour lui laisser un mot.

— Non, mais je suis certaine que Marianne pourra t'en donner.

Pendant que la bande de filles se promenait, les adultes se racontaient les dernières nouvelles. Au début de sa grossesse, Marianne s'était inquiétée de se voir confinée au fond des bois, l'hôpital n'étant pas à la porte. Cependant, plusieurs femmes avaient agrandi leur famille depuis leur arrivée à Micoua, et le suivi médical se déroulait très bien. Rassurée, elle vivait sereinement cette nouvelle grossesse. Elle annonça à ses amies que le compte à rebours pour le retour dans leur maison était amorcé : ils reviendraient à Hauterive en mai de l'année suivante, et le locataire était prévenu. Marianne discuta aussi de leur nouveau projet. Sitôt revenu à Hauterive, Sylvain ferait construire une rallonge à la partie arrière du garage. Il exhibait fièrement le plan qu'il avait dessiné. Non, ce semblant de serre ne servirait pas à cultiver des légumes.

— Ça sera mon espace pour continuer à faire de la poterie sans salir toute la maison, expliqua Marianne, pleine d'enthousiasme.

— Finalement, dit Angèle, tu as suivi des ateliers avec cette artiste que tu as rencontrée ?

— Oui, ça me fait du bien de sortir un peu de la maison. Je ne pensais pas y prendre autant goût. Un vrai coup de cœur ! J'adore manipuler la glaise, c'est plus facile que je ne l'aurais cru. Dommage que la salle de cours soit fermée le dimanche, on y serait allées et je vous aurais montré mes pièces de poterie. Je suis particulièrement fière de celles fabriquées avec le tour de potier.

— Qu'est-ce que tu as fait comme pièce ? demanda Marie-Berthe. J'ai déjà vu un potier travailler sur un tour. Il me semble que ça demande de grandes habiletés.

— J'ai pris le tour tout de suite, comme si j'avais ça en moi. Jusqu'à maintenant, j'ai deux petits bols et une grande assiette que je veux transformer en horloge une fois que la cuisson sera terminée.

Les jeunes filles revenaient de leur exploration. Sylvain annonça joyeusement qu'ils se rendraient à pied à l'endroit prévu pour le pique-nique. Les enfants se chargeraient de transporter les chaises de plage et les jouets, alors que les plus vieux ramasseraient les sacs de victuailles. Adrien empila les deux grosses glacières dans la voiturette des enfants, et toute la troupe se dirigea vers l'aire de pique-nique aménagée près du lac. Les hommes déplacèrent quatre grandes tables pour les disposer côte à côte. Marie-Berthe et Angèle les recouvrirent d'une longue pièce de coton, en guise de nappe. Un feu brûlait dans un vieux réservoir d'huile à chauffage coupé en deux sur la longueur. Sylvain avait emprunté de la vaisselle incassable en « melmac » et des couverts à la cantine. Angèle et Marie-Berthe travaillaient à la chaîne : elles sortirent des glacières un pain sandwich et trois grands bols de salade, de la saucisse et des pains à hot-dog, des oignons déjà hachés, de même que tous les condiments. Le centre de la table fut rapidement garni. Pendant cette animation, Lucie, Annie et Chantale s'étaient esquivées en direction d'un petit boisé. Les adolescentes étaient revenues les mains chargées de marguerites sauvages, de gerbe d'or et de thé des bois. Elles avaient aussi trouvé des boîtes de conserve vides qui, une fois remplies de l'eau du lac, avaient servi de vase pour trois bouquets. Pour elles, la table pour l'anniversaire de Marianne devait obligatoirement être garnie de fleurs. Leur ancienne institutrice fut très touchée par cette attention.

Sylvain et Benoit surveillaient la cuisson des pains et des saucisses, tandis qu'Adrien décapsulait les bouteilles de boissons gazeuses et les bières, et s'occupait du service. Entourée de ses amies et radieuse, Marianne observait cette animation spécialement déployée pour son anniversaire. Assises près de Christophe et de Nicole, Anne-Marie et Margot amusaient les petits. Un peu plus loin sur le bord du lac, d'autres familles profitaient de ce beau dimanche de juillet. Au loin, on pouvait voir des amateurs de ski nautique glisser dans les sillons formés par les bateaux à moteur. Anne-Marie pensait au jeune homme pour qui elle avait le béguin en se demandant s'il était amateur de ce sport.

Durant l'après-midi, les jeunes avaient joué dans le sable et pataugé dans l'eau sous l'œil attentif des grands. Les filles s'étaient jointes à un groupe mixte d'adolescents pour une partie de volleyball de plage. Marianne savourait la présence de ses amies, elle réalisait aussi à quel point la chorale et leur proximité lui manquaient. Moins d'un an encore, et elle les retrouverait. L'arrivée de son bébé prévue en janvier l'aiderait à voir le temps s'écouler plus rapidement. Certes, une journée comme celle-ci, à se retrouver en famille, était des plus agréables, mais plutôt rare. Les semaines étaient marquées par les longues journées de travail de Sylvain. Les jours de pluie étant très fréquents, les enfants ne pouvaient jouer à l'extérieur, et la boue envahissait la maison dès que quelqu'un entrait. Ces jours-là, la roulotte devenait trop exiguë et Marianne se sentait comme un hamster pris dans sa cage. Heureusement que les jours sans pluie amenaient une belle effervescence dans le quotidien.

— Trop nombreux, ces jours gris, souligna Marianne.

— On traverse des étés plutôt pluvieux depuis deux ans, remarqua Angèle.

— J'ai entendu une rumeur, enchaîna Marianne, disant qu'une machine fabriquait des nuages artificiels pour augmenter la pluie dans la région et, de cette façon, remplir les barrages plus rapidement.

— Quelle absurdité ! clama Marie-Berthe.

— Pourtant, ajouta Marianne, certains y croient fermement.

— Heureusement, dit Angèle, que pour ton anniversaire, aucune goutte n'assombrit la journée. Le soleil est même très généreux.

La clarté du jour s'estompait. Anne-Marie avait fait un rapide aller-retour sur la rue du Lac. Toujours aucun signe de vie de son ami ; aussi, elle avait déposé un mot bien en vue, coincé dans la fente de la porte. Le repas du soir fut servi au centre communautaire, avec les amis de Hauterive et des gens de Micoua avec qui Marianne et Sylvain s'étaient liés d'amitié. Michel et Cécile Harvey étaient du nombre, avec leurs enfants. Après le dessert, des parties de pétanque créèrent un attroupement à l'extérieur. Les trois amies s'éloignèrent alors, empruntant la rue qui bordait le lac. Marianne marchait sous un ciel où les étoiles commençaient à s'allumer. Elle tenait Marie-Berthe sous un bras et Angèle sous l'autre.

— On mène une belle vie, souligna Angèle. Une vie toute simple, mais j'en suis heureuse !

— Je pense qu'on est satisfait de son existence quand on fait de son mieux, enchaîna Marianne, et que l'on peut trouver des bons côtés à sa vie, malgré certains aspects contrariants.

— Tu as raison, continua Marie-Berthe. Chialer sur quelque chose qu'on ne peut pas changer, ça reste une perte de temps, en plus de projeter de l'ombre sur ce qui va bien. Critiquer est plus constructif.

— Quelle différence fais-tu entre chialer et critiquer ? demanda Angèle.

— Moi aussi, j'y vois une différence, répondit Marianne. Chialer sert uniquement à se plaindre, c'est passif, parce que ça n'entraîne pas de changement. Critiquer, j'y vois plutôt une façon de dénoncer une situation en tentant d'apporter une solution. Ça implique qu'on agisse, qu'on passe à l'action, ne serait-ce qu'en proposant des options, et c'est constructif, comme tu dis, Marie-Berthe.

Cette dernière fit un signe d'assentiment. Les pas des trois amies crissaient sur la gravelle. Trois garçons à vélo les dépassèrent, laissant derrière eux un nuage de poussière.

— Vous savez, reprit Marianne, ça m'arrive de chialer quand je suis tannée de nettoyer la boue dans l'entrée, quand je me sens toute seule parce que Sylvain travaille beaucoup et que les enfants deviennent bougons. Je ne suis pas une sainte, mais j'essaie de faire tourner le vent. Ça me soulage un peu de chialer, mais je tente de passer rapidement à autre chose. C'est si désagréable les gens qui rechignent pour des banalités ! Ici, je côtoie plusieurs femmes qui sont portées à voir le bon côté des choses. On se tient ensemble, ça sème de la gaieté dans nos quotidiens.

— Je pense qu'on a toutes nos passades moroses, ajouta Angèle. C'est vrai qu'on a ça en commun, nous trois, cette volonté de cultiver davantage la joie de vivre. Je crois que c'est l'un des traits qui soude notre amitié. Oh, regardez !

Une belle lune se levait. À trois jours d'être pleine, elle était presque ronde, une image qui représentait les propos tenus par les trois amies. Certes, une immense pleine lune a quelque chose qui ressemble à la perfection, mais la perfection n'est pas indispensable pour apprécier la beauté, tant celle de la nature que celle qu'on observe chez un être humain.

Il était plus de onze heures quand les deux familles reprirent la route vers Hauterive. Les jeunes sommeillèrent tout le long du trajet. Anne-Marie revenait avec une petite déception ; elle aurait tellement aimé croiser un certain jeune homme durant la journée !

Anne-Marie ne le revit jamais. Deux semaines après cette visite à Micoua, trois bateaux se disputaient une course sur le lac Alice. Les skieurs glissaient sur l'eau en exécutant des virages. L'un d'eux perdit l'équilibre et sa tête heurta l'une des embarcations. Il rebondit dans l'eau, après avoir perdu connaissance, tournant le dos au ciel… et à la vie. Quand les autres arrivèrent pour lui porter secours, ils ne réussirent pas à lui insuffler le souffle nécessaire à la vie. La jeune fille vécut un premier chagrin d'amour avant même que cet amour n'ait pris réellement naissance.

En octobre, la visite de Lisanne combla Marianne. Une présence inespérée pour un séjour de deux semaines, alors que l'automne amenait la grisaille. En septembre, Christophe avait commencé la maternelle et Nicole réagissait à l'absence de son frère, même s'il partait seulement la moitié de la journée. La fillette devenait d'humeur maussade; elle refusait d'écouter une histoire ou de participer à un bricolage avec sa maman. Le séjour de Lisanne changea cette dynamique, qui commençait à user la patience de Marianne.

Sylvain alla chercher la jeune Montréalaise au nouvel aéroport, maintenant situé dans le village de Pointe-Lebel. « C'est presque la brousse, ici », avait dit cette dernière, pendant qu'elle marchait vers la voiture en examinant les environs. Elle avait les bras chargés de toiles vierges bien enveloppées et traînait une mallette remplie de tubes de peinture et de pinceaux. Quant à Sylvain, il transportait la lourde valise. En véritable artiste, Lisanne venait peindre la forêt nord-côtière pour une exposition prévue le printemps suivant dans une prestigieuse galerie de la métropole.

Sylvain reprit ensuite la route vers Micoua, et, plus d'une heure plus tard, Lisanne serrait Marianne dans ses bras. Elle ne laissa toutefois rien paraître de ses impressions: pour elle, Marianne habitait vraiment au fond des bois.

La première semaine de la visite de son amie, Marianne confia Nicole à une voisine les avant-midis, et elle la récupérait quand Christophe revenait de l'école. La petite était ravie, car elle jouait avec des amis, comme son grand frère. Durant ces temps libres, Marianne se promenait avec Lisanne, qui croquait quantité de clichés. La forêt automnale saturée de verts et de jaunes resplendissait. Un matin, le reflet dans le lac l'avait laissée sans voix. La jeune peintre avait sous les yeux une infinité de miroitements colorés qui semblaient valser sur l'eau. Un fin voilage de brume y flottait, à la manière d'un lavis sur une toile. C'était magnifique ! « Si Marianne vit au fond des bois, il s'y trouve aussi mille clins d'œil sur une beauté époustouflante, inaccessible en ville », songeait Lisanne.

Marianne disposait de la voiture. Alors, ensemble, elles visitèrent le site d'Outardes-4 et celui de Manic-3. Les barrages en construction, l'électrification qui se déployait tels des fils d'araignée pour se répandre dans toute la province, la forêt qui reculait pour faire place à cette nouvelle énergie, tout cela n'inspirait pas vraiment Lisanne, même si elle avait utilisé sans compter les rouleaux de pellicule. Pendant la durée de son séjour, à trois reprises, la température clémente lui permit de peindre à l'extérieur. Un jour de pluie, elle partit seule avec l'auto et, installée dans l'habitacle, elle s'arrêta ici et là pour exécuter des croquis de l'activité de ces gens obligés de s'isoler pour le travail. Ça ressemblait à sa vision de la vie dans un village de chantier.

Une fin d'après-midi, les deux femmes sirotaient une tasse de thé, la cuisine dégageait une délicieuse odeur du rôti cuisant lentement et les enfants babillaient en construisant une maison avec des blocs de bois. La douce tranquillité les enveloppait, et Marianne goûtait à la présence de sa grande amie. La distance qui les séparait et leur existence différente auraient pu causer des fêlures dans cette amitié née au cours de l'enfance. Au contraire, c'est comme si elles se trouvaient chacune sur les rives opposées d'une rivière et qu'un solide pont leur permettait de traverser aisément d'un côté à l'autre pour se retrouver.

— Je ne savais pas que tu peignais des personnages en action, observa Marianne, qui tournait les pages du cahier de croquis de Lisanne.

— Je n'ai pas l'intention de le faire non plus. Quand je glisse un personnage dans l'un de mes tableaux, il est éloigné et ce qu'il fait demeure flou. C'est volontaire de ma part. Je veux que celui qui regarde un tableau s'imagine à quoi il est occupé ou à quoi il s'intéresse.

— Pourquoi tous ces dessins alors?

— J'aime dessiner, je trace souvent une esquisse de ce que je veux peindre. Si j'accorde de l'importance aux couleurs, je prends des photos. Quand j'ai vu toute l'animation des chantiers et que j'ai aperçu ces structures qu'on ne voit pas ailleurs, j'ai réalisé que c'était un monde à part. Je pense qu'il faut que les gens en apprennent davantage sur cet univers. L'électricité, c'est quelque chose d'invisible, on ne peut pas y toucher…

— Sincèrement, l'interrompit Marianne en riant, c'est mieux de ne pas y toucher.

— Tu as raison, je voulais dire que c'est quelque chose d'abstrait. Mais regarde comme la vie des gens a changé depuis l'arrivée de l'électricité. Plus besoin d'allumer la lampe, on actionne un bouton, et hop! La lumière fuse. Plus besoin de charger le poêle à bois, on tourne le bouton et la chaleur s'installe sans effort. La vie domestique a considérablement changé, et la tâche des femmes s'est allégée. Sans compter tout ce que ça amène dans la vie moderne.

— Mais que vas-tu faire de tous tes dessins? relança Marianne.

— Peut-être une plus petite exposition. J'aimerais illustrer tout le travail, les étapes à franchir pour permettre à l'électricité d'arriver dans les maisons. Certaines expositions regroupent des artistes de différents médiums dont le travail gravite autour d'un thème. Je compte les montrer et en parler avec ceux que je fréquente. Ça reste à préciser.

— Comme ta vie est exaltante, Lisanne!

— Et la tienne! Tu n'as pas l'air de te rendre compte que tu vis au cœur de toute cette transformation.

— Je ne le vois pas comme ça, ma belle amie. Sylvain, lui, se trouve au cœur de tout cela, comme tu dis. Moi, je sers à le nourrir, à entretenir sa maison et à veiller sur son bien-être en élevant nos enfants. Toi, je trouve que tu as toujours eu une vision plus lointaine que la mienne sur ce que tu voulais accomplir dans ta vie.

— C'est vrai, tes rêves ont toujours été plus traditionnels que les miens. Le plus important, c'est de marcher en direction de rêves qui nous rendent heureux. Marianne, es-tu heureuse de ta vie ? demanda doucement Lisanne.

La jeune mère de famille laissa égrener de longues secondes avant de plonger son regard dans celui de son amie et de lui répondre.

— Globalement, oui, je suis heureuse. Mais c'est comme si quelque chose me manquait. J'aimerais bien reprendre l'enseignement, même s'il me fallait suivre des cours. Avant longtemps, les brevets d'enseignement comme le mien deviendront inutiles.

— Et cette nouvelle passion pour la poterie ? Tu as du talent, Marianne ! C'est vraiment beau ce que tu fais. J'aime beaucoup tes choix de couleurs.

— Venant de toi, ce commentaire sur les choix de couleurs me touche, mais il n'est pas facile de concilier cette passion avec les enfants.

— Qu'est-ce que tu as fait cette semaine pour pouvoir m'accompagner ? Est-ce que cette voisine accepterait de garder Nicole une ou deux demi-journées par semaine ? La petite est toute joyeuse d'aller retrouver des amis. Tu dis que tu peux avoir accès à l'atelier, sauf quand il y a un cours. Alors pourquoi ne pas t'offrir du temps pour pédaler sur ton tour à poterie ?

— Eh bien, ma chère amie, ce n'est pas l'effet de l'électricité, mais je crois que tu viens d'allumer quelque chose dans mon esprit. Pourquoi n'y ai-je pas pensé moi-même ?

— Tu as le nez trop proche de ton problème, ma chère Marianne !

Lisanne repartit à Montréal après deux belles semaines passées auprès de son amie et de sa famille. Nicole continua d'aller jouer avec ses amies deux demi-journées par semaine, pendant que Marianne fréquentait l'atelier de poterie. Quand elle restait à la maison, elle savourait la présence de sa fille, qui avait retrouvé sa belle humeur habituelle, même si le grand frère était à l'école. Cette parenthèse lui procurait un bien énorme. « Est-il possible que ma petite fille ait senti mon malaise et qu'elle ait exprimé son insécurité par le seul moyen dont elle dispose à son âge : chigner ? » se questionna Marianne, qui croyait que les jeunes enfants sont sensibles aux sentiments des adultes qui prennent soin d'eux. Elle ne l'oublierait pas. Sylvain la soutenait, heureux de retrouver sa Marianne à l'humeur enthousiaste et joyeuse.

CHAPITRE 26

Marianne berçait son poupon, âgé de quelques mois. Sitôt son biberon vidé, le bébé s'endormit, un sourire de contentement affiché sur son visage d'ange. Marianne pensait aux cycles de l'existence. Celui de la lune traversant le ciel à l'infini, celui des saisons qui défilent, celui de la nature, avec son réveil, après une période de dormance. Il y avait aussi celui de la vie qui arrive et qui, un bon jour s'envole, incontournable. Personne n'y échappe.

En janvier 1969, Marianne avait donné naissance à sa petite Camille. Elle avait vécu une grossesse durant laquelle elle s'était sentie à l'écart de la vie. Au cours des mois précédents, son quotidien avait oscillé entre la morosité et des petits bonheurs tout simples. Comme toutes les femmes de Micoua, quand le moment de la naissance fut imminent, elle avait fait le trajet en ambulance jusqu'à l'hôpital de Baie-Comeau. Elle comptait les mois avant de revenir dans sa ville d'adoption. Toute la semaine de son séjour à l'hôpital, aucune période de visite ne l'avait laissée seule. Marie-Berthe et Angèle étaient passées presque tous les jours. D'anciennes collègues enseignantes, des membres de la chorale et des voisines étaient venus la féliciter et admirer son poupon tout rose. La jeune maman réalisait à quel point sa vie « en ville » était remplie de réalisations. Elle garderait néanmoins un bon souvenir de sa période à Micoua. Elle aurait pu y enseigner, si ce n'avait été de sa grossesse. Oui, elle aurait pu, mais tout compte fait, agrandir leur famille à ce moment-là s'était avéré préférable. Marianne et Sylvain avaient convenu que leur famille se limiterait à trois enfants. À Hauterive, elle n'aurait pas connu une vie de famille en vase clos d'une telle intensité, ni découvert sa passion pour la poterie, ni connu l'agréable voisinage avec Cécile. Cette femme qu'elle voyait régulièrement ajoutait du soleil dans ses journées, car elle possédait le don de voir le beau et le meilleur dans tout. Aux yeux de Marianne, elle avait fait figure de grande sœur par son soutien et ses conseils durant ce passage dans ce secteur isolé.

Marianne avait pris l'habitude de lire les journaux plus assidûment. Elle suivait de près les changements que la réforme scolaire entraînait, car elle espérait reprendre l'enseignement et voulait s'y préparer dès son retour à Hauterive. Durant la semaine qu'elle avait passée à l'hôpital, elle avait vu à quel point la vie vibrait dans cette ville. La pouponnière de l'unité d'obstétrique, constamment remplie de bébés enveloppés d'une couverture rose ou bleue, indiquait un taux de natalité important.

Marianne mit le nez dans le cou tout doux de Camille pour humer cette odeur si caractéristique des bébés. Elle se mit à chantonner en repensant à cet hiver long et bouleversant.

Sa fille était née, mais la mort avait aussi frappé. En mars, elle avait perdu son père. Sa petite famille avait séjourné une semaine entière à Saint-Vincent-de-Paul, avant que monsieur Théberge ne rende son dernier souffle. Marianne gardait imprégnés en elle les doux moments passés à son chevet, douloureux, certes, mais qui avaient mis du baume sur son cœur. Peu avant de pousser son dernier souffle, dans un ultime effort, cet homme de peu de mots devant les émotions avait prononcé des paroles de réconfort pour sa fille. Un cadeau pour Marianne. En paix, elle avait laissé les larmes couler devant ce père qui l'avait toujours aimée, même s'il n'avait pas su l'exprimer avec des paroles. Marianne avait alors appris que douleur et apaisement peuvent se côtoyer. À l'exception d'Éva, absente lors de son mariage, elle n'avait pas revu sa famille réunie depuis cet événement. Accompagnée d'une autre religieuse, Éva était sortie de son cloître pour assister aux funérailles de son père. Marianne s'était sentie étrangère devant sa sœur aînée quand elle l'avait vue au salon funéraire, et Éva avait peu échangé avec ses frères et sœurs. Comme si, dans les silences du cloître, elle avait perdu la capacité de communiquer avec les membres de sa famille.

Arrivé le lendemain du décès du paternel, Edmond avait tout à fait ignoré Marianne, comme il avait juré de le faire lors de sa fameuse visite à Micoua. Un instant, celle-ci avait pensé s'installer ailleurs que chez ses parents durant son séjour. À l'île Bizard, par exemple, chez le frère de Sylvain, ou chez sa sœur Marthe, qui habitait à une demi-heure de la résidence familiale. Pourtant, Marianne était chez elle autant que lui dans cette maison. Et elle souhaitait rester auprès de sa mère. Finalement, même s'il y avait déposé ses valises, Edmond n'avait fait que passer en coup de vent pour dormir ou avaler rapidement son gruau du matin. Même si sa mère avait déjà convenu des arrangements avec le directeur des pompes funèbres, Edmond disait avoir trop à faire à s'occuper de l'organisation des funérailles et représenter la famille.

Marianne s'était réjouie d'avoir pris le risque d'affronter son frère en face. Sa mère était épuisée par les longs mois de maladie que son mari avait connus, et elle pleurait en silence, aux côtés de la plus jeune de ses enfants. La présence chaleureuse de sa Marianne, toujours courageuse et forte, l'avait réconfortée. Entre le moment du décès et l'adieu à l'église, Marianne s'était consacrée uniquement à sa mère, pendant que l'aînée des filles de Marthe avait secondé Sylvain pour s'occuper des enfants.

Camille s'étirait dans son sommeil. Marianne la contemplait en songeait qu'avec la mort de son père, c'est toute son enfance et son adolescence qui s'envolaient, alors que pour sa mère, c'était presque toute sa vie. Marianne s'inquiétait un peu pour elle. Comment se vit le deuil de l'être avec qui on a partagé le quotidien, les joies comme les épreuves, pendant plus de quarante-cinq ans ?

Comme la mort avait survolé l'entourage de Marianne en moins d'un an ! Cette grande faucheuse qui attrape une âme au vol sur son passage, sans prévenir, sans tenir compte de l'âge. Angèle s'était inquiétée pour Anne-Marie, peu après leur visite à Micoua au cours de l'été. Elle s'en était ouverte à Marianne durant l'un de leurs appels téléphoniques.

— Je trouve qu'Anne-Marie réagit avec trop de stoïcisme à la mort de ce garçon. Depuis que l'école a repris, elle s'étourdit dans les études et les activités parascolaires.

— Anne-Marie est une jeune fille plutôt équilibrée, pourquoi ça t'inquiète ?

— Elle est à un âge où les émotions sont souvent à fleur de peau. Je crains qu'elle n'ait cloisonné son cœur pour éviter la souffrance de la perte. C'est si différent de la réaction de son père face à la mort de son collègue...

— Adrien a été témoin de ce qui s'est passé, alors qu'Anne-Marie n'a pas vu l'accident. Est-ce qu'il fait encore des cauchemars ?

— Moins souvent, mais je crois toutefois qu'il n'arrivera jamais à oublier l'image de cette scène.

Marianne avait lu les détails de l'accident dans le journal, et Angèle lui avait raconté à quel point son mari avait été ébranlé. Adrien avait carrément vu la mort s'avancer au-devant de l'homme à côté de qui il travaillait, une mort venue le frapper de plein fouet. L'énorme rouleau de papier s'était mis à osciller au bout du crochet de la grue, alors que personne n'arrivait à immobiliser cette masse pesant près d'une tonne. Adrien avait hurlé pour avertir son compagnon, mais le bruit de la machinerie étouffait les cris de mise en garde et le monstre de papier avait frappé l'homme derrière la tête avec une telle force qu'il n'en eut même pas conscience. Adrien était accouru pour lui porter secours, mais il avait vu que le sang qui s'échappait des oreilles du blessé avait coulé sur sa chemise. Au début, Adrien se réveillait souvent en sueur, en sortant d'un cauchemar. Pour lui venir en aide, Angèle ne savait plus à quel saint s'adresser.

Pourquoi tous ces malheurs en si peu de temps ? Marie-Berthe aussi avait été touchée. Marianne n'oublierait pas cette journée à la fin du mois de mai, peu après leur retour dans leur maison. Elle finissait de donner le boire à Camille, assise dans ce même fauteuil, près de la porte-fenêtre. Elle regardait Sylvain emplir de sable le nouveau carré des enfants. Avec leur pelle en jouet, Christophe et Nicole ajoutaient de petites pelletées. Elle avait alors aperçu Margot, qui arrivait avec son père ; Benoit s'était dirigé vers Sylvain, qui aidait maintenant les enfants à transporter les Tonka dans le carré de sable. Margot était entrée par la porte arrière, aussi blanche qu'un fantôme.

— Je ne pourrai pas venir garder, avait-elle dit, d'une voix éteinte.

— Tu m'inquiètes, avait répondu Marianne, en déposant le bébé sur une couverture. Qu'est-ce qu'il y a ?

Quand sa mère avait répondu au téléphone et qu'elle avait ensuite rassemblé les enfants présents dans la maison pour les informer de ce qui s'était passé, Margot avait peu réagi, tellement cela semblait irréel. Puis, son père devait se rendre chez Sylvain, et elle lui avait demandé de l'accompagner. Annoncer la nouvelle à Marianne rendait la chose concrète. Sa voix s'était brisée. Son ancienne enseignante l'avait enlacée doucement, espérant lui apporter un peu de réconfort.

— C'est grand-papa et grand-maman Gendron, avait-elle réussi à dire. Ils ont eu un grave accident.

Margot avait pleuré à chaudes larmes. Marianne la tenait dans ses bras en pensant à Marie-Berthe : ses parents blessés, elle devait être morte d'inquiétude.

— Mes parents prennent l'avion cet après-midi, avait annoncé Margot entre deux sanglots. Papa est venu demander à Sylvain de les reconduire à l'aéroport. Pierre et Jacques reviennent de Québec, et nous, on va prendre le bateau avec eux demain.

Une nouvelle montée de sanglots avait empêché Margot de donner davantage de précisions. Troublée, Marianne s'interrogeait à savoir pourquoi toute la famille traversait sur la Côte-Sud. Benoit et Sylvain étaient entrés à ce moment avec les enfants.

— Martine s'en vient rester avec les enfants, avait dit Benoit, elle va traverser en même temps qu'eux. Merci, Sylvain. Tu viens, ma grande ?

Margot avait embrassé Marianne sur les joues sans rien ajouter, avant de suivre son père. Après leur départ, Sylvain l'avait enlacée par les épaules, puis il lui avait dit :

— Quand ça frappe, ça frappe fort !

Il avait la mine affligée et la tête basse.

— C'est si grave que ça ? avait-elle demandé. Margot n'arrêtait pas de pleurer et je n'ai pas appris beaucoup de détails.

— Trois morts, Marianne ! Les deux parents de Marie-Berthe et une sœur de monsieur Gendron, qui se trouvait avec eux dans la voiture. Un peu avant Rimouski, une collision avec un poids lourd. Ils s'en allaient à un cinquantième anniversaire de mariage. La fête n'est pas annulée, parce qu'il y a du monde de Montréal et de l'Ontario qui venait, mais ça ne sera pas une célébration très, très gaie. Les funérailles auront lieu dans deux jours à Matane. Un service double pour leurs enfants, tu te rends compte !

Effarée, Marianne s'était assise à la table, le regard perdu dans le vide. Elle s'était préparée à la mort de son père, et la maladie l'avait mené doucement vers la fin de sa route. Elle avait eu le temps de lui dire au revoir. Pour Marie-Berthe, rien ne l'avait préparée à la perte de ses parents, surtout pas les deux en même temps.

— Je vais avec toi à l'aéroport cet après-midi, j'ai besoin d'un moment avec Marie-Berthe.

Marianne savait que la mort fait partie du cycle de la vie, mais quand elle traversait son existence ou celle des gens qu'elle aimait, elle aurait souhaité la repousser. Camille s'éveilla, Marianne la reprit dans ses bras et retourna dans la berceuse. Égarée dans tous ces souvenirs, elle n'avait pas remis la petite dans son lit comme elle le faisait d'habitude après le boire. Elle la serra très fort, heureuse de cette jeune vie dans son existence. Sylvain avait fait entrer Nicole et Christophe et leur avait servi un verre de lait avec un biscuit. La journée continuait, la vie se poursuivait.

En raccrochant le combiné après l'appel de sa sœur, la tristesse avait accompagné Marie-Berthe. Elle se sentait dans un état second, comme si elle observait un événement de l'extérieur. Elle n'était pas de ces gens que la douleur immobilise ; aussi, elle avait vu à l'organisation du magasin et de la maison pour la durée de son absence. Elle resterait à Matane quelques jours supplémentaires pour être auprès de sa sœur et de ses frères. Elle dissimulait son chagrin dans l'action. Elle avait consolé et réconforté les enfants.

À l'aéroport, elle n'eut pas de mots pour exprimer sa reconnaissance à Marianne, venue l'accompagner en cette funeste journée. En déposant sa valise au comptoir, elle sentit une douleur lui traverser la poitrine. Elle sentait qu'elle avait besoin de libérer toute cette tension qui l'enserrait comme un étau depuis qu'elle avait appris la terrible nouvelle. En attendant l'avion, elle prit la mesure du drame qui touchait sa famille. Elle aussi avait besoin de bras pour la réconforter, d'une présence, silencieuse, mais douce, et teintée d'empathie. Marianne la comprenait, elle avait perdu son père au cours des mois précédents. Si Marie-Berthe gardait peu de bons souvenirs de moments passés auprès de sa mère, elle pensait beaucoup à son père. Jamais plus elle ne pourrait respirer la senteur du foin qui lui collait aux cheveux, une odeur de réconfort parce que depuis qu'elle était toute petite, c'est lui qui la consolait. Jamais plus elle ne verrait ses yeux pétillants quand il lui jouait un tour. Jamais plus elle n'entendrait son rire en cascade qui résonnait dans toute la maison. Son père et sa mère étaient partis ensemble et sans douleurs, puisqu'ils étaient morts sur le coup de l'impact, avait précisé sa sœur. Marie-Berthe en était soulagée : son père n'aurait pas supporté la douleur physique, encore moins l'invalidité.

Durant le court trajet en avion, Benoit lui tint la main en silence. Instinctivement, il comprit que c'est ce dont Marie-Berthe avait besoin pour laisser de la place à sa douleur.

Sylvain avait mis son plan à exécution. Début août, Marianne jouissait d'un atelier pour s'adonner à la poterie. Adrien avait exécuté les travaux, et il avait suggéré d'adosser la rallonge à l'arrière du garage, en tenant compte des souhaits de Marianne. Ce mur mitoyen était couvert d'étagères, alors que les fenêtres laissaient entrer une généreuse lumière par les côtés sud et ouest. L'espace près de la porte servirait à déposer le lourd four à cuisson. Le tour à poterie occupait la partie centrale. Construite sur une dalle de béton, l'annexe était aussi isolée que la maison, et des plinthes de chauffage électrique couraient au bas des fenêtres. Sylvain avait insisté pour ajouter ces détails, il voulait que Marianne puisse y travailler en toute saison. Cette dernière organisa une inauguration privée avec ses deux amies. N'ayant encore jamais servi, le tour servait de table d'appoint. Marianne y avait déposé un plateau de bouchées et des flûtes.

— Quels sont tes projets immédiats ? demanda Angèle en remplissant les verres de bulles.

— Te voilà artiste maintenant ! dit Marie-Berthe en levant son verre.

— Artiste, c'est un bien grand mot, répondit Marianne en riant. Pour moi, c'est un simple passe-temps. Toutefois, j'ai déjà des commandes.

— Non ? ! s'exclama Angèle. Alors, c'est un peu plus qu'un simple loisir.

— Il s'agit de gens que je connais. Deux voisines et une institutrice avec qui j'ai travaillé. Elles veulent une horloge comme celle que j'ai réalisée durant mes cours à Micoua. Au magasin Chez Rolland Tremblay, des employés m'ont montré des catalogues avec des mécanismes d'horlogerie. Ils pourraient m'en commander, sauf qu'ils ne veulent pas en maintenir en inventaire. « On est une quincaillerie, pas un magasin de bricolage. Mais on va essayer de vous arranger ça », m'a promis madame Tremblay.

— Et ta glaise ? questionna Marie-Berthe.

— Je la commande et on l'envoie par autobus. Pour les outils, les glaçures et tout le reste, je possède le matériel de base, et je ferai mes provisions quand on se rendra à Québec.

L'habitude de virées dans la capitale avait commencé du temps de la vie à Micoua. C'était une suggestion de Sylvain pour délaisser un peu les épinettes et arpenter la ville. À l'exception de la période de la grossesse de Marianne, ils se rendaient en ville en famille deux ou trois fois par année. Ils s'installaient alors chez la tante de Sylvain, celle qui avait élevé le petit garçon devenu orphelin. Marianne avait tout de suite aimé cette femme, qu'elle considérait comme sa belle-mère. Remariée à un ingénieur, elle habitait avec son époux sur le chemin Saint-Louis, à la hauteur de Sillery. Marianne avait pris goût à ces escapades, durant lesquelles elle partait au moins une grosse demi-journée pour arpenter le centre commercial, fureter dans les librairies ou assister à un concert. Souvent, elle sortait avec cette tante par alliance et confiait les enfants à la cousine de Sylvain. Les petits ne demandaient pas mieux, le sous-sol de sa maison ressemblait à un magasin de jouets. La tante était une femme cultivée, de bon goût, et surtout, d'une extrême gentillesse. Elle adorait Marianne et prenait plaisir à l'accompagner pour explorer les boutiques, les musées et découvrir de sympathiques restaurants. Leur retour à Hauterive ne mettrait pas fin à ces séjours à Québec, d'autant plus que la nouvelle passion de la potière l'obligerait à renouveler le matériel pour son atelier.

Marianne s'absenta quelques minutes et revint avec une nouvelle assiette garnie de canapés. Angèle et Marie-Berthe observaient les différentes pièces posées sur les étagères.

— Marianne, j'aime beaucoup la forme de tes bols, dit Marie-Berthe.

— J'avoue que je les aime aussi, et c'est le modèle que je réussis le mieux. Ça prend une certaine adresse pour reproduire exactement la même forme chaque fois.

— La poterie va te tenir occupée, dit Angèle. Mais tu retournerais enseigner si tu le pouvais ?

— Sans hésitation ! Je serais même prête à suivre des cours pour obtenir les papiers qu'il faut.

— Et les enfants ? Christophe va à l'école, mais les filles sont encore jeunes.

— Tu sais, Angèle, répondit Marie-Berthe, quand on souhaite vraiment quelque chose, on réussit toujours à trouver une façon de s'organiser. Ce n'est pas magique, il faut dénicher quelqu'un de confiance pour prendre la relève. Les enfants comprennent vite que leur maman travaille. L'important, c'est de leur accorder toute notre attention quand on est là.

— Je vous envie, soupira Angèle. J'ai encore mon p'tit Mario à la maison, mais quand il rentrera à l'école, je crains de trouver le temps un peu long toute seule dans ma grande maison, même si je me tiens occupée.

— Et ton travail au magasin ? demanda Marie-Berthe. Tu aimes ça, et les clientes t'apprécient beaucoup.

— J'adore ça, Marie-Berthe, mais je fais à peine une quinzaine d'heures par semaine.

— Pense à quelque chose qui t'enthousiasme, suggéra Marianne. N'importe quoi, sans penser aux qualifications requises. Laisse mijoter ça dans ton esprit.

— Vous m'inspirez beaucoup toutes les deux, vous savez, confia Angèle. J'ai parfois l'impression que je mène une vie ordinaire si je la compare à la vôtre.

— Pas de comparaison, coupa Marie-Berthe gentiment. Il n'y a rien de pire pour miner le moral. Nos vies sont différentes, mais on possède des valeurs en commun. C'est pour ça qu'on est devenues des amies depuis qu'on vit par ici. Tu vois, Angèle, juste par ta présence, quand on passe du temps ensemble, je me sens apaisée, tant mon quotidien ressemble souvent à un tourbillon !

— Marie-Berthe a raison, ajouta Marianne. Si on fait les choses pour imiter les autres, on risque de passer à côté de notre chemin. Je te le répète, réfléchis à quelque chose que tu aimes. Mais pour l'instant, il est temps de partir pour le restaurant. Nos hommes vont nous attendre.

Suivie par ses amies, Marianne entra dans la maison pour déposer les verres et l'assiette vides, se remettre du rouge à lèvres et attraper son sac à main. Elle entendit la sonnerie du téléphone et décrocha. C'était sa mère qui sollicitait un peu d'aide. Marianne lui parla brièvement, puis elle raccrocha, presque figée et interloquée par le projet que cette dernière mijotait. Ce n'était pas une décision impulsive, elle semblait toute réfléchie. Marianne sourit pour elle-même, très fière de cette attitude. Elle avait toujours vu sa mère douce et plutôt soumise. Au fond, elle se montrait conciliante si la situation lui convenait. Dans sa vie d'épouse, elle n'avait pas eu à user de détermination, sa vie était simple, mais elle l'avait toujours menée sans contrainte. « La maison, c'est ton domaine », disait son mari. « Quelle femme admirable ! » pensait Marianne.

— Un problème ? questionna Angèle. J'ai cru comprendre que c'était ta mère.

— Un problème ! Sans doute pour mon frère Edmond, mais ma mère, elle va très, très bien ! répliqua Marianne. Venez, je vous raconte en route.

La cohabitation avec Edmond étant devenue intenable, madame Théberge aspirait à changer d'air. Elle avait donc décidé de se rapprocher de Marianne et organisait son déménagement à Hauterive. Avant d'en informer son fils, elle avait besoin d'un peu d'aide de la part de Marianne et de Sylvain.

Cette attitude de madame Théberge ébranla Angèle. « Quelle audace, quel courage ! » songeait-elle, admirative. Cette femme refusait de poursuivre une existence qui ne cadrait pas avec ses besoins et ses désirs. Si Angèle était satisfaite de sa vie de couple, si elle aimait son rôle de mère, à ce stade-ci de sa vie, elle ressentait le besoin d'accomplir quelque chose pour elle. « Il faut se contenter de ce qu'on a. » Pourquoi avait-elle de la difficulté à repousser cette « satanée » phrase de sa mère de son esprit ? La formule étouffait l'envie de se dépasser, ces mots obstruaient la route et maintenaient les rêves dans l'ombre. Pourtant, dans la Bible, il est dit que l'on doit cultiver ses talents et travailler pour faire fructifier son patrimoine. La passivité versus l'action. Or, Angèle demeurait une personne d'action. Il lui restait à déterminer de quelle manière elle arriverait à remplacer les mots dans sa tête par d'autres comme, fierté, accomplissement, modèle… Si ses amies l'inspiraient, ce qu'elle souhaitait encore plus, c'est que ses filles aient envie de suivre son exemple.

CHAPITRE 27

Benoit appliquait sa lotion après-rasage sous l'œil admiratif de sa petite dernière. Du haut de ses dix ans, France adorait assister à ce rituel. Quand il termina, il se pencha en lui demandant :

— Est-ce que c'est assez doux ?

France glissa alors sa douce main d'enfant sur la joue de son père, puis elle lui donna un bécot.

— Tu ne sens pas comme d'habitude, dit-elle.

— Tu aimes ça ?

— Tu sens toujours bon, papa.

— Tu sais, ma belle, demain, on accroche un nouveau calendrier, mais on change aussi de décennie. Depuis que j'ai l'âge de me raser, j'ai toujours changé ma lotion en même temps qu'un changement de décennie. Je suis content que tu l'aimes. Et toi, ma Beth, ça te plaît, ma nouvelle odeur ?

Du lavabo voisin, face au miroir, Marie-Berthe finissait l'application de son mascara. Elle acquiesça par un sourire ; cette année, elle avait choisi elle-même cette fragrance.

Le couple se préparait pour la traditionnelle fête de la Saint-Sylvestre. Depuis que Benoit et elle habitaient la région, ils n'avaient manqué aucune des soirées de danse au Community. Cependant, cette année, ils brisaient la tradition en se rendant au Manoir de Baie-Comeau pour accueillir la nouvelle décennie. La fête débutait avec un cocktail, suivi d'un souper gastronomique. Un orchestre de *ballroom* poursuivrait la veillée. Benoit admirait sa femme. La mode mini avait remis les tenues longues en vedette pour les soirées, et celle de Marie-Berthe lui allait à ravir. C'était une robe de velours sans manches, à la coupe simple, dont le vert émeraude illuminait davantage les yeux de sa femme. Ce soir, ils avaient des éclats de jade. En glissant doucement le rasoir sur ses joues, Benoit l'avait observée par le biais du miroir. Malgré six grossesses, la silhouette de Marie-Berthe restait svelte et gracieuse, quoiqu'un peu plus enrobée que le jour de leur mariage. C'était le vingt-cinquième jour de l'An qu'ils célébraient ensemble. Marie-Berthe prenait soin de son apparence, Benoit était toujours fier d'être le chevalier de sa Beth. Son maquillage terminé, Marie-Berthe endossa la veste harmonisée à sa tenue.

— T'es belle, maman, dit France. Quand je vais être grande, je veux faire comme toi. À quel âge je peux commencer à me maquiller ? Chantale a juste quatorze ans et elle met du bleu sur ses paupières, du rouge à lèvres et du mascara aussi.

— Quand tu entreras au secondaire et seulement les fins de semaine, rétorqua la mère de famille. Pas question de maquillage pour aller à l'école ! Maintenant, va retrouver tes sœurs, elles t'appellent. Je crois que votre film va commencer bientôt.

Margot avait préparé des pizzas, et les trois filles avaient la permission de manger dans le salon en écoutant un film. La sonnerie de la porte retentit. Angèle et Adrien arrivaient, tous se rendaient ensemble à la soirée.

Il avait neigé toute la journée, et Benoit conduisait lentement vers Baie-Comeau. Il avait presque cinq milles à parcourir sans autre clarté que celle des phares de la voiture. En prenant la rue La Salle, Marie-Berthe admira le contraste éblouissant: devant la plupart des maisons, un sapin illuminé ou une couronne remplie de lumières multicolores se réfléchissaient dans la neige fraîche, c'était surréel.

La façade du Manoir ne faisait pas exception, avec ses gros conifères chargés de petites lampes qui ressemblaient à des étoiles, et l'immense couronne enrubannée de rouge qui ornait la porte principale. Dans le grand hall de l'édifice, un valet les accueillit et les libéra de leurs manteaux. Marianne et Sylvain les attendaient dans le salon, en compagnie de la mère de Marianne, escortée de son nouvel ami. Un serveur circulait avec un plateau rempli de verres de punch. À travers les somptueuses fenêtres, on apercevait le quai. L'éclairage fantomatique miroitait dans les glaces qui ceinturaient les berges. Quelqu'un jouait du piano. Les moelleux tapis donnaient l'impression de marcher sur un nuage. Les bijoux scintillaient, les yeux brillaient, tout était feutré.

Angèle se sentait intimidée chaque fois qu'elle entrait au Manoir, pourtant, elle aimait cette ambiance. Elle associait cet endroit à l'élite, à la haute société, aux patrons de la papetière, aux gens d'affaires et aux médecins, pas aux personnes ordinaires, comme Adrien et elle. À quelques reprises, elle avait assisté au brunch de la fête des Mères et, une seule fois, ils s'y étaient rendus pour un souper lorsqu'Adrien avait obtenu son poste de jour. Ce soir, la grande salle à manger était magnifique. Un joli bouquet était disposé au centre de chacune des tables rondes. Le personnel avait mis les petits plats dans les grands : les couverts en argenterie comprenaient trois fourchettes, un couteau standard et un autre pour le beurre et, devant chaque assiette, trois verres étaient alignés. Les serveurs portaient des gants blancs, et le service se déroulait impeccablement. Madame Théberge, peu habituée à ces sorties, ne cessait de s'émerveiller. De la beauté des lieux, du menu raffiné, des belles toilettes des dames, de la courtoisie du personnel.

— Je me sens comme dans un film, chuchota-t-elle à Marianne, assise près d'elle, en recevant l'assiette du plat principal.

La mère de Marianne avait affronté son fils aîné avec courage quand elle lui avait appris son départ pour la Côte-Nord. Sylvain lui avait trouvé un logement, et son fils Bruno avait réservé le camion de déménagement. La rente laissée par son mari suffisait amplement pour combler ses besoins. Devant chacune des objections d'Edmond, elle avait trouvé une réponse sensée à lui soumettre, une solution, une répartie. Non, sa décision n'avait rien d'un coup de tête. Non, elle n'était pas malade, ni folle. Au lieu d'effectuer le trajet en avion, elle avait préféré se retrouver assise dans l'habitacle du camion, entre son Bruno et le chauffeur. Pour la première fois de sa vie, madame Théberge vivrait seule.

Peu après son arrivée à Hauterive, elle était devenue membre de la chorale. C'est là qu'elle avait rencontré Antonin Boudreau, l'homme qui l'accompagnait pour la soirée. Professeur de philosophie au Séminaire depuis ses débuts dans l'enseignement, il avait continué quand l'établissement était devenu un cégep. Quelle belle voix de baryton il possédait ! À peine entré dans l'âge adulte, même s'il n'avait pas entendu l'appel, il avait fait le choix de la prêtrise, la seule façon d'accéder aux études pour cet adolescent issu d'un modeste milieu. Ses parents étant décédés et l'Église catholique s'étant modernisée, il avait tourné le dos à un conformisme où il se sentait de plus en plus à l'étroit. Il aimait Dieu ; l'enseignement de Jésus et les valeurs de la religion catholique lui convenaient, mais la hiérarchie de cette institution l'étouffait. Il avait rencontré madame Théberge la même semaine qu'il avait reçu la confirmation que Rome le libérait de ses vœux. De discussions en promenades, de répétitions à la chorale en échange de livres, de propos sur la musique en confidences sur leur vie réciproque, une belle amitié avait pris naissance. Antonin était ravi d'accompagner cette fidèle amie pour le passage de la nouvelle année. Quand la mère de Marianne avait proposé qu'ils assistent à cette soirée « pour compléter la table de huit », il avait souri et répondu :

— Cette décennie amorce un tournant dans ma vie. Je me vois mal me retrouver en compagnie de mes ex-collègues prêtres, comme les années précédentes. Puisque je n'ai pas de famille dans la région, je suis très heureux de souligner l'événement avec ta fille. Surtout que je connais tout le monde. À l'été, si tu veux bien, je t'amènerai à Havre-Saint-Pierre pour te présenter à mes sœurs et à mon frère, qui n'ont jamais quitté notre village natal.

Madame Théberge s'était montrée ravie de cette proposition.

Assise en face d'elle, Angèle terminait son assiette de coq au vin en observant la dame âgée. Elle rayonnait, son compagnon aussi. Angèle ne s'était pas encore familiarisée avec la nouvelle interpellation de cet homme, qu'elle connaissait depuis son entrée dans la chorale. En effet, passer de « monsieur l'abbé » à simplement « monsieur » l'intimidait. Une chemise d'un blanc éclatant et une sobre cravate remplaçaient désormais le col romain chez l'homme. Il écoutait attentivement les propos de sa compagne. Angèle avait à l'occasion rencontré madame Théberge au cours de ses visites depuis que Marianne était mariée. Elle la connaissait encore davantage depuis qu'elle était membre de la chorale. Au début, cette dame lui apparaissait comme une personne très réservée, peu loquace et plutôt quelconque. Marianne aimait la mode et elle s'habillait avec des couleurs tendance, jamais elle ne sortait sans rouge à lèvres, alors que madame Théberge usait ses vêtements jusqu'à la trame. Outre son alliance, Angèle ne l'avait jamais vue porter de bijoux ; sa chevelure, remplie de vagues et striée de fils blancs, avait gardé cette coupe des années cinquante. Toujours tempérée et souriante, madame Théberge entretenait des conversations plus animées, et imperceptiblement, son apparence s'était transformée. De femme sans éclat qui se fondait dans l'anonymat, elle donnait maintenait l'image d'une femme ayant repris possession de sa féminité, et ce, malgré l'approche de la soixantaine.

Angèle repensait à cet article d'un magazine qu'elle avait lu : elle venait alors tout juste d'accoucher de Suzanne et s'était reconnue dans le reportage. On y traitait des femmes qui, quand elles deviennent mères, abandonnent cette préoccupation d'entretenir leur féminité pour continuer de plaire, ne serait-ce qu'à leur mari. C'est facile de se laisser aller quand l'arrivée des petits gruge tout notre temps, toute notre énergie, et qu'on est mariée pour la vie. Angèle avait failli glisser dans ce modèle. La lecture de ce papier l'avait réveillée. Une femme se doit de cultiver sa féminité. Un changement de coiffure à l'occasion, un peu de rouge aux joues et sur les lèvres, même si elle ne sort pas, choisir de jolis tissus pour coudre une nouvelle robe plus souvent. C'est à cela que songeait Angèle en observant la femme assise de l'autre côté de la table, et qu'elle avait vue se métamorphoser peu à peu.

Durant les derniers mois, Angèle avait suivi le conseil de Marianne et réfléchi à ce qui la passionnait. Ça avait été un exercice difficile : un moment, elle avait cru qu'elle n'était pas femme de passions. Adrien, les enfants, tout gravitait autour d'eux. Elle avait fait part de l'impasse de sa réflexion à Marianne, et celle-ci lui avait proposé :

— Si tu te fixais un but personnel pour la prochaine année ? Je sais, tu as la chorale et tu aimes ça, et un travail avec Marie-Berthe à temps partiel, mais j'ai l'impression que ça ne comble pas tout. Trouve quelque chose qui implique juste toi, sans un groupe ni avec personne. Qu'est-ce que tu souhaiterais ? Penses-y chaque jour, Angèle, un peu comme une prière. Je suis certaine que quelque chose va surgir.

Les serveurs s'activaient autour de la table pour retirer les assiettes avant le dessert.

— Vous vous rendez compte, mes amis, commença Benoit, voilà dix ans que nous célébrons ensemble la nouvelle année !

— Que de choses se sont passées depuis la première fois ! ajouta Marie-Berthe.

— Je suis bien content de voir que les prédictions de mon père ne se sont pas réalisées, commenta Benoit. Il était certain qu'en déménageant ici, on s'en allait dans un cul-de-sac et que Hauterive deviendrait une ville fantôme avant longtemps. En dix ans, la population a plus que doublé, la municipalité n'est pas près de s'éteindre. La population a même dépassé celle de la ville de Baie-Comeau.

— Malgré qu'il y ait plein de nouveaux commerces, ajouta Adrien, les vôtres n'ont jamais ralenti, au contraire !

— C'est vrai, rétorqua Marie-Berthe. Notre vie de famille change aussi. Marianne et Sylvain, vous avez fondé la vôtre, vos enfants sont tout jeunes, alors que les nôtres commencent à partir de la maison pour construire leur propre vie. Nos deux grands veulent rester en ville, j'espère que parmi les plus jeunes, certains voudront s'installer ici. Pour le moment, Margot a l'intention de travailler à l'hôpital après son cégep, et Alain est bien content de son travail de mécanicien chez le concessionnaire Ford à Baie-Comeau.

— Les jeunes de vos familles évoluent, c'est dans l'ordre des choses, ajouta monsieur Boudreau, mais je dois dire qu'ils ont à composer avec des changements sociaux de grande importance. L'éducation, la santé, la politique et même l'Église, tout se transforme, tout bouge. Le monde dans lequel ils ont grandi et celui où ils évolueront comme adultes prend une nouvelle tangente. Plonger dans la modernité peut devenir très exaltant à qui sait s'adapter. Même si le changement déstabilise parfois, je crois qu'il est préférable au *statu quo.*

— C'est vrai ce que vous dites, confirma Marianne, et maman en est un très bel exemple.

Puis, elle jeta un regard à Angèle, en faisant un imperceptible signe de la tête. Celle-ci y vit de l'encouragement. « Il va se passer quelque chose cette année, sinon, je deviendrai une femme amère et encroûtée. Et je ne veux pas ça ! » se promit Angèle.

— Thé ou café ? demanda le serveur en circulant avec un chariot couvert de théières et de cafetières.

Pendant ce temps, d'autres garçons arrivaient avec d'immenses plateaux qu'ils tenaient adroitement sur l'épaule pour offrir l'assortiment de mokas. Un plaisir pour les yeux et le palais ! Sylvain offrit le digestif à ses amis regroupés autour de la table. Tout le monde choisit la crème de menthe verte, sauf Benoit, qui préférait le cognac à cette liqueur sucrée.

À la fin du repas, on invita les convives à se dégourdir les jambes pendant le réaménagement de la salle à manger. Près du hall d'entrée, un musicien s'installa au piano du salon-bar. Les gens lui adressèrent des demandes spéciales pour une pièce de musique. Le groupe d'amis sortit de la salle à manger alors qu'un petit essaim se formait autour du pianiste pour chanter.

— Allez, venez, les entraîna Marie-Berthe. Il y a cinq membres de la chorale dans notre groupe. Si on lui demandait de nous jouer *Greensleaves*?

— Bonne idée ! répondit Marianne.

Pendant la demi-heure suivante, les chants se succédèrent : airs du temps des Fêtes, extraits d'opéras, répertoire de boîtes à chansons. Les couples s'agglutinaient autour du piano pour grossir cette chorale improvisée jusqu'à ce qu'on vienne les prier de réintégrer la salle à manger, transformée en salle de danse pour le reste de la soirée.

Les musiciens accordèrent leurs instruments. L'éclairage était tamisé, des lumignons au centre des tables produisaient une aura de mystère sur les visages. Dès les premières notes du *Danube bleu*, la moitié de l'assistance se retrouva au centre de la pièce. Marianne était éblouie de voir sa mère virevolter avec grâce et légèreté, toute souriante en regardant son compagnon. Surprise, elle était curieuse de savoir où cet ancien abbé avait appris à danser. « Quelle prestation ! Il possède la souplesse d'une gazelle pour se déplacer sur un plancher de danse. »

Marianne dansait et se sentait comme une reine, sous le regard admiratif de Sylvain, consciente de lui plaire comme aux premiers jours de leurs fréquentations. Il lui manquait parfois, durant ses longues journées de travail et ses voyages à Montréal. « Et si cela contribuait à maintenir la flamme de notre amour, malgré le passage des années ? Je me sens aimée, mais, comment dire ? Sa seule présence me suffit et me comble. Sylvain dépense tellement pour nous gâter et pour nous faire plaisir », songeait Marianne en le laissant mener la valse. Pendant leur séjour à Micoua, seules leurs escapades à Québec les avaient amenés à s'écarter de leur budget courant, raisonnablement. Leur vie avait pris une cadence plus simple, comme celle des gens qui évoluaient autour d'eux. Tout gravitait autour du travail, de la famille et de la vie sociale. Pas de boutiques, ni de restaurants, pas de place pour le luxe ou les folies, juste l'essentiel. Même les cadeaux d'anniversaire et ceux à Noël restaient modestes. Marianne avait alors retrouvé une tranquillité d'esprit, ce mode de vie lui convenait. Cependant, cette quiétude n'avait pas duré. En revenant à Hauterive, Sylvain avait insisté pour changer le mobilier de la maison et rajeunir le décor. Marianne aurait préféré que les enfants grandissent avant d'acheter du mobilier coûteux, car il survient souvent des accidents avec des meubles chez les jeunes enfants. Sylvain continuait de changer de voiture presque chaque année. Et cette tournée de digestifs qu'il avait offerte. Cette nuit, d'accord, on fêtait la nouvelle année avec leurs meilleurs amis, sa générosité avait sa place. Mais il avait pris cette habitude d'offrir des tournées dès qu'il était entouré de gens. Il en faisait trop ! Cette propension à se montrer généreux recommençait à inquiéter Marianne. « Est-ce qu'il cherche à plaire, à en mettre plein la vue, comme si sa valeur personnelle était liée à son portefeuille ? Il faudra que je trouve un moment propice pour aborder le sujet avec lui », se promit-elle. Pour le moment, elle tenta d'oublier tout ça, après tout, c'était la nuit du Nouvel An ! Son esprit retourna à la musique, qui l'entraînait dans une valse dans les bras de l'homme qu'elle aimait.

En tourbillonnant sur les pas de valse, Marie-Berthe sentait les bras solides de Benoit la tenir fermement, de la même façon que dans leur vie. Parents complices, amoureux remplis d'égards l'un envers l'autre, ils s'étaient toujours appuyés réciproquement dans les affaires, conscients que ce soutien leur avait permis de marcher vers leur rêve, tout en élevant leur famille. Ce fidèle partenariat avait entretenu l'admiration qu'ils éprouvaient l'un pour l'autre. Parce qu'ils avaient appris à s'écouter. Ils avaient traversé ensemble les incartades d'Alain. Leur fils entrait dans l'âge adulte, il avait maintenant un travail respectable et menait bien sa barque. Il était le plus solitaire et le plus réservé de leurs enfants, sans doute un trait de sa personnalité. Installés à Québec, les deux aînés avaient quitté le nid, un passage difficile pour Marie-Berthe. Solide comme un roc, son homme l'avait soutenue. De nouveaux rêves les attendaient, et puis, avait dit Benoit: « Même partis, les enfants restent toujours nos enfants. Les départs ne coupent pas les liens, ils en tricotent de nouveaux. » L'image du tricot avait fait rire Marie-Berthe, ça l'avait touchée.

Un *slow* suivit la série de valses et Angèle se laissa bercer dans les bras d'Adrien. Elle aimait sa main chaude déposée sur sa nuque, son pouce qui glissait doucement dans ses cheveux. Elle se sentait aimée de cet homme. Maintenant, ils connaissaient une vie plus douce, comme le rythme de cette danse. « Que va dire Adrien du souhait qui me trotte dans la tête ? Il m'a toujours encouragée. Rien n'est parfait, et il le sait. Il trouve toujours des solutions devant les contretemps pour adoucir les aléas de la vie. Je vais laisser passer le congé des Fêtes, après, je lui parlerai à cœur ouvert », songea Angèle. Puis, elle enfouit le nez dans le cou de son homme pour humer son odeur, elle sentit l'étreinte d'Adrien se resserrer doucement. Comme c'était bon !

Ce samedi, les amis étaient invités chez Marianne et Sylvain. Le premier week-end de janvier, les trois couples avaient l'habitude de se retrouver pour souper chez l'un ou l'autre. Le retour de Marianne et Sylvain à Hauterive avait remis en place cette tradition.

Au cours de la nuit précédente, une neige dense et continue avait progressivement recouvert la ville. Les rares autos qui se risquaient à circuler s'enlisaient et nuisaient au travail des déneigeuses. Marie-Berthe avait téléphoné à Marianne pour confirmer qu'ils arriveraient chez elle à la fin de l'après-midi. Benoit avait réservé des motoneiges-taxis pour reconduire les quatre invités. Perplexe, Marianne avait suggéré qu'ils apportent un « en-cas » pour la nuit. Benoit avait convaincu sa femme et les Gagnon de mettre de côté l'habituelle tenue « habillée » ; il avait tout arrangé pour qu'ils se rendent sur la rue Rouleau malgré l'abondance de neige.

La noirceur tombait quand la procession des quatre motoneiges défila devant la maison de Sylvain. Les conducteurs s'étaient rendus au bout de la rue pour effectuer un virage au Vieux-Poste avant de déposer les passagers à leur destination. En accueillant ses amis, vêtus de pièces aux allures d'après-ski, Marianne avait décidé de changer de tenue pour être dans la même ambiance. À contrecœur, Sylvain avait troqué chemise et cravate contre un gros chandail à torsades, cadeau de sa belle-mère.

— Tu ressembles à un matelot, dit Angèle en le voyant revenir dans le salon.

— Si on s'était retrouvés dans un chalet dans le bois, ajouta Benoit, c'est comme ça qu'on serait habillés, pas vrai ? Et vous toutes, mes chères dames, vous êtes aussi belles que vous l'auriez été dans vos jolies robes !

Pour servir l'apéritif, Marianne éteignit l'éclairage électrique à l'exception d'une lampe d'appoint sur le bahut. La lueur du foyer et les quelques chandelles disséminées dans le salon et la salle à manger attenante dégageaient une atmosphère feutrée. Il était facile de s'imaginer dans un chalet.

— Et pourquoi ne le ferait-on pas ? proposa Marianne. Une fin de semaine à faire du plein air, tous les six, à vivre de façon décontractée et en toute simplicité.

— Marie-Berthe et moi avons les grandes pour garder les plus jeunes, répondit Angèle. Mais vous deux, vos enfants sont encore jeunes.

— Si vous saviez comme ils prennent plaisir à partir chez grand-maman avec leur valise, comme ce soir. Figurez-vous qu'elle leur a cousu une petite tente qu'elle installe dans la pièce qui lui sert de salle de couture quand ils viennent dormir. Elle a assemblé de vieux couvre-lits pour les fermer et les transformer en sacs de couchage.

— Et Camille ? interrogea Angèle, elle n'a pas encore un an.

— La première fois que les enfants ont passé la nuit chez ma mère, j'avais apporté le parc pour que la petite y dorme. Depuis qu'elle a vu la tente, c'est là qu'elle souhaite faire dodo, avec son frère et sa sœur. Maintenant, elle possède aussi son « sac à dodo », comme dit Nicole. Donc, si on veut une fin de semaine à nous, ma mère ne demande pas mieux !

— Alors, on enclenche ça pour instaurer cette nouvelle coutume, suggéra Benoit avec enthousiasme.

La proposition fit l'unanimité. Dénicher un chalet serait aisé avec les contacts de Sylvain et ceux de Benoit. Les enfants grandissaient, les parents pouvaient s'accorder des parenthèses, c'était somme toute très agréable, ces moments entre adultes.

Marianne avait préparé de la fondue bourguignonne, un repas lent, qui s'éternisait autour de discussions sur tout et dans la bonne humeur.

— Vous vous rappelez notre premier souper tous ensemble ? demanda Marianne. J'avoue que j'étais un peu déconcertée de voir que vous vous étiez isolés de votre plein gré pour venir habiter par ici. Ce n'était pas du tout mon cas.

— On ne l'a jamais regretté, répondit Marie-Berthe.

— Depuis notre arrivée, reprit Benoit, on a tous construit quelque chose. Une maison, une famille, des amitiés. On a tous déployé des racines, chacun à notre façon. Les années soixante ont été des années de construction. Pour nous et pour tout le Québec. Vous ne pensez pas ?

— Tu as tout à fait raison, renchérit Sylvain.

— Une décennie pour construire, répéta Marie-Berthe. D'après vous, que vont nous apporter les années soixante-dix ?

— Je crois qu'elles vont ressembler à des années de transition, avança Angèle.

La conversation s'étira longuement autour des changements que chacun entrevoyait. Les aînés d'Angèle et de Marie-Berthe entraient dans l'âge adulte. Cela annonçait de nouveaux départs de la maison, un mouvement amorcé en raison de leurs études. Cette évolution amènerait leur famille à prendre de l'expansion : des vies de couple, probablement des naissances, l'arrivée d'une jeune génération pour agrandir le cercle familial. Dans un autre ordre d'idées, la conversation glissa sur la construction du nouveau centre d'achats qui stimulait Marie-Berthe et Benoit à innover pour faire face à la concurrence, ni l'un ni l'autre n'ayant la propension à s'asseoir sur ses lauriers. Leurs commerces respectifs s'ajustaient à la nouvelle clientèle et à une plus grande ouverture sur le monde, depuis l'Exposition universelle de 1967. Le couple s'était toujours montré attentif à ses employés, et depuis les débuts, tant le mari que sa femme comptaient sur du personnel qualifié, fiable et responsable quand ils allaient à Québec.

Angèle et Adrien concrétisaient également des projets. Habile menuisier, Adrien aimait particulièrement réaliser de menus contrats pour son réseau de connaissances. La construction de l'atelier de Marianne lui avait amené des gens qui voulaient concrétiser un plan de menuiserie. Depuis, il avait toujours des travaux en cours, besognes qu'il exécutait pendant ses jours de congé. Le coin atelier de son sous-sol ne suffisait plus. Il avait dessiné les plans pour agrandir la remise actuelle et la convertir en grande remise-atelier, la construction était prévue au printemps. Ces projets remplissaient ses loisirs et l'aidaient à survivre à la monotonie de son travail à l'usine. Angèle l'encourageait, ensemble, ils économisaient pour lui permettre d'acheter de nouveaux outils. De son côté, Angèle avait pris l'information pour suivre des cours, mais elle devait d'abord obtenir son diplôme d'études secondaires. Tellement de nouvelles possibilités se présentaient aux femmes qui voulaient sortir de leur cuisine et s'accomplir à l'extérieur de la maison ! Angèle souhaitait cela, il lui restait à trouver de quelle façon. En attendant, elle agirait en s'inscrivant à des cours du soir. Le reste suivrait.

Sylvain retira méticuleusement le caquelon rempli d'huile chaude, Marianne enleva la vaisselle sale et mit l'eau à chauffer pour du thé. Elle déposa tasses et assiettes à dessert devant chaque convive pendant que Sylvain descendait au sous-sol, où se trouvait le congélateur. Il remonta avec une assiette en pyrex contenant le dessert. Marianne le glissa dans le four quelques minutes, le temps de faire griller la meringue, avant de placer le plat au centre de la table. Sylvain arrosa la montagne meringuée toute dorée d'une portion de brandy préalablement chauffée pour la flamber sous le regard ébahi des convives.

— Une bombe Alaska ! s'exclama Marie-Berthe. C'est toi qui as fait ça, Marianne ?

— Ma mère m'a aidée, c'est l'une de ses spécialités.

— Avec notre conversation de tout à l'heure, je trouve que ce dessert représente bien ce qui s'annonce dans la prochaine décennie, vous ne trouvez pas ? suggéra Angèle.

— Il faudrait que tu t'expliques, lança Sylvain. Je ne vois vraiment pas ce que tu veux dire.

— On a parlé de transition, reprit-elle. La bombe Alaska doit passer du très froid au très chaud avant d'être servie. N'est-ce pas là une transition, même si elle est plutôt radicale ? Cela fait une belle image à la suite de notre discussion.

— Eh bien, on peut dire que tu as de l'imagination ! ajouta Benoit. Mais c'est vrai !

Marianne coupa de fines tranches du dessert et la conversation se poursuivit sur l'actualité de la région. Les hommes commentaient les événements, argumentaient et lançaient des prédictions sur l'avenir des villes jumelles. Les trois amies mangeaient en les écoutant tergiverser. À un moment donné, les hommes eurent tous les trois en même temps la bouche pleine, ce qui entraîna un moment de silence. Marianne en profita pour annoncer une décision qu'elle avait prise.

— J'aimerais vous dire qu'en 1970, je ferai le saut. Vous parlez de transition, ce qui implique du mouvement, de la nouveauté. Je n'en suis pas au même stade familial que vous deux, mes chères amies, mais je peux vous dire qu'après quelques années en mode « pause », je reprends du service !

— Non ! s'exclama Angèle d'une voix enjouée. Ta rencontre avec le directeur a porté fruit ?

— Eh oui ! Il m'avait demandé un temps de réflexion, et il m'a donné sa réponse juste avant les Fêtes. Je voulais attendre cette soirée pour vous l'annoncer. Heureusement que j'avais Sylvain à portée de voix pour laisser déborder mon enthousiasme. Je suis tellement contente !

Marianne avait parlé à ses amies de sa démarche auprès du nouveau directeur «juste pour tâter le terrain, pour me faire une idée de son ouverture d'esprit», leur avait-elle confié. Elle voulait connaître sa position concernant l'embauche d'une enseignante mère de famille. Arrivé de Chicoutimi, il occupait le poste depuis septembre. Marianne avait laissé passer du temps pour lui permettre de s'acclimater au contexte de la ville. Elle savait que le nombre d'arrivants et les nombreuses naissances entraînaient nécessairement une augmentation importante d'enfants fréquentant le milieu scolaire. De nouvelles écoles primaires avaient été construites et la commission scolaire recrutait régulièrement des professeurs. La préférence de Marianne se tournait vers l'école Saint-Cœur-de-Marie, celle où elle avait déjà enseigné et située juste à côté de Saint-Eugène, l'école des garçons que fréquentait Christophe. Engager du personnel dont la formation correspondait aux nouvelles normes du ministère de l'Éducation devenait la préoccupation des directeurs d'école. Les brevets d'enseignement des Écoles normales n'avaient plus de valeur. Les professeurs devaient détenir une formation universitaire, même ceux qui enseignaient au primaire.

— Qu'est-ce que tu vas faire? la questionna Benoit.

— Depuis tantôt qu'on parle de transition dans nos vies, répondit Marianne. Il y a tellement de changements partout que les institutions, les écoles comme les hôpitaux, doivent s'y préparer. Il y a des cours offerts pour permettre aux détenteurs d'un brevet d'obtenir leur bac, en étudiant le soir ou de façon intensive durant les fins de semaine. Je suis inscrite à deux cours du soir pour cet hiver et je ferai partie du groupe des professeurs pour septembre prochain. Commencer cette formation était la condition pour qu'on me confie un poste d'enseignante.

— Eh bien ! s'exclama Marie-Berthe, à la fois ébahie et admirative devant la détermination de Marianne. On ne peut pas dire que tu perds de temps. Ça prendrait des bulles pour trinquer à ça !

— J'ai des bouteilles au froid, dit Sylvain en se levant. J'avais prévu le coup, je savais que Marianne voulait vous annoncer sa bonne nouvelle.

— Quelle chance que ta mère soit venue s'installer dans la région ! énonça Benoit. Elle pourra s'occuper des enfants, comme nous, on a eu Martine pendant plusieurs années.

— Non, ma mère ne s'occupera pas des enfants pendant que j'enseigne. C'est sûr qu'elle accepterait si je le lui demandais. Elle a beaucoup d'énergie, les enfants l'adorent et elle serait ravie de jouer ce rôle, mais elle n'est plus toute jeune. Sylvain et moi, on en a discuté. Nous préférons qu'elle garde sa disponibilité pour nous permettre des moments à nous et, à l'occasion, pour mes cours, les soirs où Sylvain ne pourra pas être là. Elle a passé sa vie à servir sa famille, maintenant, elle a trouvé une liberté qui lui était inconnue. Elle mène une existence remplie de ce qu'elle a choisi. Je ne veux pas qu'elle perde cela. Je souhaite qu'elle soit avant tout la grand-mère et non la gardienne de nos enfants. Alors, pour la garde des petits sur une base régulière, j'ai déjà parlé à une dame qui habite au bout de la rue. Pour le moment, elle garde la petite fille d'une infirmière. Elle pourra prendre Nicole et Camille en septembre prochain.

Sylvain était de retour avec deux bouteilles de mousseux. Il remplit les verres et chacun trinqua à la décision de Marianne. D'autres toasts s'enchaînèrent : à ces périodes de transformation qui se pointaient, à leur amitié, à leurs projets réciproques. Avec les dernières gouttes, Sylvain leva le sien au vent de changement qui déferlait sur la province. Les années soixante avaient servi de levier à des projets de géants, comme celui de la construction des grands barrages, aux changements de société, dont certains ressemblaient à des bouleversements. Les années soixante-dix deviendraient celles du mouvement pour actualiser ce que le levier avait fait bouger. Il n'était plus possible d'arrêter cette mobilisation, encore moins de retourner en arrière.

— Sylvain, tu parles comme un politicien, avança Adrien après sa tirade finale pour le dernier toast.

— Disons que la politique m'intéresse. Depuis qu'il est né, à la fin de 1968, je surveille de près ce nouveau Parti Québécois. J'ai l'impression qu'il va brasser pas mal d'affaires.

— En attendant que ça bouge de ce côté-là, annonça Benoit, je pense que c'est nous qui allons devoir bouger. J'entends gronder les moteurs des Ski-Doo-taxis qui nous ramènent. Ils sont ponctuels.

Cinq minutes plus tard, les visiteurs étaient habillés pour affronter la nuit, et les embrassades et les remerciements furent écourtés à cause du froid qui s'engouffrait par la porte entrouverte. De la fenêtre de la cuisine, Sylvain et Marianne observèrent les motoneiges qui s'éloignaient. La neige avait cessé, un quartier de lune éclairait maintenant faiblement la rue, qui ressemblait davantage à un sentier de randonnée. À deux, la table fut rapidement débarrassée, le reste attendrait au lendemain. Une fois en pyjama, Marianne s'était assise à même le sol en face du foyer. Elle observait les flammes qui dansaient timidement, puis qui furent sur le point de disparaître, laissant la place à une belle braise. Sylvain s'installa près d'elle en lui tendant un verre de lait chaud, dans lequel il avait ajouté une lampée de cognac. Il l'enlaça de son bras libre. La chaleur qu'il dégageait, celle du feu, celle du liquide qui coulait dans sa gorge, tout ça contribuait au bien-être et au bonheur de Marianne. Elle était comblée. Qui aurait dit ça à son arrivée, elle qui traînait un bagage rempli de culpabilité et de honte ? Cependant, un voile d'inquiétude s'infiltra dans son cœur quand, fixant le feu, Sylvain laissa tomber :

— Je pense que je vais m'acheter un Ski-Doo. Il existe aussi un traîneau qu'on peut accrocher derrière ; on pourrait y asseoir les enfants. Je suis sûr qu'ils adoreraient !

— Pas Camille quand même ! répondit Marianne.

— Euh, non, pas tout de suite !

Marianne pensa : « Encore une lubie ! Je dois vraiment trouver un moment pour aborder l'aspect des finances avec lui, ça commence à prendre trop de place. » Une ombre venait de se glisser sur cette magnifique soirée.

Sur le chemin du retour, Angèle était alerte sur la motoneige, bien cramponnée à la taille du conducteur. Les véhicules avançaient deux par deux dans la rue complètement déserte. Elle apercevait Marie-Berthe, rieuse, elle aussi se tenant fermement à son chauffeur. La pétarade des moteurs déchirait le silence. Peu de maisons laissaient filtrer de la lumière à travers les rideaux des fenêtres. Angèle prenait un énorme plaisir à cette balade, malgré le léger malaise qu'elle éprouvait de s'accrocher ainsi à un autre homme que son mari. Le ciel s'allumait de milliers d'étoiles. Au coin de Joliet, deux des taxi-chenilles déposèrent Marie-Berthe et Benoit, arrivés chez eux. Les deux autres motoneiges tournèrent sur le boulevard Blanche, avant de bifurquer à gauche pour rouler sur de Puyjalon. Angèle aurait poursuivi cette promenade, puisqu'à peine dix minutes s'étaient écoulées depuis leur départ de chez Marianne.

— On a de bons enfants, se félicita Angèle, en retirant la parka et la salopette prêtés par Anne-Marie, ils ont pelleté l'entrée. Je crois que je vais profiter des rabais de janvier pour m'acheter mon propre habit de neige. Mon petit doigt me dit que j'en aurai besoin à nouveau.

La maison était silencieuse, la petite veilleuse du passage diffusait une douce lueur. «Je me sens comme mes jeunes quand ils reviennent de veiller, ils font les mêmes gestes que moi pour eux», pensa-t-elle en souriant.

Angèle se rappelait les premières fois où sa grande était sortie, elle n'arrivait pas à s'endormir avant son retour. L'adolescence, l'âge des folies, parfois des abus et des expériences. Elle faisait confiance à sa fille, mais comment réagirait-elle si quelqu'un l'entraînait vers des chemins douteux, comme cela s'était produit avec le fils de Marie-Berthe? Sans compter l'affluence d'hommes en ville, quand les ouvriers des chantiers descendaient pour leur fin de semaine de congé et lorgnaient sans retenue les jeunes filles.

Avec le temps, l'attitude d'Anne-Marie avait rassuré sa mère. Elle rentrait toujours à l'heure et ne cherchait pas à mentir pour camoufler ses faux pas. Même la fois où elle s'était retrouvée malgré elle dans un *party* où la drogue circulait, même cette autre fois où elle avait pris de l'alcool jusqu'à se rendre malade. Anne-Marie lui avait toujours parlé à cœur ouvert, Angèle écoutait, sans jugement, sans critique, même si cela lui demandait de faire l'effort de garder pour elle-même ses impressions. Au moins jusqu'au lendemain. Elle souhaitait que ses enfants apprennent à réfléchir de façon autonome au sujet des impacts liés à leurs comportements. À moins qu'il soit survenu une chose très grave, priver un adolescent de sorties n'apportait rien de bon, croyait Angèle. Il valait mieux mettre un jeune face à la responsabilité de sa conduite. Comme la fois où Anne-Marie était rentrée accompagnée par le père d'une copine parce qu'elle n'avait pas supporté l'alcool. Elle venait de fêter ses quinze ans. Cette fois-là, Angèle l'avait aidée à se mettre au lit sans dire un mot, ravalant sa déception, ses inquiétudes et sa colère. Le lendemain, apaisée par la nuit, elle avait vu Anne-Marie cernée et blafarde arriver dans la cuisine. La mère de famille avait simplement dit, d'une voix qu'elle voulait chaleureuse :

— Anne-Marie, je n'ai pas aimé voir ma fille rentrer dans un tel état aux petites heures la nuit dernière. Et toi, ma grande, comment te sens-tu ce matin ? Qu'est-ce que tu as pensé en te regardant dans le miroir de la salle de bain tantôt ?

Piteuse, Anne-Marie s'était assise à la table. Angèle lui avait versé un verre de jus d'orange avant de s'asseoir près d'elle.

— Je ne suis pas très fière de moi, avait-elle répondu. Je voulais faire comme certains, ça fait adulte de boire du fort.

— Est-ce un comportement « d'adulte » que tu souhaites adopter ? avait demandé Angèle.

— Pas vraiment, avait rétorqué piteusement Anne-Marie. Je ne comprends pas pourquoi des jeunes boivent à se rendre malades et recommencent semaine après semaine. Je voulais savoir ce que ça faisait de se sentir *feeling*.

— Anne-Marie, est-ce qu'on t'a obligée à boire ?

— Obligée, non. C'est juste... pour se sentir plus vieux. Un peu comme si c'était une étape pour devenir un adulte. Sinon, on est des bébés.

— Et bien sûr, tu ne veux pas être traitée en bébé.

— Hum, hum... En plus, ce n'est même pas bon. Je préfère prendre de la liqueur.

Angèle regardait sa fille à l'allure fripée. Elle n'avait pas l'habitude de se laisser influencer. Comment se comporterait-elle la prochaine fois en présence d'un groupe de jeunes ? Anne-Marie, quant à elle, se tenait le front à deux mains.

— Tu as mal à la tête ?

La jeune avait fait signe que oui. Angèle s'était dirigée vers la petite armoire servant de pharmacie. Elle avait pris deux aspirines et rempli un verre d'eau.

— Tiens, prends ça, j'espère que ça va t'aider. C'est samedi et tu as le ménage de ta chambre à faire, à commencer par changer ton lit.

— Oh, maman, je me sens si mal !

— Je m'en doute. Je prépare du gruau, ça devrait t'aider.

Angèle avait eu presque pitié de sa grande fille, mais il n'était pas question de la dorloter, surtout pas après avoir été témoin d'un comportement qu'elle réprouvait. Jamais plus par la suite Anne-Marie n'avait abusé de l'alcool. Et avec le temps, Angèle arrivait à s'abandonner dans le sommeil, même quand l'un des enfants n'était pas rentré.

Une fois en robe de nuit, elle fit le tour des chambres. Elle entendait le doux ronronnement de la respiration de chacun. Puis, à son tour, elle se glissa dans son lit en se collant contre la chaleur d'Adrien. Aucun mot ne fut échangé, il la regarda en souriant, signe qu'il se sentait bien ; c'était aussi une façon de lui dire qu'il l'aimait. Ils échangèrent un tendre baiser, puis Angèle éteignit la lampe de chevet. Adrien sombra rapidement dans le sommeil. Son souffle régulier avait quelque chose d'apaisant, de réconfortant. Les années à venir annonçaient une espèce de quiétude. Angèle avait l'impression de se trouver à la fin de l'été de sa vie, le temps était venu de récolter ce qu'ils avaient semé tous les deux. Elle s'endormit en souriant.

En entrant dans le salon, Marie-Berthe et Benoit trouvèrent leurs trois filles en pyjama, endormies les unes contre les autres sur le divan. La télévision était restée allumée, on n'y voyait que la neige qui brouillait l'écran et le grésillement indiquant la fin des émissions. Les verres d'orangeade et le gros bol de croustilles presque vide trônaient sur la table basse. Benoit avait filé se mettre en pyjama avant de revenir prendre doucement France dans ses bras ; il alla la déposer dans son lit en la bordant. Marie-Berthe secoua légèrement les deux aînées. Elle les tenait doucement, tandis que les filles marchaient vers leur chambre à la manière de zombies. Leur mère les guida à se glisser entre leurs draps, rabattant les couvertures avant de déposer un baiser sur leur front. Puis, elle rejoignit Benoit dans leur grand lit. Ni l'un ni l'autre n'avait sommeil. Si le dernier verre pris chez leurs amis les avait alanguis, le trajet en motoneige et la froidure de la nuit les gardaient éveillés.

Appuyée contre un gros oreiller, Marie-Berthe lut, l'épaule contre celle de son homme. Benoit, quant à lui, feuilleta le *Paris Match*. En réalité, il était incapable de lire. Une idée lui trottait dans la tête. S'il n'en parlait pas, là, maintenant, elle le poursuivrait toute la nuit et, inévitablement, il n'arriverait pas à dormir. Marie-Berthe l'avait toujours suivi dans ses projets, à commencer par celui de venir planter son propre commerce dans un endroit dont le nom restait encore inconnu à la plupart des gens de la province. Quand son père lui avait prédit qu'il se planterait, le doute l'avait habité. Mais pas longtemps. Dans l'action, Benoit parvenait à réaliser ses ambitions. Il travaillait beaucoup, il ne comptait pas les heures, son métier de commerçant l'enthousiasmait. Parce que les gens le passionnaient. Il aimait son rôle dans le public, jamais il n'aurait pu se retrouver confiné dans un bureau ou devoir gagner sa vie dans une usine. Il était avant tout un homme de public, et son propre patron. Toutefois, à certaines occasions, il lui arrivait d'avoir envie de partir plus souvent à la pêche, comme Sylvain, ou d'aller se promener en raquette dans le bois, ou bien de passer plus souvent les dimanches d'été à la plage, avec les siens. Il approchait de la cinquantaine, et aspirait à plus d'équilibre dans sa vie. Cette idée lancée d'une fin de semaine entre amis dans un chalet… Il laissa tomber son magazine en soupirant.

— Beth, tu sais l'idée de se retrouver dans un chalet…

— Hum.

— C'est une bonne idée, tu ne trouves pas ?

— Hum, j'aimerais ça aussi.

Marie-Berthe répondait machinalement à son mari, tout en poursuivant sa lecture.

— Beth, j'ai envie qu'on ait notre propre chalet.

Cette fois, elle laissa tomber son livre. Elle regarda Benoit presque incrédule. Chaque fois qu'ils avaient investi, ils s'étaient questionnés sur la rentabilité de leur décision. Certains jours, il arrivait à avaler un rapide petit déjeuner avant de partir au restaurant pour ne revenir qu'en milieu de soirée.

— Benoit, quand vas-tu trouver le temps d'y aller ?

— Le plus souvent possible, Beth, le plus souvent possible, répéta-t-il en lui prenant la main.

Ils en discutèrent jusqu'à quatre heures du matin. Benoit parla d'Alain, qui travaillait chez Ford, mais sans être passionné par son métier.

— Toi qui connais bien nos enfants, Beth, tu penses qu'il accepterait d'étudier la gérance d'un commerce au nouvel ITHQ[1] ? Avec un peu d'expérience, je pourrais lui confier la gérance du restaurant, lui déléguer quelques responsabilités pour dégager mon horaire.

---

1 Institut de tourisme et d'hôtellerie du Québec

Marie-Berthe l'avait écouté, silencieuse. Sans doute parce qu'elle se sentait responsable de la famille et du fonctionnement de la maison, elle avait toujours tenu un horaire plus équilibré que celui de Benoit à son magasin. Un restaurant exigeait la présence du patron pratiquement tous les soirs alors que, sauf exception, elle réservait ses soirées aux enfants. Benoit cherchait un moyen de se libérer du temps, et ce genre d'études pour Alain ne semblait pas une si mauvaise idée. De son côté, elle aimait bien la vie rudimentaire, à petite dose. Il y a trois ans, ils avaient eu l'occasion de séjourner dans le camp de pêche d'un voyageur de commerce. Cet homme sillonnait toute la rive nord du fleuve, entre Québec et Sept-Îles. Depuis la mort de sa femme, son repaire dans Charlevoix était devenu l'endroit où il pouvait se déposer. Marie-Berthe y avait trouvé un genre de vie minimaliste, un endroit connecté à la nature et rempli de silences. Elle s'était accordé de longues plages de lecture, elle avait même boulangé du pain, qui avait levé en embaumant l'habitation de l'odeur caractéristique de la levure. Benoit la ramena hors de ce souvenir en poursuivant sa réflexion :

— Je pense au lac La Loutre. C'est presque un village, avec son agglomération de chalets. Il y a même une petite chapelle où un prêtre vient dire la messe du dimanche, de la Saint-Jean-Baptiste à la fête du Travail. Il y a le lac Donlon aussi, c'est plus près de la ville. Qu'est-ce que t'en dis, Beth ?

— Pour le moment, j'en dis que c'est une idée de fou, mais… ça me plairait. Là, je commence à avoir les paupières lourdes. Ce n'est pas cette nuit qu'on va prendre une décision, dit-elle doucement. On dort là-dessus, on y réfléchit, on explore les avenues et on s'y prépare, si c'est ce qu'on décide. Parce que, si tu deviens propriétaire d'un chalet, pas question qu'on y aille juste une ou deux fois par année ! Autrement, on aurait juste à louer.

— Je te l'ai dit, Beth, j'aimerais ça ralentir au restaurant et pouvoir occuper mon temps à autre chose.

— Ça me va. Pour le moment, je n'ai qu'une envie, celle d'éteindre la lampe. Même si on n'a plus de tout-petits, les filles vont grouiller demain matin, le bruit de la vie nous réveillera bien assez tôt. Bonne nuit, mon beau rêveur !

Cette nuit-là, Marianne rêva d'une institutrice entourée d'enfants, à qui elle apprenait les rudiments de l'écriture, du calcul, de l'histoire et toutes ces matières au programme de l'apprentissage scolaire. Cette enseignante prenait conscience qu'elle contribuait à former les adultes de demain. Aussi, elle s'appliquait également à aiguiser leur conscience, à faire grandir leur confiance en eux-mêmes. Elle semait des graines d'aspirations et de rêves.

Angèle dormit peu, Mario l'avait éveillée en sortant d'un cauchemar, dans lequel un ours tentait de l'attraper. Elle l'avait rassuré, et son petit bonhomme de quatre ans s'était vite rendormi. Elle avait ensuite passé une partie de la nuit à jongler avec des idées de transition, de passage, de vocation. Née pour être mère et épouse, Angèle songeait à l'une de ses tantes, une sœur de son père, à qui elle vouait une grande admiration, un modèle pour la petite Angèle de huit ans de l'époque. « Va là où ton cœur de dit d'aller », avait dit sa tante. Angèle n'avait jamais oublié cette phrase. Pourquoi pensait-elle à cette tante précisément au cours de cette nuit ? Son cœur lui soufflait deux choses, laquelle choisir ? Sa vie de famille ou une vie de femme ? Elle n'avait pas à choisir, elle pourrait très bien concilier les deux. Cette conviction se glissa dans son âme et elle finit par se rendormir.

Marie-Berthe se réveilla tôt. Elle « avait dormi vite », comme elle le disait quand elle connaissait des nuits écourtées. Elle avait vécu une nuit brève, mais sans interruption, un sommeil apaisant et réparateur. Elle s'était levée avec entrain, le sourire aux lèvres : une belle journée s'annonçait, la vie lui souriait. Elle fut accueillie par l'odeur du café. Margot lui en servit une tasse en s'informant de leur soirée avant de replonger dans sa lecture du *Photo Vedettes.* Marie-Berthe, elle, s'installa dans le salon, en face de la grande fenêtre. L'amoncellement de neige lui cachait la rue, cette blancheur évoquait tous les possibles. Peu après, Benoit émergea en pyjama, le visage serein, affichant sa mine réjouie habituelle.

— Bonjour chéri, bien dormi ?

— Hum…

— Tu sais, ton idée de chalet, j'ai pensé que…

Benoit écoutait son épouse en souriant. Son rêve pouvait aussi devenir le sien, elle avait seulement besoin d'y mettre sa couleur.

PARFOIS, LE VENT TOURNE

1971-1976

CHAPITRE 28

Fier de lui, Alain secondait son père au restaurant depuis quelques mois. Il n'avait jamais voulu étudier à l'université. Par contre, son cours à l'ITHQ l'avait enthousiasmé. C'était dans ses cordes et la formation lui offrait plus de possibilités qu'un simple diplôme d'études secondaires, même avec une spécialité en mécanique. À l'image de son père et de son grand-père, il découvrait qu'il nageait comme un poisson dans l'eau dans le monde de la restauration. Benoit lui avait confié la gestion du bar: horaire, inventaire, embauche du personnel. À compter de ce moment, à l'exception du samedi, la journée la plus achalandée à l'heure du souper, Benoit avait passé ses soirées à la maison. Alain avait vu cette responsabilité comme une promotion et il l'avait prise très à cœur. Il imaginait que, dans quelques années, son père lui léguerait le restaurant. Cependant, le jeune homme n'avait pas hérité de l'entregent de Benoit. Il n'avait pas développé la diplomatie nécessaire pour désamorcer les discussions parfois houleuses entre des clients. Il se mêlait rarement de leurs conversations quand ils s'attardaient, assis sur leur tabouret, à s'épancher sur une peine d'amour, à critiquer les dernières décisions du conseil municipal ou à geindre au sujet de l'incompréhension de leur femme. Alain n'avait rien à voir avec eux, il se contentait de remplir leurs verres. Quand une bagarre s'annonçait entre deux hommes trop imbibés, il appelait la police. Il ne se rendait pas compte que les moments de tension se produisaient plus souvent, et que cette ambiance provoquait le départ prématuré de certains clients, qui partaient du restaurant sans prendre un dessert ou un café. Le jeune homme se sentait à sa place derrière le bar, tant que tout restait calme et que ce qui se passait du côté de la salle à manger ne relevait pas de sa responsabilité. Il se sentait important, son père appréciait son travail et, par sa présence au commerce, il se disait qu'il pourrait profiter du chalet, maintenant que les travaux étaient terminés.

Avec l'assentiment de sa femme, Benoit avait rapidement déniché un chalet au lac La Loutre. Il était constitué d'une grande pièce à vivre, où se confondaient une cuisine, un coin-repas et un salon, adjacente à trois minuscules chambres fermées par un simple rideau. Au début, Marie-Berthe lui trouva un seul inconvénient: la bécosse. Finalement, elle s'habitua rapidement à l'utilisation de cette toilette extérieure, camouflée dans le petit bois, à l'arrière de la bâtisse. Elle considéra même la chose exotique. Elle plongea donc avec bonheur dans cette vie à l'ancienne, où elle devait mettre l'eau à chauffer pour laver la vaisselle ou effectuer l'hygiène quotidienne. Les enfants y viendraient quand leur horaire de travail ou leur visite dans la région le leur permettraient. Le couple comptait partager certains week-ends avec des amis. Le printemps et l'automne, Benoit avait parlé de s'y rendre avec des relations d'affaires pour pêcher ou chasser le petit gibier.

Pour toute la période des vacances scolaires, Marie-Berthe avait insisté pour que le chalet demeure une zone réservée à leur famille et aux amis proches, elle avait décidé qu'elle en ferait son refuge, un havre de tranquillité. Durant la belle saison, elle comptait s'accorder régulièrement des fins de semaine de trois ou quatre jours.

Au départ, Benoit avait souhaité moderniser l'endroit, plutôt rustique et rempli de vieilleries. Mais Marie-Berthe n'était pas de cet avis.

— Si tu veux que je vienne au chalet, je veux avoir carte blanche pour l'aménager à mon goût.

— D'accord, à la condition que tu laisses le gros panache d'orignal suspendu au mur. C'est un trophée de chasse du précédent propriétaire et il est parfait pour accrocher les cannes à pêche.

— Bon ! Alors, je pourrais peut-être le peinturer pour qu'il se fasse oublier.

— Beth ! ! ! On ne peinture pas ça, un panache !

Benoit avait bien vu que sa femme le taquinait quand elle avait pouffé de rire. Marie-Berthe, Margot, Chantale et le mari de Martine avaient passé trois jours dans le bois pour rafraîchir l'endroit. Marie-Berthe avait tout planifié, la benne de la camionnette débordait d'outils, de boîtes, de pots de peinture et de provisions alimentaires. Avec l'aide des filles, elle avait jeté tous les tissus, les rideaux, les couvertures et les coussins, puis vidé le contenu des armoires et entassé tous les petits meubles dans le solarium. Marie-Berthe voulait un endroit épuré, et tout le bric-à-brac inutile avait atterri à l'arrière de la camionnette. Elle transformerait cet endroit en un lieu confortable, agréable pour les yeux et pratique dans le quotidien. Quand elle avait parlé de ce projet avec ses amies, spontanément, Angèle avait lancé plein d'idées. Elle possédait un goût assuré pour créer des ambiances chaleureuses, même avec presque rien. Marie-Berthe avait retenu plusieurs suggestions et, avec Margot et Chantale, elle avait peinturé toutes les pièces, les armoires et les meubles de bois. Les murs avaient pris une teinte jaune beurre très pâle, et les meubles, celle des sapins, un vert très sombre. La semaine suivante, Margot et Martine avaient cousu coussins et rideaux, et tout s'agençait. Le résultat final ressemblait aux refuges *log home*, comme ceux des magazines américains. Benoit avait été émerveillé par les résultats, il avait à peine reconnu le vieux mobilier.

À la mi-juin du premier été suivant l'acquisition du chalet, Angèle et Adrien étaient montés au lac La Loutre pour une courte vacance de deux jours en pleine semaine. Comme elle avait retenu plusieurs des idées de son amie, Marie-Berthe tenait à ce qu'Angèle soit la première à découvrir la métamorphose de l'endroit. Le couple Gagnon était parti tout de suite après la journée de travail d'Adrien. Les Fortin les attendaient pour le souper. Une bonne odeur de poulet rôti les accueillit dès leur entrée dans la grande pièce. La table était dressée, des bougies disséminées un peu partout et un énorme bouquet de fleurs sauvages attirait le regard, posé sur une petite table du coin salon. Une fois à l'intérieur, Angèle resta immobile sur le seuil ; silencieuse, elle observait les lieux. Benoit attrapa la valise pour la déposer dans leur minuscule chambre, pendant que Marie-Berthe invita ses amis à s'asseoir à table.

— C'est prêt à servir ! déclara-t-elle. Votre arrivée est bien synchronisée avec la cuisson de la volaille. C'est un peu précipité comme ça, mais Benoit risque de mourir d'inanition s'il ne se met pas quelque chose dans l'estomac. Une fois les assiettes remplies, on aura tout le loisir d'étirer le temps à notre guise.

— C'est parfait comme ça, répondit Adrien. Avec la route pour arriver jusqu'ici, c'est impossible de rouler plus vite que trente milles à l'heure. J'ai une faim de loup !

Marie-Berthe déposa les plats sur la table, et chacun se servit.

— Je vais sans doute te surprendre, Angèle, mais je prends goût à cuisiner ici. Comme le comptoir est minuscule, il n'est pas question de dresser les assiettes là. Simplicité et convivialité, c'est ma devise pour la vie au chalet, surtout que cette vieille table de réfectoire peut recevoir pas mal de plats.

— Puis, Angèle, ta première impression? questionna Benoit. Marie-Berthe brûlait d'envie de connaître tes commentaires sur les rénovations. Paraît qu'elle a attrapé au vol des idées que tu as lancées.

— En tout cas, ma chère amie, continua Marie-Berthe, tu nages vraiment dans ton élément quand il est question de décoration. Sais-tu que c'est une profession qui est appelée à se développer? J'ai conservé les photos que j'ai prises au moment de l'achat, celles que je t'avais montrées pour te donner une idée des lieux. Au cours de l'été, je veux en ajouter des pièces transformées. Et puis, qu'est-ce que tu en dis?

— J'adore ça! répliqua Angèle. Il y a ce qui est visible, les transformations physiques, les couleurs, les meubles. Mais il y a surtout l'atmosphère qui se dégage de l'endroit, et les détails que tu as ajoutés. J'aime beaucoup la belle collection de plats de service que tu as mis en évidence. Et la petite étagère remplie de livres, de jeux et de casse-tête. On voit tout de suite le mode de vie que tu veux adopter ici. Je pense que ça contribue aussi à l'ambiance.

— Tu crois que les gens voient la différence entre le décor et l'ambiance? demanda Marie-Berthe.

— Certains, oui. On regarde un décor, alors que l'ambiance, on la ressent.

— Tu vois, Angèle, poursuivit Marie-Berthe, la première fois que je suis allée chez toi, je me sentais enveloppée de… de quelque chose d'apaisant, de réconfortant. Je me souviens de la bonne odeur de cuisson, du petit bouquet déposé sur le rebord de la fenêtre de la cuisine, du joli napperon crocheté sous le bol de fruits. Je me sentais bien dans ta maison. Je pense même que l'ambiance passe avant la décoration pour qu'on soit à son aise dans un endroit.

— Je pense ça aussi. Mais je n'en reviens pas de la métamorphose des meubles! Je les avais aperçus sur les photos, mais jamais je n'aurais pensé que tu leur redonnerais vie de cette façon. C'est vraiment réussi!

— On peut dire que cette transformation est devenue un travail d'équipe, ajouta Marie-Berthe. Les filles ont fait du beau travail; peinturer les meubles, c'est leur idée. Chez nous, autant du temps où j'habitais chez mes parents que dans notre maison actuelle, j'ai connu uniquement des meubles vernis ou cirés. Prêts pour le dessert?

La noirceur avait amené la fraîcheur, alors Benoit ajouta une bûche dans le poêle à bois. Les hommes avaient prévu de partir à la pêche dès l'aurore, mais les femmes préféraient rester au chalet. La tête sur l'oreiller, par la fenêtre, Marie-Berthe discernait un croissant de lune, entouré de milliers d'étoiles à travers les arbres. De la chambre voisine, elle entendait le souffle régulier des dormeurs. «Quelle bonne idée Benoit a eu d'acheter un chalet!» se dit-elle avant de sombrer à son tour dans le sommeil.

En juin 1972, obtenir son diplôme d'études secondaires avait rempli Angèle de fierté. Cet accomplissement lui donnait de l'assurance pour aller de l'avant. D'abord, elle avait rencontré d'autres adultes sur les bancs de l'école.

Avec la naissance des cégeps, les employeurs exigeaient des connaissances plus spécifiques de la part de leurs ressources humaines. Angèle s'était rendu compte qu'au moment de l'ouverture de l'institution pour enfants atteints d'une déficience physique ou intellectuelle, d'anciennes enseignantes, des puéricultrices et des garde-bébés avaient été embauchées pour y travailler. Angèle en avait croisé quelques-unes, à la chorale et dans les corridors de l'école. Il devenait évident que l'avenir appartiendrait aux éducateurs spécialisés pour accéder à ces emplois. De nouvelles professions devenaient accessibles aux jeunes qui ne s'orientaient pas vers l'université. Plusieurs milieux de travail vivaient des transformations. Le métier qui intéressait Angèle n'existait même pas dans son esprit cinq ans auparavant. Depuis qu'Anne-Marie travaillait à l'hôpital de Rimouski, sa grande lui manquait. Elle l'aurait sans doute aidée à démêler ses idées. « Ce genre de discussion est plus facile en face à face que dans une lettre », avait soupiré Angèle, toujours indécise. Jusqu'au jour où Lucie l'avait poussée à réfléchir à la décoration intérieure. Un après-midi, en revenant de la polyvalente, elle avait déposé sur le coin de la table de cuisine une pile de revues de décoration empruntées à l'une de ses enseignantes.

— Feuillette ça, maman, avait suggéré Lucie. Mon petit doigt me dit que tu serais bonne là-dedans.

— Je pensais que seules les mères avaient un petit doigt qui sait tout, avait rétorqué Angèle en riant. Mais ça vient de la France et des États-Unis ! avait-elle ajouté, en jetant un œil rapide en tournant les pages. On est bien loin de ça, ici !

— Dans la pile, il y a une revue qui est faite au Québec, c'est nouveau. Mais rien n'empêche de piger des idées dans les autres.

Lucie avait ensuite pris la direction de sa chambre pour réviser sa chimie en vue de l'examen du lendemain. En revenant dans la cuisine, au bout d'une heure, elle avait trouvé sa mère qui feuilletait toujours les pages des publications, en s'attardant sur certaines.

— Tu as raison, ma Lucie, il y a quand même de bonnes idées à prendre là-dedans, avait dit Angèle en se levant pour sortir des chaudrons.

De son côté, elle avait un souper à finir. Un rôti de bœuf cuisait lentement dans le four. Elle avait râpé les carottes, pelé les pommes de terre et épluché l'oignon, l'esprit ailleurs, elle avait même failli se couper. Lucie dressait la table et avait lancé subitement :

— Maman, tu devrais prendre rendez-vous avec l'orienteur de l'école. C'est une gentille dame. Elle connaît tous les cours qui existent.

Et Angèle l'avait rencontrée. Une fois de plus, Lucie avait eu raison. Décoratrice d'intérieur : jamais elle n'aurait imaginé que sa vie de mère l'avait préparée à ce type de travail. Depuis qu'elle vivait dans sa maison, Angèle s'appliquait à créer une ambiance agréable pour les siens, souvent avec de simples détails. Le volet théorique, les grands principes à respecter, les tendances, elle pourrait facilement les intégrer. Elle avait quitté le bureau de l'orienteur avec des feuillets d'information et des adresses, bien décidée à aller de l'avant pour entamer ses démarches. Restait à organiser sa maisonnée… et à rencontrer Marie-Berthe. Celle-ci ne serait sûrement pas prise au dépourvu par sa décision, puisqu'Angèle lui avait parlé de sa rencontre avec l'orienteur. Pourtant, parler d'un projet et le mettre en action, c'était deux choses. Marie-Berthe comprendrait.

Trois jours plus tard, les deux amies avalaient leur thé à petites gorgées dans le bureau du magasin. Elles venaient de vider les dernières boîtes de marchandises reçues, et tous les vêtements étaient bien empilés sur les tablettes ou suspendus sur les cintres.

— Ça va, Angèle ? demanda Marie-Berthe, je te trouve silencieuse aujourd'hui. Personne de malade ?

— Non, non, tout va bien. Je veux te parler de quelque chose. Et... je ne sais pas comment l'aborder avec toi.

— Sais-tu que je m'attendais à quelque chose comme ça ? Tu as besoin de temps pour tes cours, n'est-ce pas ? Comme je te connais, tu veux qu'à la maison, tout roule comme si tu étais toujours là, parce que Suzanne et Mario ont encore besoin d'une mère disponible. En plus, tu es une femme qui ne fait rien à moitié, alors tu te retrouves devant des choix.

— Ma foi, tu lis dans mes pensées...

— Pas tout à fait. Une conversation entre Margot et ta Lucie m'a permis de voir venir les choses. Et puis, je me doutais qu'après avoir obtenu ton diplôme d'études secondaires, tu voudrais aller plus loin, c'était prévisible. Surtout depuis que tu avais rencontré l'orienteur. Décoratrice, hein ? Je te vois très bien là-dedans, ma chère amie. C'est vraiment dans tes cordes et je n'ai qu'une chose à te dire : *Go !* Va de l'avant ! Je perdrai une bonne employée, mais ce serait égoïste de ma part de te retenir et... notre amitié pourrait en souffrir.

Angèle était chavirée. Marie-Berthe lui avait donné une chance en l'embauchant. Ainsi, en raison des cours qu'elle voulait entreprendre, elle avait le sentiment de la trahir et craignait de la décevoir. Or, rien de cela ne s'était produit. Elle sourit à sa complice, pleine de reconnaissance.

— Merci, Marie-Berthe, tu es une amie vraiment généreuse. C'est vrai que je ne peux pas tout mener de front et que j'ai besoin de temps. Actuellement, je travaille une trentaine d'heures par semaine ici, j'aimerais réduire un peu. Même avec des cours par correspondance, il me faut consacrer du temps aux lectures, aux travaux aux recherches, et… je ne voudrais pas que toi, tu sois obligée…

— Écoute, mes week-ends d'été allongés pour profiter du chalet, j'y tiens, et je vais m'arranger. Ne t'inquiète pas. Si tu savais le nombre de CV d'étudiantes de dix-sept, dix-huit ans qui s'empilent dans mon classeur. Depuis le temps que Marie travaille ici, je n'ai pas à m'inquiéter. Quand elle est là, en plus, elle est excellente pour initier une nouvelle employée. Si je te demandais une ou deux demi-journées par semaine, ça irait pour toi ?

— Ce serait parfait, Marie-Berthe. Je me sens tellement soulagée que la situation se règle comme ça.

— Me voyais-tu comme une patronne despote ? répliqua Marie-Berthe en riant. Et… Angèle, je sais qu'un jour, tu voudras donner toute la place à ton nouveau métier. On restera toujours des amies, et probablement que tu travailleras à nouveau pour moi d'une autre façon : je songe à rajeunir la décoration du magasin.

— Ça me fera plaisir ! répondit Angèle avec un large sourire.

La mère de famille plongea avec grand enthousiasme dans ses cours par correspondance. Quand elle avait entrepris de terminer son secondaire, Adrien lui avait construit une table de travail. Le meuble avait trouvé sa place dans le coin de leur chambre, longtemps occupé par la couchette des bébés. Disciplinée, curieuse de tout ce qui concernait son champ d'études, Angèle se construisait une profession. À quarante-cinq ans, elle avait l'énergie, la santé et le soutien pour atteindre son but. Deux soirs par semaine, elle s'enfermait dans son bureau pour lire, dessiner des croquis ou des plans, préparer une maquette ou un projet à soumettre à un hypothétique client. Parfois, les fins d'après-midi, pendant que Lucie et Annie préparaient le repas, elle s'installait sur la table de la cuisine, près de Suzanne et de Mario, et tous les trois s'avançaient dans leurs devoirs. Durant l'automne et tout l'hiver, elle nagea dans cet univers d'apprentissage. Elle postait régulièrement de grandes enveloppes qui contenaient ses travaux et transitaient par Québec, avant de lui revenir avec la fiche de commentaires de son mentor. Avec attention, elle lisait les annotations, les suggestions et toujours, elle recevait de bonnes appréciations.

Une autre année s'écoula, durant laquelle Angèle s'appliqua à poursuivre des cours. À la mi-juin 1973, Annie ramena du bureau de poste une enveloppe différente de toutes celles que sa mère avait l'habitude de poster. Différente par la couleur, mais aussi parce qu'elle était adressée à Angèle Belley. Comme sa mère n'était pas à la maison, l'adolescente laissa l'enveloppe bien en vue sur la table de la cuisine. Adrien la trouva en revenant du travail. Il se doutait que cette enveloppe contenait le papier qui permettrait à sa femme de travailler. Par contre, il eut l'impression de recevoir un coup de poing au ventre en lisant le nom de Belley sur l'envoi. Pourquoi laisser tomber le nom de Gagnon, qu'elle portait depuis presque vingt-cinq ans ? Il était fier du chemin parcouru par son ange. La vie familiale n'avait pas souffert de ses études, même si les enfants bougonnaient de temps en temps pour laver la vaisselle ou changer eux-mêmes leur lit. Au fond, ils avaient de l'admiration pour leur mère. Pourtant, Adrien se sentait triste de lire ce nom pour identifier Angèle. Il eut l'impression que le sien était renié. Lorsqu'Angèle rentra à la maison, elle trouva son mari sirotant un verre de bière et feuilletant le journal.

— Bonjour chéri, dit-elle en se penchant pour l'embrasser.

Puis, apercevant la grande enveloppe, elle s'en empara vivement.

— Oh ! J'ai reçu mon certificat d'attestation ! Wow, je n'arrive pas à y croire !

Impatiente, elle s'empressa de la décacheter. Les yeux brillants, elle sortit le papier. Angèle Belley-Gagnon pouvait porter le titre de décoratrice d'intérieur. Tout excitée, elle montra son certificat à Adrien.

— Tu vas travailler sous ce nom ? demanda Adrien d'une voix atone.

La belle bulle d'Angèle se dégonfla aussitôt. Elle aurait souhaité qu'il la félicite, qu'il la serre dans ses bras, qu'il se réjouisse avec elle. Même s'ils avaient discuté des projets qu'elle comptait mettre en branle, une fois son cours fini, maintenant que tout devenait concret, elle aurait aimé qu'ils en parlent à nouveau. Adrien continuait de tourner les pages du journal ; Angèle avait envie de pleurer.

— Oui, j'ai choisi de travailler sous les deux noms, répondit-elle, le cœur triste. Quand on suit des cours, c'est comme quand on va à l'hôpital, ça fonctionne avec le nom de jeune fille. Paraît que d'ici peu, les femmes pourront reprendre leur nom de baptême, alors utiliser les deux noms va devenir très courant.

Adrien referma le journal. Puis, il se leva et planta ses yeux dans ceux d'Angèle. Il semblait abattu. Pour la première fois, elle ne comprenait pas la réaction de son mari. La voix enrouée, il dit :

— Angèle, j'ai peur de te perdre.

Ensuite, il sortit en disant avoir besoin d'aller marcher. Durant le repas du soir, ni Angèle ni Adrien n'alimentèrent la conversation. Ils écoutèrent plutôt distraitement leurs enfants élaborer leurs projets pour l'été. Après le souper, Angèle partit à son tour faire une promenade, la nature l'aidait à faire s'évaporer ses tourments. Elle sillonna tous les sentiers familiers du boisé et trouva le gros tronc couché sur le sol où elle s'assoyait souvent un moment avant de revenir à la maison. Ce soir, elle devait réfléchir. Les mains sous le menton, les coudes appuyés sur les genoux, elle observait des fourmis qui transportaient de minuscules grains de sable. L'une derrière l'autre, elles suivaient le chemin, allant toutes dans la même direction. Besogneuses, constantes, elles franchissaient des branches mortes, des cailloux, une capsule de bouteille toute rouillée. Elles ne déviaient pas de leur route et gardaient le même rythme.

Apaisée, Angèle reprit le sentier qui la ramènerait chez elle. À l'image des fourmis, elle ne dévierait pas de ses buts ; à l'image des fourmis, elle avait toujours fait équipe avec Adrien. Ça continuerait.

À son retour, elle trouva la maison vide. Un mot sur le coin de la table l'informa qu'Adrien était parti au terrain de balle molle avec Mario, un autre lui indiqua que les filles écoutaient le film du vendredi soir à la télé chez Marie-Berthe. Elle était déçue de se retrouver seule. « Au fond, c'est mieux comme ça, je serai tranquille pour démêler tout ce qu'il y a dans ma tête. » Elle se prépara pour la nuit, même si le soleil n'était pas couché. Assise à sa table de travail, dans le coin de sa chambre, elle sortit du tiroir l'un de ses petits carnets. Anne-Marie en fabriquait une bonne provision chaque fois qu'elle venait à la maison. Puis, elle commença à écrire dedans. Personne n'était encore revenu quand elle s'était glissée dans le lit, gagnée par le sommeil. Elle prit le temps d'adresser un mot doux à Adrien et le glissa bien en évidence dans la poche de son pyjama.

CHAPITRE 29

La journée filait sous un radieux soleil printanier. La neige avait presque tout fondu, laissant une gadoue qui s'éternisait et détrempait les bottes à la moindre sortie. Marianne achevait sa deuxième année d'enseignement, elle détenait maintenant son baccalauréat. Elle avait dû mettre les bouchées doubles pour éviter d'étirer cette période de triple tâche: enseigner, étudier et jouer son rôle de mère de famille. Pour y arriver, pendant deux ans, elle avait suivi deux cours du soir par session. Elle s'était aussi inscrite à ceux qui se donnaient intensivement les fins de semaine et d'autres, concentrés en une semaine entière durant l'été. Sylvain avait insisté pour qu'une femme de ménage s'occupe de la maison. Marianne y avait pris goût et, malgré que ses études étaient terminées, la dame continuait de la libérer de cette corvée.

Marianne finissait de ranger la vaisselle du dîner. Christophe était parti à l'aréna avec son père. Quand elle le voyait préparer sa poche de hockey, elle l'appelait « mon petit pee-wee ». Sitôt son repas avalé, Nicole avait traversé la rue pour aller jouer avec la jeune voisine. En septembre, elles s'étaient retrouvées dans la même classe, et depuis, les fillettes ne se lâchaient plus d'une semelle. Marianne entendait Camille qui conversait avec ses poupées. Elle sourit, elle savourait particulièrement cet après-midi tranquille, le premier depuis de longs mois. Elle était vraiment libre. Elle n'avait même pas de souper à préparer, car toute la famille mangerait chez madame Théberge. Quand sa mère lui avait téléphoné pour l'inviter, avant de raccrocher, elle avait lancé :

— Marianne, maintenant que tu n'as plus de cours, il va falloir que je trouve d'autres façons de passer du temps avec mes petits-enfants.

Pendant toute la durée de sa formation, l'atelier de poterie s'était transformé en salle de bricolage pour les enfants. Marianne avait précisé que, dans cette pièce, les meubles de poupée n'étaient pas admis, ni les camions Tonka, ni les chaudières ou les pelles du carré de sable, pourtant situé juste à côté de la porte extérieure. Pour les jeunes artistes, Adrien avait ajouté une tablette à rabat appuyée sur l'un des murs. Aujourd'hui, Marianne se félicitait d'avoir maintenu la vocation artistique de sa pièce. Le matin, elle avait procédé au ménage des lieux, dans lequel on trouvait crayons, gouache, papiers et bristol sur une seule étagère. Elle se remettrait maintenant à la poterie, et les enfants pourraient continuer de bricoler dans son atelier.

Après avoir donné un dernier coup de balai autour de la table de la cuisine, elle descendit au sous-sol retrouver Camille dans la salle de jeux.

— Maman, mon bébé fait dodo.

— Alors, on ne fera pas de bruit, chuchota Marianne. Qu'est-ce que tu dirais si on allait dans l'atelier ? J'installerais mes outils, et toi, tu pourrais faire un beau dessin pour apporter à grand-maman au souper.

— Oh, oui ! répondit la petite, en chuchotant elle aussi.

À regret, Marianne avait dû mettre la poterie de côté pendant qu'elle suivait des cours. Maintenant, elle avait hâte de s'y remettre. Elle ramassa une grosse boîte remplie de son matériel et qui n'avait pas bougé depuis presque deux ans, et suivit Camille, qui escaladait déjà l'escalier. Elle sortit papiers et crayons pour sa fille et commença à vider le contenu du carton. Elle chantonnait en accrochant son sarrau au crochet, en déposant ses outils à leur place. De temps en temps, elle notait sur son calepin ce qu'elle devrait commander. Concentrée, Camille mélangeait des jaunes et des orangés au-dessus de traits bleus. « On dirait qu'elle peint ce qu'elle a sous les yeux, une belle journée ensoleillée au-dessus du fleuve. Elle utilise les couleurs de la joie et de la tranquillité. » Cette image réconforta Marianne, qui continuait de sortir son matériel de la boîte en observant Camille qui s'appliquait, la petite langue sortie.

— Fini, maman. Je veux une autre feuille pour en faire un à papa.

— D'accord, mais avant, je dois aller chercher quelque chose dans son bureau. Tu viens avec moi ? Tu pourrais voir si ton bébé dort toujours.

En guise de réponse, Camille descendit du tabouret en souriant à sa mère. Marianne souhaitait retrouver rapidement les cartes professionnelles et les carnets de commandes de ses fournisseurs, elle était prête à acheter du nouveau matériel. Elle sortit la petite école Fisher Price pour occuper Camille le temps de ses recherches. « Comme Camille se montre conciliante ! Elle accepte si facilement les propositions, tant celles des adultes que des autres enfants. Elle est trop sage, peut-être ! » pensa Marianne en regardant sa cadette placer les pupitres dans la petite école. Elle ouvrit la porte de la pièce qui donnait sur la salle de jeux.

Dans son bureau, Sylvain lui réservait le tiroir du centre pour qu'elle puisse y classer ses papiers. Elle n'y avait pas touché depuis plusieurs mois. Elle en sortit la boîte des cartes professionnelles et en retint trois dans le lot. Puis, elle fouilla dans une chemise pour prendre des bordereaux de commandes de chacun des fournisseurs. Rien n'avait bougé, tout était là. Ensuite, elle voulut tasser sa boîte, mais, dans un geste malencontreux, celle-ci tomba au sol, entraînant dans sa chute des papiers soigneusement empilés sur le dessus du bureau.

— Oh zut ! Quel fouillis !

Lâchant un soupir, Marianne s'agenouilla au sol pour tout ramasser. Puis, elle remit promptement les cartes à leur place. Elle entendit la cloche de la petite école sonner, et Camille annonça que la récréation était finie.

— Les papiers de Sylvain ! J'espère que je vais arriver à tout remettre en ordre, dit-elle tout haut pour se donner de l'espoir.

Plusieurs feuilles semblaient appartenir à un document de travail. Marianne reconnaissait le logo d'Hydro et, heureusement, le tout était paginé. Elle s'assura de placer les vingt-trois pages dans le bon ordre. Une fois ce document ramassé, il restait des feuilles, manuscrites, contenant des chiffes et des montants d'argent, ainsi que des signatures, dont celle de Sylvain, qu'elle reconnut. « Mais qu'est-ce que c'est que ça ? Ça n'a rien à voir avec son travail ! » Préoccupée, Marianne rangea sa boîte de cartes professionnelles, referma le tiroir et plaça le document de travail là où elle le croyait au bon endroit. Puis, elle se releva, avant de s'affaler sur la chaise, tenant les trois feuilles restantes dans ses mains. Incrédule, elle les examinait et tentait de comprendre ce qu'elles signifiaient. « Cette paperasse semble d'ordre personnel. J'espère que ce n'est pas ce que je pense », songeait-elle avec inquiétude. Le rouge envahissait son visage, une sensation d'angoisse la saisit, cette même détresse qu'elle éprouvait quand, dans l'un de ses rêves, quelqu'un la poursuivait. Prise au piège, elle arrivait face à un mur, incapable de crier pour obtenir du secours. Marianne avait toujours laissé Sylvain s'occuper du budget familial. Elle avait réussi à aborder avec lui le sujet des dépenses qui lui semblait parfois excessives. Son mari s'était montré rassurant: les primes qu'il touchait le permettaient. «Je ne compte pas mon temps au travail et je sais que tu souffres parfois de mes trop longues absences, on mérite bien ça, Marianne! Et puis, il s'agit de mon revenu», avait-il conclu. Quand elle avait recommencé à enseigner, elle avait proposé à Sylvain de lui rembourser les frais occasionnés par ses cours. «Pas question!» avait répondu ce dernier. Alors, elle économisait, se disant que ces montants serviraient pour les études des enfants. Même s'adonner à la poterie ne lui coûtait rien, car jusqu'à maintenant, les pièces qu'elle vendait lui rapportaient une somme qui surpassait le coût de son matériel.

— Maman, on retourne dans l'atelier?

Camille se tenait debout à côté de sa chaise. Marianne ne s'était pas rendu compte de son arrivée; depuis combien de minutes sa fille était là? Elle plia tranquillement les feuilles et les mit dans sa poche. Elle voulait les montrer à Sylvain quand elle l'aborderait pour obtenir des explications. Il devait comprendre qu'elle savait et qu'elle n'accepterait plus ses réponses évasives quand elle le questionnerait à propos des dépenses. Accablée, elle se sentit soudain comme une petite fille: Sylvain l'avait tenue dans l'ignorance en lui cachant la réalité de leurs finances. Le hasard avait voulu qu'elle trouve ces papiers, maintenant, elle avait le droit de savoir. Une lourde impression de lassitude l'envahit. Aussi, elle ramassa les cartes professionnelles et monta, en prenant Camille par la main. En passant par la cuisine, elle lui prépara une collation et téléphona à sa mère.

— Maman, tu pourrais garder les enfants à coucher après le souper ? J'ai besoin de parler avec Sylvain.

— Bien sûr ! Marianne, tu m'inquiètes, tu as une drôle de voix. Quelque chose ne va pas ?

— Je ne sais pas, maman, je ne sais vraiment pas. Merci encore. On se voit tout à l'heure.

Dans l'atelier, Marianne n'arrivait pas à reprendre la réorganisation de son loisir. Elle s'assit à côté de Camille et commença, elle aussi, à dessiner. Un gros arbre, une rivière qui coulait, trois petits lapins qui gambadaient, une chienne colley, comme celle qu'ils avaient eue un moment. En mode pilote automatique, elle ajoutait des couleurs, des lignes, des détails. Elle émergea de son état de torpeur quand Camille demanda à qui elle donnerait son dessin. Alors là, Marianne observa les gros nuages qu'elle avait ajoutés, un loup dissimulé derrière l'arbre, dont on ne voyait que la tête. Et un mur, un mur de pierres qui coupait le paysage en deux. Les larmes lui montèrent aux yeux. Elle se débattait pour rester naturelle, sa petite fille ne devait pas sentir sa détresse.

— Je crois que je vais le donner à papa, finit-elle par répondre, en esquissant un sourire. Je vois que tu as fini, toi aussi. On ramasse et on va préparer ton bagage pour la nuit. Grand-maman vous garde pour le dodo.

— Youpi !

Marianne tentait de se concentrer, elle devait s'occuper les mains pour calmer son esprit. Elle terminait le sac de Camille quand Sylvain entra avec les deux aînés. Du haut de ses quatre ans, enthousiaste, la petite sœur annonça où ils passeraient la nuit. Christophe et Nicole coururent aussitôt vers leur chambre pour remplir leur sac. Marianne supervisa le tout. Elle donna les consignes pour le bain et s'assura que les vêtements de Camille soient bien à l'endroit. Tout en s'affairant, elle entendit Sylvain faire un appel. Son bagage prêt, Christophe descendit au sous-sol. Puisque la fermeture éclair de sa poche de hockey était coincée, il appela son père à sa rescousse. Au passage, Sylvain prit une bouteille de vin dans la réserve. Il souriait en regardant les enfants, heureux de savoir que la visite chez leur grand-mère se prolongerait. S'adressant aux enfants quand tout le monde fut paré au départ, Marianne annonça:

— On est prêts à partir, grand-mère nous attend tôt!

Elle évita de croiser le regard de Sylvain. Elle se sentait tellement fragile qu'elle aurait éclaté en sanglots... ou de colère!

La soirée fut joyeuse et animée, grâce à madame Théberge. Celle-ci relançait la discussion dès qu'un silence s'étirait. Monsieur Boudreau discutait politique, hockey et pêche avec Sylvain. Comme d'habitude, les enfants avaient toujours mille anecdotes à raconter. Plutôt silencieuse, Marianne réfléchissait à la suite de la soirée. Son attitude n'inquiétait pas Sylvain outre mesure. Il se disait que maintenant que ses études étaient terminées et la pression retombée, la fatigue accumulée expliquait l'air abattu de sa femme.

Dans la voiture, au moment où il retira la clé du contact, elle lui dit:

— Sylvain, j'ai à te parler.

Sans attendre de réponse, elle descendit de voiture et entra en coup de vent dans la maison. Marianne se sentait calme, sa requête était adressée d'une voix ferme et paisible. Elle refusa le verre de Grand Marnier, pria Sylvain de s'asseoir et lui demanda de l'écouter sans l'interrompre. Lui se servit un verre, avant d'aller s'installer dans le salon. Elle ne formulerait aucun reproche ni aucune accusation. Elle resta debout, sortit les feuilles de ses poches et vit le visage de Sylvain rougir. Elle les déplia et là, elle lui raconta. De la façon dont elle les avait trouvées, elle avait compris qu'il s'agissait de problèmes financiers. Elle lui fit aussi part du malaise qu'elle avait ressenti, de la peur qui s'infiltrait. Elle souhaitait se tromper, elle voulait comprendre. À mesure qu'elle parlait, elle voyait la nervosité s'amplifier chez son mari ; c'était inhabituel, et cela l'inquiéta encore plus. Une fois sa tirade terminée, Marianne s'assit dans le fauteuil en angle de celui occupé par Sylvain. Elle chercha son regard, mais lui fuyait le sien. Il se leva et adopta une attitude défensive : il devint accusateur.

— Tu as fouillé dans mes affaires ?! Tu ne me fais pas confiance ? Je ne te reconnais pas ! lança-t-il avec hargne.

— Je suis juste allée chercher des cartes professionnelles et des bordereaux de commandes dans mon tiroir, répliqua-t-elle en soutenant son regard. J'ai accroché accidentellement la pile de papiers sur ton bureau. C'est par hasard que j'ai trouvé ça, ajouta-t-elle en pointant les feuilles. La confiance, il faudrait en parler, tu ne crois pas ?

Marianne demeurait calme, en apparence, parce qu'à l'intérieur, une espèce de crabe lui enserrait les entrailles, sa gorge se bloquait, elle allait étouffer. Elle s'efforça de respirer lentement. Sylvain ne parlait plus, il arpentait le salon de long en large. Avec un grand calme, mais fermement, elle réussit à lui répéter :

— Sylvain, je veux juste comprendre ce que veulent dire ces papiers. S'il te plaît, explique-moi.

Alors, son attitude changea. Il reprit sa place à côté d'elle et vida le reste de son verre d'un coup. Puis, il s'appuya les coudes sur les genoux et se prit la tête entre les mains.

— Marianne, je me suis mis dans le trouble… et pas juste un peu !

Elle savait que Sylvain avait une propension à dépenser, elle était consciente que son salaire lui permettait quelques extravagances, qu'il aimait les inonder de cadeaux. Comme Benoit, il avait voulu son chalet, puis un bateau pour pêcher sur le lac, et deux motoneiges pour s'y promener en hiver. Les soupers au restaurant, les tournées qu'il offrait, de nouvelles voitures acquises sur une base régulière, des meubles de la maison, tout ça, Marianne le savait. Elle avait souvent tenté d'éloigner le malaise qu'elle éprouvait à la suite de certaines dépenses de son époux.

Elle l'écoutait, son discours était hachuré de sanglots. Après une longue pause, il reprit ses explications. Horrifiée, Marianne s'entendit confirmer ce qu'elle appréhendait: les feuilles qu'elle tenait dans les mains représentaient des dettes. Ces papiers tous différents, si elle les additionnait, représentaient... Oh mon Dieu! Trois ou quatre fois la valeur de leur résidence, cinq fois, peut-être davantage, le salaire annuel de Sylvain. Il possédait trois cartes de crédit, qui avaient toutes atteint leur maximum. Il avait tenu Marianne dans l'ignorance, et espérant rétablir les choses, il avait réhypothéqué la maison.

— Au cours d'un voyage à Montréal pour le travail, j'ai rencontré des hommes qui jouaient. Au début, je gagnais et j'ai pu régler plusieurs factures. Encouragé, j'ai continué, perdant un peu, en gagnant, le plus souvent. Jusqu'à ce que je devienne plus audacieux, en misant des montants de plus en plus élevés. Je me disais que la chance m'accompagnait, ma bonne étoile me guidait.

Un lourd silence s'installa. Marianne était consciente que de voir Sylvain lui avouer tout cela devait être extrêmement difficile pour lui. Jamais ils n'avaient vécu un moment aussi plein de tension. Aussi, elle lui pressa la main pour l'encourager à poursuivre.

— Un soir, j'ai perdu une somme équivalente à la valeur de la maison. Malgré ça, j'ai continué à fréquenter le groupe de joueurs en me disant que la chance me sourirait de nouveau. Je gagnais parfois de petits montants, qui me permettaient de poursuivre, mais ça restait nettement insuffisant pour me remettre à flot. Non seulement je n'arrivais plus à régler les paiements courants, mais j'avais accumulé des dettes de jeu. Lors de mon dernier voyage, on m'a servi un ultimatum : je dois payer ma dette de jeu, sinon...

Sylvain était effondré, Marianne complètement désemparée.

Au fond, ce fut une bénédiction que Marianne trouve ces papiers. La banque avait refusé de consentir un prêt à Sylvain pour qu'il puisse rembourser ses dettes. La seule issue que ce dernier entrevoyait restait le prêt usuraire. Marianne avait l'impression de marcher au bord d'un précipice. Aurait-elle pu détecter certains indices ? Voir plus tôt arriver cette catastrophe ? Sylvain s'était toujours montré rassurant devant ses inquiétudes. Elle comprenait maintenant qu'il avait joué à l'autruche. Pour le moment, Marianne avait besoin de réfléchir à tout ça. En la maintenant dans l'ignorance, Sylvain l'entraînait dans ce marasme, et elle se sentait trahie.

Elle le laissa seul dans le salon pour aller s'immerger dans un bain, et elle laissa les larmes couler sur ses joues. Deux phrases lui martelaient les tempes : « Oh ! Sylvain, qu'est-ce que tu as fait ? Comment on va se sortir de ce bourbier ? »

L'eau de la baignoire était devenue tiède ; parcourue par un frisson, Marianne en sortit. De la chaleur, elle avait besoin de chaleur. Vêtue de sa robe de chambre en molleton, elle trouva Sylvain au même endroit qu'elle l'avait laissé. Elle n'aimait pas ce qu'elle voyait : un homme défait. Elle allait l'aider, elle devait se montrer forte.

— Sylvain, va prendre une douche, je prépare du café. On va élaborer un plan de redressement, j'ai besoin de voir où on s'en va. À deux, on y arrivera.

Sans un mot, l'homme abattu se dirigea vers la salle de bain. Marianne entendit le jet de la douche. Une fois la cafetière en marche, elle sortit un paquet de feuilles et un cahier, comme ceux des écoliers. L'odeur du café emplissait la cuisine. Jamais elle ne buvait de café le soir, mais pour la nuit qui s'amorçait, elle avait besoin de toute sa vigilance. Au bout d'une demi-heure, Sylvain vint s'asseoir aux côtés de sa femme. Il avait une meilleure apparence, même s'il ressemblait à un gamin pris en faute. Il sentait bon ; Marianne vit une petite éraflure marquant sa joue droite, il s'était coupé en se rasant. Elle emplit deux grosses tasses du liquide brûlant.

— Sylvain, je ne te dirai pas tout ce que ça me fait vivre ni tout ce que je ressens. Pas maintenant. C'est une catastrophe ! Nous vivons une situation d'urgence et nous devons agir.

Ferme et confiante, Marianne glissa une première feuille devant lui.

— Je pense qu'en vendant tout ça, on pourrait amasser le quart de la somme que tu dois, un peu plus, peut-être. Et si on tient un budget de ce genre, ajouta-t-elle en glissant une seconde feuille remplie de chiffres, tu arriverais à dégager un montant substantiel et régulier pour continuer de l'effacer.

Sylvain lut ce qu'il avait devant lui, silencieux. Il avait l'air tellement piteux ! Marianne le prit en pitié, jamais elle n'aurait pensé éprouver un tel sentiment à l'endroit de son mari. Ce dernier finit par dire :

— Ce serait tout un changement à notre mode de vie.

— Sylvain, on n'a pas le choix ! On doit passer en mode survie ! On s'ajustera quand la tempête sera calmée.

Je serai à tes côtés pour suivre rigoureusement ce budget. On s'y met dès demain. Chaque dollar, chaque sou compte. Et surtout, plus question de jouer à l'argent.

À l'intérieur d'un mois, Sylvain vendit le chalet, le bateau et les motoneiges. Il changea de voiture pour un modèle moins coûteux, qu'il garderait jusqu'à ce qu'elle rende l'âme, avait précisé Marianne. De son côté, elle avait vidé ses coffrets à bijoux; le montant qu'elle avait obtenu avec la vente de ses avoirs était deux fois plus élevé que ce à quoi elle s'attendait. La somme amassée permit de rembourser presque le tiers de la dette. Sylvain s'engagea à verser un montant fixe chaque mois dans la cagnotte du remboursement. Les menaces furent mises de côté, mais aucun retard ne serait toléré. L'orgueil masculin en prit un coup. La moitié du salaire de Marianne fut utilisée pour les besoins de la famille, et les trois quarts de celui de Sylvain serviraient aux remboursements.

Marianne vécut sans difficulté les restrictions. C'était terminé pour le moment les repas au restaurant, ils y allaient uniquement lors des occasions spéciales. Elle se fit aussi rapidement aux achats moins fréquents de vêtements et aux plus rares voyages à Québec. Le plus difficile pour elle fut d'annuler celui prévu en France. Lisanne y séjournait pour un an, et les deux amies avaient projeté de passer une semaine ensemble pour visiter des musées, des châteaux et des vignobles. De son côté, Sylvain trouvait humiliant le redressement budgétaire imposé par Marianne. Sa vie sociale reliée au travail fut mise au rancart, car c'était la seule façon de couper dans les repas au restaurant et les tournées qu'il avait pris l'habitude d'offrir… et de se tenir loin des tables de jeu.

Marianne avait eu raison. Chaque mois, Sylvain remboursait de l'argent, et il n'avait plus joué. Quand il allait à Montréal pour le travail, à l'occasion, il soupait chez son frère, à l'île Bizard. Le reste du temps, le soir, il lisait dans sa chambre d'hôtel ou il allait voir un film au cinéma.

L'hiver suivant la discussion relative à la situation financière désastreuse du couple, Sylvain ressortit son vieil équipement de hockey et s'inscrivit dans une équipe locale. Depuis son arrivée sur la Côte-Nord, il avait délaissé ce sport. Dans ce loisir, Marianne revoyait le jeune homme enjoué et simple de leurs premiers temps. Christophe ne cachait pas sa fierté quand son père comptait un but. Ce Noël-là, les cadeaux furent très modestes, mais les enfants ne virent aucune différence. Pendant les soldes de janvier, Marianne acheta des skis de fond. Sylvain avait apprivoisé ces nouvelles activités, il y avait tranquillement pris goût.

Leur vie continuait, un peu différente, mais dans leur entourage, à l'exception de madame Théberge, personne ne s'était rendu compte de la tempête qui avait soufflé sur leur couple.

CHAPITRE 30

Le printemps 1975 s'était montré plus tôt que d'habitude. L'hiver avait été très enneigé et surtout, très froid. La couche de glace qui recouvrait les lacs avait été si épaisse que les bourgeons des arbres avaient commencé à s'éveiller avant même que les lacs ne soient complètement calés. Comme les années précédentes, Marie-Berthe avait ouvert le chalet dès la première fin de semaine de juin. Personne n'y viendrait avant juillet, mais pour préparer l'endroit avant l'arrivée de ses amies, c'était le seul moment disponible, car elle n'aurait aucune minute de libre avant la Saint-Jean-Baptiste.

La semaine suivant la fin des classes, Marianne étrenna sa nouvelle voiture, une Datsun d'occasion. Assise sur le siège du passager, Angèle subissait les soubresauts de la route cahoteuse. Elles montaient toutes deux au lac La Loutre, Marie-Berthe les y attendait. Benoit avait hésité à laisser sa femme toute seule pour une nuit, si loin en forêt. Cette dernière avait insisté, car dans les chalets avoisinants, plusieurs familles étaient déjà arrivées pour l'été, elle ne serait pas si seule, au fond.

La salade de poulet pour le dîner reposait au réfrigérateur et la vaisselle était lavée. Marie-Berthe lisait dans la vieille berceuse de la véranda quand la voiture s'arrêta devant la porte, accompagnée d'un nuage de poussière. Les trois amies firent la chaîne pour entrer les valises, les glacières et les sacs de provisions dans le chalet. Marie-Berthe rangea les denrées alimentaires, pendant que Marianne et Angèle vidèrent leurs bagages. Elles disposaient de trois belles journées à elles, une idée de Marie-Berthe. Une petite vacance pour souligner cette année dédiée aux femmes.

— C'est nouveau le frigo ? remarqua Angèle en revenant dans la cuisine en même temps que Marianne.

— Oui, Benoit a réussi à nous dénicher ça. Le propane était déjà installé pour le poêle, alors, pourquoi ne pas nous procurer un frigidaire ? Il n'est pas neuf, mais efficace. Ça va simplifier nos séjours ici.

— Ça vous dirait d'aller faire le tour du village ? proposa Marianne. J'ai besoin de bouger un peu.

— On pourrait arrêter un moment au ponton au bord du lac pour pêcher, suggéra Marie-Berthe.

Cette dernière décrocha les trois lignes à lancers légers du panache. Elles préféraient toutes pêcher à la mouche plutôt que d'avoir à embrocher des vers de terre au bout d'un hameçon. Puis, elles s'enduisirent de chasse-moustique avant de faire claquer la porte moustiquaire derrière elles. Empruntant le chemin qui faisait un détour par la chapelle, elles poursuivirent leur marche en direction du lac. Debout sur le minuscule quai flottant, chacune lança sa mouche le plus loin possible avant de la ramener doucement, comme Benoit le leur avait enseigné. De temps en temps, le chant d'un huard résonnait dans l'écho des montagnes alentour. De loin, des voix d'enfants qui jouaient rivalisaient avec le bruit d'une scie mécanique.

Marianne attrapa une première truite, puis une seconde, avant que ses amies happent un premier poisson au bout de leur mouche. Après quelques prises, Marie-Berthe décréta :

— Je pense que c'est suffisant pour un souper. On retourne au chalet ?

Chacune avait appris à pêcher dans le silence, et Marianne profita de ce moment pour réfléchir à la façon dont elle annoncerait sa nouvelle à ses amies. Le grand bouleversement de sa vie, une décision qui avait été tellement difficile à prendre. Elles étaient ici pour s'offrir un bon moment, pour se détendre. « Comment choisir le bon moment pour annoncer une mauvaise nouvelle ? Il n'y en a pas. Je dois plonger en fermant les yeux et en espérant ne pas trop les blesser. Pas maintenant, demain », pensa Marianne. Elle voulait profiter de la quiétude retrouvée, elle prenait un tel plaisir lors de chacun de ses séjours dans le refuge de Marie-Berthe.

En arrivant au chalet avec un panier de belles truites, Marie-Berthe nettoya les prises pendant qu'Angèle remettait les cannes à pêche à leur place et que Marianne rinçait le panier à poissons. Après le dîner, Angèle fit une courte sieste, avant de rejoindre ses amies dans la véranda ; elles avaient chacune le nez plongé dans un bouquin. Attrapant son roman, elle leur adressa un large sourire, avant de s'asseoir dans le vieux fauteuil récamier, héritage des parents de Benoit. Chacune aimait se réfugier dans un livre, savourant les longues plages de lecture. Lire tout un après-midi : seule la vie au chalet permettait ce grand plaisir.

Pour la préparation des repas, les trois femmes avaient développé une façon de s'organiser sans se nuire l'une l'autre. En effet, c'était impossible de travailler à deux près de l'évier. Marie-Berthe y avait d'abord coupé des oignons et enfariné les truites. Elle se tenait maintenant près de la cuisinière de l'autre côté de la pièce. Elle agitait les mains entre deux poêlons, brassant les pommes de terre aux oignons dans l'un et retournant les truites dans l'autre. Marianne, de son côté, préparait la salade sur le plan de travail, pendant qu'Angèle dressait la table, sortait les condiments et remplissait la grosse bouilloire pour chauffer l'eau. Chacune s'affairait en silence. Marianne appelait cela leur chorégraphie domestique. La conversation s'anima une fois que Marie-Berthe eut déposé l'assiette remplie de poissons croustillants, entourés des pommes de terre, et qu'elle se fut assise à la table. Elle se releva aussitôt, comme si elle s'était assise sur un objet pointu. En coup de vent, elle alla chercher une bouteille de vin blanc dans le réfrigérateur. Puis, elle remplit les trois coupes et leva son verre.

— À l'Année internationale de la femme ! commença-t-elle. À toutes les ouvertures qui s'offrent à nous ! Pour que notre amitié dure très longtemps et... à mes nouvelles fonctions en tant que présidente de la chambre de commerce de la ville !

— C'est pas vrai ! répondit Angèle. Eh bien, toutes mes félicitations !

— Bravo, enchaîna Marianne, je suis fière de toi ! Je crois que plusieurs femmes occuperont désormais des postes importants dans la société. Réalises-tu que tu es une pionnière, Marie-Berthe ?

— Oui, j'en suis consciente, du moins dans notre région. Ce défi m'enthousiasme énormément. Contribuer à ouvrir des portes pour nos filles qui veulent faire carrière ou oser se lancer en affaires, voilà quels sont mes buts en acceptant cette fonction.

— Ça va quand même t'occuper pas mal, avança Angèle.

— Mon magasin roule très bien, ma petite dernière aura bientôt seize ans. J'avais besoin de quelque chose de nouveau. En plus, je ne peux pas dire que mon rôle de grand-mère m'accapare beaucoup, avec mes trois petits-enfants qui vivent à Québec.

— Que dit Benoit de cela? demanda Angèle.

— Il est très content et très fier. Je considère avoir réussi avec mon commerce, et cette fonction est une belle reconnaissance de la part du monde des affaires de la ville. Benoit ne se sent pas menacé par cela, il marche à mes côtés, comme il l'a toujours fait.

— Les hommes ne réagissent pas tous comme ça devant les réalisations de leur femme, ajouta Angèle, avec un brin de tristesse.

Elle avait raconté à ses amies la réaction d'Adrien quand elle avait commencé à travailler sous son nom de jeune fille. Même si elle avait négocié son horaire de travail avec son employeur et que les dimanches restaient réservés à sa famille, et même si elle arrivait à entretenir parfaitement la maison tout en travaillant, son emploi projetait de l'ombre sur son couple. Angèle avait pris de l'assurance, ses services étaient sollicités, elle adorait son travail et ça paraissait. Quand elle avait travaillé au Bambino, dans la tête d'Adrien, elle rendait service à Marie-Berthe, ça l'occupait. Or, ce n'était pas la même chose que d'être décoratrice pour une boutique, où elle organisait son horaire à sa guise. Elle était presque sa propre patronne. Adrien n'avait jamais fait de scène, à aucun moment il ne lui avait adressé de reproche. Il continuait d'accomplir certaines tâches dans la maison pour la dégager du quotidien. Mais il se montrait plus renfermé, plus silencieux. Une petite lumière en lui avait perdu du voltage. Ils s'aimaient toujours, mais avec plus de pondération, et leur tendresse moins démonstrative attristait parfois Angèle. À cinquante ans, Adrien se sentait usé par la vie, alors qu'Angèle devenait plus vive.

— C'est vrai que les hommes ne réagissent pas tous de la même façon. Certains refusent carrément que leur femme entre sur le marché du travail. Mon Benoit n'a pas connu ça, une femme à la maison. Il a grandi dans un lieu public. Sa mère était là, mais elle restait aussi disponible pour les clients.

Le soleil déclinait, laissant la fraîcheur s'installer. Marie-Berthe alluma le poêle à bois pour réchauffer la pièce et y posa la bouilloire. Marianne avait desservi les assiettes vides, Angèle coupait les carrés aux dattes.

— Vous savez, il n'y a rien de parfait, poursuivit Marie-Berthe en revenant à table avec les tasses.

— C'est vrai ! reconnut Angèle. Vous avez eu votre part de soucis, Benoit et toi. Ce n'est pas parce que les enfants sont adultes qu'on ne s'inquiète pas pour eux.

— Toujours pas de nouvelles ? s'informa Marianne.

Marie-Berthe fit signe que non. Elle n'oublierait jamais le jour où l'une des serveuses du restaurant était montée la voir au magasin, demandant à lui parler. À plusieurs reprises, elle avait surpris Alain en train de prendre de l'argent dans la caisse pour le glisser dans ses poches. Aussi, il se servait régulièrement un verre pour accompagner les clients. Et puis, il était de plus en plus souvent désagréable avec les employés de la cuisine ou de la salle à manger. L'un des aides-cuisiniers devenait tellement nerveux dès qu'il sentait la présence d'Alain qu'il accumulait les gaffes. La jeune serveuse avait terminé son discours en partageant avec Marie-Berthe une impression, seulement une impression… Certains bons clients venaient moins souvent au restaurant. Pour la jeune femme, c'était difficile d'en parler à monsieur Gagnon, car il y avait toujours du monde et pas de bureau comme au magasin. Marie-Berthe l'avait crue et remerciée pour sa franchise. Elle savait qu'il fallait un grand courage pour dénoncer le fils du patron. À partir de ce moment, Benoit avait recommencé à s'occuper lui-même de la caisse, et il s'était montré plus présent au restaurant en y effectuant quelques visites surprises. Un soir, Alain n'avait pas entendu son père arriver dans la cuisine, où il invectivait le jeune aide-cuisinier. En apercevant le patron, le cuisinier avait dit bien fort :

— Content de vous voir ici, patron ! Parce que ça peut plus continuer comme ça !

Toute sa vie, Benoit s'était appliqué à prendre soin de ses employés, à soigner le climat de travail de son commerce. S'il avait une remarque ou un commentaire à formuler, il s'adressait à la personne concernée en privé, et avec le plus grand tact. Il respectait ses employés, et ces derniers aimaient travailler pour Benoit Fortin. Alain était en train de tout gâcher ! Benoit avait perçu son haleine d'alcool et avait sommé son fils de partir sur-le-champ, jugeant qu'il n'était pas en état de travailler. Père et fils n'avaient pas réussi à parler calmement. Alors, Alain était parti pour Montréal en emportant tous ses effets personnels. Six mois plus tard, il n'avait donné aucune nouvelle à ses parents. Il téléphonait parfois à Margot, la seule, à ses yeux, qui le comprenait un peu. Il travaillait dans un hôtel.

— Quand j'ai la tête remplie de projets, ça m'aide à moins y penser, finit par répondre Marie-Berthe à ses amies, qui avaient respecté son silence.

Après la vaisselle et le nettoyage, Marie-Berthe et Angèle poursuivirent la soirée en discutant. En août, les trois couples passeraient un week-end au chalet, une occasion de souligner les cinquante ans d'Adrien et de Benoit. Moins concernée par cette fête, Marianne les écoutait, ajoutant à l'occasion une idée pour tenter de masquer son air absent. Quand la flamme de la seule chandelle qui éclairait la pièce commença à vaciller, à tour de rôle, elles sortirent, munies d'une lampe de poche. La lune jouait à la cachette à travers les quelques nuages. Une légère brise agitait les feuilles dans les bouleaux. Tout était si calme.

Angèle et Marie-Berthe sombrèrent dans le sommeil sitôt la tête déposée sur l'oreiller. Allongée dans le lit, longtemps, Marianne regarda les étoiles à travers la fenêtre de sa minuscule chambre, implorant sa bonne étoile de ne jamais s'éteindre, priant son ange de veiller sur elle. Elle en aurait besoin pour affronter les prochains mois. Le cadran marquait trois heures dix la dernière fois qu'elle vit les aiguilles lumineuses.

Les premières lueurs du jour laissaient filtrer une douce lumière à travers le voilage de la fenêtre. Il était trop tôt pour se lever, mais Marie-Berthe devait se rendre au petit coin si elle voulait ensuite pouvoir se rendormir. Jetant un châle sur ses épaules, elle traversa rapidement la véranda pour se diriger vers l'arrière. Le chant intense des oiseaux lui rappela la chorale. Le départ de Marianne pour Micoua avait mis fin à leurs rencontres de vocalises. Cependant, leurs rendez-vous avaient pris une autre forme, plus intime, plus personnelle. Les événements qui rythmaient l'année devenaient un prétexte pour s'accorder une parenthèse amicale. L'anniversaire de l'une d'entre elles, une visite à l'atelier de Marianne, quand de nouvelles pièces sortaient du four, la préparation d'un week-end au chalet, et parfois, une simple pause après le travail. Ces trois journées, juste entre elles, deviendraient un rituel annuel ; Marie-Berthe vendrait l'idée à ses amies. Elle en était là dans ses pensées quand elle escalada les marches, avec l'idée de retourner au lit. Elle s'arrêta net dès qu'elle ouvrit la porte, et la referma doucement pour minimiser le grincement des pentures. Endormie dans la berceuse, les épaules enveloppées d'une couverture,

Marianne somnolait. Marie-Berthe vit tout de suite les coulisses séchées sur ses joues. Elle avait pleuré. Le léger claquement de la porte lui fit ouvrir les yeux.

— Marianne, tu as passé une mauvaise nuit? demanda doucement Marie-Berthe en s'assoyant dans la chaise à côté d'elle. Il y a longtemps que tu es là?

Marianne se redressa, passa une main sur son visage. Maintenant qu'elle était tout à fait réveillée, la nuit de Marie-Berthe était terminée. Devant le silence de son amie, elle déposa la main sur son avant-bras et demanda:

— Qu'est-ce qui ne va pas, Marianne? Hier soir, tu ne t'es pas mêlée beaucoup à nos échanges d'idées. J'ai pensé que tu nous laissais toute la place puisque les personnes fêtées seront nos maris. Mais là, je suis convaincue qu'il y a quelque chose. Ne me laisse pas imaginer toutes sortes de scénarios.

Marianne leva les yeux sur Marie-Berthe. À qui parler de ce qu'elle vivait sinon à ses meilleures amies? Et puis, les gens finiraient par l'apprendre.

— Marie-Berthe, ça fait un moment que je ne dors pas bien. En me réveillant, j'ai vu la lueur du jour, je me suis dit que le reste de la nuit était fichu. Je me suis levée pour m'asseoir ici, pour observer le lever du soleil. J'étais ici quand tu es sortie tantôt.

Marianne laissa planer un silence, puis ajouta:

— Marie-Berthe, Sylvain et moi, on se sépare.

— Oh! fit simplement Marie-Berthe, d'une voix qui traduisait toute sa désolation. Tu as vu ça venir?

— Sylvain n'a rien vu venir, il est dévasté. Ça fait des semaines que j'y pense, que je m'y prépare. Je ne vois pas d'autres moyens de sauver mes enfants du naufrage. Il y a deux ans, on a failli couler, mais ensemble, on a écopé, on a ramé très fort. J'ai cru notre barque à l'abri, je restais à l'affût, mais il faut croire que j'ai manqué de vigilance.

Au début de l'hiver, il y a eu une nouvelle brèche, un énorme trou s'est formé devant moi, je le voyais sans fond. Le poids de Sylvain nous entraînait, les enfants et moi. Si je veux les sauver, je dois nager seule.

Marianne éclata en sanglots. Marie-Berthe la prit par les épaules et l'entraîna vers le récamier. Puis, alors qu'elles étaient assises l'une à côté de l'autre, Marie-Berthe enlaça et berça son amie. Elle n'avait pas tout saisi des propos de Marianne, mais pour le moment, elle savait que cette dernière avait juste besoin de calmer un immense chagrin. De son côté, elle pouvait seulement la bercer, et l'envelopper de tendresse et de sollicitude. À un moment, les pleurs cessèrent, laissant place à un hoquet, et des larmes glissèrent sur les joues de Marianne. Après de longues minutes, la silhouette d'Angèle apparut dans le cadre de la porte, et Marie-Berthe lut l'incompréhension sur son visage. Alors, elle caressa la tête de Marianne, s'éloigna doucement et dit :

— Marianne, Angèle est levée. Je veux que tu saches que tu ne seras pas toute seule pour traverser les prochains mois. Je ne suis pas certaine d'avoir tout compris ce qui t'arrive, mais ta décision est sans doute la meilleure à prendre.

— Je vais gâcher vos journées de vacances ! réussit à articuler Marianne.

— Tut, tut, tut, fit Marie-Berthe en essuyant les joues de Marianne avec le coin de son châle. Ces vacances vont nous servir à célébrer l'amitié, peu importe que ce soit pour se réjouir d'événements heureux ou pour s'épauler pour traverser une grosse rafale.

Angèle s'approcha et Marie-Berthe se releva, entraînant Marianne dans son mouvement. Un immense câlin les réunit toutes les trois. Ainsi enlacées, elles virent le soleil s'élever au-dessus de la montagne en les inondant d'une vive clarté. À ce moment, une grande confiance gagna le cœur de Marianne. Elle ne serait pas ostracisée en raison de sa décision, du moins, pas par ses amies. Cette amitié lui apporterait une force incroyable pour apprivoiser son rôle de capitaine.

Malgré le début de la journée marqué par l'accablement, les crêpes d'Angèle servies au petit déjeuner réussirent à arracher un sourire à Marianne. Elle avait cette propension pour goûter à fond les douceurs de la vie, elle y puisait de l'énergie, du courage et de la volonté. Les femmes avaient vidé deux cafetières complètes, étirant le temps pour permettre à la plus jeune d'entre elles de raconter ce qui bousculait sa vie.

Marianne leur parla des restrictions financières que sa famille s'était imposées depuis deux ans, de la raison qui avait causé cela.

— Nous avons réussi à remonter la pente. Presque. Jusqu'à… Oh ! C'est si difficile d'en parler !

Marianne tentait de retenir des sanglots. Puis, elle prit une longue inspiration, avant de replonger dans son récit.

— Jusqu'à une rechute l'hiver dernier. Sylvain a recommencé à jouer. Quand il me l'a avoué, j'étais atterrée, et je lui ai hurlé son irresponsabilité. J'ai le sentiment de lui avoir craché toute mon amertume au visage. Jamais il n'y avait eu une telle scène entre nous. Quelque chose s'est brisé. La confiance, l'espoir, le respect, tout ça a été balayé d'un coup. C'était trop ! C'est comme si une grande vague de découragement a dilué tout notre amour. Je lui ai demandé de partir quelques jours, j'avais besoin de faire le point. Ça tombait bien, il devait justement se rendre à Montréal pour le travail.

Marianne laissa couler des larmes silencieuses. Elle avait appréhendé ce moment, où elle annoncerait sa décision à ses amies. À présent, un grand soulagement glissait doucement en elle et lui donna le courage de poursuivre.

— Heureusement que j'ai eu ma mère ! Sa joie de vivre avec les enfants m'a aidée à trouver la force d'entrevoir l'avenir. Comme je l'avais fait il y a deux ans, en apprenant le point faible de Sylvain, une fois ma colère expulsée, j'ai réfléchi à un plan pour m'en sortir, pour sauver ma famille du naufrage financier. Malheureusement pour lui, Sylvain n'a pas appris de son erreur précédente. Je suis fatiguée et je ne peux pas poursuivre ma route en étant constamment sur le qui-vive. Depuis cette découverte, un petit démon grafigne ma tranquillité d'esprit. Je me sens aspirée vers un gouffre sans fond. J'en suis arrivée à la conclusion que, toute seule, j'arriverai à mieux protéger les enfants. J'ai fait mille calculs, j'ai pris des informations légales et j'ai discuté avec ma mère. Elle a un rôle si important à jouer auprès des enfants, je ne pouvais pas la dissocier de ma décision. Pendant ces longues semaines, j'arrivais à travailler et à m'occuper des petits normalement. Quand Sylvain était là, j'étais froide et distante avec lui, malgré sa grande gentillesse. C'était surtout pour me protéger, parce que je ne voulais pas reculer devant les décisions qui étaient en train de se dessiner devant moi. Quand je me suis sentie prête, je lui ai présenté mes plans, et il n'en faisait pas partie. Il a compris ma position, mais il s'est montré insistant. Il m'a suppliée de lui donner une autre chance. C'est grâce au soutien de maman que j'ai tenu bon.

Tout le temps que Marianne avait parlé, ni Angèle ni Marie-Berthe ne l'avait interrompue. Quand elle se tut, elles étaient encore en vêtements de nuit, la vaisselle du matin traînait toujours sur la table et de gros nuages assombrissaient le chalet. Angèle fut la première à prendre la parole.

— Tu es vraiment forte et courageuse, Marianne. C'est une décision difficile.

— Difficile, oui, mais maintenant qu'elle est prise, je me sens soulagée. Je sais où je m'en vais. Votre soutien me réconforte tellement ! J'appréhendais un peu votre réaction, je craignais que vous m'encouragiez à vouloir sauver mon couple à tout prix…

— Des couples qui restent ensemble pour les apparences, il y en a plus qu'on pense, dit Marie-Berthe. Le divorce demeure une option de dernière instance.

— On ne divorce pas, précisa Marianne, pas pour le moment. On va vivre séparément et on sera indépendants l'un de l'autre au plan financier. Parce que je travaillais au moment de notre mariage, on est mariés en séparation de biens. La séparation légale doit être confirmée sous peu, le nom de Sylvain n'apparaît plus sur le titre de propriété de la maison, il m'a versé une somme surtout symbolique, et le notaire s'est occupé du reste. Ça nous protège, les enfants et moi, d'une saisie possible.

— L'achat de ta voiture, demanda Angèle, ça fait partie de ton plan ?

— Oui, je dois être autonome. Sylvain s'en va à Montréal. Il a obtenu un poste au siège social d'Hydro et il attend une confirmation pour une charge de cours dans un cégep là-bas.

— Et les enfants ? s'informa Marie-Berthe.

— Ils restent avec moi. Si Sylvain veut venir les voir, je lui laisserai la maison le temps de sa visite. Moi, je passerai ce temps chez ma mère.

— L'été, tu pourras toujours te réfugier ici, suggéra Marie-Berthe.

— Merci, répondit Marianne, merci à vous deux. Vous êtes des amies extraordinaires !

Le ciel s'était obscurci et un orage avait éclaté. Les gouttes frappaient dans les vitres et lavaient le paysage de la poussière qui s'était accumulée partout depuis la dernière pluie. Marianne comptait annoncer à ses amies que Sylvain et elle seraient absents de la fête en août. Or, elle finit par leur promettre d'y venir seule avec les enfants. Elle entrevoyait son avenir plus ensoleillé que lors de son arrivée au chalet. Même s'il demeurait le père de ses enfants, Sylvain sortirait de sa vie. Il lui restait les enfants, des amis, l'enseignement, le chant, la poterie… et un avenir à reconstruire.

Le dernier matin du séjour au chalet, les trois amies se laissèrent réchauffer par les rayons du soleil réapparu après deux journées sombres. Il filtrait à travers les moustiquaires de la véranda. L'orage avait fait place à une fine pluie, qui s'était poursuivie pendant deux jours. Le chemin était parsemé de trous remplis d'une eau brunâtre. Marianne, Angèle et Marie-Berthe discutaient de l'évolution de leur vie, de celle de leurs familles, de leur amitié. Depuis leur arrivée sur la Côte-Nord, elles réalisaient qu'elles avaient toutes été présentes dans les étapes importantes dans la vie de l'une ou l'autre.

Marie-Berthe avait traversé le fleuve pour suivre le rêve de Benoit. À ses côtés, elle s'était fait une place enviable de femme d'affaires. Le couple qu'elle formait avec Benoit gardait l'éclat de leurs jeunes années. À l'exception d'Alain, ses enfants traçaient leur propre route. Elle était fière d'eux, et des petits-enfants agrandissaient le cercle de la famille. Ce jour-là, Marie-Berthe exprima le rêve de voir un jour Alain rejoindre le même chemin que le reste de la famille.

— Ce serait mon vœu le plus cher si j'avais à frotter la lampe d'Aladin. Et vous deux, ça serait quoi, votre vœu?

Angèle sema l'idée de cette vie sur la Côte-Nord pour éviter l'éloignement d'Adrien à cause de son travail. Pendant de nombreuses années, elle avait veillé sur le bien-être de chacun des membres de sa maisonnée, soutenant son homme, encourageant les enfants. Ces derniers avaient grandi, et des aspirations avaient pris naissance en elle. Ses amies et sa grande fille lui avaient donné une petite poussée pour qu'elle aille de l'avant. Dans son travail, Angèle s'épanouissait comme une fleur qui s'ouvre. En même temps, Adrien s'était refermé comme une huître. Leur couple avait perdu de sa chaleur. Angèle y pensait parfois avec tristesse. Toutefois, elle avait atteint son but en venant vivre à Hauterive. Elle aussi serait grand-mère bientôt. À Rimouski, Anne-Marie attendait son premier enfant. Roger était marié depuis trois mois, et Lucie fréquentait sérieusement un jeune homme. De ses sept enfants, seuls Susanne et Mario vivaient encore avec leurs parents. En réponse à la question de Marie-Berthe, elle lança :

— À cette étape de ma vie, je souhaiterais m'associer avec Adrien pour certains projets liés à mon travail, en espérant que cela redonne un peu de vitalité à notre couple.

Marianne refusa gentiment d'acquiescer à la suggestion de Marie-Berthe de lancer un vœu. Pas maintenant. Elle avait réussi à se reconstruire une réputation en s'éloignant des siens, elle s'était taillé une place enviable dans le milieu scolaire. Pour le moment, sa famille naviguait dans des eaux tumultueuses, elle devait maintenir l'embarcation à flot et reprendre le cap. Cela nécessitait toute son énergie et toute son attention. Après, elle pourrait exprimer un rêve pour l'avenir.

— Oh oui, j'aurais quand même un petit souhait pour tout de suite. Renouveler ce genre de retraite avec vous, mes amies !

FIN

REMERCIEMENTS

Il y a un moment que je voulais raconter l'histoire de cette région dans les premiers battements de cœur de ses habitants. Peu à peu, des personnages ont pris forme et leur vie s'est écrite à travers des souvenirs. Souvenirs de la mémoire vivante parfois gravés par les émotions qui amènent un décalage avec la réalité. Décalage ajusté par la mémoire réelle, celle inscrite dans les archives.

D'abord, un immense merci à Jocelyne Allard, amie de longue date qui m'a accompagnée dans mes fouilles à la Société historique de la Côte-Nord, qui m'a nourrie d'informations sur le développement des projets d'Hydro-Québec et qui, par son rôle de lectrice, a ajusté ma vision de certains paysages nord-côtiers. Sans oublier le fait qu'elle m'a mis en contact avec des majorettes de l'époque, avec une mère de famille ayant vécu à Micoua et une enseignante marquante de mon primaire. Ces personnes ont contribué à donner de la vie à certains personnages. À vous aussi, Andrée et Thérèse, Cécile et Claudette, j'exprime ma plus sincère gratitude pour votre disponibilité.

Merci à la Société historique de la Côte-Nord et à son archiviste Catherine Pellerin pour m'avoir facilité l'accès à une documentation précieusement conservée.

Merci aux gens de la page Facebook *Hauterive que de beaux souvenirs* qui ont pris le temps de répondre à certaines de mes questions ou de partager quelques souvenirs sur un événement précis. Vous m'avez permis de confirmer certains détails ou d'en ajouter.

Merci de tout cœur à mes premières lectrices, Colette P. L., Jocelyne A. et Jocelyne P. Le temps consacré à cette lecture et vos précieux commentaires ont une valeur sans prix, si ce n'est celui de l'amitié.

Toute ma gratitude à toi, Denis, pour le soutien technique et aussi, pour celui du quotidien. Un rôle qui se compare à celui des coulisses, invisible mais si indispensable.

Finalement, une sincère reconnaissance à toute l'équipe de Saint-Jean Éditeur qui, à chacune des étapes, soutient l'auteur dans ce travail de solitaire. Un merci particulier à Sara pour l'étape importante du travail d'édition. Elle sait si bien ajouter les nuances qui donnent à l'histoire tout son relief. Mille mercis !

REMARQUE

À l'exception des personnages religieux et de commerçants cités une seule fois, tous les personnages sont issus de l'imagination de l'auteure.

Achevé d'imprimer
sur les presses de
Imprimerie H.L.N.
Imprimé au Canada - Printed in Canada